JULIE DAUGE

Love and Hope

Megan

Direction éditoriale : Stéphane Chabenat
Conception graphique et mise en pages :
Pinkart Ltd
Conception couverture :
Élise Godmuse / Olo. éditions

NISHA ET CAETERA
Les Éditions de l'Opportun

16 rue Dupetit-Thouars
75003 Paris

www.editionsopportun.com

CHAPITRE 1 : MEGAN

Au début, le son se fit très lointain, puis il devint plus important, jusqu'à ce que je ne puisse plus l'ignorer. Je fus alors obligée d'ouvrir un œil pour découvrir quel était le responsable de mon réveil inopportun.

L'alarme de mon téléphone était la coupable, et en dépit de sa douceur, elle me semblait pour l'heure insupportable.

Il me fallut quelques secondes pour comprendre la raison de la sonnerie. Qui pouvait être assez tordu pour mettre son réveil durant les vacances ? Certainement pas moi en tout cas !

En me faisant cette réflexion, je me souvins alors que, justement, elles étaient terminées. Aussitôt, une boule vint m'obstruer la gorge et mon estomac se noua. Le bien-être que j'avais ressenti durant mon sommeil se volatilisa comme par magie, remplacé par une angoisse sourde contre laquelle j'essayais de lutter depuis plusieurs années et contre laquelle, malheureusement, je perdais tous mes combats.

Cela faisait maintenant cinq longues années que les rentrées scolaires étaient pour moi un supplice. Avant cela ? C'était tout le contraire, j'étais tellement excitée à l'idée de retrouver ma bande de copains que, la veille du jour J, j'étais une vraie boule de nerfs. À tel point que j'avais des difficultés à trouver le sommeil.

Désormais, j'avais aussi du mal à le trouver, mais pour des raisons bien différentes. C'est fou comme un événement pouvait changer vos habitudes du tout au tout. Une heure de votre vie qui en comptait des millions, vous influençait ensuite pour toutes les autres à venir.

Il y a cinq ans, j'étais une adolescente de quinze ans pleine de vie. J'étais la coqueluche de mon école. J'étais habituée à être le centre d'attention et servie par tout le monde. J'étais un peu une petite princesse et, avec le recul, je l'avouais, une petite pétasse imbue d'elle-même.

Aujourd'hui, il ne restait rien de cette ado. Mes cheveux blonds qui faisaient ma fierté et que je passais des heures à lisser auparavant, étaient désormais rassemblés en un chignon informe qui me permettait de voir correctement sans être gênée par des mèches impromptues.

Exit mes belles tenues un brin trop courtes pour la sérénité d'esprit de mon père et qui mettaient en valeur un corps dont j'étais fière. Bonjour les tenues trois fois trop grandes pour moi et qui ne laissaient rien deviner de mon corps !

Mes yeux bleu-vert, que l'on disait saisissants, n'étaient plus pétillants de malice et prêts à charmer le premier garçon digne d'intérêt qu'ils croisaient. Ils étaient maintenant ternes et tristes. Combien de fois ma mère m'avait-elle dit :

Arrête de faire tes yeux de Droopy.

Je n'en avais aucune idée, mais cela faisait un moment que j'avais arrêté de compter.

À l'époque, j'étais fière de mes formes en devenir. Elles avaient désormais dépassé mes espérances d'adolescente. Pourtant, aujourd'hui, je serais prête à payer tout l'or du monde pour échanger ce corps pour un autre. Je répondais certainement au canon de beauté, mais personnellement, je me sentais mal dans ma peau.

Mais bon, l'heure n'était pas à l'apitoiement sur soi-même. Je devais me forcer à laisser toutes ces idées noires de côté. La journée allait déjà être assez éprouvante, sans qu'en plus j'en rajoute.

Alors que je me faisais cette déprimante réflexion, mon téléphone se mit à sonner. Quand je vis « Maman » s'afficher sur l'écran, je ne fus pas le moins du monde surprise. Sachant qu'elle n'allait pas abandonner tant que je n'aurais pas décroché et qu'elle était même capable de faire la route pour venir toquer à ma porte, je décrochai et essayai de prendre un ton enjoué :

— Bonjour, maman.

— Bonjour, mon poussin. Alors, bien dormi ? Tu es prête pour ta rentrée ?

— Oui, maman. C'est le plus beau jour de ma vie.

— Pfff, menteuse. Je sais que tu préférerais prendre un bain glacé en écoutant du métal plutôt que d'y aller.

Il n'y avait pas à dire, ma mère me connaissait vraiment bien.

En rigolant, je lui demandai :

— Pourquoi me poses-tu la question, puisque tu connais la réponse ?

— C'est ce qui s'appelle faire la discussion. Et tu ferais bien de t'entraîner de ton côté, car tu as des progrès à faire, si tu ne veux pas passer ton année scolaire toute seule.

Comme si ça allait me gêner ! Mais je ne fis pas l'erreur d'exprimer à voix haute ce que je pensais tout bas.

Mon soudain besoin de me sociabiliser avec mes confrères avait été un de mes principaux arguments pour que mes parents acceptent de me laisser changer de fac. Je leur avais dit que j'avais besoin de m'éloigner un peu du cocon familial, que je voulais découvrir à quoi ressemblait la vie au sein d'une communauté qui ne serait pas uniquement composée de ma mère et de mon père. Attention, je les adorais de tout mon cœur, mais j'avais besoin d'espace. C'était un miracle que je n'aie pas été foudroyée sur place pour ce honteux mensonge.

Moi ? Me mélanger avec d'autres personnes de mon âge ? Je ne sais même pas comment cet argument avait réussi à passer. Enfin, ce n'est pas tout à fait exact. Je savais très bien pourquoi mes parents y avaient cru. Ils souhaitent tellement me voir à nouveau heureuse qu'ils y avaient vu un signe positif, leur redonnant espoir, ce qui rendait mon mensonge encore plus moche.

— Bon, je vais te laisser te préparer mon poussin. Je t'appelle ce soir pour savoir comment s'est déroulée cette première journée.

— Très bien, maman. Passe une bonne journée. Et fais un bisou de ma part à papa.

— Je n'y manquerai pas. Ton père et moi t'aimons, mon poussin.

— Moi aussi je vous aime.

Ils avaient toujours eu un amour inconditionnel pour moi. Le fait que je sois la seule grossesse que ma mère ait réussi à mener à son terme n'avait fait que renforcer ce sentiment. J'étais leur petite princesse et je crois même que mon côté garce durant mon adolescence était en grande partie dû au fait qu'ils ne me disaient jamais « non ».

Leur amour était devenu encore plus protecteur, il y a cinq ans. Si c'était ce dont j'avais eu besoin à l'époque, aujourd'hui, c'était devenu un peu étouffant. Ils voulaient prendre soin de moi, et je les adorais de tout mon cœur, malheureusement, ils ne faisaient que me rappeler ce qui m'était arrivé. Je sais très bien que ce n'était pas du tout leur intention et qu'ils seraient horrifiés si je leur disais cela. C'est pour cette raison que j'avais préféré trouver une excuse bidon, mais plausible, pour justifier mon besoin d'éloignement.

J'avais honte de leur mentir de la sorte, mais si c'était pour éviter de leur causer inutilement de la peine, c'était moins grave. Non ?

Malheureusement, ce n'était pas le seul mensonge qui avait franchi mes lèvres ces derniers mois.

J'avais le sens des réalités. Je savais donc très bien que ma scolarité, ajoutée à un loyer pour me loger, représentaient un coût que mes parents auraient des difficultés à financer. Ils avaient tous les deux un emploi, sans pour autant rouler sur l'or.

Lorsque j'avais évoqué le sujet la première fois avec eux, ils m'avaient répondu que je n'avais pas à m'inquiéter pour cela. Ils avaient fait un enfant en connaissance de cause et comptaient bien lui assurer son avenir. Toutefois, je n'ignorais pas que cela serait très compliqué pour eux. Je ne voulais pas qu'ils se nourrissent uniquement de pommes de terre et de pâtes pour que je puisse vivre comme une étudiante modèle. J'avais alors entamé une négociation avec eux et avais réussi à leur faire accepter que je prenne en charge la moitié de mes coûts de scolarité en tapant dans le pécule que j'avais obtenu en guise de compensations financières pour ce qui m'était arrivé et qui avait été négocié lors de cette vaste comédie de procédure judiciaire.

Au début, ils avaient refusé catégoriquement. Finalement, ils avaient cédé lorsque j'avais fait valoir que ce n'était pas me rendre service que de me donner tout, tout cuit, tout le temps. Ce n'était pas ça, la vraie vie.

Ayant gagné ce combat, j'avais alors entamé une nouvelle bataille. Je les avais suppliés de me laisser prendre un job étudiant. J'étais douée pour les études. Je ne suis pas vantarde, c'est juste un fait que j'énonce. J'avais donc la chance de ne pas être obligée de réviser nuit et jour pour me préparer aux examens. Cela me laissait donc pas mal de temps libre.

J'avais argué que trouver un job me permettrait, d'une part de rentrer dans la vie active – en vingt années d'existence, je n'avais encore jamais travaillé – et, d'autre part, de me faire une première expérience professionnelle que je pourrais toujours faire valoir plus tard. Enfin, j'avais joué ma carte maîtresse en leur disant que ce serait un bon moyen de rencontrer des gens. Ce dernier point était un énorme mensonge. La dernière chose dont j'avais envie, c'était de faire des rencontres. Par le passé, j'avais eu la preuve que je n'étais pas douée pour juger les gens, je n'allais pas faire la même erreur une deuxième fois. « Mieux vaut être seule que mal accompagnée » était une de mes devises favorites.

Cette doléance, au sujet de cet emploi en parallèle de mes études, avait été plus dure à négocier. Mes parents n'étaient pas du tout partants pour que leur petit bébé soit obligé de travailler. Mais finalement, j'avais eu gain de cause et ils avaient cédé. Il me semble vous l'avoir dit, mes parents ont tendance à me céder tout ce que je veux. Ils avaient donc fini par donner leur accord pour que je trouve un job et que j'utilise une partie de cet argent pour payer mes courses et me faire plaisir. Certes, ils ne l'avaient pas fait de gaieté de cœur, mais seul le résultat comptait à mes yeux.

En revanche, ils ne voulaient pas que je me ruine pour un logement. Ils avaient donc fortement insisté pour payer eux-mêmes le loyer. C'est là que j'avais sorti le plus gros de mes mensonges. Il me semble vous avoir prévenus que j'en avais dit un certain nombre. Cependant, je tiens à dire pour ma défense qu'ils me pèsent sur la conscience. Mais bon, nécessité fait loi. J'aurais vécu encore plus mal le fait de savoir que je les mettais dans une situation financière précaire.

Néanmoins, je savais qu'ils seraient intraitables sur ce point. Ils s'en voulaient tellement de ne pas avoir su me protéger il y a cinq ans. Dans leur esprit, il n'était pas envisageable qu'ils ne puissent pas m'offrir un endroit sûr où dormir. Je ne partageais en aucun cas leur point de vue. Je ne les tenais en rien pour responsables de ce qui m'était arrivé, mais je savais, d'expérience, qu'il était inutile d'essayer de leur faire entendre raison sur ce point.

Lorsque j'avais commencé à regarder le prix des loyers dans le coin, j'avais fait des bonds au plafond. Jamais mes parents ne seraient capables de payer une telle somme ! Enfin, ce n'était pas tout à fait exact. Ils pouvaient avoir recours à un emprunt, mais je refusais qu'ils s'endettent encore plus. Ils se saignaient déjà suffisamment pour moi !

J'aurais pu essayer de trouver un logement sur le campus, mais non seulement les prix n'étaient guère plus accessibles que ceux que j'avais pu voir, mais, en plus, je m'y prenais trop tard. Il n'y avait plus de place depuis longtemps. Sans compter que je me sentais incapable de vivre là-bas. Aller à la fac, entourée de nouvelles personnes, était déjà une épreuve pour moi. Vivre en permanence entourée de tant de jeunes, était au-dessus de mes forces. J'avais donc décidé de prendre un logement au loyer prohibitif et d'en payer une partie grâce à mon salaire. Sachant que je risquais d'essuyer un non catégorique et qu'ensuite je serais bloquée, j'avais donc annoncé à mes parents que j'avais trouvé une offre à un prix abordable, qui correspondait à ce qu'ils avaient prévu de mettre.

N'ayant aucune notion de la valeur de l'immobilier dans le secteur, et n'étant pas férus des nouvelles technologies, ils n'avaient eu aucun moyen de savoir que je leur racontais des craques. D'autant que j'étais en contact direct avec le propriétaire. Qu'auriez-vous fait à ma place ? Entre deux maux, j'avais choisi celui qui me semblait le moins pire.

Heureusement pour moi, j'avais trouvé le boulot idéal. J'étais vendeuse dans un magasin de tissus. Je passais mes journées à vendre des aiguilles, de la laine et des mètres de tissus en tout genre aux petites grand-mères et mères au foyer. Enfin, c'était la version officielle pour appuyer mon argument au sujet des rencontres. La réalité était légèrement différente, mais j'aurai l'occasion d'y revenir plus tard. Pour le coup, ce n'était qu'un petit mensonge.

La patronne, Mme Wildson, était très gentille. Dès le premier instant, le courant avait passé entre nous. Sans oublier que, cerise sur le gâteau, c'était à deux pas de chez moi. Que demander de plus ? Un salaire décent ? Je l'avais. Un emploi du temps flexible ? Je l'avais. Bref, comme je le disais, le job idéal.

J'étais très fière de moi – exception faite de ma malhonnêteté bien sûr – et de la nouvelle vie que j'avais réussi à me construire.

Mais bon, l'heure n'était pas à l'introspection. Si je ne voulais pas être en retard, je ne devais pas traîner.

Une fois extirpée de mon lit, je me dirigeai tant bien que mal vers ma cuisine. Mon estomac se rebellait à la simple idée de devoir engloutir de la nourriture, mais je savais que me rendre à mes cours le ventre vide était une très mauvaise idée. Je serai déjà en stress, inutile que je m'évanouisse en plus d'inanition.

Je sortis un verre de mon placard – qui n'en contenait que quatre – et une boîte de biscuits. J'allai ensuite à mon petit frigo et sortis le jus d'orange que j'avais acheté la veille. Une fois mon verre rempli, je m'installai au bar qui séparait ma cuisine de mon salon et promenai mon regard sur mon studio en mangeant mes biscuits chocolatés.

Certes, il ne payait pas de mine, mais c'était mon chez moi. Mieux, c'était mon premier chez moi. À mes yeux, il était donc parfait. J'avais eu énormément de chance de trouver l'annonce. D'ailleurs, elle était en ligne depuis moins de dix minutes, quand j'étais tombée dessus. J'avais immédiatement appelé le propriétaire et mon sérieux l'avait convaincu de me laisser une chance. Il avait accepté ma candidature dans l'heure.

Plusieurs choses m'avaient séduite dans cet appartement. Tout d'abord, il était nickel. Tout semblait propre. De ce que m'avait expliqué le propriétaire, son ancien locataire était un jeune homme qui avait tout ruiné dans son logement, l'obligeant à faire pas mal de travaux. Les peintures avaient notamment été refaites à neuf. C'était en partie grâce à son ancienne mésaventure, que mon proprio m'avait prise. Jeune femme, célibataire et sérieuse, j'étais aux antipodes de mon prédécesseur.

L'autre élément qui m'avait attiré, c'était que j'avais à ce moment-là déjà eu un premier entretien avec Mme Wildson. Elle m'avait assuré que mon profil correspondait exactement avec ce qu'elle cherchait. Or, cet appart était à cinq minutes de sa boutique, à dix minutes de l'arrêt de bus qui me permettait de rejoindre le campus et à cinq minutes d'une petite épicerie qui m'offrait tout ce dont j'avais besoin sans me tenter avec des choses superflues. Bref, le logement était idéalement situé.

Enfin, il était entièrement équipé. Des placards avaient été incrustés partout où il était possible d'en mettre, me dispensant d'acheter une armoire et différents meubles. La cuisine avait ses propres placards intégrés. Elle possédait une petite plaque de cuisson et un frigo d'un mètre de haut incrusté sous les plaques. Il était de taille modeste, mais convenait très bien à mon besoin. Le coin cuisine était séparé du côté salon/chambre par un mur à mi-hauteur formant un bar. En mettant une chaise devant, le bar se transformait ainsi en table pour prendre mes repas ou en bureau pour faire mes devoirs.

Au final, je n'avais eu donc à acheter qu'un canapé-lit qui était dans le salon/chambre, une chaise – car j'étais seule et ne comptais pas inviter qui que ce soit chez moi – et le nécessaire de cuisine. Un pack contenant un lot d'assiettes, de verres et de couverts pour quatre personnes m'avait suffi, sans compter les deux casseroles et la poêle que ma mère m'avait offertes pour la pendaison de ma crémaillère et le petit four que mon père m'avait acheté. Selon lui, tout étudiant qui se respecte devait pouvoir réchauffer une pizza. Au bout du compte, mon installation ne m'avait donc presque rien coûté.

Certes, le loyer était un peu élevé, mais à part cela, cet appartement était absolument parfait. Et puis, le salaire que me versait Mme Wildson me permettait normalement de faire face de façon sereine. Je n'étais pas dépensière. Pas de virée shopping pour moi. Rien que l'idée de me retrouver entourée d'une foule d'inconnus me filait des sueurs froides, alors je ne risquais pas de passer des heures à dépenser de l'argent que je n'avais pas.

L'heure tournant, je filai ensuite dans ma petite salle d'eau pour prendre une douche rapide. Pas besoin d'une heure pour me préparer. Il fut un temps où, il est vrai, je passais un temps infini dans la salle de bains de mes parents, les faisant râler. Maintenant, j'allais à l'essentiel. Pour la douche, je me mouillai, me savonnai et me rinçai. Le tout en cinq minutes, chrono en main. Quand c'était le jour où je me lavais les cheveux, cela passait à dix, mais pas plus.

Une fois ma douche prise, je me brossai les dents. Je retournai dans ma chambre/salon pour récupérer des vêtements dans mon placard. J'enfilai une culotte en coton très confortable et un soutien-gorge qui l'était tout autant. Le glamour n'était pas au rendez-vous, mais en même temps, il était le dernier de mes objectifs. Je dois même avouer que le choix de mes vêtements était justement fait pour ne pas attirer les regards.

Je passai ensuite un baggy qui figurait parmi mes préférés, puis j'enfilai un débardeur noir cintré qui permettait d'atténuer un peu ma poitrine trop voyante, en l'aplatissant. Enfin, j'attrapai un tee-shirt noir taille XL sur lequel était écrit en lettres rouges : « J'aime pas les cons ». J'adorais ce tee-shirt, il résumait assez bien ma vision de la vie.

En fait, j'adorais tous les tee-shirts à l'humour noir. Malheureusement, ils coûtaient souvent une blinde. Aussi, avec ma mère, avions-nous trouvé la solution. J'achetais des tee-shirts premier prix de couleur unie, du papier transfert et je confectionnais moi-même mes tee-shirts humoristiques. Autre avantage, outre leur coût réduit, j'avais la certitude qu'ils étaient uniques.

Une fois habillée, je retournai dans la salle d'eau pour arranger grossièrement ma tignasse. Une fois que les mèches qui venaient dans mes yeux furent relayées au-dessus de ma tête, je fus enfin prête.

Je regardai ma montre, j'avais dix minutes d'avance sur le programme que je m'étais fixé. Nickel !

Je pris mon sac à dos, fermai la porte de mon appartement et rejoignis l'abribus pour me rendre au campus.

Seul point noir au tableau, la boule dans mon estomac qui était toujours présente. Elle semblait même s'être reproduite, j'avais l'impression d'en avoir une colonie. Cependant, c'était mon choix, je ne devais pas l'oublier. Et puis, que pouvait-il bien m'arriver ?

Malheureusement, mon cerveau en surchauffe trouvait plein de réponses à cette question. Inutile de vous préciser qu'aucune n'était réjouissante.

CHAPITRE 2 : MEGAN

Depuis que j'étais arrivée dans la région, je m'étais plus d'une fois demandé si je devais venir en repérage avant la rentrée. J'avais alors établi une liste de « pour » et une liste de « contre ».

Dans les « pour » :

- me permettre de voir combien de temps il me faudrait avec le bus pour ne pas être en retard le jour J ;
- ne pas avoir l'air de débarquer de ma campagne le jour J ;
- essayer d'apprendre le nom des bâtiments pour ne pas me perdre le jour J en essayant de décrypter mon plan ;
- avoir une occasion de sortir de chez moi.

Dans les « contres » :

- avoir l'air de débarquer de ma campagne en faisant du repérage ;
- avoir l'air misérable en faisant du repérage seule ;
- avoir une occasion de sortir de chez moi.

Alors, certes, les « pour » étaient plus nombreux, mais comme ma motivation venait se ranger automatiquement du côté des « contre », je pense qu'il n'était pas bien dur de deviner quel camp avait gagné.

Résultat des courses, je me retrouvais en terrain inconnu le jour J. Pourtant, quand j'observais les gens qui m'entouraient, il était visible que je n'étais pas la seule dans cette situation.

En revanche, c'étaient plutôt des premières années. Il était probable qu'il n'y avait pas beaucoup de troisièmes années dans la même situation que moi. Sans que ce soit exceptionnel, il n'était pas très courant de changer de fac durant son cursus, surtout pour garder les mêmes options. Au lycée, c'était différent. On dépendait encore beaucoup de nos parents, il n'était donc pas rare d'en changer. Mais à la fac, comme beaucoup d'étudiants n'habitaient plus chez leurs parents, ils étaient moins tributaires des déménagements que pouvaient faire ces derniers.

Heureusement pour moi, le campus était bien foutu. Il y avait des petits panneaux de signalisation plantés dans les pelouses, sur lesquelles il était strictement interdit de marcher, mais sur lesquelles tout le monde marchait – bien évidemment.

Pour me repérer et trouver mon chemin, je n'eus donc qu'à suivre celui indiquant « Accueil ».

J'avais beau avoir prévu large, il y avait déjà une queue folle quand j'arrivai à destination. Une chance pour moi, l'université était bien organisée et le nombre de personnes affectées permettait de réduire rapidement la file. Je n'étais plus qu'à une place de passer, quand il me sembla entendre une voix rauque répéter à plusieurs reprises :

— Attention, dégagez !

Avant que mon cerveau n'interprète ce que cela pouvait signifier, un corps entra en contact avec le mien. Immédiatement, une peur s'empara de moi et toutes mes défenses s'érigèrent d'un coup. Je détestais qu'on me touche et encore plus quand je ne voyais pas venir le mouvement. C'était instinctif. Mon corps se mettait en mode « défense ».

Je me retournai d'un geste vif et rapide pour voir qui était mon agresseur.

Au début, je ne vis qu'un large buste habillé d'un blouson de footballeur qui, si je ne me trompais pas, était aux couleurs de l'université. Génial, un sportif ! Attention, je n'ai rien contre le sport – même si lui et moi avions une relation assez conflictuelle – ni contre les gens qui pratiquent une activité physique pour entretenir leur corps.

En revanche, les gars comme lui, qui exhibent fièrement les couleurs de leur équipe, ont tendance à me sortir par les trous de nez. J'avais des difficultés à comprendre que l'on puisse en faire toute une histoire ou en tirer une si grande fierté. Oui, je sais, je suis une bizarrerie. Je ne sais pas pourquoi, mais instinctivement, je savais que celui que j'avais devant moi avait tout le potentiel pour arriver en haut du panier des connards imbus d'eux-mêmes.

Je ne m'attardais jamais sur ce genre de détails habituellement, mais je devais bien reconnaître que le tee-shirt qui était sous la veste mettait son torse en valeur de manière tout à fait divine. Il faisait ressortir sa musculature qui semblait parfaite. Ses cheveux châtains tirant sur le blond lui donnaient un petit look surfeur qui, il fallait bien le reconnaître, le rendait assez irrésistible.

Après m'être fustigée pour avoir accordé ne serait-ce qu'une seconde d'attention à ses muscles, je laissai remonter mon regard pour croiser deux prunelles d'un marron-vert intense qui me rendaient la politesse en me détaillant. Sauf qu'elles étaient limite indécentes dans leur tâche. J'avais l'impression que l'étudiant qui me faisait face essayait de me déshabiller du regard et le moins que je puisse dire, c'est que cela me mit très mal à l'aise.

Immédiatement, mes défenses qui étaient jusqu'à présent en mode « personne ne passe », se mirent en mode « on bute tout ce qui bouge ».

En plus de cela, l'imprudent ne put se retenir d'ouvrir la bouche et de lâcher :

— Désolé, bébé, de gâcher ton plaisir, mais il faut que je passe, donc ce serait cool que tu te décales légèrement pour que je puisse aller faire mes démarches. Mais ne t'inquiète pas, tu pourras continuer de mater quand je serai occupé avec la secrétaire.

Ce crétin aurait mieux fait de se taire. Il ne savait vraiment pas à qui il avait affaire. Certes, je détestais tout contact avec mes congénères et encore plus quand ils étaient de l'autre sexe, mais je savais rester polie. En revanche, je ne supportais pas quand on me manquait de respect. *Une fois, plus jamais !* C'était une promesse que je m'étais faite, et je comptais bien la tenir, quelle que soit la nature de l'affront qui m'était fait. Cet idiot allait l'apprendre à ses dépens, pas plus tard que maintenant.

Je pris une profonde inspiration, lui fis mon sourire le plus faux-cul avant de lui répondre un magistral :

— Non !

Mon interlocuteur sembla une seconde, déconcerté, puis il se mit à rire, attirant de ce fait, l'attention des autres élèves attendant dans la queue. C'était officiel, je le détestais.

En réponse à ma rebuffade, il me dit d'une voix grave et avec un sourire en coin – qu'il voulait certainement sexy, mais qui me donnait envie de lui en coller une :

— Excuse-moi, bébé, mais je crois que j'ai mal compris.

S'il y a bien une chose que je détestais par-dessus tout – bon d'accord, il y en avait plus d'une –, c'était les mecs qui appelaient leurs copines « bébé », et pire encore, ceux qui appelaient toutes les filles qu'ils croisaient « bébé ». Or ce type venait de m'affubler non pas une, mais deux fois de suite de ce surnom. Décidément, il enchaînait tous les gestes et attitudes qui m'horripilaient. À croire qu'il s'était donné pour objectif de faire un combo. Eh bien, il allait payer le prix fort pour ça ! Moi aussi, je pouvais sortir mon grand jeu de super connasse.

— Et moi je crois que tu as très bien compris. Tu es visiblement un gros connard, mais je ne pense pas que tu sois sourd ! Tu attendras ton tour comme tout le monde. Bébé !

Il me sembla entendre des étudiants derrière moi avoir un murmure choqué en réaction à mes paroles. Comme si j'avais offensé Dieu lui-même. Je ne sais pas ce qu'il en était pour eux, mais personnellement, il ne fallait pas venir me les briser trop longtemps. Ma patience avait des limites, assez courtes qui plus est !

Cette fois, le gars perdit de sa superbe. Le petit sourire moqueur qu'il avait depuis le début de notre échange, avait disparu pour laisser place à une mimique concentrée. Je m'attendais à ce qu'il monte sur ses grands chevaux et soit vexé par ma réponse.

Je ne sais pas pourquoi, mais j'étais prête à parier ma première paie qu'il n'avait pas l'habitude qu'on lui dise « non » et encore moins de la part du sexe « faible » – grrr ! je détestais cette expression !

Néanmoins, pour l'heure, je semblais plus l'intriguer que le rendre furieux. Eh bien, grand bien lui fasse ! Une chose était sûre, il tomberait de la merde le jour où je laisserais ce type me passer devant, surtout après la manière dont il venait de me parler.

En le voyant prendre une inspiration, je sus qu'il était sur le point de répliquer. J'étais déjà prête à me battre bec et ongle pour ma place, quand je vis qu'il n'y avait plus personne devant moi et qu'un des guichets de l'accueil se libérait.

Attention, je n'avais rien contre l'idée de mener mes combats, mais si je pouvais les éviter, je le faisais, surtout si je ne jugeais pas ledit combat digne d'intérêt. Aussi, sans un mot, ni un regard de plus, je lui tournai le dos et allai prendre ma place qui me revenait de droit. Le connard était déjà oublié dans mon esprit – enfin presque.

CHAPITRE 3 : TIRELL

Ces idiots s'étaient plantés. Ils m'avaient inscrit à une option que je n'avais pas demandée. Non seulement je n'étais pas passionné par le sujet, mais le prof avait en plus la réputation d'être à moitié fou et de demander des travaux aussi insensés que lui. Résultat, je devais me taper le passage à l'accueil pour effectuer la correction.

Je me dirigeai donc vers le bâtiment administratif, déjà passablement énervé. J'avais vraiment autre chose à faire. Comme rejoindre mes potes Micah, Sheldon et Berkley, ou bien ma copine, Alexa. Rien qu'à cette idée, ma queue eut un petit frémissement. Quoi ? Ne me jugez pas. Après tout, j'étais un jeune homme de vingt-et-un ans – ne chipotons pas pour quelques semaines – il était normal que j'aie une vie sexuelle épanouie.

Je dirais même que c'est plutôt sain. Sans compter qu'Alexa était, pour rester poli, chaude comme la braise. Alors il aurait été stupide de ma part de refuser ce qu'elle m'offrait si généreusement. Or j'étais beaucoup de choses, mais la stupidité n'en faisait pas partie !

Une fois arrivé à destination, je ne pus retenir un juron quand je vis la queue qu'il y avait. Impossible de remettre cela à plus tard, car les options ne pouvaient être changées que le premier jour. Heureusement, il y avait du bon à être le quarterback de l'équipe universitaire et donc à être connu. Je n'eus qu'à ouvrir la bouche pour que la file s'ouvre devant moi comme la mer devant Moïse.

J'étais tellement parti sur ma lancée et, surtout, persuadé que tout le monde allait s'écarter, que je fus pris dans mon élan et allai m'écraser contre la personne devant moi – mec ou fille, je n'aurais su le dire, étant donné son accoutrement.

Il n'y avait désormais plus que deux personnes entre moi et le secrétariat, dont celle que je venais de percuter et qui visiblement n'était pas décidée à bouger. Lorsqu'elle se retourna, je pus découvrir que c'était bien une fille. Certes, le chignon levé – enfin l'amas de cheveux sur sa tête, car Alexa m'aurait massacré si j'avais osé nommer cela un chignon – allié à la finesse de sa nuque auraient dû me mettre sur la voie. Mais bon, je n'avais pas non plus eu le temps de m'attarder sur ce genre de détails. Je vous rappelle que j'étais pressé.

Au regard qu'elle me lança, je me doutai que la fille n'avait pas vraiment apprécié mon rentre dedans. D'ailleurs son regard… Comment vous dire ? Il me transperça de part en part. La couleur de ses yeux était saisissante. Ils étaient bleu-vert, d'une teinte presque transparente. C'était la plus belle couleur qui m'eut été donné de voir. Ils provoquèrent une réaction étrange en moi.

Mais bon, comme tout bon mec qui se respecte, je ne me contentai pas de regarder ses yeux. Les miens passèrent son corps à mon super détecteur de trésor féminin. Pourtant, je revins rapidement à ses yeux. Pourquoi ? D'une part, parce c'était plus fort que moi. Ce regard m'hypnotisait. D'autre part, parce qu'il n'y avait rien à détecter, mon radar n'était pas assez puissant pour passer à travers l'armure vestimentaire de cette fille.

Sérieux, elle aurait été habillée d'un sac, cela aurait été la même. Seul son tee-shirt avec son inscription me fit rire, mais à part cela, il n'y avait rien à garder dans ses vêtements. Comment une fille, avec de surcroît un si joli minois, pouvait accepter de s'habiller ainsi ? Cela devrait être puni par la loi de gâcher un tel corps, car je savais, d'instinct, qu'elle devait être magnifique nue.

Ne me demandez pas pourquoi. C'était comme ça. J'avais un don pour deviner ce genre de choses. D'ailleurs, à l'idée de ce que ces couches informes devaient cacher, ma queue se réveilla, encore plus intéressée que par l'idée d'aller retrouver Alexa. Allez savoir pourquoi. L'attrait de la nouveauté et du défi à n'en pas douter.

Avant que la situation ne devienne gênante pour moi dans mon boxer, je repris les choses en main – pas littéralement bien sûr, j'étais dans un lieu public et j'avais un minimum d'éducation après tout ! Voyant que de son côté, elle m'avait aussi détaillé, je lui dis avec mon sourire le plus sexy, celui qui, je le savais, rendait les filles folles de moi :

— Désolé, bébé, de gâcher ton plaisir, mais il faut que je passe, donc ce serait cool que tu te décales légèrement pour que je puisse aller faire mes démarches. Mais ne t'inquiète pas, tu pourras continuer de mater quand je serai occupé avec la secrétaire.

Ouais, j'en conviens, ce n'était pas très galant de ma part de lui sortir pareille réplique, mais bon, généralement les filles aiment quand je leur parle de la sorte. J'étais d'ailleurs certain que celle-ci ne ferait pas exception. Quand un sourire vint fleurir sur ses lèvres – la rendant encore plus sexy – je fus content de voir que j'avais eu raison.

Aussi, quand elle me répondit :

— Non !

Je ne pus retenir ma surprise. Le coup de la fille qui essaye de faire sa rebelle, on me le faisait rarement. En temps normal, j'aurais profité un peu de cette situation, mais là j'étais vraiment pressé. Toutefois, je ne pus retenir un rire pour son audace. Peu de filles sur le campus auraient osé le faire. Je lui répondis alors :

— Excuse-moi, bébé, mais je crois que j'ai mal compris.

Cette fois, son regard devint meurtrier. Je me rendis alors compte que j'avais fait une grosse erreur de jugement. Cette fille n'était pas du tout sous mon charme. En fait tout, de son regard à sa posture, hurlait qu'elle me détestait. Je ne fus donc que moyennement surpris quand elle me rétorqua, acide :

— Et moi je crois que tu as très bien compris. Tu es visiblement un gros connard, mais je ne pense pas que tu sois sourd ! Tu attendras ton tour comme tout le monde. Bébé !

Je n'eus même pas le loisir de lui répondre, car elle tourna aussitôt les talons, me laissant planté-là, comme si j'étais une quantité négligeable. D'aussi loin que je me souvienne, cela ne m'était jamais arrivé. Inutile de préciser que je n'appréciai pas du tout la sensation amère que cela me laissa dans la bouche.

Cette fille n'avait aucune idée de ce qu'elle venait de faire. Elle aurait agité un torchon rouge devant un taureau qu'elle n'aurait pas obtenu un meilleur effet. Elle allait voir ce qu'il en coûtait de parler ainsi à Tirell McFinay !

Un des guichets se libéra, mais mon objectif avait changé. Je ne voulais plus passer le plus vite possible, je voulais en savoir le plus possible sur mon adversaire.

J'étais un sportif, j'aimais la compétition. Je relevais toujours un défi. Que je sois pendu si ce n'était pas ce que venait de faire cette fille ! La première étape de ma riposte était donc de découvrir son identité. Pour cela, le plus rapide était de passer au même guichet qu'elle et de soudoyer la secrétaire qui venait de traiter son dossier. Oui, je sais, c'était mal. Mais j'ai dit que j'aimais la compétition, pas que je jouais de façon fair-play. L'important, c'est de gagner, comme le dit souvent notre coach.

Justement, la belle – car j'étais persuadé qu'elle était canon sous ses vêtements, même si je n'arrivais pas à comprendre pourquoi elle s'habillait de la sorte – venait de partir.

Je me dirigeai immédiatement vers le guichet qu'elle venait de libérer. J'avais de la chance, car je connaissais bien la secrétaire. Avec mon plus beau sourire, je lui dis :

— Bonjour, madame Findlay. Comment allez-vous ? Toujours mariée ?

— Monsieur Tirell McFinay. Je vais très bien et oui, je suis toujours mariée et heureuse en mariage.

— Petit veinard, ce monsieur Findlay. N'oubliez pas de me prévenir si un jour il oublie sa chance. Je saurai lui rappeler.

— Petit chenapan !

C'était un petit jeu entre nous. Je faisais semblant de la draguer, en retour elle faisait semblant de me croire et jouait sa mijaurée.

— Bon, comme tu vois, il y a beaucoup de monde. Alors, es-tu venu uniquement pour faire ton charmeur ou bien as-tu une raison valable ?

— Figurez-vous que oui. Je voudrais avoir le plus d'informations possibles sur la fille qui vient de quitter votre bureau.

Avec un claquement de langue, madame Findlay me répondit :

— Tsss, il n'est pas question que je te donne la moindre information sur cette fille. Si tu en veux, tu es un grand garçon, je suis certaine que tu peux aller le lui demander.

Ouais, sauf que je risquais d'y laisser mes couilles en cours de route. Or j'avais beau être intrigué par cette fille, je tenais trop à mon service trois pièces pour le mettre en danger.

Faisant ma tête d'enfant de choeur, je la suppliai :

— Allez, madame Findlay, s'il vous plaiiiiiiiiit.

— Non, non et non.

Voyant mon air misérable, elle eut un soupir et je sus que je venais de gagner la partie.

— Il se peut que j'aie besoin d'un nouveau stylo et que je doive m'absenter durant deux minutes – pas une de plus – en oubliant de verrouiller mon ordinateur qui est resté sur le dossier de la personne précédente.

Comprenant où elle voulait en venir, je lui répondis avec un sourire éblouissant :

— Je pense en effet que le stylo que vous avez là est vraiment défaillant et qu'il vous en faut absolument un nouveau.

Avec un clin d'œil, elle s'éloigna. Aussitôt, je me jetai sur son ordi. Enfin, je me penchai pour voir l'écran. Je savais que mon temps était compté. Madame Findlay avait beau être conciliante, elle n'allait pas s'absenter longtemps. Je me contentai donc de retenir les principales informations : Megan Adman, 20 ans, troisième année de droit. Quand je vis les options qu'elle avait choisies, j'eus un sourire machiavélique. Elle en avait une en commun avec moi, celle que je voulais faire annuler. Il semblerait que même Dieu soit de mon côté sur ce coup. Or, qui étais-je, pour contrarier les plans du Divin ?

Je ne pus aller plus loin dans la lecture de sa fiche, car ma secrétaire préférée était de retour. Peu importe, j'avais les éléments les plus importants. Les autres, je réussirais bien à les découvrir d'une manière ou d'une autre.

— Bon, Tirell, que puis-je faire pour toi. Pour de vrai ?

— En fait, madame Findlay, vous venez de traiter ma demande.

Je me relevai en lui disant :

— Bonne journée à vous.

À nous deux, Megan Adman ! Tu venais peut-être de gagner la première bataille, mais j'étais bien déterminé à gagner la guerre !

CHAPITRE 4 : MEGAN

Jusqu'à présent, si on oubliait ma mésaventure avec le type de ce matin, je ne m'en sortais pas trop mal. J'avais eu le droit à quelques regards curieux, mais je savais qu'avec mon statut de nouvelle, c'était inévitable. Le plus important étant qu'ils ne m'avaient pas trop mise mal à l'aise.

La matinée venait de se dérouler sans souci notable et je me dirigeais maintenant vers le restaurant universitaire. Pour beaucoup de gens, manger seul représentait une épreuve peu attrayante. Pour moi, c'était tout le contraire. En fait, si je m'étais écoutée, j'aurais acheté mon repas et serais allée le manger derrière un arbre, loin de tous.

Depuis cinq ans, j'avais des difficultés à rester longtemps entourée de personnes. Sans être agoraphobe, le contact des autres m'était pénible. Je pouvais y faire face s'il le fallait, mais je ne le faisais jamais par plaisir. Je préférais de loin la solitude.

Quelques fois, je me disais que j'étais stupide de me laisser ainsi dicter ma conduite sur la base d'un seul événement. D'autres fois – souvent, en fait –, je me faisais la réflexion, qu'en réalité, je ne loupais pas grand-chose. Selon moi, les gens étaient souvent opportunistes. Ils ne vous côtoyaient que lorsqu'ils avaient quelque chose à y gagner et rarement pour le seul plaisir de votre compagnie. En tout cas, moi, je n'avais rencontré que cette catégorie de personnages. C'était peut-être triste, mais c'était la réalité, ma réalité. À mes yeux, la conclusion était donc simple, je me disais que j'étais aussi bien toute seule. Sans compter que me lier d'amitié avec d'autres personnes, les amènerait à découvrir un jour ou l'autre que mon comportement n'était pas normal. Cela entraînerait alors inévitablement des questions auxquelles je ne voulais en aucun cas répondre. Bref, j'étais mieux seule.

Une fois devant la cantine, je me rendis compte que je n'étais pas la première à avoir eu cette idée. Il y avait déjà une queue d'enfer pour arriver aux plateaux. Seigneur, mais cette université était pire que Disneyland !

Prenant mon mal en patience, j'allai me placer gentiment à la fin d'une des deux files qui semblaient entourer les cuisines. Pour faire passer le temps, je sortis mon téléphone de ma poche. Sans surprise, j'y trouvai un message de ma mère :

coucou mon poussin alors comment s est passee ta matinee je t aime

Je rigolai toute seule en lisant le SMS. Ma mère avait eu du mal à se mettre au téléphone portable. Elle avait d'ailleurs toujours des difficultés à trouver les caractères spéciaux pour taper ses messages. Je me retrouvais donc souvent avec des messages qu'il me fallait lire plusieurs fois pour en comprendre le sens exact.

En l'occurrence, ce n'était pas très compliqué. Je lui répondis donc :

Oui. Tout se passe bien. Mon emploi du temps est cool.

Moi aussi je t'aime. Je t'appelle ce soir.

Une fois mon message envoyé, je rangeai mon téléphone dans ma poche et attendis patiemment mon tour.

Cela faisait environ dix minutes que je poireautais, quand j'entendis un groupe bruyant qui venait de faire son entrée dans le bâtiment. Comme 99 % des personnes autour de moi, je me retournai pour faire ma commère.

Étant donné que tous les mecs portaient le même blouson arborant les mêmes couleurs, j'en déduisis que j'avais devant les yeux une partie de la fameuse équipe de foot. *Génial.* Un concentré d'intelligence et de galanterie ! Quand on pensait à la température qu'il faisait, je trouvais assez stupide de s'habiller de la sorte pour affirmer son appartenance à un groupe. Ils devaient crever de chaud là-dessous !

Je ne fus même pas étonnée de retrouver, parmi eux, mon « adorable » interlocuteur de ce matin. Je le fus encore moins quand je le vis avec une bimbo accrochée à son bras, comme une moule à son rocher. J'étais prête à parier mes deux mains que cette Barbie siliconée était la meneuse des pom-pom girls. *Seigneur.* Ces deux-là étaient un cliché vivant à eux seuls. Ils me donnaient envie de vomir.

Le groupe avait pris la direction de l'autre file. Sans réelle surprise, je les vis la remonter pour aller se servir l'air de rien, sans aucune gêne, comme si les autres n'étaient pas en train de faire la queue depuis une plombe.

Mais ce qui m'horripila le plus, ce fut de voir que personne sur leur chemin ne pipa mot. Tous se comportaient comme si c'était tout à fait normal et habituel. D'ailleurs, je pense que c'était le cas – je parle de l'habitude bien sûr.

Pire encore ? Il y en avait même qui en profitaient pour les saluer et leur lancer une petite plaisanterie.

J'avais toujours des difficultés à comprendre ces personnes qui étaient prêtes à tout pour avoir des miettes de notoriété. J'aurais tellement voulu leur dire que c'était d'une futilité sans nom et surtout que c'était éphémère. S'ils savaient à quel point on peut, du jour au lendemain, passer de la coqueluche à la bête noire, celle sur laquelle on chuchotait avec plus ou moins de discrétion. Ils ne savaient pas ce que cela faisait d'être obligé de devoir déménager et de changer d'école parce que cela devenait insupportable de mettre un pied dehors. Mais l'ironie de tout cela, c'était que les personnes qui chuchotaient sur le dos des autres, pouvaient du jour au lendemain être celles sur qui on chuchotait.

J'étais tellement dégoûtée par la scène qui venait de se dérouler et déprimée par mes idées noires, que mon appétit se coupa. Je pesai le pour et le contre durant dix secondes, avant de décider de tourner les talons et d'abandonner mon attente.

Je fis donc demi-tour et remontai la file jusqu'à me retrouver dehors, à profiter de la chaleur du soleil. J'étais tellement glacée par mes pensées qu'il me fallut de longues minutes pour me réchauffer sous ses rayons.

Je détestais ces moments de faiblesse. Ils étaient moins nombreux maintenant qu'il y a cinq ans, mais la sensation était toujours aussi désagréable. J'avais consulté différents psys pour essayer de me guérir de ces crises, mais la seule chose que tous avaient réussi à faire, c'était extorquer de l'argent à mes parents.

Seule ma dernière psychiatre en date, le Dr Zichtern, m'avait fait du bien. Ensemble, nous avions analysé ce qui les causait. Elle m'avait alors aidée à détecter les situations qui étaient susceptibles de les provoquer pour que je puisse limiter leur nombre.

Ce que j'aimais bien avec ma psy, c'était qu'elle ne m'obligeait pas à revenir sans cesse sur ce qui m'était arrivé. D'expérience, je dirais que me remémorer ces moments difficiles n'était jamais salvateur. En fait, cela avait surtout tendance à me faire replonger.

Après, si mes crises étaient désormais plus rares, c'était également parce que le cerveau humain avait cette capacité d'atténuer les traumatismes avec le temps. Attention, je ne suis pas en train de dire que l'on finit par oublier, il y aura toujours des éléments qui seront déclencheurs de mauvais souvenirs, mais ils étaient de moins en moins nombreux. Le temps guérit toutes les blessures. Ou presque. Cependant, elles laissaient des cicatrices.

Au début, rien que le fait de me sentir observée suffisait à être responsable d'une crise de panique.

Aujourd'hui, il fallait un contact. Et encore, tous n'en provoquaient pas une. La preuve en était avec ce qui s'était passé ce matin.

Histoire de me changer les idées, je m'assis à l'ombre d'un arbre et sortis mon emploi du temps. Globalement, je n'étais pas trop mal lotie, j'avais deux après-midis de libres et un où je finissais très tôt. Je devais demander son accord à ma patronne, mais je pourrais venir travailler ces trois après-midis, sans oublier le samedi entier.

Je vous l'ai déjà dit, mais j'ai toujours eu certaines facilités à l'école. *AVANT*, j'avais plutôt tendance à me reposer sur ces capacités. *APRÈS*, je m'étais jetée à fond dans mes études. J'avais enfin trouvé ma voie. Je voulais devenir avocate pour pouvoir défendre les opprimés, mais pas comme j'avais été défendue.

L'expérience scandaleuse que j'avais eue avec la Justice y était pour beaucoup dans le choix de mes études. Je voulais éviter à d'autres de vivre ce que j'avais vécu. Voir la Justice se ranger du côté des plus puissants et non de ceux qui le méritaient, laissait un goût amer dans la bouche qu'il était difficile de faire disparaître.

Si j'avais changé d'école en cours de route, c'était parce que les profs de cette université correspondaient plus à ma vision du droit que ceux que j'avais eus ces deux dernières années.

Faire du droit dans l'objectif de faire une belle carrière et d'avoir des revenus plus que confortables ? Très peu pour moi. Si je voulais suivre cette voie, c'était pour me battre afin que ce principe selon lequel la Justice traite tout le monde sur un pied d'égalité et de manière partiale, soit respecté. C'était peut-être naïf de ma part, mais c'était ce qui me donnait la volonté de continuer à me battre.

Avec mes notes, je n'avais eu aucune difficulté à obtenir mon transfert. En fait, c'était surtout mon ancienne école qui avait tiré la gueule en apprenant ma volonté de partir. J'avais même eu le droit à la convocation dans le bureau du doyen qui voulait connaître les raisons qui me motivaient à faire cette demande.

Inutile de vous dire que j'étais restée vague. Je n'allais pas lui dire que je trouvais les enseignants un peu trop cupides. Sans parler que leurs idéologies n'étaient pas ma seule motivation. J'avais besoin de m'éloigner de mes parents, même si cela me donnait la sensation d'être une fille horrible. Enfin, et surtout, j'avais eu vent de quelques échos dans les couloirs me laissant penser que mon histoire commençait à circuler. Franchement, je ne pensais pas que des personnes se disant adultes allaient se mettre à colporter des ragots. Mais bon, il faut croire que j'avais une vision trop idéaliste de ce monde.

Était-ce trop demander que d'être jugée et appréciée pour ce que je faisais et non pour ce qui m'était arrivé ? Il faut croire que oui.

Jetant un nouveau coup d'œil à mon emploi du temps, je repérai les deux cours d'une des options que j'avais choisie et qui était nouvelle pour moi : l'essai littéraire.

Comme je m'étais retrouvée, par la force des choses, un peu isolée, j'avais développé un goût immodéré pour la lecture. Dans ma jeunesse, mes parents devaient me forcer à lire un livre. D'ailleurs, ils n'arrivaient que rarement à leur fin, je me contentais généralement des livres qui étaient obligatoires à l'école.

Puis, j'avais eu un déclic. J'en avais eu marre de me morfondre devant la télé, faute d'avoir rien de mieux à faire. Un matin, je m'étais levée et avais décidé que c'était terminé. Certes, je ne passais plus mes samedis après-midi au centre commercial avec mon groupe de copines. Certes, je ne sortais plus les vendredis et samedis soir pour m'éclater avec ces mêmes copines et les plus beaux garçons du lycée. Mais je n'allais pas me laisser pour autant lobotomiser par la télévision.

Je m'étais alors fait violence pour sortir de chez moi et m'étais rendue dans la bibliothèque de la ville. J'avais parcouru plusieurs rayons sans ressentir la moindre attirance pour ce qui m'entourait. Alors que je commençais à me dire que mon cas était désespéré, j'étais arrivée dans le rayon « lecture légère ». Vous pouvez comprendre, sous ce terme, la lecture sentimentale, la romance. Bref, de la lecture où l'amour et la passion coulent à flot, où les héros vivent heureux et ont beaucoup d'enfants à la fin. Vu le désastre qu'était devenue ma vie, m'évader avec des histoires qui finissent bien me semblait une idée pas trop mauvaise.

C'est ainsi que ma grande histoire d'amour avec la romance avait vu le jour. Cela faisait maintenant cinq ans que cela durait et ma passion n'avait pas faibli. Je pouvais dévorer des pages et des pages sans me lasser.

J'aimais à croire que les scénarios que je lisais étaient possibles dans la vraie vie, même si j'en doutais fortement.

Alors, lorsque j'avais vu cette option « essai littéraire », je m'étais dit : « pourquoi pas » ? À mon avis, je ne pouvais que m'éclater à ce cours. En plus, avec les milliers de pages que j'avais lues, j'avais de l'inspiration. Malheureusement, je doutais que mon style de lecture soit admis dans le cours. Mais bon, il est permis de rêver, non ?

Enfin, j'en saurai un peu plus – je jetai un coup d'œil à mon emploi du temps pour vérifier – demain, en fin de journée.

Pour l'heure, je devais retourner en cours. Plus que deux heures et je pourrais enfin retourner dans mon cocon tranquille, loin de toutes ces personnes.

CHAPITRE 5 : MEGAN

Je tournai la clé dans la serrure et pénétrai enfin dans mon appartement. Je jetai, plus que je ne le posai, mon sac à côté de la porte. Je retirai à la va-vite mes chaussures et allai m'affaler sur mon canapé-lit, les bras en croix.

Je restai ainsi, à fixer le plafond blanc, durant plusieurs minutes, appréciant le calme qui régnait dans mon antre. Il n'y avait pas à dire, j'étais bien mieux ici que sur le campus. Et pourtant, demain matin, je devrais remettre ça. Encore, et encore. Mais bon, à chaque jour suffisait sa peine.

Après être restée ainsi durant un laps de temps indéterminé, je me relevai pour aller chercher le balai dans un de mes placards muraux.

Comme je n'avais jamais vécu seule avant cette année, je devais m'organiser pour que mon logement ne ressemble pas à une chambre d'ado prépubère. Ou pire, une chambre d'étudiant ! J'avais donc établi un certain nombre de règles :

- passer le balai tous les jours en rentrant de cours ;
- sortir la poubelle dès qu'elle était pleine ;
- ne jamais laisser de vaisselle sale dans l'évier ;
- ne pas laisser le linge sale s'accumuler ;
- tous les dimanches, laver mon appart de fond en comble.

Pour le moment, j'étais plutôt fière de moi. Cela faisait deux semaines que j'avais emménagé et j'avais réussi à tenir tous mes objectifs.

Après avoir balayé, j'ouvris mon frigo pour me rendre compte qu'aucune bonne fée n'était venue dans la journée pour le remplir comme par magie. Il allait donc falloir que j'aille faire quelques courses. Ce serait d'ailleurs l'occasion d'en profiter pour me rendre à la boutique de Mme Wildson pour caler mes horaires. Nous avions convenu que nous le ferions dès que j'aurais mon emploi du temps définitif.

J'étais vraiment consciente de la chance que j'avais d'être tombée sur cette gentille dame. Entre nous, le feeling était tout de suite passé et j'étais convaincue que je n'aurais pas à me plaindre de la façon dont elle allait me traiter.

Je sais que cela pouvait paraître bizarre comme job d'étudiant de travailler dans une mercerie, mais pour moi c'était idéal. Je n'aurais pas besoin de travailler le soir – après vingt-deux heures, mes yeux se fermaient d'eux-mêmes – et je n'aurais pas à traiter avec des jeunes de mon âge.

Quand je pensais aux jobs que les autres étudiants avaient l'habitude de prendre – serveur(euse) et barman principalement – j'en avais des sueurs froides. Jamais de la vie je n'aurais pu faire ça.

Bien que j'eusse préféré rester à flemmarder chez moi, je remis donc mes baskets. Je vérifiai que j'avais bien mon portefeuille sur moi et sortis à nouveau, mais nettement moins stressée que le matin même.

Je me rendis en premier chez Mme Wildson. Lorsque j'ouvris la porte de la boutique, la petite clochette placée en haut de celle-ci, pour prévenir de l'arrivée d'un nouveau client, se mit à tinter.

— J'arrive, j'arrive, lança joyeusement ma patronne.

— Ne vous pressez pas, Mme Wildson, ce n'est que moi.

— Oh, Megan. Alors comment s'est passée cette première journée, ma grande ?

— Plutôt bien.

— Eh bien dis donc, l'enthousiasme ne t'étouffe pas !

Je me contentai de rire de sa remarque.

Au même moment, la petite sexagénaire émergea de l'arrière-boutique. Ses cheveux gris permanentés étaient, comme toujours, parfaitement arrangés. Je ne savais pas comment elle faisait pour avoir ainsi l'air de toujours sortir de chez le coiffeur, mais je lui tirais mon chapeau.

Mme Wildson était tout à fait assortie à sa boutique. Elle alliait à merveille le charme et l'élégance. Mais le plus grand atout de cette dame, c'était sa gentillesse. Elle répondait en tout point au cliché que je me faisais de la super mamie. D'ailleurs j'aurais adoré l'avoir comme grand-mère.

Je ne sais pas pourquoi elle m'avait choisie. Peut-être que je lui avais fait pitié, peut-être que je lui rappelais quelqu'un ou peut-être qu'elle m'aimait bien, tout simplement. En tout cas, elle me donnait l'impression que la troisième proposition était la bonne.

— Alors, cet emploi du temps ?

— Figurez-vous que j'ai mon lundi et mercredi après-midi de libre, et le jeudi, je termine à 14h !

— C'est super ça. Alors, quand veux-tu venir travailler ?

— Ces trois après-midis, ainsi que le samedi ? Par contre, durant la période des examens, je réduirai peut-être mes heures.

— Comme tu veux, ma grande. Je te l'ai déjà dit, c'est à toi de voir.

Est-ce que je vous ai déjà dit que j'adorais ma patronne ?

Sa remarque aurait pu me surprendre, mais ce n'était pas le cas. Mes horaires étaient complètement aménageables. J'avais une grande liberté, que ce soit dans les jours auxquels je venais, ainsi que les horaires que je faisais. En gros, je venais quand je le voulais et autant de temps que je le souhaitais. Lorsqu'elle m'avait dit cela lors de mon entretien, j'avais cru qu'elle se moquait de moi, ou bien que j'étais en plein rêve, ou bien encore qu'elle n'avait pas toute sa tête.

En réalité, Mme Wildson n'avait pas besoin d'une vendeuse, elle avait besoin que quelqu'un l'aide pour trier des années de paperasse qu'elle n'avait pas eu le courage de ranger. Selon elle, deux ans de travail n'auraient pas suffi à le faire. Moi, je pensais qu'elle exagérait légèrement, mais il est vrai que cela représentait pas mal de travail. Certes, il m'arrivait de la remplacer à la caisse quand elle était occupée avec un autre client, ou qu'elle allait boire son café avec la coiffeuse d'en face, mais c'était assez rare.

Je vous l'avais dit, ce job était parfait pour moi. En même temps, la vie ne pouvait pas toujours me faire des crasses.

Toutefois, je n'étais pas malhonnête, je lui avais donc fait remarquer que financièrement, ce ne serait pas la même chose pour elle en fonction du nombre d'heures que je faisais. Ce à quoi, elle m'avait répondu que vue la quantité de travail que cela représentait, cela n'était pas un souci. Quant à la problématique financière, elle l'avait balayée d'un revers de main.

Maintenant que je la connaissais un peu mieux et qu'elle m'avait un peu conté son histoire, je savais que ma patronne était loin d'être dans le besoin. Son mari avait été le propriétaire d'une entreprise florissante. N'ayant pas eu d'enfant, à sa mort, Mme Wildson avait été obligée de chercher un repreneur. Enfin, plus précisément un partenaire, car ma patronne était en réalité une redoutable femme d'affaire. Elle détenait donc 50 % des parts de l'entreprise de son défunt époux, ce qui lui assurait un revenu régulier. Cette boutique n'était pas son moyen de subsistance, mais la concrétisation d'un rêve qu'elle avait depuis toute petite.

Elle me tira de mes pensées en ajoutant :

— Es-tu certaine de ne pas vouloir au moins ton samedi après-midi pour le passer avec tes copines ? Ou bien avec ton petit ami, peut-être.

— C'est gentil à vous de me le proposer, mais vous savez, je viens d'arriver. Sans compter que, pour être honnête avec vous, les relations sociales, ce n'est pas ma tasse de thé.

— Tsss. C'est parce que tu n'as pas encore eu l'occasion de rencontrer un gars de chez nous.

Oh si, j'en avais rencontré un et s'ils étaient tous faits dans le même moule, laissez-moi vous dire que j'allais passer mon temps à me planquer ici ou dans mon appartement. Toutefois, je me gardai bien de lui répondre ceci. D'ailleurs, je préférai garder le silence.

Ayant un peu de temps devant moi, j'allai dans l'arrière-boutique pour ranger des papiers durant deux petites heures.

Quand j'eus fini de trier un vieux dossier sentant le moisi et dans lequel j'avais trouvé un cadavre d'araignée – beurk ! – et une tonne de poussière, je souhaitai une bonne fin de journée à Mme Wildson et lui dis à après-demain.

Je pris ensuite la direction de l'épicerie du quartier pour faire quelques courses. Je dépensai l'équivalent de ce que je venais de travailler, mais il fallait bien se nourrir. Contrairement à mes parents, je n'avais pas de jardin pour y faire pousser mes propres légumes.

Une fois de retour chez moi, je rangeai mes achats, puis appelai ma mère le temps que mes pâtes cuisent. Je lui racontai dans les grandes lignes ma journée, ce qui ne prit pas plus de dix minutes – pile-poil le temps de cuisson de mon plat ! Bien évidemment, j'occultai le passage de ce matin avec le sportif. De toute façon, il n'y avait rien d'intéressant à dire sur le sujet. Des connards, on en croisait tous les jours, malheureusement !

Je mangeai sur ma table-bar, puis allai me coucher sur mon canapé-lit, accompagnée d'un bon bouquin sur des Highlanders et une histoire de voyage à travers le temps.

Quand vingt-deux heures pointa le bout de son nez, j'étais déjà dans les bras de Morphée.

CHAPITRE 6 : MEGAN

Le lendemain, le réveil ne fut pas plus aisé que la veille et je n'étais pas plus motivée non plus. Seule différence au tableau ? Je connaissais le campus. Encore que « connaître » était un bien grand mot !

À midi, je ne me fis pas avoir une deuxième fois. Je fis en sorte d'arriver plus tôt pour éviter l'heure d'affluence et ainsi m'épargner une queue interminable. Je trouvai ensuite une petite table un peu isolée et m'installai pour prendre mon repas tranquillement.

Enfin, ce fut le cas durant les cinq premières minutes. Je venais à peine de finir mon entrée que je vis du mouvement dans mon champ de vision. Immédiatement sur mes gardes, je relevai la tête. Je fus soulagée de voir que c'était une fille et non un gars qui venait troubler mon paisible repas – même si j'aurais préféré que personne ne le fasse. L'étudiante qui me faisait face, était rousse, petite et bien en chair, sans pour autant être qualifiée de grosse. Elle avait juste des formes où il fallait. En revanche, sa tenue ne la mettait pas du tout en valeur. Je ne sais pas pourquoi, mais j'étais convaincue que si c'était un choix pour moi, ce n'était pas son cas. Dire qu'elle ne semblait pas à l'aise était un euphémisme. Ce qui rendait d'autant plus incompréhensible sa présence ici.

Je n'avais aucune idée de ce qu'elle me voulait. Cependant, je n'eus pas besoin de lui poser la question, car elle me dit :

— Bonjour. Est-ce que je peux me mettre à cette table ?

Bon je ne vais pas vous mentir, « non » fut la première réponse qui me vint à l'esprit. Mais dans la mesure où je n'étais pas propriétaire de ladite table, que je n'attendais personne et que je n'étais pas une garce finie, je n'avais aucune raison de lui refuser sa demande. Je fis donc ma bonne action de la journée et me contentai de lui faire un signe de la main pour lui faire savoir qu'elle pouvait s'installer si elle le souhaitait.

Bizarrement, j'avais l'impression qu'elle avait choisi cette table pour les mêmes raisons que moi : elle était isolée du reste de la salle et on passait presque inaperçu en étant installé ici. Je n'avais aucune idée de la raison qui la poussait à vouloir se cacher, mais je n'allais certainement pas lui demander. D'une part, parce que cela ne me regardait pas et, d'autre part, car elle risquait de me retourner la politesse. Or je ne voulais en aucun cas lui répondre.

En fait, je ne comptais pas initier la discussion tout court. Je repris donc mon repas l'air de rien. Malheureusement, ma collègue de table était plus polie que moi, elle se présenta :

— Au fait, moi, c'est Ether.

Là, plus moyen d'y couper, je devais lui répondre. Sauf à lui faire de la peine inutilement. Sachant trop bien ce que l'on ressentait à se faire exclure, ce n'était pas envisageable pour moi de le faire subir à une autre. Néanmoins, n'étant pas une grande bavarde – j'avais perdu l'habitude – je me contentai de lui répondre :

— Megan.

Pas de bol, ma voisine y vit une invite :

— Enchantée, Megan. Alors, tu es en quoi ?

Je me fis alors à l'idée que j'allais devoir faire un effort de sociabilité.

— Troisième année de droit.

— Bizarre, c'est la première fois que je te vois ici.

— Normal, je viens d'arriver. J'étais dans une autre université avant.

Je devais bien lui reconnaître une qualité, Ether n'était pas d'une curiosité maladive, car elle se contenta de ma réponse, sans chercher à en savoir plus. Elle avait compris que je ne souhaitais pas en dire plus et elle respectait mon choix. Je dois dire que c'était un bon point pour elle. Pour la peine, je fis un effort et lui demandai :

— Et toi ?

— Je suis en troisième année de français.

— Cool.

Ne voyant rien d'autre à ajouter, je replongeai le nez dans mon assiette pour continuer mon repas. De son côté, Ether en fit de même. Pourtant, notre silence n'était pas pesant.

Alors que j'approchais de la fin, elle me demanda :

— C'est quoi ton prochain cours ?

— Essai littéraire.

— Bonne chance alors !

— Pourquoi ?

— Parce que le prof, monsieur Trandeson, est à moitié fou. Tous les ans, il donne des travaux tous plus farfelus les uns que les autres. À croire qu'il se lance des défis à lui-même.

Et merde. Voilà pourquoi c'était un avantage d'aller dans une université de votre coin. Vous connaissiez tous les pièges à éviter. Ce n'était pas mon cas. Néanmoins, étant donné que j'étais moi-même un peu folle, peut-être que nous allions nous entendre comme deux larrons en foire. Qui sait ? Après tout, l'espoir fait vivre, enfin il paraît.

— Eh bien, je vais bientôt être fixée. Au pire, je pourrai toujours changer d'option.

— Ma pauvre, celle-là, ils ont trop de mal à la remplir. Du coup, ils n'acceptent jamais que l'on puisse en changer. Sauf si tu t'y prends le premier jour.

Bon, bah l'affaire était réglée. De toute façon, ce n'était que pour un semestre. Je ne voyais pas ce qui pourrait être si terrible que je ne puisse pas le supporter pendant cinq mois. Après tout, j'avais déjà vécu pire.

Jetant un coup d'œil à ma montre, je me rendis compte que je ne devais pas m'attarder si je ne voulais pas être en retard. Il me restait à peine dix minutes et le bâtiment que je devais rejoindre était à l'autre bout du campus.

Je rassemblai donc mes affaires et dis à Ether :

— Bon, bah, souhaite-moi bonne chance.

— *Bonne chance*[1].

Alors que j'allais m'éloigner, Ether m'interpella :

— Dis, Megan, si tu es à cette table demain, est-ce que je peux me joindre à nouveau à toi ?

1. En français.

Comment lui dire non ? Surtout, qu'à ma plus grande surprise, j'avais apprécié manger en sa compagnie. Je lui répondis donc :

— Oui, bien sûr.

Le sourire qui vint illuminer son visage la rendit très jolie. Il la transfigura. Si elle souriait plus souvent, cette fille aurait un succès fou.

Après lui avoir souhaité un bon après-midi, je pris la direction du bâtiment Washington au pas de course, prête à faire la rencontre de ce fameux M. Trandeson.

CHAPITRE 7 : MEGAN

Ok, je devais reconnaître qu'Ether ne m'avait pas menti. Le professeur Trandeson était vraiment un cas à part. Quand il arriva dans la salle de cours, habillé de son costume d'un autre temps, agrémenté du nœud papillon le plus hideux qu'il m'ait été donné de voir – tout comme son costume d'ailleurs –, je compris tout de suite que j'avais affaire à un personnage.

Il salua les treize élèves de sa classe – mauvais chiffre ça – et nous expliqua en quoi allait consister notre devoir maison pour valider notre semestre :

— Vous allez expérimenter l'écriture à quatre mains, sur un thème et avec un partenaire que vous allez tirer au sort. Normalement, vous devriez être quatorze. Si le retardataire ne vient pas, nous aviserons. En attendant, je vais vous demander de venir tirer un papier dans ce chapeau. Chaque bout contient la catégorie littéraire sur laquelle vous devrez écrire. Le collègue qui aura tiré la même que vous sera votre binôme.

Ce cher professeur venait d'atterrir tout droit dans ma black-list. Quelle idée de tordu ! Pourquoi nous imposer ce travail à deux ? Surtout avec un partenaire tiré au sort. La poisse !

Chacun notre tour, nous vînmes extraire un bout de papier du chapeau hideux. Quand je vis ce qui était inscrit sur le mien je crus défaillir :

Romance érotique

C'était une blague ? Ce prof n'était pas que fou, c'était un fou pervers !

Je repensai alors à la réflexion que je m'étais faite la veille sur le fait que mon style de lecture avait peu de chance d'avoir le vent en poupe dans ce cours, mais qu'il était possible de rêver.

Eh bien le rêve – le cauchemar en vérité – venait de devenir réalité !

J'avais un sérieux problème de communication avec le Tout Puissant. Pour une fois qu'Il exauçait un de mes souhaits. Il s'arrangeait pour me le faire regretter.

Petit à petit, je vis les autres élèves découvrir ce que le sort avait décidé pour eux. Certains se réjouirent, d'autres firent la gueule. Comme moi. Sauf que je pense que l'on pouvait dire que je remportais la palme de cette dernière catégorie.

Rapidement, il devint évident que j'étais l'heureuse gagnante de la « sans partenaire ». Peut-être allais-je avoir enfin un peu de chance. Le prof avait dit qu'il allait prévoir un dispositif pour celui qui serait seul – car il était évident que le retardataire était en réalité un petit malin qui s'était désinscrit hier. Avec un peu de chance, monsieur Trandeson allait accepter que j'écrive seule mon histoire, ce qui ne serait pas si terrible. Il pouvait aussi me demander de me greffer à un autre groupe, ce qui m'épargnerait au moins de devoir écrire une romance érotique.

J'avais à peine formulé cette pensée, que la porte de la salle de classe s'ouvrit, me masquant le fameux retardataire.

Au moment où M. Trandeson dit :

— Monsieur McFinay, heureux de voir que vous daignez finalement nous honorer de votre présence.

J'eus une vue imprenable sur l'élève en question. Je sentis alors le sang quitter mon visage.

Putain, mais qu'avais-je fait au Seigneur pour qu'il m'en veuille autant ?

Monsieur McFinay n'était autre que le connard de la veille, celui dans la queue, ce qui voulait dire que j'allais devoir écrire une putain de romance érotique avec lui !!!

CHAPITRE 8 : TIRELL

Encore une fois, ma pause déjeuner avec Alexa avait dérapé. Elle avait pris plus de temps que ce qui était prévu initialement. Il n'y avait pas à dire, cette fille était un cadeau des Dieux pour un homme. Enfin, côté sexe. Pour le reste, j'étais le premier à reconnaître qu'elle pouvait être vraiment chiante. Avec ses congénères du même sexe, c'était encore pire, une vraie garce.

Elle m'avait supplié de sécher ce cours en me proposant une activité extrascolaire tentante. Je dois avouer que mon cerveau du bas avait été plus que d'accord avec cette idée de génie. Puis, je lui avais rappelé pourquoi il était important de participer à ce cours. Cela tenait en deux mots : Megan Adman. Immédiatement, mon mini-moi s'était rangé de mon côté. Solidarité masculine oblige.

J'avais donc pris le chemin me menant à ma revanche. Sauf que j'étais un peu à la bourre. J'espérais que le vieux Trandeson n'allait pas me refuser l'entrée de sa classe, ce serait vraiment la loose. Malheureusement, le connaissant, ce vieux grigou en était tout à fait capable.

Bien évidemment, je trouvai la porte fermée. Sans prendre le temps de frapper, j'entrai directement dans la pièce. Si Trandeson voulait me jeter de son cours, il faudrait littéralement qu'il le fasse lui-même.

Sans surprise, mon arrivée fut accueillie par un :

— Monsieur McFinay, heureux de voir que vous daignez finalement nous honorer de votre présence.

Je lui lançai mon plus beau sourire et lui répondis :

— Monsieur Trandeson, merci de me faire l'honneur de m'accepter dans votre cours si prestigieux. Je vous prie d'excuser mon retard qui, je le sais, vous désappointe. Sachez néanmoins qu'il est indépendant de ma volonté.

Ma réplique provoqua des rires de la part des autres étudiants, mais ce cher professeur ne me laissa pas le dernier mot et rétorqua :

— J'espère que vous saurez mettre à profit votre talent de beau parleur pour me faire rêver avec votre devoir, monsieur McFinay.

Inutile de préciser que je n'avais pas la moindre idée de ce dont il parlait, mais je n'allais pas lui faire le plaisir de lui demander des précisions. De toute façon, je savais qu'il ne pourrait pas se retenir bien longtemps. C'était quelque chose que j'avais vite appris avec les profs : ils ne perdaient jamais une occasion de vous montrer la supériorité qu'ils pensaient avoir sur vous. Ils raffolaient de vous prouver qu'ils détenaient du savoir que vous n'aviez pas. Autrement dit, les profs étaient imbus de leur petite personne. De ce fait, ils étaient facilement manipulables et prévisibles dans certaines situations, comme dans le cas présent.

En attendant que monsieur le professeur daigne me mettre au courant, je parcourus la classe des yeux, d'une part, pour trouver une place où m'asseoir et, d'autre part, pour trouver ma proie.

Étant donné le peu d'élèves, les deux tâches furent aisées. Quand mon regard croisa enfin celui vert azuré de celle que je cherchais, je ne pus retenir un sourire moqueur. Elle était livide. On aurait cru qu'elle venait de voir un fantôme. Je savais que j'étais impressionnant, mais à ce point ? C'était me faire trop d'honneur, Mademoiselle Adman !

— Monsieur McFinay, en attendant que vous preniez place, voici les grandes lignes de ce que vous avez loupé. Votre devoir de fin de semestre consiste à écrire un essai littéraire à quatre mains avec un de vos collègues, ici présent. Le thème de votre récit est inscrit sur ce bout de papier.

En disant cela, il me tendit un vieux chapeau melon dans lequel trônait un pauvre malheureux bout de papier. Je le pris, le dépliai et lus ce qui était écrit :

Romance érotique

Oh putain, je sens que je vais adorer ce cours. Avant que je n'aie pu finir d'apprécier le comique de la situation, monsieur Trandeson me donna le coup de grâce en annonçant :

— Quelle est la personne qui n'avait pas encore son binôme ?

Quand je vis Megan Adman lever timidement un bras, le regard lançant des tornades destructrices, je dus me retenir pour ne pas faire une danse de la victoire devant toute la classe.

Ça y est, je venais d'avoir la preuve que Dieu existait.

Ce cours venait de devenir officiellement mon préféré de l'année !

Un sourire aux lèvres, je m'avançai en direction de celle qui venait de devenir ma co-équipière d'écriture. Au fur et à mesure que je m'approchais, elle se raidissait de plus en plus à tel point que je fus surpris de ne pas entendre ses os craquer.

De mon côté, une certaine excitation s'empara de moi et se fit de plus en plus forte. Je sentais le sang pulser dans mon corps, me remplissant d'adrénaline. À cet instant, j'avais l'impression d'être un prédateur s'approchant de sa proie, la sachant piégée. L'effet était inédit pour moi et, je dois l'avouer, très grisant.

Durant un instant, j'hésitai à venir m'asseoir sur le siège juste à côté du sien, pourtant quelque chose me retint. Je ne saurais l'expliquer, pourtant j'avais la sensation que ce serait la goutte de trop. Je voulais la provoquer, mais pas jusqu'à son point de rupture.

Je m'installai donc sur la rangée de sièges devant elle, à une place à droite par rapport au sien. Cette position stratégique me permettait de jeter un coup d'œil discrètement derrière moi pour m'assurer que ma partenaire n'allait pas me planter un couteau dans le dos pour se débarrasser de moi.

Elle semblait toujours aussi tendue qu'un string et prête à me sauter à la gorge. Même si cela faisait de moi un pervers doublé d'un connard, je devais admettre que j'étais excité par cette fille. Ce côté guerrière prête à mordre était, je le découvrais, un puissant aphrodisiaque.

Elle avait la même tenue qu'hier. Je n'avais donc toujours aucun moyen d'obtenir le moindre indice sur ses courbes. Pourtant, je n'en démordais pas, j'étais convaincu qu'elle était sublime.

Dans ce cas, pourquoi cacher ainsi son corps ?

Après tout, peut-être que je me fourvoyais complètement et qu'elle n'avait en réalité que son visage pour elle. Bizarrement, je n'arrivais pas à y croire.

Autre mystère, pourquoi avait-elle changé d'université en cours de route ? Car si j'étais certain d'une chose la concernant, c'était qu'elle était nouvelle. Impossible qu'elle ait passé trois ans sur ce campus sans que je ne la remarque plus tôt.

Rien que pour le plaisir de voir ses magnifiques prunelles s'embraser pour moi, je lui dis :

— Alors, est-ce que j'ai le droit de connaître le nom de la personne qui va mettre sa signature à côté de mon chef-d'œuvre littéraire ? Moi, c'est Tirell, mais tu peux m'appeler Ty.

— Je préfère connard, ça te va mieux !

— Ha, ha. Je ne savais pas que l'on avait tiré le papier : roman humoristique. Et tu n'as pas répondu à ma question. Comment t'appelles-tu ?

Après tout, il ne fallait pas que je me trahisse en lui laissant voir que je connaissais déjà son nom.

Voyant, à son air renfrogné, qu'elle était vraiment sur le point de m'envoyer chier une nouvelle fois, je lui dis :

— Tu sais que je peux le demander à M. Trandeson, mais il faudrait alors que je lui explique pourquoi je ne te l'ai pas demandé directement.

Je vis que je venais de faire mouche. Sans surprise, elle me répondit en grognant :

— Megan.

— Pardon, je ne suis pas sûr d'avoir bien compris ?

Elle répéta son prénom en grognant plus fort. Je décidai alors d'arrêter de l'embêter. Du moins, sur ce point, car aussitôt j'enchaînai :

— Alors, as-tu des idées pour notre super histoire ? Parce que moi, je suis prêt à partager mes expériences sexuelles pour que les scènes soient d'un réalisme saisissant. Je suis même prêt à donner de mon corps pour que l'on teste certains passages ensemble ! Ce serait dommage que l'on ait une mauvaise note par manque de réalisme.

— T'es vraiment répugnant !

Pas de doute, sa mimique était à 100 % en accord avec ses paroles. Cette fille était vraiment rancunière. Son opinion n'aurait pas dû m'importer, mais c'était le cas. Alors, je fis quelque chose que je ne faisais jamais : je m'excusai.

— Écoute. Je pense que toi et moi, nous sommes partis sur de mauvaises bases. Je m'excuse pour la manière dont je me suis comporté hier.

Elle m'observa intensément, comme pour déterminer si j'étais sérieux. Elle sembla convaincue. Du moins, c'est ainsi que je décidai d'interpréter son petit coup de menton. Puis, elle replongea son nez dans sa feuille, me donnant l'impression qu'elle était passée à autre chose. La minute d'avant, elle semblait prête à me trucider, maintenant elle ne me jugeait pas digne de son intérêt. Décidément, je ne comprenais rien à cette fille.

Je ne saurais dire pourquoi, mais je voulais à tout prix qu'elle reporte son attention sur moi. Je ne supportais pas d'être ainsi ignoré. J'avais besoin de son attention. C'était peut-être ridicule mais c'était ainsi.

— Alors, comment veux-tu que l'on procède ?

— À quel propos ?

— Bah, notre roman.

— T'es sérieux ?

— Bah oui, tu as entendu M. Trandeson. Il faut qu'on l'écrive à quatre mains ce récit. Alors, comment veux-tu que l'on s'organise ?

Elle réfléchit quelques instants. Aucun doute qu'elle était en train de se creuser la cervelle pour ne pas avoir à réaliser ce travail avec moi. J'aurais bien aimé être là plus tôt pour voir la tête qu'elle avait faite en ouvrant son petit bout de papier.

— Voilà ce que je te propose, je fais un premier jet, je te le donne, tu le lis, tu fais tes propositions de modifications, tu me le redonnes pour que je relise et ainsi de suite, jusqu'à ce qu'on arrive à se mettre d'accord.

Elle semblait tellement fière de sa solution. Cependant elle avait oublié un détail de taille. De mon côté, je voulais passer du temps avec elle à faire ce travail – quoi que ce dernier élément était discutable. Pourquoi insister pour être avec elle, alors qu'elle était clairement contre ? Je n'en avais aucune idée et je ne voulais pas m'attarder sur ce point dans l'immédiat.

Je la regardai et lui répondis :

— En effet, cela me semble une bonne proposition.

L'espoir envahit son visage. Si cette expression n'avait pas été provoquée par l'idée de passer le moins de temps possible avec moi, je l'aurais qualifiée à cet instant de magnifique. Or, là, ma fierté m'en empêchait. Je souris d'avance à l'idée de la vacherie que j'allais lui faire. Moi, puéril ? Oui et alors ? J'assume sans problème.

J'ajoutai donc :

— Sauf que j'aurais l'impression de profiter de toi. Alors, je me dois de refuser ta proposition. J'en reviens donc à ma question initiale, comment veux-tu que l'on procède ? Je viens chez toi ? Tu viens chez moi ?

En m'entendant, elle se crispa à nouveau. Je crois même que l'on peut dire qu'elle se mit à pâlir légèrement.

Dire qu'elle avait enfin commencé à baisser sa garde ! Elle était à nouveau prête à me sauter à la gorge. Je ne sais pas ce que j'avais fait pour mériter un tel traitement, mais elle commençait à vraiment me prendre la tête. Je voulais bien être sympa, mais mon capital sympathie était limité et je venais d'en épuiser la dernière goutte.

Comme le cours touchait à sa fin – enfin ce n'était pas un cours puisque Trandeson nous avait laissé du temps pour discuter avec notre binôme de notre projet – je me levai et lui balançai un brin mauvais :

— Tu sais quoi ? Je te laisse jusqu'au prochain cours pour trouver une organisation qui te convienne, Miss Grognon. Si tu ne veux pas travailler avec moi, vois avec le prof. Il n'est pas question que je me prenne une mauvaise note parce que Madame fait du boudin pour je ne sais quelle raison !

Et je me barrai sur cette réplique qui, je l'avoue, était un peu dure. En même temps, cette fille aurait éprouvé les nerfs d'un saint. Et le moins que l'on puisse dire à mon sujet, c'était que j'étais plus proche de Lucifer que de n'importe quel saint de la Bible.

Finalement, je commençais à me dire que je n'aurais pas dû écouter ma queue et mon ego mal placé. J'aurais dû changer mon option hier, parce que maintenant, j'étais bloqué dans ce cours. Je me rendais compte que les choses n'allaient certainement pas se dérouler comme je l'avais prévu. Et ça me faisait grave chier !

CHAPITRE 9 : MEGAN

Je regardai Tirell me planter ainsi, sans un regard en arrière. Je dois dire que celle-là, je ne l'avais pas vue venir. Je m'attendais à devoir négocier sec avec ce gros lourd, mais visiblement j'avais surestimé sa motivation. La question que je me posais maintenant, c'était de savoir ce que j'allais faire. J'étais d'accord avec lui sur un point, je ne pouvais pas me permettre de me prendre une mauvaise note. Cela signifiait donc que j'allais être obligée de trouver un terrain d'entente avec Tirell.

Rien qu'à l'idée de devoir me retrouver seule avec lui, chez moi ou chez lui, j'en avais des sueurs froides. Il fallait à tout prix que j'imagine une solution nous permettant de travailler ensemble, sans que cela ne me provoque une crise de panique. Je me donnais la soirée pour y réfléchir. Après tout, notre prochain cours était dans deux jours. Si j'avais l'occasion de le croiser avant et que j'avais de l'inspiration, je pourrais toujours l'aborder. Sinon, cela attendrait jeudi.

Je rangeai mes affaires dans mon sac et sortis de la salle. Durant un court instant, je fus tentée de demander à M. Trandeson s'il était possible de changer au moins de thème, si ce n'est de partenaire – ok, mauvais choix de mots, étant donné le contexte – mais d'après ce que j'avais pu cerner du personnage, je pense que, non seulement, je n'aurais pas eu gain de cause mais, qu'en plus, je risquais de me le mettre à dos. J'avais assez à faire avec Tirell sans, en plus, me taper la susceptibilité du prof.

Une fois sortie du bâtiment, je pris tranquillement la direction de mon prochain cours. J'avais un battement de trente minutes, je disposais donc d'un peu de temps devant moi, inutile que je coure.

Je passai devant la bibliothèque et m'arrêtai net. Mais bien sûr ! Pourquoi n'y avais-je pas pensé plus tôt ? On pouvait se retrouver ici avec Tirell pour notre devoir. Si cette bibliothèque était conçue de la même façon que celle que j'avais dans mon ancienne université, elle devait offrir des salles isolées pour travailler en petits groupes.

J'entrai donc dans la bâtisse. Comme le temps m'était compté avant mon prochain cours, je me dirigeai directement vers l'accueil pour demander l'information à la personne assise-là. Elle m'indiqua qu'il y avait bien des alcôves. En revanche, m'apprit-elle, les places étaient très prisées et il n'y avait pas de porte.

Elle m'en désigna une du doigt. Je dus alors admettre que, sans être idéale, cette solution pourrait convenir. J'espérais juste que Tirell allait partager mon avis.

Regardant ma montre, je vis qu'il fallait maintenant que je hâte le pas pour ne pas être en retard. Heureusement, je fus en temps et en heure à ma salle de classe, j'avais même cinq minutes d'avance.

En attendant le prof, je me fis la remarque que je me sentais plus légère maintenant que j'avais trouvé un compromis acceptable pour moi. Quand je repensais à cette situation tordue, je me disais que je n'avais vraiment pas de bol. Quelles étaient les probabilités que je tire ce maudit bout de papier – certains étaient tombés sur « roman policier » ou « roman fantastique » – et que je sois obligée en plus de faire ce devoir avec le type que j'avais traité, pas plus tard que tout à l'heure, de connard, alors qu'il était visiblement la star de l'université ? Et je ne parlais même pas de notre rencontre de la veille.

Bon, ok, je ne connaissais pas la réponse exacte à cette question, mais j'étais certaine que c'était au moins une chance sur un million.

L'ironie de la situation, c'était que la thématique proposée me séduisait vraiment. Avec la tonne de livres de ce style que j'avais lus, j'étais certaine de pouvoir m'en sortir honorablement. Mais l'écrire avec quelqu'un d'autre ? Du sexe opposé ? Qui plus est Tirell McFinay ? Impossible.

Lui ou un autre, me direz-vous, quelle différence ? Elle était énorme et pour plein de raisons que je ne voulais pas détailler, car elles m'obligeraient à avoir des réflexions sur moi-même que je ne tenais pas à avoir.

Bon d'accord, je vais vous le dire. Cependant, il me fallait quelques instants pour y réfléchir.

En fait, ce type provoquait des réactions chez moi que je n'aimais pas. Depuis cinq ans, j'avais rangé les garçons, puis les hommes, dans la catégorie des « transparents ». Je savais qu'ils existaient, mais pour moi, ils n'étaient rien. Je les ignorais purement et simplement. Or, j'étais dans l'incapacité d'occulter Tirell. Je mettais d'ailleurs quiconque au défi de réussir cet exploit. Il avait une telle prestance que vous ne pouviez faire autrement que le remarquer.

Attention, je n'étais pas en train de vous dire que tout le monde l'adorait. Je disais juste qu'il faisait partie de ces personnes dont on remarque immédiatement la présence. Malgré cela, il n'en restait pas moins à mes yeux un connard, arrogant au possible.

L'autre chose qui me mettait mal à l'aise en sa présence, c'était qu'il représentait un criant rappel de mon ancienne vie.

Je vous l'ai dit. À une certaine époque, j'étais la star de mon école. Les filles m'enviaient et essayaient à tout prix de devenir ma copine. Les garçons souhaitaient que je devienne leur petite amie. Puis, du jour au lendemain, tout cela avait disparu. Je ne peux pas vraiment dire que cela me manque. Avec le recul, je me rends compte de la futilité que cela représentait. Il n'empêche que j'avais été ainsi un jour et je n'avais pas envie qu'on me le rappelle.

Enfin, la raison qui me troublait le plus, c'était justement que Tirell McFinay me troublait. Attention, je ne vous parle pas d'un coup de foudre. Non, rien d'aussi romantique. Seulement, je ne pouvais nier que, lorsque je le regardais, je ne pouvais m'empêcher de penser : « C'est une putain de bombe atomique ! ». Tout son corps était un appel au péché.

Cette idée avait pris naissance dans mon esprit quand je m'étais heurtée à lui, dans la queue, la veille, et que nous nous étions fixés mutuellement durant de longues secondes. Mais tout à l'heure, en classe ? Disons que l'avoir ainsi, si près de moi, avait provoqué une réaction sur mon corps que je n'appréciais pas du tout. Mais alors pas du tout, du tout.

Je n'aurais pas été jusqu'à dire qu'il m'excitait – il ne fallait pas exagérer non plus –, mais il avait provoqué un certain émoi. Autrement dit, il ne me laissait pas indifférente.

Je n'eus pas l'occasion de m'appesantir plus en avant sur mes réflexions – et ce n'était pas plus mal –, car le prof fit son entrée.

CHAPITRE 10 : MEGAN

Une fois le cours terminé, je pris la direction de l'abribus où il n'y avait pas foule. La plupart des étudiants avaient soit leur propre véhicule, soit covoituraient, soit vivaient sur le campus. Ne faisant partie d'aucune de ces catégories, j'appartenais donc à une dernière, celle des personnes qui étaient tributaires des transports en commun.

Cependant cela ne me dérangeait pas. Comme il y avait peu de personnes en général dans mon bus, j'avais l'assurance d'avoir une banquette pour moi toute seule. Je dois dire que cela avait été une de mes hantises : devoir en partager une avec un relou. Or, non seulement il y avait peu d'étudiants, mais en plus, les élèves qui montaient avec moi n'appartenaient pas à cette catégorie.

Durant la demi-heure que dura mon trajet, je sortis un livre et me plongeai dans l'histoire. Enfin, j'essayai, car au final, je passai plus de temps à me perdre dans mes pensées. Je réfléchissais à l'histoire que je devais écrire. Qu'allais-je bien pouvoir raconter ? À quoi allaient ressembler mes héros ? Quelle serait l'intrigue amoureuse ? Car, qui dit « romance érotique », dit « romance ». Hors de question que j'écrive un mauvais scénario de porno ! Si je n'avais pas d'idée précise en tête pour le moment, il y avait une chose dont j'étais certaine, je voulais une jolie histoire qui finissait bien. Je vous l'ai déjà dit, ma courte vie avait déjà été assez merdique sans qu'en plus je me prenne la tête à écrire une histoire triste.

Soudain, je me rappelai que je n'étais pas seule à devoir donner naissance à ces lignes.

J'espérais de tout cœur que Tirell serait d'accord avec mon idée et qu'il ne voudrait pas se lancer dans quelque chose de glauque, suintant le sexe à chaque page. Après tout, s'il s'était inscrit dans cette option, c'est qu'il devait avoir un minimum de goût littéraire. Non ? À moins qu'il n'ait perdu un pari, ce qui me semblait malheureusement plus probable.

J'eus alors une illumination. Je pourrais lui proposer le deal suivant : j'écrirais la romance, il se chargerait de l'érotique. Il serait de toute façon mieux placé que moi pour imaginer les scènes de sexe.

Certes, j'avais une certaine expérience des scènes érotiques avec tous les livres que j'avais lus, mais lui avait l'expérience tout court. Je voulais bien me faire nonne si le contraire s'avérait exact.

Cette solution était un bon compromis. De cette façon, je n'aurais pas besoin de me retrouver seule avec lui. Ou du moins pas beaucoup.

Une fois arrivée à mon arrêt, je descendis du bus, plus légère qu'à ma montée. J'entrai dans le hall de l'immeuble, vérifiai si j'avais du courrier – ce qui n'était pas le cas –, puis pris les marches pour monter jusqu'au troisième étage. J'insérai la clé dans la serrure et trouvai enfin refuge chez moi.

Immédiatement, je me sentis mieux. J'étais dans un endroit sûr, dans lequel je savais que rien ne pouvait m'arriver. Je ne pouvais pas dire que j'étais terrorisée de mettre le nez dehors, mais je me sentais toujours plus sereine quand j'étais chez moi – que ce soit ici ou chez mes parents.

Fidèle à ma liste de bonnes résolutions, j'attrapai le balai et passai un petit coup dans tout le studio. Une fois que cela fut fait, je m'installai sur mon canapé-lit et pris mon téléphone pour appeler ma mère.

Durant la bonne demi-heure qui suivit, je discutai avec elle – enfin je passai plus de temps à l'écouter qu'à parler, mais cela m'allait très bien. Elle me demanda de lui raconter ma deuxième journée de cours et je lui fis un résumé succinct, en omettant certains détails. Je n'étais pas encore prête à lui raconter l'épisode de cet après-midi. D'ailleurs, je ne sais même pas comment j'aurais pu présenter la chose.

En revanche, je lui racontai ma rencontre improbable avec Ether. Elle sembla heureuse pour moi, que je me sois fait une « amie ». Pour ma part, je n'aurais pas été jusqu'à qualifier ma relation avec Ether d'amitié, mais bon, comme je n'avais pas envie de passer un quart d'heure à défendre mon point de vue, je laissai couler.

Après avoir raccroché, je filai à la cuisine pour me préparer à manger. Quand ce fut prêt, je me mis à table. Une fois mon repas frugal terminé, je fis ma vaisselle. J'enfilai ensuite mon pyjama tout doux, très confortable et pas du tout sexy. Enfin, je tressai mes cheveux pour éviter qu'ils soient tout emmêlés demain matin. Je vivais ensuite le moment le plus agréable et attendu de ma journée : celui où je m'allongeais sur mon lit. Je retins à grand peine un soupire de bien-être.

Ne me dites pas que vous n'avez jamais vécu une scène pareille, je ne vous croirais pas.

J'attrapai alors mon livre du moment et m'évadai pour presque deux heures. Il était vingt heures. Vous trouvez que j'ai une vie de merde ? Eh bien je m'en fous et vous savez quoi ? Je vous emmerde ! Comme dirait l'héroïne de mon histoire qui n'avait pas sa langue dans sa poche et ne se laissait pas faire par une bande d'Highlanders mal dégrossis.

CHAPITRE 11 : MEGAN

Il faut croire que mon corps avait pris l'habitude des nouveaux horaires, car ce matin, j'ouvris les yeux avec cinq minutes d'avance sur mon réveil. Personnellement, je trouvais plus agréable d'émerger du sommeil par soi-même plutôt qu'avec une sonnerie plus ou moins douce à l'oreille, mais qui, dans tous les cas, vous arrachait de vos songes.

Après avoir pris mon petit déjeuner, je filai sous la douche et me lavai les cheveux. Je les attachai ensuite en un chignon au-dessus de ma tête. Je me débarbouillai, me brossai les dents, puis allai choisir mes vêtements. Cette fois, j'enfilai un tee-shirt sur lequel j'avais inscrit : « Si tu tiens à la vie, détourne les yeux ! ».

Une fois ma préparation terminée, j'attrapai mon sac et me mis en route pour prendre mon bus en étant dans le bon timing.

Aujourd'hui allait être une journée assez chargée. Après mes cours, il fallait que je me rende chez Mme Wildson pour faire environ quatre heures de tri.

Quand j'arrivai sur le parking du campus, j'aperçus un gros 4x4 arriver dans ma direction. Quand je vis Tirell en descendre, ce fut plus fort que moi, je levai les yeux au ciel. Bien sûr, dans quel autre véhicule aurait-il bien pu rouler ? Ce type était un cliché ambulant !

J'hésitai à aller le voir pour lui parler de mon idée, mais le destin choisit pour moi, puisqu'il tourna la tête dans ma direction au moment où il quitta son véhicule. Il se dirigea alors vers moi. Finalement, ce n'était pas plus mal, plus vite on arriverait à trouver un arrangement, plus vite ce serait réglé. Il fallait juste que j'arrive à rester polie envers lui et que je ne sois pas trop désagréable. J'en étais capable.

— Miss Grognon. Comme on se retrouve.

Vous êtes d'accord avec moi pour dire qu'il me provoquait, non ? On ne pourrait pas dire que c'était moi qui avais commencé. Bien sûr, je n'étais pas obligée de répliquer, me direz-vous. Sauf qu'en fait, si, je n'avais pas le choix, c'était plus fort que moi. Je n'étais pas du genre à tendre l'autre joue. Je lui répondis donc :

— Mister Connard. Merci de venir illuminer ma journée.

Cet insolent me répondit avec ce sourire en coin que je ne devais surtout pas trouver sexy à souhait. Son regard ambré pailleté de vert parcourut mon corps de haut en bas, puis de bas en haut, s'attardant sur ma poitrine – qu'il ne pouvait normalement pas deviner avec mon camouflage. Pas un instant son petit sourire ne faiblit. Au contraire, quand ses yeux se fixèrent avec insistance sur ma poitrine, il amplifia. Je me sentis tout d'un coup très mal à l'aise. En réaction, mon corps se raidit instinctivement. Il fallait que je réagisse vite avant que la situation ne dérape.

Le plus naturellement du monde – du moins je l'espérais – je fis claquer mes doigts devant ses yeux et lui dis hargneusement :

— Tu tiens vraiment à perdre la vie si jeune ?

Je faisais référence à ce qui était écrit sur mon tee-shirt, mais pas que.

— Si cela pouvait me permettre de découvrir ce qui se cache derrière ce tas de vêtements trois fois trop grands, pourquoi pas !

Je me sentis rougir sous sa remarque. Bien sûr, je savais que mes vêtements me donnaient l'air d'être habillée d'un sac. D'ailleurs, c'était pour cette raison que je les avais choisis. Mais bizarrement, je me sentais vexée qu'il ait osé faire cette réflexion. J'avais beau ne pas vouloir me faire remarquer des hommes, je n'en restais pas moins une femme, et il n'était jamais agréable de se faire dire en face que vous n'étiez pas bien habillée. J'aurais dû m'en moquer, malheureusement, ce n'était pas le cas.

Ce type m'embrouillait vraiment l'esprit et je n'aimais pas du tout ça. La seule chose que je réussis à lui répondre, fut un pauvre :

— Pfff, sale con !

— Si je me souviens bien du tee-shirt d'hier, tu n'aimes pas les cons, donc je vais passer mon chemin. À plus tard Miss Grognon !

Il tourna les talons pendant que je me traitais d'idiote. Je voulais lui présenter mon plan, et tout ce que j'avais réussi à faire, c'était de me prendre la tête avec lui comme une vieille chiffonnière.

Pas question que je me fasse dominer par mes humeurs et que je les laisse gagner. J'avais décidé de lui parler, alors j'allais le faire. Point !

— Hé !

Comme il ne se retournait pas, j'insistai :

— Tirell, attends cinq minutes, s'il te plaît.

Il se retourna avec son insupportable sourire arrogant, sur son insupportable visage d'arrogant. Le salaud m'avait très bien entendue la première fois, je l'aurais parié, mais il voulait m'entendre l'appeler par son nom.

Du calme Megan, du calme. Ne le laisse pas gagner, garde bien ton objectif en vue.

— Oui ? Miss Grognon.

Il cherchait vraiment à me faire sortir de mes gongs. Vous êtes témoins ?! Mais j'étais bien décidée à ne pas lui donner gain de cause. Je fis donc abstraction de sa petite pique mesquine et entrai dans le vif du sujet :

— J'ai réfléchi à notre travail d'essai littéraire. On pourrait se répartir la tâche.

— Qu'entends-tu par-là ?

— Je me suis dit que je pourrais me charger de la rédaction de la romance et que tu écrirais les scènes… hum, osées. Puis, on pourrait échanger nos travaux en allant à la bibliothèque.

Il me regarda en haussant le sourcil gauche – comment faisait-il pour n'en bouger qu'un ? – et répondit :

— Si j'ai bien compris, tu voudrais écrire ton petit roman de ton côté et que je vienne l'agrémenter de sexe ?

C'est vrai que dit comme ça, ce n'était pas très flatteur pour lui. Mais bon, au moins je proposais quelque chose, moi !

Comme il avait, en gros, résumé la situation, je me contentai d'acquiescer d'un signe de tête.

Il se pencha vers moi, envahissant mon espace personnel et me dit :

— Heuuuuuuu, non ?!

C'est à peine si j'entendis ses mots. Son mouvement venait de provoquer une crise. Je ne pouvais pas être aussi proche d'un homme sans que mes vieux démons ne refassent surface. Je savais que j'étais devenue livide.

Je luttai pour trouver mon souffle. J'avais l'impression de suffoquer. Il me semblait sentir des mains parcourant tout mon corps. J'étais glacée, j'avais chaud, les deux à la fois. Je n'étais plus sur le parking, j'étais de retour dans cette pièce que je ne pouvais nommer tant elle m'effrayait. Je crois que Tirell était en train de me parler, mais je ne sais pas ce qu'il me disait. Mes oreilles n'étaient plus branchées sur le présent, de même que mon cerveau.

Tout commençait à devenir noir autour de moi. Je savais que j'étais à deux doigts de m'évanouir. Quand je vis ses grandes mains s'avancer vers moi, ce fut pire. J'ouvris la bouche pour hurler, mais aucun son ne vint.

Je perdais pied, et je n'avais aucune idée pour me sortir de cette situation cauchemardesque.

Mon salut vint d'une personne que je n'aurais jamais imaginée. Alors que Tirell approchait son corps beaucoup trop près du mien, je vis Ether s'interposer entre lui et moi.

— Dégage de là ! Ne l'approche pas !

Son air de maman ourse féroce me sortit de ma transe. J'avais des difficultés à comprendre la scène que j'avais sous les yeux. Une petite rousse, pas plus haute que trois pommes, faisait face à ce géant de footballeur. Elle semblait prête à lui sauter à la gorge. Même si elle lui arrivait à peine à l'épaule, j'étais persuadée qu'elle pouvait faire des dégâts.

Petit à petit, je recommençai à reprendre pied avec la réalité. À mesure que je me rendais compte de ce qui venait de se produire, la honte s'emparait de moi. Comment avais-je pu me laisser submerger aussi vite et aussi fort par la situation ?

Je n'avais pas perdu la maîtrise de moi-même aussi intensément depuis plusieurs années. En même temps, je ne crois pas que j'avais déjà vécu une telle situation. Aucun garçon ne s'était approché aussi près de moi depuis cinq ans.

Comment survivre maintenant à cette scène gênante au possible ? Je me sentais tellement mal. Je n'avais envie que d'une chose, aller me terrer chez moi et ne plus en sortir avant au moins cinquante ans.

De son côté, Tirell semblait complètement perdu. Il me regardait de façon étrange. Il était visible qu'il ne savait pas comment réagir, ni interpréter ma réaction démesurée. Il devait me prendre pour une folle. En même temps, ne l'étais-je pas un peu ?

Ô mon Dieu, je Vous en prie, sauvez-moi.

Et là, miracle. Pour la première fois de ma vie, Dieu exauça mes prières. Certes, de façon un peu tordue, mais je Lui en fus tout de même reconnaissante.

Alors que j'étais à deux doigts de m'évanouir – de honte cette fois –, une voix stridente et insupportable au possible se mit à hurler :

— Ty, chériiiiii, que fais-tu ? Magne-toi, on va être en retard !

Durant un instant, je crus qu'il allait envoyer chier sa pétasse, car il continuait de me fixer intensément, comme s'il essayait de lire en moi. Je ne sais pas ce qui lui passait par la tête, mais je n'étais pas certaine de vouloir le savoir.

Finalement, il lui répondit :

— J'arrive Alexa.

Puis, à moi cette fois, il dit :

— Cette discussion n'est pas terminée.

Et il partit.

Génial, j'avais hâte de le revoir (#ironie).

Me remettant à peine de mes émotions, je me tournai vers ma sauveuse et cherchai une explication plausible pour la scène dont elle venait d'être le témoin.

Je commençai à ouvrir la bouche, mais Ether me devança :

— Pas la peine d'entrer dans les détails. Tu avais besoin d'aide, je passais par-là, je t'ai aidée. Fin de l'histoire.

Pour un peu, je lui aurais sauté au cou pour ses paroles. À la place, je me contentai d'un timide :

— Merci.

— De rien. À ma place tu aurais fait la même chose.

Heu, justement, je n'en étais pas aussi certaine, mais bon, je n'allais pas le lui dire.

— D'ailleurs, tu l'as fait hier midi en m'acceptant à ta table.

Pour moi, ce qu'elle venait de faire et mon comportement de la veille n'avaient rien de comparables, mais si cela lui faisait plaisir de penser cela, je n'allais pas la contredire.

Maintenant que j'étais redevenue maîtresse de mes émotions, je me rendis compte que l'heure avait tourné et que j'allais être en retard.

En écho, Ether regarda sa montre et me dit :

— Bon, je te laisse, sinon je vais être en retard. À ce midi ?

Comment refuser ? Surtout, qu'à ma plus grande surprise, l'idée de manger à nouveau avec elle ne m'apparaissait pas comme une corvée. Je lui répondis alors, avec un grand sourire :

— Avec plaisir.

Elle me rendit mon sourire et partit en direction de son prochain cours. Je l'imitai en allant de mon côté.

Durant toute la matinée, j'essayai de ne pas penser à la scène qui s'était déroulée sur le parking et encore moins à ce qu'avait pu penser Tirell de ma réaction. Décidément, avec lui, il était dit que je ne pourrais pas avoir de relations cordiales et normales !

CHAPITRE 12 : TIRELL

Je m'éloignai de Megan plein de perplexité. Je n'avais rien compris à ce qui venait de se produire. Un instant, on se lançait des insultes à la tête – normal lorsqu'il s'agissait de nous – et l'instant d'après, elle était terrorisée. Je ne voyais pas d'autre mot pour qualifier le comportement qu'elle venait d'avoir.

Je me rejouai dans ma tête notre échange pour identifier le moment où tout avait dérapé. Elle avait semblé perdre complètement les pédales lorsque je m'étais approché d'elle pour lui signifier mon refus face à sa proposition idiote. Durant un instant, j'avais même bien cru qu'elle allait tomber dans les pommes. J'étais habitué à faire de l'effet aux filles, mais pas à ce point. D'autant que la façon dont elle avait failli défaillir n'était pas vraiment flatteuse pour moi.

Je n'arrivais pas à comprendre sa réaction. Sans compter qu'elle m'avait vraiment fait flipper. Encore maintenant, j'avais le cœur qui palpitait à cent à l'heure. Il avait commencé à s'emballer quand je m'étais penché sur elle, bien que ce soit de manière différente. Être à proximité de cette fille me faisait perdre la tête. Je n'étais plus maître de moi-même. Elle était dangereuse pour ma tranquillité d'esprit.

La solution qu'elle proposait n'était peut-être pas si bête, en fin de compte. Ce n'était pas forcément une mauvaise chose que je passe le moins de temps possible en sa présence. Pourtant, à cette idée, quelque chose en moi avait envie de hurler. Il fallait que j'y réfléchisse quand je serais moins retourné.

— C'est qui cette fille ? me demanda Alexa en étant collée à mon bras.

Son geste était clairement fait pour montrer son territoire. C'était d'autant plus stupide que Megan ne regardait pas dans notre direction. En plus, j'étais persuadé que c'était actuellement le dernier de ses soucis. Si, habituellement, ce genre de comportement ne me dérangeait pas, aujourd'hui, cela me fut insupportable. Je me dégageai d'elle en lui répondant :

— Personne. Juste une fille de mon cours d'essai littéraire avec qui je dois faire un devoir. Une idée tordue du professeur Trandeson.

Pour être certain qu'Alexa ne voit pas en elle une rivale potentielle, j'ajoutai :

— Elle est bizarre, mais bon faut qu'on arrive à s'organiser pour bosser.

— C'est clair qu'elle a l'air complètement allumée, renchérit ma copine.

Durant un bref instant, l'envie irrépressible de prendre la défense de Megan s'empara de moi. Jusqu'à ce que je me fasse la réflexion que je risquais d'empirer les choses. Je savais quelle garce pouvait être Alexa quand elle pensait avoir affaire à la concurrence. Et puis, vu tout ce que Megan m'avait envoyé dans la tronche, ce n'était que justice, quelque part.

Oui, je sais, c'était une pensée mesquine. Cependant, jamais je ne m'étais autant fait insulter en si peu de temps et surtout en ayant fait aussi peu de choses pour le mériter !

Le moins que l'on puisse dire, c'était que cette fille n'avait pas sa langue dans la poche. Elle était à l'image de ses fichus tee-shirts : insultante ; mais ça me plaisait.

Il n'empêche que la réaction qu'elle avait eue était très étrange, pour ne pas dire flippante. Elle avait littéralement eu l'air terrorisée. De mon côté, mon instinct m'avait hurlé de la prendre dans mes bras pour la réconforter, ce qui était une première pour moi. À part avec ma mère, je n'avais jamais ressenti ce besoin. Pourtant, quand j'avais initié mon mouvement, elle avait eu l'air encore plus effrayée.

Je n'eus pas l'occasion de m'appesantir plus sur le sujet, car les gars nous rejoignirent. On se salua comme à notre habitude, à grand renfort de coups de poing virils.

— Yo Ty, me dit Micah. Vendredi soir, y a une soirée chez Darek, t'en es ?

— Carrément, j'ai rien de prévu.

J'avais à peine fini ma phrase, qu'Alexa me frappa au bras.

— Merde Ty, tu m'avais promis que l'on aurait une soirée rien qu'à nous deux !

Mes amis me regardèrent avec un petit sourire en coin, plein d'expectative. Ils voulaient voir si j'allais céder ou pas. Franchement, le jour où je me laisserais dicter ma conduite par une fille – pour ne pas dire emmerder – n'était pas arrivé. Et sûrement pas par Alexa, qui plus est devant mes potes. Toutefois, si je ne voulais pas me retrouver privé de sexe pour une durée indéterminée, il fallait que je la joue fine.

J'étais prêt à reconnaître que j'avais souvent un comportement limite avec les filles. Je prenais souvent ce qu'on m'offrait, cependant, j'étais fidèle. Enfin, tout dépendait de ce qu'on entendait par là. Disons que je ne couchais jamais avec deux filles à la fois. C'était trop de complications. En revanche, je ne pouvais nier que cela m'était déjà arrivé d'avoir les mains baladeuses sur une autre nana que la mienne. Néanmoins, il fallait relativiser, cela n'arrivait pas non plus tous les quatre matins et en général je n'étais pas sobre. Oui, je sais, ce n'est pas une excuse.

Après tout, on n'avait qu'une jeunesse, non ? Et personnellement, je comptais bien en profiter un max.

Me tournant vers Alexa, je lui dis :

— Voilà ce que je te propose, bébé. Vendredi, on va chez Darek et samedi soir on se fait resto, ciné et…

Je finis ma phrase par un mouvement suggestif des sourcils que je maîtrisais à la perfection pour lui indiquer le fond de ma pensée.

Si j'avais sorti une phrase pareille à Megan, nul doute que j'aurais récolté en échange un bon coup bien placé entre les jambes. D'où me venait cette idée tordue ? Je n'eus pas le temps de m'y attarder car Alexa me répondit :

— Ok, ça me va.

Et voilà comment s'organiser un bon petit week-end !

— Prêts pour la reprise des entraînements, les gars ?

— Carrément, répondit Berkley.

— Si tu savais comme ça m'a manqué, répondit à son tour Micah.

Sheldon, lui, répondit d'un grommellement. C'était le moins prolixe de notre groupe, mais sur le terrain, c'était une vraie bête. Il avait une capacité d'analyse assez impressionnante. Il ne lui fallait en général pas plus de quelques minutes pour découvrir la stratégie de nos concurrents. Si j'en venais à ne plus être capitaine de l'équipe, il aurait pu prendre ma place sans souci.

Comme nous avions tous cours dans le même bâtiment, nous fîmes la route ensemble, jusqu'à ce que l'on parte chacun de notre côté. Seule Alexa avait ce cours en commun avec moi.

— À cet aprèm les gars. Préparez-vous à en chier ! les taquinai-je.

Ils me répondirent unanimement par un doigt d'honneur, ce qui me fit rire. Ces trois-là étaient de vrais potes.

En tant que capitaine et quarterback de l'équipe de foot, j'avais tout un tas de personnes qui me tournaient autour par intérêt. Je n'allais pas me plaindre, car ce serait hypocrite. Néanmoins j'avoue que cela ne m'aidait pas à garder les pieds sur terre. Micah, Sheldon et Berkley, eux, ne se comportaient pas ainsi avec moi. Je savais que je pouvais compter sur eux à la fois pour me signaler quand je déconnais à plein tube et pour m'épauler si je venais à rencontrer des difficultés. De mon côté, j'étais prêt à en faire de même pour chacun d'entre eux. Nous étions un groupe soudé et notre amitié signifiait beaucoup pour moi.

Alexa ne les aimait pas vraiment. Elle les trouvait trop grossiers et vulgaires – sauf Sheldon –, mais elle avait compris dès le début que ces trois-là faisaient partie du package qui allait avec moi.

Alexa appartenait typiquement à la catégorie de personnes que je viens de décrire. Je savais très bien que si je perdais ma place de capitaine ou, pire, que je venais à me faire virer de l'équipe, elle me tournerait le dos aussi sec.

Alors pourquoi sortir avec elle, me demanderez-vous ? Parce que nous étions sur la même longueur d'onde tous les deux. Notre relation n'avait rien d'une belle romance dégoulinante d'amour. J'étais avec elle parce qu'elle était très belle et pas farouche. Elle était avec moi car j'étais populaire et bien fait de ma personne. Attention, ce n'était pas vanité de ma part, je ne faisais que répéter ce que l'on me disait. Nous passions d'agréables moments ensemble – certes souvent dans un contexte sexuel, mais personne n'est parfait – et surtout, nous étions d'accord sur le fait que les sentiments n'avaient pas leur place dans notre histoire.

Il est vrai que parfois cette futilité m'agaçait, mais aucune fille n'avait jamais fait naître en moi cette envie de plus. *Jusqu'à maintenant*, me souffla une petite voix. Je fis mine de ne rien entendre et de ne pas comprendre à qui elle faisait allusion, me contentant d'entrer dans la salle pour assister à mon cours d'économie mondiale. Je ne m'étais jamais pris la tête pour une fille. Ce n'était pas aujourd'hui que j'allais m'y mettre, même pour une certaine blonde intrigante, mais qui me semblait de plus en plus complexe.

Sans parler que Megan n'était clairement pas faite du même bois qu'Alexa. C'était même tout le contraire. Sortir avec une fille comme elle, j'étais convaincu que c'était la totale : sentiments, complications, engagements. Bref que des mots qui font peur !

CHAPITRE 13 : MEGAN

Heureusement pour moi, la journée se déroula mieux qu'elle n'avait commencée. Les cours étaient intéressants et avaient le mérite de m'occuper l'esprit.

Comme promis, à la pause déjeuner, je retrouvai Ether. Une fois installées à la même table que la veille – j'avais l'intuition que cette dernière allait devenir notre table attitrée – nous parlâmes de tout et de rien. À aucun moment dans la discussion nous n'abordâmes la scène survenue le matin-même et de laquelle elle m'avait sauvée. Et je lui en fus reconnaissante.

Comme moi, Ether était très discrète sur sa vie. Elle ne me parla pas beaucoup d'elle, ni de l'univers dans lequel elle vivait. Toutefois, à certaines allusions qu'elle fit, je compris que tout n'était pas rose dans sa famille. Ses parents m'avaient l'air d'être de sacrés connards.

Certes, il m'était arrivé des trucs pas cools, mais au moins j'avais eu la chance de faire face à ces merdes avec mes parents à mes côtés. Ils m'avaient offert leur soutien indéfectible et plein d'amour. Je n'osais même pas imaginer ce qui se serait passé dans le cas contraire. S'ils n'avaient pas voulu me croire ou m'avaient reproché ce qui m'était arrivé, je crois que je n'aurais pas réussi à remonter la pente.

Je découvris qu'Ether avait un humour noir assez proche du mien. À ma plus grande surprise, je devais admettre que je venais de me faire une amie.

Comme nos cursus étaient vraiment différents, nous n'avions aucun cours en commun, mais cela ne nous empêcha pas d'échanger nos numéros de téléphone pour pouvoir se contacter si besoin. D'un commun accord, nous décidâmes de manger ensemble tous les midis, sauf en cas de force majeure.

Alors que je faisais des efforts pour ne pas évoquer une certaine personne, quand bien même j'étais curieuse de savoir ce que ma voisine de table pourrait m'apprendre à son sujet, je le vis s'installer avec toute sa bande, juste derrière nous.

Ce fut plus fort que moi, je ne pus me retenir de faire une mimique dégoûtée.

Ayant remarqué ma mine renfrognée, Ether se retourna en demandant :

— Lequel d'entre eux est l'objet de ta colère ?

— Tirell McFinay, grognai-je.

— Ah, le roi de la bande. Eh bien, on peut dire que tu vises le haut du panier.

La perche était trop tentante pour que je ne la saisisse pas, d'autant que je n'attendais que cela.

— Comment-ça le roi ?

— Quoi ? ! répondit Ether faussement indignée. Tu es là depuis deux jours et tu ne sais toujours pas qui est le fameux Tirell McFinay ? Pauvre ignorante !

En réponse à sa pique, je lui tirai la langue et lui demandai :

— Vas-y, crache le morceau, je sais que tu n'attends que cela.

À la manière d'une présentatrice d'émission people, elle commença donc son récit :

— Tirell McFinay, élève de troisième année en commerce, issu d'une famille plutôt aisée (vu sa voiture, je m'en serais doutée). C'est le quarterback et capitaine de l'équipe de foot. Certaines rumeurs prétendent qu'il aurait déjà été repéré par la NFL[2],

2. NFL : National Football League.

mais qu'il n'aurait pas donné suite, ne voulant pas faire carrière dans le foot, malgré ses talents. La blonde à ses côtés, c'est Alexa, la meneuse des cheerleaders de l'équipe (quelle surprise !) et également sa copine. Ils sont LE couple phare de l'université, même s'il est de notoriété publique que ces deux-là ne sont ensemble que pour les avantages en nature (charmant). Il n'est pas rare qu'ils se séparent, notamment parce que Tirell est du genre à profiter de toutes les opportunités qui se présentent à lui, si tu vois ce que je veux dire (de mieux en mieux). Bref, c'est la star de l'université et toutes les filles sont folles de lui. Sauf moi, bien sûr !

— C'est surtout un parfait connard, répliquai-je, acide.

Ma remarque la fit rire et elle me demanda :

— Y a-t-il une raison particulière à ce jugement ou bien est-ce simplement une question de feeling ?

Je lui racontai alors notre première rencontre. Lorsqu'elle apprit la manière dont je l'avais rembarré, elle explosa de rire, attirant du coup quelques regards dans notre direction, notamment celui d'un certain quarterback, qui me fixa intensément durant quelques secondes. J'essayai d'en faire abstraction, même si l'exercice s'avéra plus compliqué que je ne l'aurais cru.

De son côté, Ether, qui ignorait qu'il nous regardait, commenta :

— Oh putain, c'est trop fort. J'aurais tellement aimé être là.

Me remémorer la mine outrée de Tirell, fit naturellement fleurir un sourire sur mes lèvres. Cependant, en repensant à la suite des événements, j'ajoutai :

— Ouais, sauf qu'avec la poisse que j'ai, la situation s'est retournée contre moi.

— Comment ça ?

Je lui expliquai alors l'histoire du devoir maison. Voyant qu'elle était à deux doigts de pouffer, je la menaçai, ma fourchette pointée dans sa direction :

— Si tu t'avises de rigoler, tu n'es plus mon amie !

En réponse, elle mima une fermeture éclair lui scellant les lèvres. Si j'avais besoin d'une preuve supplémentaire pour être convaincue que nous étions faites pour nous entendre comme deux larrons en foire, je l'eus.

Elle se contenta de me dire :

— Ça, c'est la merde.

— Je ne te le fais pas dire. Tu as parfaitement résumé la situation.

Puis, elle ajouta :

— Je t'avais prévenue que le prof était barge.

— Il n'est pas barge, c'est carrément un sadique doublé d'un pervers !

— J'avoue. Alors, que comptes-tu faire ?

— Je n'en sais rien.

Nous étions tellement occupées à discuter, qu'elle faillit être en retard à son cours, et moi à mon travail – même si je savais que Mme Wildson ne m'en tiendrait pas rigueur.

De fait, j'arrivai avec cinq bonnes minutes de retard.

— Désolée madame Wildson, je vous promets que cela ne se reproduira plus.

Elle balaya mon excuse d'un revers de main et me répondit :

— Ce n'est pas grave. Tous ces papiers ne vont pas s'envoler.

Curieuse, elle demanda ensuite :

— Tu étais occupée à draguer un garçon, pour oublier ainsi l'heure ?

L'idée me paraissait tellement absurde que je dus me retenir de rire. Cependant, je crois que malgré moi je devins rouge comme une pivoine en me faisant la réflexion que si je n'avais pas autant discuté au sujet d'un certain garçon, je n'aurais peut-être pas été en retard.

Je lui répondis par la négative et lui parlai d'Ether, de notre rencontre et de notre repas de ce midi. Bien évidemment, je gardai sous silence son sauvetage du matin et je ne commis pas l'erreur d'évoquer un certain capitaine. Je n'étais pas inconsciente !

— Je suis contente que tu te sois fait une amie.

Étrangement, j'étais de son avis.

Je rentrai du boulot à dix-neuf heures, complètement exténuée. Ma crise m'avait vidée d'une grande partie de mon énergie et la journée chargée n'avait pas arrangé les choses. Cependant, il y avait un avantage, cela m'empêcha de ressasser tout ce qui s'était produit en début de matinée.

Je passai mon coup de balai réglementaire, pris un repas express, et je me mis au lit avec mon livre, qui commençait à toucher à sa fin. Heureusement, j'avais pensé à acheter le tome 2 !

J'étais plus sereine au moment de me coucher. Malheureusement, mon sursis prit vite fin.

CHAPITRE 14 : MEGAN

Je voulus bouger ma main droite, mais je me rendis compte qu'elle était immobilisée. Je tentai d'en faire de même avec la gauche, sans plus de succès. J'étais dans l'incapacité de faire le moindre mouvement. Je commençai à paniquer, mais cela fut pire quand j'entendis cette voix maudite :

— Ne t'inquiète pas Meg, tu vas voir, tu vas adorer !

Je sentis alors plusieurs mains se balader sur mon corps.

J'essayai de hurler, mais quelque chose obstruait ma bouche, m'empêchant à la fois d'émettre le moindre son et à la fois de reprendre mon souffle.

J'allais mourir ici, le pire étant que je commençais à le souhaiter de tout mon cœur.

Je me réveillai dans un hurlement de terreur, les yeux grands ouverts, allongée sur mon lit. Je voulus me redresser, mais j'étais bloquée. Pas complètement réveillée, je crus durant quelques secondes que je n'avais pas rêvé, que la scène que je venais de vivre était la réalité.

Alors que la terreur s'emparait de moi, je me rendis compte que j'étais tout simplement empêtrée dans mes draps. Ce devait d'ailleurs être le déclencheur du début de mon cauchemar. Cela faisait un bout de temps que ce dernier n'était pas venu me hanter. Je ne pouvais pas dire que cela m'avait manqué.

Pas la peine d'être un génie pour deviner ce qui avait provoqué tout ça : la scène survenue hier m'avait sacrément retournée.

Maintenant que j'étais réveillée et compte tenu de l'heure, je savais que le sommeil allait me fuir et que mon esprit allait s'en donner à cœur joie.

Cela ne manqua pas. La pensée qui arrivait en tête de liste était que, dans moins de dix heures, j'allais devoir faire face à Tirell. Je n'osais même pas imaginer la réaction qu'il aurait lors de notre prochaine rencontre. Allait-il faire comme si de rien n'était ? Peu probable. Allait-il me prendre pour une folle ? Plus probable. Allait-il se moquer ? Ce n'était sûrement pas son style, mais bon, je ne le connaissais pas vraiment. Sans compter que je n'avais pas été tendre avec lui, il pourrait bien vouloir se venger. Allait-il demander au prof de lui épargner l'épreuve de travailler avec moi ? Impossible de savoir.

Automatiquement, cette pensée m'amena vers une autre idée. Comment allions-nous réussir à écrire tous les deux, surtout si je faisais des crises pareilles à chaque fois ? Certes, la veille, j'avais été surprise et j'étais déjà sur les nefs avant son geste. Cela n'avait donc pas dû aider. Peut-être que la prochaine fois, ce serait différent. Ou pas.

Il fallait à tout prix que je me creuse la cervelle pour trouver une idée qui nous permette de travailler ensemble, sans que cela devienne un enfer pour moi et sans que cela dévoile mes problèmes personnels – en espérant qu'il ne soit pas trop tard pour cela.

J'avais bien vu que ma proposition ne lui plaisait pas. Après coup, je me rendais compte qu'elle pouvait en effet lui paraître insultante. Selon toute vraisemblance, il s'était inscrit à cette option parce qu'il devait aimer écrire. Le réduire au simple rôle de rédacteur de scènes érotiques était peu flatteur, j'en convenais.

Alors comment faire ?

D'ailleurs, si je n'avais pas eu mon problème relationnel, comment aurions-nous fait pour écrire à quatre mains ? Après tout, lorsque l'on prenait la plume, on mettait un peu de son âme dans notre personnage principal. Or, j'étais certaine d'une chose, mon âme et celle de Tirell n'avaient rien en commun. Notre personnage allait paraître schizophrène.

Et là, illumination dans ma tête.

Putain, pourquoi n'y avais-je pas pensé plus tôt ? Avec la quantité de livres que je lisais, cette idée aurait dû me venir tout de suite à l'esprit. Pour un peu, je me serais mise des claques.

Nous pouvions écrire un roman à deux voix. Je serais la fille, il serait le garçon. C'était la solution parfaite. De cette façon, nous pouvions écrire chacun de notre côté et nous donner nos passages à lire mutuellement.

Maintenant que l'idée s'était faite un chemin dans mon esprit, elle ne le quitta plus. Je fus alors saisie d'une inspiration folle. Il fallait que je prenne des notes, sinon j'allais tout oublier. De toute façon, j'avais tiré une croix sur mon sommeil, alors autant mettre le reste de ma nuit à profit.

J'attrapai mon bloc note, un stylo et commençai à noircir les pages. Jamais je ne m'étais sentie aussi euphorique. C'était comme si les idées jaillissaient d'un geyser inépuisable. Je sentais l'histoire prendre naissance sous mes mains et c'était magique. Ma main n'allait pas assez vite sur le papier. Tout se bousculait dans ma tête.

Je trouvais l'idée tout bonnement géniale. J'espérais que Tirell serait de mon avis, sinon je serais bien capable de me mettre à pleurer devant lui. Or, je pense que l'on était tous d'accord pour dire que je m'étais déjà suffisamment ridiculisée devant lui.

Maintenant que j'étais partie, on ne m'arrêtait plus. J'enchaînai les idées qui donnaient naissance à d'autres, dans un cycle me semblant sans fin. Les heures s'écoulèrent comme des secondes. Trop vite à mon goût, il fut temps pour moi de laisser mon travail pour me préparer à aller en cours.

Pendant que je déjeunais, me douchais, me lavais les dents, m'habillais et me coiffais, les idées continuèrent d'affluer dans mon cerveau en surchauffe.

Quand je fus prête, je pris la direction du bus – non sans avoir vérifié au moins trois fois que j'avais bien pris avec moi les feuilles que j'avais gribouillées. Une fois dans le bus, je ne sortis pas mon livre, comme habituellement, mais mes notes et les enrichis des idées qui m'étaient venues à l'esprit durant ma préparation et mon trajet à pieds.

Je ne vis pas le temps passer et fus surprise lorsque le bus arriva à destination. Je fus alors obligée de tout ranger.

En voyant Ether à mon arrêt, je ne fus pas vraiment surprise, puisque je lui avais donné mes horaires la veille en mangeant. Cependant, cela me fit très plaisir. Pour une fois, mon impression sur une personne avait été la bonne. Sans parler que nous étions en bonne voie pour devenir de très bonnes copines.

— Oh, toi, tu as la même tête que mon petit frère le matin de Noël. Qu'est-ce qui t'arrive ?

— Je croyais que tu étais fille unique ?

Elle balaya ma remarque d'un revers de main.

— Simple expression. Alors, que me vaut cette mine réjouie ?

— J'ai trouvé une putain d'idée pour le devoir d'essai littéraire.

— Raconte, me demanda-t-elle

J'entrepris alors de lui expliquer, dans les grandes lignes, l'idée que j'avais eue, alors que nous prenions la direction de notre bâtiment. Quand j'eus fini mon petit discours, elle me dit :

— P'tain, elle est excellente ton idée. Je te préviens, en tant que ta nouvelle meilleure amie, je demande l'exclusivité pour la première lecture !

— Attends, ne t'emballe pas. Monsieur Tirell McFinay n'a pas encore donné son accord.

— Oh, il le fera. Il a intérêt. Sinon, lui et moi, on va avoir une petite discussion dans un coin isolé et je vais lui expliquer à quel point j'ai envie de lire cette histoire !

Je ne pus m'empêcher de rire de sa répartie. J'imaginais tellement la scène, elle, mesurant à peine un mètre cinquante-cinq – ok, avec mon mètre soixante, je n'étais pas super bien placée pour me moquer –, grondant ce géant mesurant pas loin de deux mètres et l'obligeant à écrire une romance érotique.

Il n'y avait pas à dire, la scène était hilarante.

Sur cette touche d'humour – bien qu'Ether m'affirme qu'elle était on ne peut plus sérieuse –, on se sépara pour assister à nos cours respectifs, se donnant rendez-vous pour la pause déjeuner.

CHAPITRE 15 : MEGAN

Plus l'heure du cours approchait et plus je flippais. Ma confiance en moi fondait plus rapidement qu'une plaquette de beurre laissée en plein soleil dans le désert. Le doute m'habitait. Mon idée, qui ce matin me semblait géniale, me paraissait désormais nulle à chier. C'était couru d'avance, Tirell allait me rire au nez avec mon scénario à deux balles. Sans compter que de son côté, il avait peut-être également réfléchi à la question. Sa solution pouvait alors être à l'opposé de la mienne. Dans ce cas, comment allions-nous trancher ?

Heureusement, le repas en compagnie d'Ether me permit d'oublier au moins quelques instants mon dilemme. Quand on se quitta pour aller, elle à son cours de littérature française du XIXe, et moi à celui d'essai littéraire, j'étais à nouveau une boule de nerfs.

— Ne t'inquiète pas. Il va adorer, c'est certain.

— Espérons.

— Mais oui. Il serait bien idiot de dire non. À mon avis, il n'a pas l'ombre d'une idée, et toi, tu lui en fournis une sur un plateau, et excellente en plus ! Crois-moi, il va accepter.

Sur ces encouragements, j'entrai dans la salle de cours, pour découvrir que mon partenaire n'était pas encore là. Pourquoi n'étais-je pas vraiment surprise ?

Cela voulait dire que j'allais devoir lui parler après le cours, or j'étais attendue chez Mme Wildson. La veille, elle m'avait dit qu'elle avait son rendez-vous bimensuel chez le coiffeur. Quand c'était le cas, elle comptait sur moi pour tenir sa boutique. Je ne pouvais donc pas me permettre d'être en retard.

Je pouvais toujours faire passer des mots à Tirell durant le cours. J'avais vu d'autres élèves le faire et le professeur Trandeson n'y voyait rien à redire. Il avait même dit que c'était une bonne occasion de s'entraîner au travail épistolaire. Ce prof était définitivement barge.

En fait, c'était un très bon moyen de communiquer avec Tirell, car il présentait l'avantage de ne pas avoir besoin de lui adresser la parole ni de faire face à son regard troublant. De cette manière, je ne risquais pas de m'effondrer en pleurs à ses pieds, s'il me riait au nez.

L'idéal serait qu'il prenne la même place que la veille. Ainsi, je n'aurais pas besoin d'une tierce personne pour faire transiter les messages.

Alors que je commençais à me dire qu'il n'allait finalement pas venir, Tirell fit son entrée en même temps que le professeur.

— C'était moins une, monsieur McFinay.

— Ce qui compte, c'est le résultat monsieur Trandeson. Non ?

Ce type ne pouvait pas se retenir d'être dans la provocation. C'était plus fort que lui.

— Allez à votre place, jeune insolent.

Avec un sourire au coin des lèvres, Tirell vint prendre place juste devant moi, comme la veille et comme je l'avais espéré.

— Bonjour, Miss Grognon.

— Bonjour.

— Mince, je n'ai même pas le droit à mon « Mister Connard » ? Je suis déçu.

Je dus prendre sur moi pour ne pas lui répondre. Je devais me rappeler que j'attendais une coopération de sa part. Mon ego pourrait survivre à cette petite pique.

Le prof commença alors son cours dans une salle plutôt silencieuse.

J'attendis de voir les premiers papiers circuler pour prendre un morceau sur mon bloc note, sur lequel j'écrivis :

J'ai trouvé une autre idée pour notre devoir.

Je tapotai le dos de Tirell qui se retourna méfiant. Quand il vit que je lui tendais un morceau de papier – et pas un calibre ou un poignard –, son expression se fit perplexe. Visiblement, il ne s'attendait pas à cette initiative de ma part.

Il attrapa le bout de papier. L'expression qu'il avait était on ne peut plus comique. On avait l'impression qu'il se demandait si le petit bout blanc n'allait pas lui péter à la figure. Ce fut plus fort que moi, je ne pus retenir un petit gloussement amusé. Il me transperça immédiatement de son magnifique regard, puis se retourna pour le lire.

Mon pouls devint alors erratique. Je me demandai ce qu'il allait pouvoir me répondre.

Sans se retourner vers moi, je vis son bras se tordre dans une position qui ne devait pas être agréable, pour venir poser le bout de papier sur mon bureau. Je l'attrapai pour lire son contenu :

Quoi ? Même pas une petite insulte
en guise d'introduction, je suis déçu !

S'il n'y avait que cela pour lui faire plaisir. Je lui transmis trente secondes plus tard ma réponse par-dessus son épaule.

Tu te répètes, mais si cela peut te faire plaisir : J'ai trouvé une super idée pour notre devoir, Mister Connard.

Sa réponse me parvint aussitôt :

Ah, voilà qui est mieux. Pendant un instant, j'ai cru que tu m'appréciais. Je dois dire que c'était assez troublant. Vas-y, je t'écoute Miss Grognon. C'est quoi ton idée de génie ?

Je ne pus retenir un sourire quand je lis son mot. Il fallait avouer qu'il avait de l'humour. Je me surpris alors à entrer dans son jeu :

En effet, je m'en voudrais de te donner de faux espoirs.

Je lui passai le message. Je me rendis alors compte que je n'avais même pas abordé le sujet principal : notre devoir. D'un autre côté, sa réponse, ne le fit pas non plus :

Méchante !

Il était temps que je revienne dans le droit chemin, mais avant cela, je devais bien lui faire une petite réponse, non ?

Je croyais que tu voulais savoir de quoi il retournait. Alors sois gentil avec moi, sinon tu ne sauras rien du tout !

Je lui passai le mot et vis ses épaules tressauter. Ma réponse l'avait visiblement fait rire. Il écrivit une réponse, mais contrairement aux autres fois, il ne se démonta pas l'épaule. Il fit basculer son buste en arrière, jusqu'à venir buter contre mon bureau. Je vis sa main frôler son cou, pour me tendre le bout de papier au niveau de son oreille.

Durant quelques secondes, il ne se passa rien dans mon corps. Mon cœur, mon souffle, mon cerveau, tout s'arrêta. Puis, tout s'emballa. Mon cœur se mit à battre fort dans ma poitrine, comme si je venais de courir un cent mètres. Mon souffle se fit chaotique. Et mon cerveau se mit à surchauffer.

Il envahissait à nouveau mon espace personnel.

Cela faisait cinq ans que je n'avais pas été si proche physiquement d'un homme – excepté mon père – et en deux jours, ce gars le faisait non pas une, mais deux fois.

Néanmoins, à la différence d'hier, j'avais la possibilité de m'éloigner pour mettre de la distance entre nous. J'avais le choix et cela faisait toute la différence dans ma tête.

Je ne vais pas vous mentir, je ne pouvais pas dire que j'étais à l'aise. J'étais en réalité terrifiée à l'idée de venir récupérer ce petit bout de papier. Cela représentait une épreuve pour moi, mais j'avais envie de la réussir.

Ma respiration était plus laborieuse. Étant donné la distance qui nous séparait, mon trouble ne pouvait pas avoir échappé à Tirell. Pourtant, il ne bougea pas d'un poil. Il me laissait le temps de me reprendre.

Il était tellement près de moi que je sentais son parfum. C'était un mélange d'odeurs que l'on aurait pu résumer en un mot : viril. J'avais une vue imprenable sur sa nuque et ses cheveux. Ils étaient châtains et blonds. Il y avait tellement de nuances dedans que j'aurais été incapable de les compter. Ils étaient mi-longs et me donnaient envie de passer mes mains dedans.

Bordel, je perdais complètement les pédales, moi. Il fallait que je me reprenne et vite.

Je concentrai donc mon regard sur le bout de papier, essayant de ne pas m'attarder sur les doigts qui le maintenaient, sinon j'allais faire une syncope. C'était une certitude.

Je pris une profonde inspiration et attrapai ce fichu bout de papier. Quand je découvris son contenu, mon cœur s'affola :

Tout ce que vous voulez maîtresse.

Ce type était vraiment un démon. Il voulait ma mort. Il fallait que je mette un terme à cet échange épistolaire – comme le disait monsieur Trandeson – sinon, je sentais que j'allais péter un câble. Finies les petites phrases en appelant d'autres. Je résumai sur un seul papier l'ensemble de mon idée :

Je me suis dit que l'on pourrait écrire une romance à deux voix. Tu écrirais la voix du gars, moi celle de la fille. On verrait ainsi leur relation se construire avec les deux points de vue.

Je lui passai ma réponse. Il lui fallut plusieurs minutes avant de me répondre. Peut-être qu'il était soudain passionné par les propos de monsieur Trandeson, ou bien peut-être qu'il cherchait une manière polie de me dire que c'était de la merde, ou plus vraisemblablement, une manière imagée, drôle et vexante de me le dire.

Durant tout ce temps, le sang se mit à battre furieusement dans mes oreilles. Ce cours allait finir par avoir raison de moi. Mon cœur allait finir par lâcher à force d'être malmené de la sorte.

Enfin, il me fit passer le message de la même manière que le précédent. Je m'y attendais à moitié, donc je n'eus pas le même moment de panique que la première fois. Il me fallut aussi moins de temps pour trouver le courage de prendre le morceau qu'il me tendait. Mais je n'irais pas jusqu'à dire que cela fut facile.

Prenant mon courage à deux mains, j'attrapai l'objet de ma frayeur et lus la sentence :

Je trouve que c'est une super idée.

D'un seul coup, je relâchai le souffle que je n'avais pas eu conscience de retenir. L'idée lui plaisait. C'était un bon début. Il fallait maintenant que je lui donne mes notes à lire et que l'on parle organisation. Cependant, pour aujourd'hui, mes échanges avec lui étaient suffisants. Pas la peine de tirer sur ma résistance. Je lui fis donc une dernière réponse que je formulai de sorte à ce qu'il n'y ait aucune ambiguïté sur le fait que je ne voulais pas continuer notre échange pour aujourd'hui.

Cool. Après le cours, je te donnerai mes notes pour que tu puisses les lire. On en parlera plus tard. Il faut que je suive le cours.

Je lui passai le message et je fus soulagée qu'il ne fasse pas de réponse. Soulagée, mais en même temps un peu déçue, je dois l'admettre. Mais qu'est-ce qui ne tournait pas rond chez moi ? Dès qu'il s'agissait de Tirell, je ne réagissais jamais comme il fallait. C'était déroutant et perturbant. Heureusement, le cours se termina rapidement. Alors que le prof prononçait sa dernière phrase, je commençai déjà à ranger mes affaires. D'une part, parce que je ne voulais pas être en retard à mon boulot et que mon bus était pour bientôt. D'autre part, car je ne voulais plus avoir d'échanges avec Tirell McFinay pour aujourd'hui.

Dès que le professeur indiqua la fin du cours, je fus debout. Je passai devant le bureau de Tirell et lui tendis mes notes en lui disant, sans le regarder :

— Tiens, c'est ce dont je t'ai parlé. À plus.

Je continuai mon chemin quand je l'entendis m'interpeller. C'était la première fois qu'il m'appelait Megan et cela me fit étrange. Sous le coup de la surprise, je me retournai au lieu de tracer.

— Tu as cinq minutes pour qu'on en discute ? me demanda-t-il en secouant mes notes.

— Non, désolée, j'ai un job qui m'attend.

Cette fois, je filai comme si j'avais le feu aux fesses. Moi, lâche ? Peut-être. Et alors, où est le problème ?

CHAPITRE 16 : TIRELL

Aussi fou que cela puisse paraître, je venais de vivre un des moments les plus érotiques de ma vie.

En venant en cours aujourd'hui, je n'aurais jamais imaginé ce qu'il allait se produire. Je n'aurais jamais imaginé qu'elle allait me faire passer des petits mots. Je n'aurais jamais imaginé que nous allions nous prendre au jeu de cet échange. Je n'aurais jamais imaginé que nous allions nous taquiner gentiment par écrit. Je n'aurais jamais imaginé que j'arriverais à la faire rire. Je n'aurais jamais imaginé qu'elle allait me faire cette proposition qui était loin d'être stupide. Et surtout, je n'aurais jamais imaginé que j'allais me retrouver avec une trique d'enfer, seulement en échangeant des bouts de papier.

J'avoue que lorsque je l'avais sentie me taper dans le dos, je n'avais pas trop su à quoi m'attendre. La connaissant, je pensais qu'elle allait me faire une remarque désagréable ou peut-être qu'elle venait de me coller un truc dégueu. En découvrant le petit bout de papier qu'elle me tendait, je n'avais pas compris au début. Ensuite, je m'étais dit qu'elle venait de passer aux insultes écrites. Ma tête devait valoir le détour, car elle avait gloussé. J'étais alors tombé immédiatement sous le charme de ce son délicieux. J'aurai voulu pouvoir l'enregistrer pour l'écouter en boucle. La veille, déjà, j'avais eu l'occasion de la surprendre le sourire aux lèvres à la cantine. Malgré moi, je m'étais retrouvé subjugué par cette vision. Cette fille me perturbait déjà en temps normal, mais quand elle était joyeuse, comment dire, elle m'hypnotisait. C'était la première fois que je me retrouvais dans pareille situation.

Quelque part, je crois que c'était pour me venger de ce qu'elle faisait naître en moi, que j'avais voulu la provoquer en venant m'adosser à son bureau, mon message présenté de façon désinvolte contre mon cou. En revanche, je ne m'attendais pas à ce qu'elle réagisse aussi violemment.

Quand j'avais entendu son souffle se bloquer, puis s'affoler, j'avais su instinctivement que je ne devais pas esquisser le moindre geste, au risque de provoquer la même scène que la veille, mais en version beaucoup plus gênante pour elle comme pour moi.

Cette fille avait un problème avec les contacts humains. Je ne savais pas si c'était avec tout le monde, juste avec les hommes ou juste avec moi. Mais ce qui était certain, c'était que je venais à nouveau de la faire flipper.

En m'en rendant compte, j'avais eu envie de me mettre des baffes pour l'avoir mise dans une telle situation. Ensuite, j'avais prié de toutes mes forces pour qu'elle surmonte sa peur et vienne chercher ce maudit bout de papier. Alors j'avais attendu, guettant son souffle discret, afin de repérer si elle venait de franchir la ligne de non-retour, tout en n'ayant aucune idée de la façon dont je devais réagir le cas échéant.

J'avais attendu sans faire le moindre bruit ou le moindre geste susceptible de l'affoler.

Lorsque que j'avais entendu le bruissement de ses vêtements trahissant ses mouvements, j'avais eu moi-même un moment de panique. Allait-elle se lever et quitter la salle ? Était-elle en train de s'évanouir sur sa chaise ?

C'est alors que je l'avais senti, son souffle dans ma nuque. La tension qui m'habitait jusque-là, avait alors été remplacée par une autre beaucoup plus animale et beaucoup plus agréable. C'était de la tension sexuelle. Elle courait dans mes veines et alimentait mon sexe qui ne demandait alors qu'une chose, être libéré – dans tous les sens du terme.

Ne pas la voir, donc ne pas pouvoir anticiper ses mouvements, ne faisait qu'amplifier mon trouble. C'était un peu comme faire l'amour en ayant les yeux bandés. J'étais au paradis, j'étais au supplice. Ma provocation se retournait contre moi et c'était un bienfait.

Alors que je ne pensais pas pouvoir rester une seconde de plus immobile, j'avais senti ses doigts délicats frôler ma nuque pour venir saisir le bout de papier. Pour ma plus grande honte, j'avais senti mon sexe frémir en réponse, prêt à lâcher les prémices de ma jouissance. Il n'était pas question que cela se produise. J'avais alors expliqué à mon mini-moi, à grands renforts d'images peu reluisantes, ce qu'il encourrait s'il me mettait dans une situation embarrassante. Heureusement, ce dernier avait semblé comprendre le message et s'était légèrement calmé, mais à peine.

J'avais attendu sa réponse et quand je l'avais lue, il m'avait fallu quelques instants avant de lui répondre. Dans un premier temps, cela me prit une bonne minute pour comprendre ce que je lisais. Devant mes yeux, ce n'étaient pas des mots que je voyais, mais Megan, nue, prête à jouir. Comment voulez-vous que j'arrive à me concentrer avec une image pareille en tête ? Impossible. J'avais donc fermé les yeux. Mauvaise idée. Je les avais donc réouverts. Avec un savant exercice de concentration et de respiration que tout homme a déjà pratiqué au moins une fois dans sa vie, j'avais réussi à reprendre le dessus sur mes bas instincts.

Une fois cette étape franchie, j'avais alors enfin pu porter mon attention sur le contenu du message. Sa proposition me séduisit, plus que celle de la veille. En fait, pour tout dire, je la trouvais géniale. Elle était stylée et répondait tout à fait aux attentes de ce cher monsieur Trandeson. Cerise sur le gâteau, je voyais déjà un plan machiavélique prendre forme dans mon esprit pour détourner ce devoir à des fins personnelles.

Je lui fis donc part de mon opinion sur un petit rectangle blanc. Au moment de lui transmettre, j'hésitai sur la manière de procéder, mais comme je suis un peu maso sur les bords, je décidai de tenter à nouveau ma chance en m'adossant.

Ok, je l'avoue, j'étais aussi à la recherche de l'excitation que j'avais ressentie la première fois. Il fallait que je confirme que cette fille me faisait de l'effet, que ce n'était pas le fruit de mon imagination en surchauffe. J'admettais sans aucune honte que j'avais adoré cette sensation qui s'était emparée de mon corps. Je voulais la vivre à nouveau. Je connaissais cette fille depuis à peine une semaine et j'étais déjà accro.

Elle fut un peu plus prompte à venir chercher le message, mais cette tension sexuelle limite insoutenable s'empara à nouveau de moi. Aucun doute possible, cette fille m'excitait à mort.

Ce devoir allait se transformer à la foi en un délice et en un supplice. Je pressentais que je risquais d'être troublé plus d'une fois et, de ce que je devinais de Megan, je pense que j'allais être bon pour prendre de nombreuses douches froides. En même temps, j'avais hâte que l'on se mette au travail. Finalement, les scènes de sexe n'allaient pas être difficiles à imaginer, je n'aurais qu'à coucher sur le papier ce que je rêvais de faire en vrai à ma co-auteure. Ce devoir me donnait l'occasion d'écrire noir sur blanc les caresses que je voulais lui prodiguer, mais qui ne resteraient que du domaine de mon imaginaire. Du moins, pour l'instant.

La réponse qu'elle me donna, me fit comprendre qu'elle souhaitait arrêter là nos échanges pour aujourd'hui. Quelque part cela m'arrangeait, car je dois avouer qu'elle me chamboulait un peu trop.

Elle m'obligeait à me poser des questions que je n'avais pas envie de me poser. Pour ma sérénité d'esprit, il n'était donc pas plus mal qu'il y ait un silence radio entre elle et moi pendant quelques heures.

Quand le cours se termina, elle me balança presque ses notes à la tête.

QUOI ? Oubliées mes bonnes résolutions, pas question qu'elle se sauve en voleuse de la sorte.

— Megan !!

En y pensant, c'était la première fois que je l'appelais par son prénom. Peut-être que ce fut pour cette raison qu'elle se retourna.

Quand je vis ses joues rougies par l'excitation – je ne voyais pas de colère dans ses magnifiques prunelles, c'était donc la seule explication qui me venait à l'esprit –, je faillis oublier ce que je voulais lui dire. Cette fille avait vraiment un don pour transformer mon cerveau en une mélasse inutile.

Au dernier moment, je me souvins de ce que je voulais lui dire. Je lui demandai donc si elle avait un peu de temps devant elle. Elle prétexta son excuse bidon de job et se fit la malle avant que je n'aie pu imaginer un plan pour la retenir. D'un autre côté, quand je voyais les réactions qu'elle avait quand j'étais trop près d'elle, ce n'était peut-être pas l'idée du siècle d'essayer.

Son départ précipité me laissa une sensation de frustration, jusqu'à ce que je regarde le paquet de feuilles dans mes mains. Quand je vis les notes qu'elle m'avait laissées, j'eus un petit sourire idiot. Je sais, c'était stupide de me dire que j'avais un peu d'elle avec moi, mais il me semble vous avoir déjà précisé que je devenais complètement débile dès qu'il s'agissait de Megan Adman. Non ?

CHAPITRE 17 : TIRELL

Le soir venu, je me jetai sur ses notes comme un affamé sur un hamburger. Je parcourus toutes les pages d'une traite et je dois dire qu'au fur et à mesure que j'avançais dans ma lecture, j'étais de plus en plus emballé par ce que je découvrais. Je trouvais que c'était une excellente idée de mettre un point de vue masculin et un autre féminin au sein de la même histoire.

On a beau dire, mais une fille ne pourra jamais penser comme un garçon – trop pragmatique – et vice-versa – trop subtil. Son idée était vraiment géniale. Restait maintenant à savoir comment nous allions nous organiser. En me basant sur les deux propositions qu'elle m'avait faites, je dirais qu'elle essayait de passer le moins de temps possible avec moi. Je devais reconnaître que la deuxième était diaboliquement bien pensée. Elle me séduisait sur le fond comme sur la forme. Sauf que cela lui permettait de ne pas me voir trop souvent. Ce point m'embêtait vraiment, mais je devais reconnaître que ce n'était pas forcément une mauvaise chose. Megan me mettait le cerveau complètement à l'envers. Or, plus je la côtoyais et plus je me disais que cette volonté de rester loin de moi n'était pas une lubie de sa part ou une tentative pour se faire désirer ou même parce qu'elle ne pouvait pas me saquer. Non, je commençais à me dire qu'elle avait vraiment besoin de limiter nos échanges et cela me faisait chier.

Pourquoi ? Parce que de mon côté, je voulais être aussi souvent que possible avec elle – et je ne voulais pas réfléchir au pourquoi du comment de ce besoin. Cependant, je ne voulais pas pour autant la mettre dans une situation inconfortable. Bref, j'étais déchiré entre mes désirs et les siens qui, du coup, devenaient les miens. Autrement dit, c'était le vrai bazar dans ma tête.

Je pensais la voir le lendemain ; malheureusement, nos routes ne se croisèrent pas. Je n'avais pas regardé assez attentivement son dossier le jour de la rentrée pour retenir son emploi du temps. Je n'avais donc pas moyen de faire en sorte de tomber sur elle « par hasard ».

Sans parler que j'avais, de mon côté, d'autres préoccupations. Les entraînements avaient repris et je dois dire que le coach ne nous laissait pas beaucoup de répit. En ce début d'année, il y avait beaucoup de choses à organiser et caler. Tout d'abord, il fallait constituer l'équipe. Entre ceux qui avaient été diplômés et les nouveaux, il y avait quelques remaniements. Toutefois, je conservai mon rôle de capitaine

Le championnat NCAA, réunissant l'élite du football américain universitaire, était très important, à la fois pour les étudiants sportifs qui y voyaient une chance de faire carrière, mais aussi pour les universités qui consacraient une grosse part de leurs budgets pour gagner de la notoriété, et enfin pour les habitants du coin qui suivaient de manière très assidue la compétition. Dans certains coins, la NCAA avait même plus de poids que la NFL, la fédération pro du football. Il était donc important que l'on arrive à sortir notre épingle du jeu.

Ensuite, il y avait le planning des rencontres à établir. Ce dernier était très important, car il était ensuite jugé par un groupe d'experts qui le notaient et nous classaient en début de saison sur la base de ce critère. Il fallait programmer assez de matchs pour qu'il soit jugé difficile, mais pas trop pour que nous ne soyons pas surchargés.

Il fallait ensuite choisir les bons adversaires. Parfois, il valait mieux perdre contre une équipe forte, que gagner contre une autre jugée de seconde zone. C'était donc un exercice délicat, mais pour lequel notre coach excellait.

D'ailleurs, l'année dernière, ses choix judicieux nous avaient permis d'accéder aux finales universitaires, les bowls. C'était une raison supplémentaire pour nous mettre la pression. Nous devions faire au moins aussi bien.

L'année scolaire était découpée en deux temps pour nous. La saison régulière, qui venait de débuter, se tiendrait jusqu'à mi-décembre. Des juges étudieraient ensuite le bilan de chacune des équipes pour désigner ceux qui auraient l'honneur de participer aux bowls d'après-saison. Ces finales entre équipes universitaires étaient notre objectif à atteindre, notre Graal.

Pour un certain nombre de mes co-équipiers, l'enjeu était de taille. La NFL allait avoir les yeux rivés sur nous durant toute la saison et l'après-saison – si nous nous débrouillions bien. Beaucoup se voyaient devenir le Walter Camp, le George Halas ou le Vince Lambardi[3] de demain, même si, malheureusement, très peu verraient leur rêve devenir réalité.

3 Ce sont des joueurs connus de la NFL.

C'était le cas de Berkley, un de mes meilleurs potes. Depuis tout petit, il rêvait de devenir footballeur pro. Il se donnait à fond pour être le meilleur. Sur le terrain, il déchirait vraiment. D'ailleurs, ses efforts avaient payé, car il avait reçu une offre d'un club pro l'année dernière. Toutefois, il voulait terminer ses études avant de s'engager dans cette voie – et c'était tout à son honneur. Il avait donc négocié pour mettre en stand-by cette proposition. Il était tellement doué que le chasseur de tête de l'équipe NFL n'avait pas hésité à accepter. En revanche, il avait exigé que l'information reste secrète. Par conséquent, à part nous quatre, le coach et les parents de Berkley, personne n'était au courant.

Mon cas était différent. Je faisais du football car j'adorais ce sport et j'aimais me défoncer sur un terrain. Cependant, il avait toujours été clair dans ma tête que je ne me voyais pas faire ma carrière dans le milieu. Pourtant, je me débrouillais bien avec un ballon entre les mains. La preuve, l'année dernière, je m'étais également vu proposer une offre par un recruteur que j'avais refusée. Pour le coup, c'était de notoriété publique.

Cette carrière me semblait trop incertaine. J'aimais ce sport, mais je voulais qu'il reste un plaisir et non qu'il devienne un métier. Résultat des courses, j'avais moins de pression que Berkley, même si, en tant que capitaine, je me donnais à fond pour mes gars, suant corps et âme sur le terrain.

Vendredi soir, j'étais à plat, mais comme j'avais promis aux copains de faire un tour à cette fameuse fête chez Darek, je m'y rendis avec l'intention de faire une brève apparition.

J'avais l'espoir fou d'y croiser Megan, mais je ne la vis pas et cela ne m'étonna guère. Elle n'avait pas le look à traîner dans ce genre de soirée. Sans parler de son comportement étrange. À mon avis, même avec un couteau sous la gorge, elle aurait refusé de venir. Quelque chose me disait qu'entre elle et la foule ce n'était pas l'amour fou. Alors, une soirée étudiante ? Même pas la peine d'y penser.

Je pris une bière et allai saluer Micah et Berkley qui étaient tous les deux passablement éméchés. Quand ma bière fut finie, je pris la direction de mon 4x4, ayant jugé que j'avais tenu mes engagements. En chemin, je croisai Alexa qui me demanda, à moitié lovée contre moi, si je pouvais la ramener. Le message était explicite. Je savais que si je la prenais avec moi dans ma voiture, j'allais la prendre tout court. Bizarrement, je n'en avais pas envie. Je lui répondis donc que j'étais à plat et que je préférais rentrer directement.

Elle eut une moue boudeuse pendant dix secondes, puis, se rappelant sûrement que cela risquait de lui donner des rides, elle abandonna sa veine tentative de me faire changer d'avis et repartit en direction de la fête.

J'aurais dû m'inquiéter qu'elle trouve quelqu'un d'autre pour la « raccompagner » me direz-vous, pourtant, je m'en moquais. Je n'étais pas spécialement jaloux habituellement, mais là c'était pire. Je n'en avais vraiment rien à cirer. Il était peut-être temps que je change de copine. Alexa et moi avions déjà connu plusieurs ruptures – en général quand je me lassais – et réconciliations – en général quand j'étais un brin sou et que j'avais des envies coquines – qui duraient quelque temps.

Je crois que l'heure était venue que je retrouve un peu de ma liberté.

Et non, cela n'avait absolument rien à voir avec une certaine petite blonde aux yeux bleu-vert et aux formes cachées. Rien du tout.

Sans grande surprise, le lendemain, j'annulai mon rencart avec Alexa. Cela me valut une crise de larmes suivie d'une volée d'insultes qui aboutirent, comme je l'avais prévu, à une séparation.

J'étais un peu lâche, je l'avoue, car je m'arrangeai toujours pour pousser Alexa à bout, afin que ce soit elle qui me largue. Pourquoi ? me demanderez-vous. Tout simplement parce que j'avais commis l'erreur une fois d'être celui qui mettait fin à notre relation. Je vous ferai grâce des détails de l'enfer qu'elle m'a fait vivre. Les copains se moquent encore de moi à ce sujet.

Alexa a un ego tellement surdimensionné qu'elle ne peut pas accepter de se faire larguer. Je l'ai compris et je m'adapte. C'est tout. Il y a certaines choses qui méritent que l'on se batte pour elles et d'autres non. Dans cette situation précise, mon ego entrait dans cette deuxième catégorie.

Mon samedi désormais libre, je demandai à mes potes s'ils étaient partant pour une soirée jeux vidéo. Ils furent bien évidemment d'accord et me félicitèrent au passage pour ma rupture, me souhaitant de ne pas retomber dans les filets de celle qu'ils appelaient la vipère. Pas très sympa, j'en conviens, mais néanmoins un peu vrai, je dois l'admettre.

Je ne sais plus si je vous l'ai dit, mais Alexa et mes potes, ce n'est pas l'amour fou.

Je passai donc une super soirée, certainement meilleure que si je m'en étais tenu au plan initial. Certes, elle se terminerait de façon un peu moins chaude que je ne l'avais imaginée au départ, mais, de vous à moi, parfois, entre un bon jeu vidéo avec des copains et un moment coquin, il n'y a pas photo, c'est le jeu qui gagne.

Nous avons dû éteindre vers sept heures du matin. Inutile de vous dire que le dimanche passa relativement vite, étant donné que nous n'émergeâmes pas avant seize heures. Juste le temps de passer un petit coup dans l'appart et c'était le soir.

D'ailleurs, cela me fait penser, je ne vous ai pas encore décrit mon chez-moi. Enfin, plutôt notre chez-nous, à Sheldon et moi.

Je partageais mon appartement avec lui. Micah et Berkley avaient le leur sur le palier d'en face. Inutile de vous dire que les portes étaient souvent ouvertes à notre étage. Nos appartements étaient identiques dans leur conception : une grande salle de bains, deux grandes chambres, un salon et une cuisine.

En revanche, l'aménagement n'était pas le même. Sheldon et moi faisions un minimum d'effort pour que notre logement ne ressemble pas à un dépotoir. Celui de Micah et Berkley était l'image même de la piaule d'étudiant. Nos goûts respectifs pour le ménage et le rangement étaient ce qui nous avait aidé à choisir qui allait habiter avec qui. Sans cela, notre amitié aurait été compromise. Aucun doute là-dessus.

Pour des raisons stratégiques et pratico-pratiques, les soirées avaient souvent lieu chez Micah et Berkley. Même si, pour le coup, Sheldon et moi aidions ensuite au rangement et ménage. Nous ne tenions pas à retrouver nos potes morts dans leur bordel ou attrapant Dieu sait quelle maladie à cause de la saleté !

Le lundi, je n'eus pas non plus l'occasion de croiser ma belle co-auteure. Cela m'énerva, mais en même temps, je savais que le lendemain j'étais assuré de la voir, puisqu'elle avait cours avec moi.

À mon plus grand étonnement, je m'étais pris au jeu de ce devoir. J'avais hâte de commencer. J'avais même réfléchi, durant le week-end, à quelques idées. Je savais reconnaître que je ne me serais jamais inscrit à cette option si on m'avait laissé le choix, mais, désormais, j'étais décidé à m'en sortir honorablement. Je voulais lui montrer que je pouvais être digne de confiance pour ce travail.

Pourquoi ? Je n'en savais rien, ou du moins, je ne voulais pas essayer de trouver une explication. C'était comme ça, un point c'est tout !

Le mardi en début d'après-midi, je m'arrangeai pour arriver en avance au cours – une première pour moi – dans l'espoir qu'elle serait déjà là.

Quand je pénétrai dans la classe, je vis avec joie que mes prières avaient été exaucées. Elle était à sa place habituelle.

Aujourd'hui, son tee-shirt disait : « J'ai l'air de mauvais poil ? » et un énorme doigt d'honneur était en fond. Je l'adorai.

J'espérais en revanche que cela ne soit pas la réalité, car cela faisait maintenant quatre longs jours que j'attendais de pouvoir lui parler. Je voulais que cela aille plus loin que le simple échange d'insultes que nous avions pris l'habitude de nous balancer.

Je m'avançai vers elle en souriant. Pour ne pas changer de comportement du tout au tout – ce qu'elle n'aurait pas manqué de trouver suspect – je lui dis en prenant ma place habituelle :

— Bonjour, Megan, alias Miss Grognon.

Je vis le sourire qu'elle essaya de cacher en réponse. De toute manière, ses yeux magnifiques l'auraient trahie en brillant de joie. Je la trouvais déjà belle en temps normal, mais quand elle était gaie, elle était à couper le souffle. D'ailleurs, elle me coupait littéralement le souffle. Il fallait à tout prix que je fasse en sorte qu'elle ait cette expression plus souvent.

Quand elle me répondit :

— Bonjour, Tirell, alias Mister Connard.

Je me mis à rire. A priori, son tee-shirt mentait – du moins pour le moment ; à moi de faire en sorte que cela perdure. Si j'aimais voir ses yeux flamber de colère, je les préférais encore plus quand ils brillaient de joie, surtout si j'en étais la cause.

CHAPITRE 18 : MEGAN

Quand je le vis entrer avec cinq bonnes minutes d'avance, je crus que j'étais victime d'hallucinations. Tirell ne pouvait pas déjà être là !

Pourtant, quand il ouvrit la bouche, aucun doute n'était permis. Il n'y avait que lui pour être à la fois insupportable et craquant. Craquant ? J'ai dit craquant moi ? Non, je voulais dire…

Oh et puis zut, oui, j'avoue, il était craquant. Cependant, il n'en restait pas moins Mister Connard et cela se confirma quand il m'affubla de ce surnom ridicule.

Je mourais d'envie de lui demander s'il avait lu mes notes. En même temps, j'avais peur de lui poser la question. S'il me répondait « oui » et me disait qu'il n'avait pas aimé, je serais dégoûtée. Tant qu'il ne disait rien, je pouvais toujours m'imaginer qu'il avait trouvé mes idées absolument fabuleuses ou qu'il n'avait pas encore eu l'occasion de les parcourir.

Comme s'il pouvait lire dans mes pensées, Tirell sortit justement de son sac mes notes et me les tendit.

— Tiens, je te redonne ton bien. Je dois dire que j'adore ce que tu proposes. Je me suis permis de faire quelques suggestions dans la marge. Tu n'auras qu'à les lire et me dire ce que tu en penses.

J'avais atterri dans une autre dimension ou quoi ? Non seulement nous avions une discussion civilisée, mais en plus on parlait de notre devoir et de manière constructive. Tout espoir nous concernant n'était pas perdu finalement. Je parlais de notre collaboration pour ce devoir bien sûr. Toute autre interprétation serait malvenue.

Trop contente de sa remarque, je lui répondis immédiatement :

— Avec plaisir. Je suis super heureuse que mon idée te plaise. Et puis, il est tout à fait normal que tu aies ton mot à dire. Après tout, c'est un travail conjoint. Je lirai avec attention tes remarques.

Malheureusement, nous ne pûmes continuer notre échange, car monsieur Trandeson venait de franchir la porte.

Ce dernier n'avait même pas encore ouvert la bouche pour nous parler de son cours, que je vis

Tirell arracher un bout de papier de son cahier et écrire quelque chose dessus. Je ne fus pas surprise de le voir ensuite se pencher en arrière et de me tendre ledit papier. Peut-être était-ce l'habitude, mais cela me sembla moins difficile que lors du dernier cours d'attraper le message qui disait :

Donne-moi ton numéro de portable.

Il croyait vraiment que j'allais lui filer mon numéro comme ça ? Il me prenait pour une novice ou quoi ? Je lui répondis :

Non !!!!!

Sa réponse ne tarda pas :

Allez. Ce sera plus pratique que les bouts de papier.

Je compris alors qu'il voulait que l'on « discute » par texto plutôt que par échanges épistolaires. C'est vrai que vu comme ça, je devais admettre que c'était une bonne idée. Cela limitait les risques de se faire chopper par le prof. J'espérai juste que je n'allais pas le regretter plus tard.

Je lui transmis donc mon numéro de téléphone et vérifiai aussitôt que ce dernier était bien en mode vibreur. Je venais à peine de le poser, quand j'eus une notification m'indiquant que j'avais un nouveau message.

Je le déverrouillai. Sans surprise, je vis que cela venait d'un destinataire inconnu :

C quoi ton FB ?

Hein ?

Ton Facebook

J'ai pas Facebook.

Comment c possible ? Tu vis dans une grotte ou quoi ? Je savais même pas que ça existait encore de nos jours des jeunes sans FB !

Ca aussi, c has been.
Maintenant t'as les emoji.
C plus cool.

Il y en a un qui fait un doigt d'honneur ?

Si c'est le cas, il faut absolument que tu me montres comment l'utiliser.

Pour que tu passes ton temps à me l'envoyer ? Certainement pas !

Bon, si on en revenait à notre devoir.

Ah, Miss Grognon est de retour !

Plutôt que de lui répondre par texto, je lançai ma jambe en avant pour venir taper doucement, mais fermement dans sa chaise.

Je rêve ou tu viens de me frapper ?

Je ne pus retenir un gloussement. Oh mon Dieu, tuez-moi. J'en étais maintenant rendue à glousser !

Je ne voulais pas alimenter ces échanges futiles qui me rendaient complètement débile, alors je reposai mon portable sans répondre et reportai tout mon attention sur le cours.

Au bout d'une minute, je vis Tirell se retourner, discrètement, pour voir ce que je faisais. Il constata que je n'étais plus accrochée à mon téléphone et que je ne comptais pas continuer notre échange.

Ce dernier vibra vingt secondes plus tard.

Pfff, t pas drôle. Très bien. Nous allons parler devoir.

Je souris intérieurement en voyant que j'avais eu gain de cause. C'était certes une petite victoire, mais c'était tout de même une victoire.

Dans la foulée, mon appareil vibra à nouveau :

Comment veux-tu qu'on procède ?

On écrit à tour de rôle notre passage et on le transmet à l'autre pour qu'il le lise.

J'y avais pensé et repensé. Cette façon de faire était à mon sens la plus productive et avait le gros avantage de ne pas m'obliger à me retrouver en tête à tête avec le dangereux et troublant Tirell.

Je croisai les doigts pour que cela lui convienne. D'un autre côté, je ne voyais pas ce qu'il pouvait avoir à redire à cette proposition.

Donc, si je capte bien, tu veux que l'on fasse que des échanges de mails ? C pas un peu limité pour discuter du fil conducteur de l'histoire ?

Je devais admettre qu'il avait raison. D'ailleurs, je m'étais fait la même réflexion.

On peut se prévoir des points à la bibliothèque, une fois par semaine ou toutes les deux semaines.

Pk pas chez toi ou chez moi ?
Enfin, non, chez moi, c la merde.
Chez toi alors ?😃

Heu ? Non !

Pk ?

Parce que !

Allez. Je serai sage promis.

Rien que cette phrase
ne joue pas en ta faveur.

Alors, promis,
je serai pas sage.

Non, Tirell. Y a pas moyen
que tu viennes chez moi.

Pk ? Tu caches un mort ?

Je ne pus retenir un rire en lisant sa réponse. Il était complètement taré.

Je voulais bien admettre que l'on devait se prévoir des séances de travail, mais il était hors de question qu'il vienne dans mon appartement. Plutôt mourir. Personne ne mettait les pieds chez moi, à part mes parents. C'était une règle non-négociable que je mettais fixée.

Pas la peine que je lui réponde, cela faisait déjà plusieurs fois que je lui disais non. S'il ne voulait pas comprendre, tant pis pour lui. Nous n'allions pas jouer indéfiniment à « pourquoi » / « parce que ». Nous n'avions plus cinq ans !

Mon smartphone vibra à nouveau.

OK. Va pour la biblio.
T dispo quel jour cette semaine ?

Deux victoires en moins de cinq minutes. C'était mon jour de chance ! Je lui répondis :

Je bosse ce soir, mercredi et jeudi.
Mais je peux éventuellement
décaler un peu mes heures.

Et le week-end ?

Je travaille aussi le samedi.

Quoi ? Mais c pas du travail,
c'est de l'esclavagisme.
Et t'es censée sortir quand ?

Je sors pas.

Pk ça m'étonne pas de toi ?

_|_ _

C'est quoi ca ?

Ma version personnelle
du doigt d'honneur.

J'avoue, y a de l'idée.

Merci

Sinon, vendredi, tu finis
les cours à quelle heure ?

17h30

OK on peut se retrouver à 18h à la biblio ?

OK

Tu vois quand tu veux,
tu peux ne pas être chiante.

Il se retourna et me sortit son grand sourire de charmeur.

Cela conclut notre échange et je pus enfin me concentrer sur le cours. Enfin du peu qu'il en restait.

Lorsqu'il fut terminé, Tirell se retourna pour s'adosser à ma table et me dit :

— Tu penses pouvoir me transmettre ton premier jet d'ici vendredi ?

Pas question que je lui avoue que j'avais déjà écrit ma première partie. Je voulais qu'il ait la surprise en rentrant ce soir.

— Yep.

Je lui tendis mon cahier et lui demandai :

— Tu me donnes ton adresse mail ?

Il s'exécuta. Je récupérai mes affaires et me préparai à partir.

— Et moi ?

— Quoi, toi ?

— Bah j'ai pas ton adresse.

— Tu l'auras quand je t'aurai envoyé ma partie. D'ici là, tu n'en as pas besoin.

Je lui fis un clin d'œil et tournai les talons, fière de ma sortie.

CHAPITRE 19 : TIRELL

Le coach ne nous avait pas fait de cadeau ce soir. En même temps, il venait de nous révéler le calendrier qu'il avait choisi et nous devions disputer notre premier match dans trois semaines. Sans être des tueurs, nos adversaires étaient tout de même très bons. Si nous arrivions à les battre, cela viendrait gonfler nos statistiques. Nous devions être prêts.

Histoire de décompresser, nous avions décidé tous les quatre de nous poser dans notre canap' – à Sheldon et moi – pour se mater une petite série Netflix.

Alors que l'épisode commençait, j'attrapai mon téléphone pour checker mes notifs. Je l'avais laissé dans le fond de mon sac de sport, donc je ne l'avais pas regardé depuis le début de l'entraînement.

Sur Facebook, j'avais plusieurs nouvelles demandes d'amis, des commentaires sur les posts que j'avais publiés durant la journée et une tripotée de « like ». Même chose sur Instagram. Je les parcourus rapidement.

Je passai ensuite à ma boîte électronique. J'avais reçu un nombre hallucinant de pubs. Je fis donc le ménage pour virer tous ces spams. C'est alors que je le vis, au milieu de toute cette information inutile, le courriel de Megan.

From : megan.adman@gmail.com
To : tirell.mcfinay@gmail.com
Objet : Surprise

Tirell,
Tu trouveras ci-joint le début de notre histoire. J'espère qu'elle te plaira.
Bonne lecture
Megan

Il y avait une pièce jointe au mail. La petite cachottière ne m'avait pas dit qu'elle avait déjà commencé sa part du travail !

La série, tout d'un coup, oubliée, je me levai pour rejoindre ma chambre. Je venais de trouver une activité beaucoup plus intéressante.

— Tu vas où ? me demanda Micah.

— Je vais me pieuter, je suis HS.

— C'est pas beau de vieillir, se moqua mon ami.

Je lui répondis en levant mon majeur, tout en prenant la direction de ma chambre. J'aurais pu leur dire la vérité, mais je n'en avais pas envie. Pas parce que je redoutais que mes potes se moquent de moi, mais parce que je ne voulais pas partager mon « histoire » avec Megan.

Quand je fus arrivé à destination, j'allumai mon PC et ouvris directement ma boîte électronique pour télécharger la fameuse pièce jointe.

Je commençai alors ma lecture et fus bluffé par les mots qui défilaient devant mes yeux. Ce que je lisais était fluide, bien construit et se laissait lire tout seul. À chaque nouvelle phrase, j'avais envie de poursuivre. J'avais la certitude que je serais frustré à la fin du document, car je voudrais connaître la suite.

Quand j'en arrivai à la description du héros, je ne pus m'empêcher de ricaner. La petite peste avait osé :

« *Ce mec est l'archétype du sportif. Il a certes un corps de rêve, mais il est insupportable au possible. Dès qu'il a ouvert la bouche, j'ai été prise d'une envie irrépressible de le frapper pour lui apprendre ce qu'il en coûtait de se croire ainsi au-dessus de tout le monde.* »

Était-ce volontaire de sa part, de calquer l'histoire sur des personnages qui nous ressemblaient ? Ou bien était-ce le hasard ? Si ça se trouve, cette fille m'embrouillait tellement le cerveau que ce n'était que le fruit de mon imagination. Cependant, j'étais persuadé que mon intuition était la bonne. Soudain, sa phrase « Tu trouveras ci-joint le début de notre histoire. » prit tout d'un coup un autre sens dans ma tête.

Une chose était sûre en tout cas, jamais Megan ne me ferait un tel aveu. Je n'allais donc pas lui faire la remarque et encore moins lui poser la question. La seule chose que je risquais d'obtenir était qu'elle stoppe tout, ce qui était tout bonnement inadmissible !

J'étais peut-être tordu, mais je trouvais très excitant de raconter une histoire où les héros seraient inspirés de nous. D'autant plus, en sachant que l'on devait écrire une romance érotique. Je pourrais ainsi coucher sur le papier tout ce que je rêvais de lui faire en vrai, mais qu'elle ne me laisserait jamais faire. En fait, je m'étais déjà fait cette réflexion. Cette chipie avait eu la même idée que moi, mais certainement pas pour les mêmes raisons. Je ne sais pas pourquoi, mais à mon avis, notre sportif n'était pas au bout de ses peines !

Une chose était certaine en tout cas, j'étais bien décidé à prendre la perche qu'elle me tendait.

C'était également l'occasion d'essayer de découvrir ce qui lui était arrivé pour qu'elle ait ces réactions étranges vis-à-vis des autres – ou du moins de moi. En revanche, je devais la jouer fine et y aller progressivement, si je ne voulais pas la braquer.

Saisi d'une inspiration soudaine, je m'installai confortablement sur mon lit, mon PC sur les genoux et entamai à mon tour notre devoir. C'était la première fois que je me prêtais au jeu de l'écriture et je me rendis compte que les mots me venaient naturellement à l'esprit. Je pense que le sujet y était pour beaucoup.

Quand j'en vins à faire une description de notre héroïne vue par notre héros, mon cerveau était en pleine ébullition, mes doigts volaient sur le clavier, tapant tout ce que j'avais ressenti et imaginé en la voyant la première fois, et même plus.

« *Ses courbes sont cachées par ses vêtements, mais je ne peux m'empêcher de l'imaginer nue. Ses tétons sont-ils rosés ou plus foncés ? Ses seins volumineux ou petits et fermes ? Dans tous les cas, je rêve de pouvoir tenir ces deux trésors dans mes grandes mains. Rien qu'à l'idée de pouvoir les goûter, j'en ai le sexe dur et l'eau à la bouche.*

Je me vois honorer son corps avec ma bouche, adorant son corps de déesse. Je l'imagine se tordant de plaisir sous mes caresses, prête pour moi.

Ses lèvres, charnues, sont un appel au pêché. Si elle savait les idées qu'elles font naître en moi, elle se sauverait en courant, au lieu de me faire face fièrement, comme elle le fait à l'instant.

Son côté rebelle me met à genoux. Il me donne envie de me prosterner à ses pieds afin de lui monter mon adoration.

À l'instant où je croise son regard, l'intensité de ses yeux magnifiques me foudroie sur place. Jusqu'à présent, j'ignorais qu'une telle couleur existait sur Terre. Ce mélange cristallin de bleu et de vert, que je viens de découvrir, est désormais ma couleur préférée.

L'effet qu'elle me fait pouvait se résumer en un mot : charmer. Oui, je suis bel et bien sous le charme de cette femme. »

Quand j'eus terminé mon chapitre, je vis que je m'étais laissé emporter par mon enthousiasme. Le temps s'était écoulé à une vitesse folle. J'étais excité et troublé. Excité, car pas un instant l'image de Megan n'avait quitté mon esprit alors que je tapais frénétiquement sur mon clavier. Et troublé, justement parce qu'elle n'avait pas quitté mon esprit un seul instant. Se pourrait-il que ce que je vienne d'écrire soit la réalité ? Étais-je tombé sous le charme de Megan ?

Imaginer les scènes coquines que je venais de décrire me mettait au supplice. Mon sexe était lourd, il m'appelait et me suppliait de venir le soulager. Je ne fus que trop heureux d'accéder à sa requête.

Ma main vint à la rencontre de cette hampe gorgée et commença un doux mouvement de va-et-vient. Le même que celui que je m'imaginais faire entre les cuisses de ma délicieuse partenaire d'écriture.

Il ne me fallut pas plus de cinq minutes pour arriver à ma délivrance. En même temps, vu comme je m'étais chauffé durant mon travail, je pense que c'était déjà une prouesse que je ne me sois pas joui dessus en écrivant. Bon j'exagérais peut-être, mais à peine.

Soudain, le doute m'assaillit. Ce que je venais d'écrire n'était-il pas trop osé ? N'allais-je pas la choquer ? En même temps, ne devions-nous pas écrire une romance érotique ? Megan devait certainement s'attendre à ce qu'il y ait des passages de cette teneur. Après un instant de réflexion, je fis mon choix. J'allais conserver mon travail et lui envoyer.

Oui, mais quand ? Je mourais d'envie de le faire dès à présent, mais je ne voulais pas avoir l'air trop pressé. Sans parler que j'avais peur qu'elle ne soit mal à l'aise, une fois qu'elle aurait lu ces lignes, à l'idée que l'on se voie dans deux jours pour en discuter à la bibliothèque. Elle risquait de me poser un lapin. Finalement, ce n'était peut-être pas une si mauvaise idée que la plupart de nos échanges se fassent à distance. Pas sûr que je survive sinon à des tête-à-tête avec elle, à parler de scènes érotiques. Il y avait des limites à ce que j'étais capable de supporter tout de même !

Concernant vendredi, rien ne m'empêchait de lui faire croire que je n'avais pas encore eu le temps de m'y pencher. Je pouvais lui faire le même coup qu'elle venait de me faire après tout ! Je lui enverrais ma partie le soir-même, en rentrant à mon appartement après notre séance de travail. Après tout, ce serait une petite vengeance, pas bien méchante de surcroît.

C'était décidé, j'allais suivre ce plan. Ma seule déception était de ne pas être une petite souris pour voir sa réaction lorsqu'elle lirait mes lignes enflammées.

CHAPITRE 20 : MEGAN

La semaine était passée à une vitesse folle. Nous étions déjà vendredi soir et j'avais l'impression que les jours s'étaient écoulés comme des minutes.

Ether et moi étions maintenant les meilleures amies du monde. Nous étions tout le temps fourrées ensemble. En même temps, comme nos vies sociales étaient inexistantes – par choix pour moi et par choix de ses parents pour elle –, ce n'était pas compliqué.

Du peu qu'elle avait bien voulu me dire, j'avais compris que son père et sa mère étaient très conservateurs. Ils avaient des idées très précises sur ce que pouvait ou ne pouvait pas faire une jeune fille de vingt ans. Je ne savais pas comment elle faisait pour supporter ça. À sa place, j'aurais pété un câble depuis longtemps. Elle ne m'avait pas tout raconté, mais le peu qu'elle m'avait dit m'avait déjà horrifiée. D'ailleurs, je suspectais une histoire assez glauque au vu de quelques allusions qu'elle avait laissées échapper.

La veille, elle m'avait dit :

— Tu sais ce qui me ferait super méga plaisir ?

— Heu, un beau gosse bien musclé en guise d'esclave ?

— Oh, je n'y avais pas pensé, c'est vrai que c'est tentant, mais peu probable. Non, ce dont je te parle est du domaine du possible.

— Alors, non, je n'en ai aucune idée.

— Dans trois semaines, il y a une super fête de sororité. Genre la fête où tout le monde va, car elle est non seulement costumée, mais en plus elle est ouverte à tous les étudiants. C'est un peu comme une journée porte ouverte, mais la nuit et avec une ambiance beaucoup plus cool.

— Non !

— Quoi, non ?

— Tu crois que je ne te vois pas venir avec tes gros sabots ?

— Je ne vois pas de quoi tu parles.

— Ah, ouais, tu n'allais pas me demander d'y aller avec toi ?

— Maintenant que tu le suggères, je dois dire que ton idée est géniale. C'est trop sympa à toi de le proposer. Je n'aurais jamais osé te le demander.

— Normal, car tu sais que je t'aurais dit non. Et ce n'était pas une proposition. Oublie.

— Allez, Meg.

— Il n'y a pas de « Allez, Meg » qui tienne. C'est non, un point c'est tout !

— Mais pourquoi ?

— Primo, parce que tes parents vont t'enfermer à vie dans un couvent s'ils apprennent que tu y es allée. Et d'après ce que tu m'as raconté sur eux, même s'ils ne me connaissent pas, ils seraient capables de m'y envoyer aussi pour ne pas t'avoir empêchée de t'y rendre. Or, je n'ai pas d'affinité particulière avec le Tout-Puissant (avec les crasses qu'il passait son temps à me faire, rien d'étonnant à ça). Deuxio parce qu'il est hors de question que je mette les pieds dans ce genre de soirée.

— Ne t'inquiète pas pour mes parents, j'ai un plan génial. Tu veux l'entendre ?

— Non !

Faisant comme si elle ne m'avait pas entendue, elle enchaîna :

— Alors, en fait tu seras ma couverture. Je vais leur dire que je suis avec toi. On s'est organisé une soirée « films romantiques » toutes les deux. Comme on compte en regarder plein, ça va finir tard donc il faut que je dorme chez toi.

— Autrement dit, tu iras toute seule à cette fête ?

Dans ces conditions, je n'avais pas d'objection particulière. Je pouvais bien jouer le rôle d'alibi. Si elle voulait prendre le risque de se faire punir, après tout, c'était son problème, pas le mien.

— Mais non. Mes parents étant ce qu'ils sont, ils vont me demander ton numéro de téléphone pour pourvoir t'appeler.

— Putain, mais c'est le FBI ou quoi ?

— Pire ! Bref, ils appelleront et prétexteront une excuse bidon pour pouvoir me parler et te parler dans la même discussion, afin de s'assurer que je suis bien avec toi. C'est pour ça, que tu vas venir avec moi à cette fête.

— On en revient donc à ma réponse initiale : NON !!!!

Elle m'avait alors harcelée durant tout le repas. Ce midi, elle avait remis le couvert. Elle pouvait toujours insister, je ne céderais pas. Il n'y avait pas moyen que je me retrouve entourée de plein d'étudiants, éméchés qui plus est. C'était au-dessus de mes forces. Elle pourrait me supplier autant qu'elle le voulait, me promettre tout et n'importe quoi – et croyez-moi elle avait déjà fait preuve de beaucoup d'imagination –, ma réponse serait toujours la même.

Si je devais perdre son amitié, eh bien soit. Cela me ferait chier, mais il n'y avait aucune chance que je change d'avis. J'espérais juste qu'elle allait le comprendre et qu'elle voudrait bien rester mon amie malgré cela. Après tout, je l'appréciais vraiment cette fille.

Sortant de mes pensées, je regardai ma montre. Il était six heures moins cinq et la bibliothèque était en vue. Je ne serais donc pas en retard ou, du moins, pas plus d'une ou deux minutes. De toute façon, le connaissant, Tirell allait se pointer à la bourre. Hier, il était encore arrivé en retard au cours d'essai littéraire. Je crois que même monsieur Trandeson avait abandonné l'idée de lui faire comprendre le sens du mot ponctualité. Cette fois-ci, il n'avait même pas stoppé son cours pour lui faire une remarque désobligeante.

À ma grande surprise, en arrivant devant le bâtiment, je vis un grand type habillé aux couleurs de l'université, le portable à la main, en train de m'attendre.

Mon cœur, ce sale traître, lui réserva une petite danse spéciale. Comme s'il était content de le voir. Ce qui n'était, bien évidemment, pas mon cas.

Soudain, Tirell releva la tête. Il avait certainement entendu mes pas. Son regard croisa le mien et il me fit son fameux sourire en coin. Cette fois, mon cœur déclara forfait. Il sembla vouloir quitter ma poitrine pour aller se lover contre Tirell. Écœurant.

Objectivement, je devais admettre qu'il était à tomber. Son look de sportif était un supplice pour mes hormones en folie. Son corps était svelte et musclé. Il devait sortir d'un entraînement, car il avait les cheveux mouillés. Une mèche humide lui tombait dans les yeux et mes doigts me démangeaient d'aller la remettre à sa place.

Rien qu'à l'idée de me dire qu'il sortait de la douche, ma bouche devint sèche. Je déglutis pour essayer de faire disparaître cette sensation, sans résultat probant, je dois bien l'avouer.

Je n'aimais pas réagir ainsi en sa présence, mais je n'avais pas le choix. C'était plus fort que moi. Je devais être honnête avec moi-même et admettre que je craquais pour Tirell McFinay. Mais si l'un d'entre vous n'avait ne serait-ce que l'idée d'aller lui répéter, je ferais un massacre, je vous préviens.

D'autant que même s'il me plaisait, cela n'empêchait pas mon cœur de s'emballer de terreur, à chaque fois quand j'étais trop proche de lui. C'était assez étrange d'ailleurs comme sensation. J'étais à la fois terrifiée et troublée – pour ne pas dire excitée – quand il venait s'installer juste devant moi en cours.

Je redoutais un peu notre séance de travail à venir, mais bon, j'étais une grande fille, j'allais être capable de gérer la situation. En tout cas, il fallait que j'y croie.

Quand je fus arrivée à son niveau, il me salua à notre manière habituelle qui était, je l'admets, un brin tordue :

— Bonsoir, Miss Grognon.

— Bonsoir, Mister Connard.

— Alors, prête ?

— On ne peut plus. Et toi ?

— Idem.

En fait, j'étais à la fois stressée et pressée. J'avais attendu un signe de sa part pour me faire savoir ce qu'il pensait des premières pages que je lui avais envoyées, mais je n'avais rien eu, ni mail, ni texto, ni allusion lors de notre cours de la veille. Qui sait, peut-être ne les avait-il pas lues ? Après tout, il avait peut-être un emploi du temps plus chargé que le mien.

Je n'étais pas très au fait des contraintes qui s'appliquaient à un sportif universitaire. Bien sûr, je connaissais les bases comme tout le monde, mais sans plus. Je n'avais jamais côtoyé cette catégorie d'étudiants. En fait, je n'avais côtoyé aucune catégorie tout court.

On se trouva un petit coin tranquille, ce qui ne fut pas compliqué, étant donné que la bibliothèque était de toute façon très calme ce vendredi soir. Nous travaillâmes durant une bonne heure sur notre projet.

J'étais épatée de voir avec quel sérieux il envisageait notre devoir commun. Résultat, je me mis à culpabiliser en me souvenant de la manière dont je l'avais traité au début de notre projet. Malgré tout, il n'était pas question que je m'excuse, surtout qu'il ne semblait pas m'en tenir rigueur.

Nous décidâmes du nom que nous allions donner à nos personnages : Preston et Ayana ; du lieu : l'université de Californie du Sud ; et des grandes lignes directrices de notre intrigue. En fait, nous étions d'accord pour dire que nous allions aviser avec l'évolution de nos personnages.

La responsable de la bibliothèque vint nous signaler qu'elle allait bientôt fermer les portes, aussi remballai-je mes notes en disant :

— Bon, je pense que l'on a de quoi faire pour au moins deux ou trois semaines.

— Je pense également.

— On avisera jeudi prochain, lors du cours d'essai, en fonction de la vitesse à laquelle nous avons avancé pour caler une nouvelle date.

— Ça me va.

Tout en discutant, nous prîmes la direction de la sortie. Dehors, la nuit était déjà là et une petite pluie fine tombait. Génial !

Comme s'il avait lu dans mes pensées, Tirell me demanda :

— Tu rentres comment ?

— Par le bus.

— De nuit ? Et avec cette pluie ? Laisse-moi te raccompagner.

— Non !

Ma réponse fusa, plus sèche et directe que je ne l'aurais voulu, mais elle résumait bien ce que je comptais lui dire. Il n'était pas question que je monte avec lui dans sa voiture.

Loin de se vexer de ma réponse de mégère, Tirell me répondit :

— Promis, je me tiendrai bien. Allez, tu seras mieux que dans le bus. Surtout de nuit.

Il est vrai que cela me faisait bien chier de rentrer par le bus et de faire ensuite cinq minutes de marche sous ce temps. D'autant qu'à cette heure, leur fréquence de passage était beaucoup plus faible. Mais bon, quand j'avais fait le choix de pendre les transports en commun, je savais que je m'exposais à ce genre de situations.

De toute façon, je ne me voyais pas m'asseoir à côté de lui dans sa voiture. Déjà qu'à la bibliothèque, j'avais plus d'une fois senti une crise se profiler à l'horizon, j'étais certaine de ne pas sortir indemne d'une balade en voiture avec lui.

Je devais en revanche reconnaître une chose, Tirell n'avait pas tenté d'envahir mon espace personnel aujourd'hui. Bien évidemment, j'avais parfois trouvé qu'il était trop près de moi, mais rien qui ne puisse être interprété comme un geste déplacé par quelqu'un de normal. En fait, j'étais persuadée qu'il devait se douter que quelque chose ne tournait pas rond chez moi. Quoi d'étonnant, avec la crise que je lui avais faite la semaine dernière ? Pas besoin d'être un génie pour comprendre que j'étais folle. Pour autant, rien ne l'obligeait à garder ses distances pour ne pas me mettre mal à l'aise. Je trouvais cette attention touchante.

Après, il était tout à fait possible que je me fasse des films. Il n'avait peut-être tout simplement pas envie de s'approcher de moi, un point c'est tout.

J'eus la réponse à mes interrogations, lorsqu'il me proposa :

— Tu peux monter sur la banquette arrière si tu veux. De toute façon, mon équipement de foot est à l'avant, je n'ai pas envie de le bouger pour toi !

Le sourire qu'il me lança me montra qu'il ne pensait pas du tout ce qu'il venait de dire. Cette histoire de matériel ne tenait pas la route. Elle lui servait d'excuse pour me proposer une solution où je n'aurais pas à me retrouver à proximité de lui sans que je n'aie à admettre que j'avais un problème avec l'idée de m'assoir à côté de lui. Son attention me toucha. Je dirais même qu'elle m'émut. J'étais vraiment tentée de dire oui. En plus, cela me ferait gagner au moins dix bonnes minutes sur mon temps de trajet. Sans compter mon attente du bus.

— Allez, Miss Grognon, arrête de te prendre la tête. Accepte.

— OK.

Il sembla surpris.

— Sans déc' ?

— Quoi ? Tu veux que je change d'avis ? grognai-je.

— Non, c'est juste que je n'aurais jamais cru que tu dirais oui.

— Alors pourquoi avoir demandé ?

J'avais conscience d'être hargneuse dans mes réponses, mais mon comportement était à mettre sur le dos de la peur. Heureusement, Tirell ne sembla pas en prendre ombrage. Il me répondit d'une voix douce mais taquine :

— Parce que je crois au miracle. Et je viens d'avoir la preuve que j'ai raison de le faire.

Je lui fis un doigt d'honneur, mais mon sourire cassa l'effet « fille méchante ».

— Marcher sous la pluie me tente moyennement et puis, comment résister à l'idée d'avoir mon chauffeur personnel ?

— Allez, viens princesse, avant que je ne t'abandonne sur ce parking humide et froid.

On prit alors la direction de son énorme voiture.

— Tu sais ce que l'on dit à propos des grosses voitures ? lui demandai-je mutine.

— Non ? Quoi ?

— Que les mecs qui en ont une grosse, c'est pour compenser la taille de leur petit…

Je fis un geste en direction de sa braguette pour lui faire passer le message. Je me rendis alors compte que je venais de faire une réflexion grivoise à un mec, à Tirell McFinay qui plus est. Demain, je devais prendre rendez-vous chez le médecin dès la première heure. Je couvais quelque chose, c'était certain.

Tirell rit à ma remarque et me dit :

— En fait, je connaissais l'expression, mais je voulais voir si tu oserais me la dire.

Grrr, j'avais de ces envies de meurtre !

Pendant que je fulminais, il déverrouilla sa voiture en sifflotant. Je le vis ouvrir la portière arrière, côté passager et en sortir un amas de ce que j'identifiai comme étant un équipement de foot. Il le transbahuta sur le siège passager à l'avant. Il m'avait menti !

— Je croyais que ton équipement était à l'avant et que tu avais la flemme de le déplacer.

— Eh bien, c'est le cas non ? Maintenant que je viens de le bouger, j'ai la flemme de le porter à nouveau.

Comment être fâchée contre lui alors qu'il avait son petit sourire en coin, et surtout, que son geste avait pour but de ne pas me mettre dans une situation délicate ? La réponse était simple : impossible.

Pour le principe, je soufflai pour lui faire savoir que je n'étais pas dupe de sa manœuvre, puis je m'installai à l'arrière en me faufilant par la portière encore ouverte. Je ne me voyais pas faire le trajet en étant assise derrière lui. J'aurais été dans l'incapacité de me soustraire à son regard. C'était trop pour moi.

Je suis certaine qu'il s'en douta, car il ne fit même pas une remarque à ce sujet. Décidemment, il était surprenant et touchant ce soir.

À peine installée, il ferma la portière pour moi, fit le tour de la voiture et prit place derrière le volant.

— Le carrosse de madame est prêt. Si elle veut bien daigner me donner son adresse, je la mènerai à destination.

En rigolant, je lui indiquai le nom de ma rue et me laissai bercer par le roulement de la voiture.

Il resta silencieux durant le trajet. Peut-être savait-il que cela serait trop pour moi. En tout cas, cela me laissa l'occasion de repenser à ces dernières heures. Je me fis alors la réflexion que cela faisait un bon moment que je n'avais pas autant ri, en si peu de temps et avec un garçon qui plus est.

Aussi fou que cela puisse paraître, je devais avouer que j'avais passé un agréable moment en compagnie de Tirell. Le pire étant que cela me donnait envie de recommencer.

Le rendez-vous chez le médecin devenait une urgence !

Trop vite à mon goût, à ma plus grande surprise, nous arrivâmes à destination. Je pensais qu'il allait se contenter de s'arrêter et d'attendre que je descende, mais il fut sorti de la voiture avant moi.

Que faire ? Je ne voulais pas paraître malpolie, mais je ne voulais pas pour autant le faire entrer dans mon appart. Je sentais que le moment allait être gênant au possible.

J'en étais-là de mes réflexions, quand la portière s'ouvrit. Je le regardai et il me dit :

— Ne t'inquiète pas, je t'ouvre juste la portière, je ne vais pas m'incruster chez toi.

Il était décidément trop doué pour deviner mes pensées ce soir. Je n'arrivais pas à savoir si cela me faisait plaisir, m'ennuyait ou me faisait flipper. Peut-être les trois à la fois. Ne voulant lui donner ni raison ni tort, je ne répondis rien et me contentai de descendre.

Au même moment, une rafale de vent souffla, faisant tomber des feuilles des arbres au-dessus de notre tête.

— Megan ?

— Oui ?

— Tu me fais confiance ?

C'était quoi cette question à la con ? Instinctivement, je me raidis. Pourtant, étrangement, je voulais savoir où il voulait en venir. Il m'avait prouvé à plusieurs reprises ce soir qu'il savait que certaines choses me mettaient mal à l'aise et il avait fait le nécessaire pour les éviter. Donc aussi surprenant que cela puisse paraître, oui, je lui faisais confiance. Croyez-moi, j'en étais la première surprise.

Dans un murmure, je lui répondis donc un timide :

— Oui.

Il s'approcha d'un pas vers moi. Mon pouls s'emballa, mais je me forçai à rester immobile. J'étais convaincue qu'il ne me ferait pas de mal.

— Bien. Surtout, tu me dis si c'est trop pour toi.

Trop quoi ? me demandai-je en commençant à paniquer.

Je le vis alors s'approcher encore, doucement mais sûrement. Pas un instant son regard ne quitta le mien. Il semblait guetter le moindre signe d'un début de crise chez moi. Je ne vais pas vous mentir, je ne me sentais pas sereine, mais je ne pensais pas non plus être au bord du précipice.

Il leva alors sa main. Son regard toujours fixé au mien qui ne cessait de faire des aller-retours entre ses yeux et ses doigts. Ses mouvements étaient calmes et lents. On aurait dit qu'il essayait d'apprivoiser une bête sauvage.

Quand ses doigts furent au niveau de mon visage, mon souffle se coupa littéralement. J'étais terrifiée, mais dans l'impossibilité de bouger. En fait, je pense qu'une partie de moi crevait d'envie de voir où il voulait en venir. L'autre crevait d'envie de se sauver en hurlant. La première étant plus forte que la deuxième, je restai immobile. De toute façon, même si je l'avais voulu, j'aurais été incapable de faire le moindre mouvement, mes muscles étaient tétanisés.

Sa main continua son ascension jusqu'à arriver dans mes cheveux. Je sentis à peine son geste, mais j'eus l'impression qu'il se répercutait dans tout mon corps. Du haut de ma tête à la pointe de mes orteils. Mon cœur battait furieusement dans ma poitrine. Je ne respirais toujours pas. J'étais figée extérieurement mais, à l'intérieur, c'était la folie. Tout mon corps était en émoi.

Et puis, plus rien, je le vis se reculer doucement, en baissant sa main qu'il me tendit en me disant dans un murmure :

— Tout va bien, Megan. Tu peux respirer. Tu avais simplement une feuille dans les cheveux.

En effet, il tenait entre ses doigts une feuille, mais nous savions tous les deux que ce n'était pas « simplement » une feuille. Nous avions conscience que le moment que nous venions de vivre était particulier et intense.

Je pris une inspiration, mon corps vibrait encore de partout. J'avais les jambes tremblotantes et les mains moites.

— Ça va aller ? me questionna Tirell.

J'étais trop sous le choc pour lui répondre. Je me contentai donc d'acquiescer de la tête.

Avec son adorable sourire éblouissant, il me répondit :

— Bien. Alors je te souhaite une bonne soirée, Megan.

Je me raclai la gorge, qui semblait obstruée par une boule immense, et lui répondis :

— Merci, toi aussi.

Mes fonctions vitales se remettant alors peu à peu en ordre de marche, je me détournai et pris la direction de mon immeuble.

Tirell, lui, attendit que je sois dans le hall pour remonter dans son bolide noir.

Dans un état de semi-coma, j'arrivai, je ne sais comment, jusque chez moi. J'ouvris la porte et allai directement m'affaler sur mon lit.

Ce soir, je n'allais pas respecter ma règle. Le balai attendrait demain, tout comme les autres choses sur ma liste.

Ce soir, ma priorité absolue était de réapprendre à mon cœur comment fonctionner normalement. En fait, pas que mon cœur, tout mon corps, car l'ouragan Tirell venait de tout balayer sur son chemin.

Avant de m'endormir, une idée me percuta de plein fouet. Il aurait pu se contenter de me prévenir que j'avais une feuille dans les cheveux. Pourtant, cette idée ne m'avait pas effleurée l'esprit sur le moment. Cette réflexion en amena alors une autre. Je ne pouvais pas me voiler la face plus longtemps. Même si l'idée me terrifiait, j'étais obligée d'admettre que je crevais d'envie que Tirell me touche !

Seigneur, mais que m'arrivait-il ?

CHAPITRE 21 : TIRELL

J'étais tellement certain qu'elle allait m'envoyer balader avec ma proposition que, durant quelques instants, je crus qu'elle se moquait de moi. Je ne connaissais toujours pas la raison pour laquelle elle était comme ça, mais j'étais maintenant persuadé qu'elle avait un problème avec ma présence. Plusieurs fois durant notre séance de travail, j'avais fait des petits tests en m'approchant discrètement. À chaque fois, sa réaction avait été la même. Son corps se tendait. Le pire étant qu'elle le faisait de manière instinctive. Dans le cas contraire, elle n'aurait pas manqué de me sortir une remarque cinglante comme elle en avait l'habitude avec moi.

Attention, soyons clairs, je n'avais pas fait ces expériences dans l'intention de me moquer d'elle ou d'essayer de la mettre mal à l'aise. C'était simplement devenu une obsession, il fallait que je sache si c'était le fruit de mon imagination ou non. Je savais reconnaître que je pouvais être un connard parfois, mais je ne voulais pas être ce genre de connard. En tout cas, j'avais désormais ma réponse. Je pouvais donc adapter mon comportement pour éviter de provoquer sa crainte.

En voyant le temps qu'il faisait et surtout compte tenu de l'heure tardive, j'avais vraiment eu des difficultés à la laisser prendre le bus.

Cependant, je n'étais pas idiot. Je savais que l'habitacle d'une voiture était très intime. Ce n'est pas pour rien que nombre de rendez-vous se terminaient de façon hot sur une banquette arrière – ou sur le siège conducteur. J'en avais d'ailleurs quelques-uns à mon actif.

Je savais que si je lui proposais simplement de la ramener, elle allait m'envoyer chier. J'avais alors trouvé cette excuse bidon avec mon équipement, sauf que c'était un mensonge monté de toutes pièces. En me donnant son accord, elle m'avait bien eu et je m'étais retrouvé comme un con.

Finalement, j'étais assez fier de la pirouette que j'avais trouvée. J'aurais été vraiment dégoûté qu'elle fasse machine arrière en découvrant ma supercherie. En fin de compte, cela devait être son bon jour. Son tee-shirt « Faites pas chier, je suis énervée », ne reflétait heureusement pas la réalité.

Je n'étais cependant pas dupe. Je me doutais que cela devait lui coûter. C'est pourquoi je me demandais les raisons qui l'avaient poussée à accepter, tout en me gardant bien de lui poser la question. D'ailleurs, quand elle prit place non pas derrière moi, mais de l'autre côté de l'habitacle, je ne fis aucune remarque. J'avais trop peur qu'elle saute de ma voiture. Sans compter que je ne tenais pas à la mettre mal à l'aise.

Je serais incapable de vous dire à partir de quel instant j'avais commencé à la voir différemment, mais désormais, c'était un fait avéré, je ne cherchais plus à la provoquer. Je voulais juste passer du temps avec elle, même si j'avais conscience que ce ne serait pas facile de percer ses défenses qui semblaient faites de titane.

Alors que je roulais – en respectant excessivement les limitations de vitesse pour la garder le plus longtemps possible dans ma voiture – je la vis, la tête appuyée contre la vitre. Elle avait une expression rêveuse qui la rendait adorable. Elle était tellement partie loin dans ses pensées qu'elle ne vit pas que je l'observais. J'étais prêt à donner un million de dollars pour savoir ce qui lui donnait cet air absolument craquant. Comme je ne les avais pas, je m'imaginai la réponse : moi. Elle pensait à moi. Il y avait très peu de chance que ce soit la vérité, mais je m'en moquais. À cet instant, cela me faisait plaisir de penser cela. Il n'y avait pas de mal à se faire plaisir, si ?

Vint le moment où je n'eus plus le choix et dus m'engager dans sa rue. Une fois garé devant son immeuble – dont vous pouvez être certains que j'avais bien mémorisé l'emplacement –, je descendis de voiture et vins lui ouvrir la portière. À son air torturé, je devinai sans peine ce qu'elle pensait. Elle croyait que j'allais essayer de négocier pour la suivre chez elle.

Je n'étais pas fou. Je savais que, non seulement, je n'avais aucune chance qu'elle me dise oui, mais qu'en plus je risquais de la braquer définitivement. Et cela, il n'en était pas question. Je la rassurai donc sur mes intentions. Il ne me restait plus qu'à l'aider à descendre, puis à retourner chez moi, même si je voulais prolonger ce moment en sa compagnie. Cette fille n'avait pas seulement un visage d'ange, elle avait une répartie qui me plaisait. Même quand elle m'envoyait bouler, j'aimais la façon dont elle le faisait.

La chance fut de mon côté avec ce coup de vent. Avant que je ne me pose trop de questions sur les pour et les contre – surtout que les contre auraient certainement gagné – je m'avançai vers elle, avec pour objectif de lui retirer cette feuille qui me narguait dans sa chevelure dorée.

Certes, j'aurai pu tout simplement lui indiquer qu'elle en avait une dans les cheveux et la regarder l'enlever, mais je voulais me servir de cette excuse pour avoir un contact physique avec elle. Aussi minime soit-il. J'en avais besoin. Je devenais fou à rester à côté d'elle sans pouvoir la toucher.

Oui, j'étais tombé bien bas pour me servir de ce prétexte, mais je vais vous dire une chose, si cela fonctionnait, eh bien je n'en avais rien à foutre. Vous vous souvenez, je suis un compétiteur, tous les moyens sont bons pour arriver à mes fins. Enfin pas tous. Si elle ne me laissait pas faire ou si je me rendais compte que c'était trop pour elle, pas question que j'insiste.

Je devais avouer que j'étais également curieux de voir si elle allait me faire confiance. Honnêtement, je ne pensais pas qu'elle me laisserait faire – même si à cet instant, c'était mon vœu le plus cher. Il faut croire que c'était mon jour de chance, car elle accepta.

Je dus faire un effort colossal pour ne pas me mettre à sauter de joie comme un gamin de cinq ans. Lorsque je m'approchai d'elle, je le fis avec une lenteur extrême. Étrangement, cela contribua à augmenter l'érotisme de la situation.

J'étais une cocotte-minute prête à exploser. Je devais faire preuve d'une maîtrise sur moi-même assez impressionnante pour qu'elle ne se rende pas compte à quel point elle me troublait et m'excitait. D'autant que de son côté, elle ne faisait rien pour m'aider. Elle n'en avait certainement pas conscience, mais son corps trahissait son trouble. J'avais vu suffisamment de filles dans cet état pour savoir qu'elle était en proie à l'excitation.

En fait, ce n'était pas tout à fait exact. Je crois que je n'avais jamais vu une fille autant excitée et effrayée à la fois. Le mélange des deux était un puissant aphrodisiaque. L'expression « l'homme est un animal » prenait tout son sens pour moi à cet instant. J'avais l'impression d'être un lion devant une gazelle. Et laissez-moi vous dire que j'étais affamé ! Je ne rêvais que d'une chose, la dévorer.

Enfin, j'eus l'objet de mon alibi dans la main. Je n'eus donc plus aucune raison de la garder dans ses cheveux, si ce n'est mon besoin à peine rassasié. De son côté, elle semblait à deux doigts de tomber dans les pommes. J'étais quasiment certain qu'elle n'avait pas respiré – ou à peine – depuis le début de ma manœuvre.

Finalement, je lui montrai la feuille pour justifier mon geste et la taquinai gentiment au sujet de sa respiration. Je ne fus pas convaincu qu'elle comprit tout ce que je lui dis. À mon avis, elle était trop sous le coup d'une émotion violente. Mais de mon côté, j'avais besoin de relâcher un peu la pression et ma remarque était un bon moyen.

On se souhaita mutuellement une bonne soirée et je dus me faire violence pour ne pas la suivre jusque chez elle.

J'attendis qu'elle soit enfin entrée dans le hall de son immeuble pour monter dans mon véhicule. Ces minutes me furent bénéfiques, car j'avais besoin de quelques instants pour me reprendre, sinon, j'aurai bien été capable d'avoir un accident. Sans compter que conduire avec une trique d'enfer était loin d'être pratique. Croyez-moi !

Initialement, je comptais lui envoyer dans la foulée mon passage, mais je me fis la réflexion que cela risquait de faire trop d'un coup. C'était décidé, je le lui enverrais demain matin, en priant pour qu'elle se soit remise de ses émotions et que cela ne fasse pas trop, trop vite.

CHAPITRE 22 : MEGAN

Je craignais de passer une mauvaise nuit, mais finalement, je dormis comme un nouveau-né. À tel point que j'eus du mal à quitter mon lit pour aller travailler ce samedi matin. Mais comme il n'était pas question que je pose un lapin à Mme Wildson, je n'avais pas le choix.

Je ne saurais expliquer mon geste mais, sur une impulsion, je pris mon PC avant de quitter mon appartement. Si l'inspiration me venait, je pourrais toujours écrire durant ma pause déjeuner, au lieu de lire, comme à mon habitude.

Cela faisait déjà une bonne heure que je travaillais, quand je reçus un texto de Mister Connard – c'était le nom que je lui avais donné dans mon répertoire téléphonique.

J'attrapai mon portable qui était posé à côté de moi pour prendre connaissance de son message :

Va voir tes mails.

Je ne me formalisai pas de l'absence de formule de politesse et me contentai de lui répondre :

Pas tout de suite, je travaille.

Puis, j'en envoyai un autre dans la foulée :

Je croyais que tu n'avais pas
eu le temps d'écrire ?!

Et moi, je croyais que tu travaillais
et que tu n'avais pas le temps
pour regarder t mails.

C le cas. Je me suis juste doutée que
tu venais de m'envoyer ta partie 😉.

Tu viens de confirmer
mes suppositions, c tout !

Petite maligne !

Tu as eu de l'inspiration
cette nuit ?

En fait, j'ai écrit mardi.

Pourquoi tu ne me l'as
pas envoyé plutôt ?

Tu verras. Quant à l'inspiration,
hier soir, elle ne m'aurait pas manqué
pour écrire des scènes…

En lisant son dernier message, je me sentis devenir rouge comme une tomate.

Se pourrait-il que lui aussi ait été affecté par notre échange devant mon immeuble ? Pourtant, cela devait lui sembler tellement terne par rapport à ce dont il était habitué. Dans les faits, il s'était juste contenté de m'enlever une feuille des cheveux. Pas de quoi fouetter un chat. Sauf qu'il y avait eu cette tension qui rendait l'air à la limite du respirable. J'en étais venue à me dire que c'était le fruit de mon imagination, mais peut-être que ce n'était finalement pas le cas.

Il dut mal interpréter mon silence, car je reçus un nouveau message.

Désolé pour mon msg précédent.
Je n'aurais pas dû.

Plusieurs possibilités s'offraient à moi :

Choix n°1 : je faisais celle qui ne comprenait pas de quoi il parlait.

Choix n°2 : j'ignorais son message.

Choix n°3 : j'acceptais ses excuses.

Choix n° 4 : je me dévoilais un peu.

J'y réfléchis plusieurs minutes, puis en vins à la conclusion que j'en avais marre de vivre dans le passé et de laisser des souvenirs gâcher ma vie actuelle.

Avant de trop m'attarder sur ce que je m'apprêtais à faire, je pris mon téléphone et lui écrivis :

Je vois ce que tu veux dire, moi aussi
j'ai eu pas mal d'inspiration hier soir...

Il me répondit avec un smiley tout souriant, suivi d'un autre message :

Si tu savais comme je meure d'envie
de te faire développer tes propos...

Mais je suis un gars bien,
alors je vais me contenter de :

Va bosser, Miss Grognon. On ne te paie pas
à écrire des textos à un beau mec.

J'écris pas à un beau mec,
juste à toi☺.

Sale teigne !

_ | _ _

Bon, en même temps, il n'avait pas tort, je devais me remettre au boulot. Ce n'était pas sérieux de ma part. Il n'empêche, il m'avait mis l'eau à la bouche avec ses messages. Maintenant, j'avais hâte que ce soit l'heure de ma pause déjeuner, pour que je puisse consulter mes courriels. J'avais été bien avisée de prendre mon ordinateur finalement !

En fait, je pense que si je ne l'avais pas fait, je serais rentrée chez moi ce midi pour manger au lieu de grignoter dans la pièce au fond de la réserve qui me faisait office de bureau.

Je regardai ma montre et désespérai. Il me restait encore une bonne heure et demie avant que je puisse m'arrêter.

Objectivement, si je le faisais maintenant, Mme Wildson ne m'en tiendrait pas rigueur. Cependant, elle était déjà tellement gentille avec moi que je ne voulais pas abuser d'elle.

Je me remis donc consciencieusement à ma tâche. Toutefois, je regardai ma montre plus souvent que nécessaire. Il devait se produire un phénomène paranormal, car j'avais l'impression que les minutes étaient beaucoup plus longues que d'habitude.

À midi moins dix, ma patronne vint me voir pour m'informer qu'elle allait fermer la boutique pour aller manger avec sa copine du magasin d'en face. Comme toujours, elle me demanda si je souhaitais rentrer chez moi, me joindre à elles ou rester ici.

— Je vous remercie, mais je me suis préparé un sandwich ce matin. Donc je vais rester.

Ce midi, plus que n'importe quel autre, je voulais être seule pour prendre mon repas. N'oublions pas que j'avais de la lecture qui m'attendait !

— Bon appétit, alors, Megan.

— Merci, à vous aussi, Mme Wildson.

Dès qu'elle eut refermé la porte, j'attrapai mon ordi pour l'allumer. Je fis les manips nécessaires pour avoir Internet et pus enfin accéder à mes courriels.

From : tirell.mcfinay@gmail.com

To : megan.adman@gmail.com
Objet : Re : Surprise

Bonne lecture…
Ty

J'avoue que j'étais dévorée par la curiosité. Je me demandais ce qu'il avait bien pu écrire. J'étais aussi surprise de savoir qu'il s'était pris au jeu comme moi. En revanche, le fait qu'il n'ait pas osé me l'envoyer plus tôt, sachant qu'il avait écrit ce passage mardi, me laissait perplexe. En fait je crois même que cela me faisait un peu flipper. Qu'allais-je trouver dans ses lignes ?

Il n'y avait pas cinquante façons de le découvrir.

Je pris mon sandwich et commençai à lire. Je dois reconnaître qu'il était doué. J'appréciais réellement ce que je lisais. C'est alors que je tombai sur un passage commençant par :

« *Ses courbes sont cachées par ses vêtements, mais je ne peux m'empêcher de l'imaginer nue.* »

Je faillis m'étouffer avec mon sandwich. J'eus soudain très chaud. Les images que ses mots faisaient naître en moi étaient perturbantes.

Et que dire de : « *Ce mélange cristallin de bleu et de vert que je viens de découvrir, est désormais ma couleur préférée.* » ? Que je sois damnée si cette couleur n'était pas celle de mes yeux !

Était-ce le fruit de mon imagination ou bien était-il en train de décrire une scène chaude comme la braise, en me comparant à l'héroïne ? Pire, reflétait-il ses pensées ? Avait-il couché sur le papier ses fantasmes ?

À cette idée, mon cœur entama une farandole.

Je repensai alors aux textos qu'il m'avait envoyés tout à l'heure et à sa remarque sur l'inspiration. Je me sentis rougir de la tête au pied. J'étais persuadée que j'avais raison. Il parlait de moi dans ce qu'il avait écrit.

Soudain, une autre révélation s'imposa à moi. Je repensai au passage que j'avais écrit en premier lieu. Je dus alors admettre que j'avais peut-être calqué involontairement le héros sur Tirell. Il était tellement ancré dans mon esprit depuis notre première rencontre, que je devais reconnaître que mon Preston ressemblait fort à Tirell. S'en était-il rendu compte ? Avait-il pensé que c'était volontaire de ma part ?

Peut-être avait-il cru que les pensées de notre héroïne reflétaient les miennes ce qui, à bien y réfléchir, n'était pas totalement faux.

En retour, il s'était mis dans la peau de notre héros, écrivant ce que lui-même pensait de moi.

OH MON DIEU !!!!

Ce n'était pas possible. Je faisais fausse route et prenais mes rêves pour la réalité. Il n'y avait que dans mes livres où le garçon, sur qui toutes les filles bavent, jette son dévolu sur la paumée du coin. Une autre idée me vint alors à l'esprit. Peut-être n'était-ce qu'une mauvaise plaisanterie de sa part. Aussitôt formée, je rejetai cette explication de mon esprit. Maintenant que je le connaissais mieux, j'avais la certitude que c'était inenvisageable. Ou alors, Tirell était vraiment, vraiment très doué en manipulation.

Comment allais-je me dépatouiller de cette situation ? Pouvais-je me permettre de continuer notre petit jeu – en espérant que j'en aie bien compris les règles. Après tout, cela ne faisait de mal à personne et la réponse que Tirell venait de me faire me laissait penser qu'il était partant pour cette aventure.

Je n'avais aucune idée d'où cela pourrait nous mener, mais j'étais très tentée de continuer notre échange par héros interposés.

L'excitation me rendait fébrile. Surtout que, si j'avais vu juste, une phrase me troublait au plus haut point : « *L'effet qu'elle me fait pouvait se résumer en un mot: charmer. Oui, je suis sous le charme de cette femme* » *!*

J'étais perdue. Je ne savais pas quoi en penser. Heureusement, j'entendis Mme Wildson revenir, ce qui sonna le glas de ma pause déjeuner. Finies les spéculations, place au boulot. Je crois que je n'avais jamais été aussi contente de me mettre au travail.

Enfin, en théorie. Parce que dans la pratique, j'eus des difficultés à me remettre de mes émotions. Mon cerveau continuait de tourner à plein régime.

Cinq minutes plus tard, quand Mme Wildson vint me proposer un café, elle me demanda :

— Tu vas bien, Megan ?

Non, je ne savais plus où j'en étais, je ne savais pas quoi faire. Mais il n'était pas question que je lui réponde cela. À la place, je lui mentis :

— Oui, pourquoi ?

— Tu es toute rouge. Es-tu certaine de ne pas avoir de fièvre ?

Oh, j'avais bien de la fièvre, mais je doutais fort qu'elle puisse être calmée avec un médicament.

— Je vous assure que tout va bien.

— Très bien. Mais si tu ne te sens pas bien, surtout, tu n'hésites pas à rentrer chez toi. Ces papiers ne vont pas s'envoler. Ta santé est plus importante.

— Je vous remercie madame Wildson, c'est très gentil de votre part, mais il n'y a pas de raison de vous inquiéter.

J'étais juste face à un dilemme avec un garçon qui me retournait la tête, sans savoir quoi faire.

Ma patronne me laissa alors seule avec mon travail et mes tourments.

Pendant la demi-heure qui suivit, je réfléchis à toutes mes options. Avant de changer d'avis, j'attrapai mon téléphone et écrivis :

J'ai fini ma lecture.

La réponse me parvint moins de trente secondes plus tard :

Et ?

Pas mal.

OK.

Je fus surprise qu'il ne me taquine pas pour en savoir plus. Je pensais que ma réponse allait provoquer plus de réactions de sa part, qu'il allait me harceler pour tenter de me tirer les vers du nez, mais il s'en contentait. Je me fis alors la réflexion qu'il n'était peut-être pas si sûr de lui qu'il pouvait en donner l'impression.

Quand je me remémorais l'état dans lequel j'étais en attendant son avis sur ce que je lui avais donné à lire, je me rendis compte que je méritais vraiment des baffes. J'avais été horrible de lui écrire ça, même si c'était uniquement dans le but de le taquiner.

Je lui envoyai donc un autre message :

Bon d'accord, c'est pas vrai. J'ai adoré.

😁

J'hésitai une seconde, puis me lançai sur la voie que j'avais choisie :

Par contre, il y a quelque chose dont nous n'avons pas discuté hier.

Laquelle ?

La description physique de nos personnages.

Et ?

Je pris une inspiration. Après le message que je comptais envoyer, il n'y aurait plus aucun retour en arrière possible. Je tapai :

J'aime bien celle que tu as faite d'Ayana ☺.

Tant mieux, car moi, j'aime bien celle que tu as faite de Preston ☺.

Je me retins de sauter partout comme une gamine en lisant sa réponse.

J'étais maintenant certaine qu'il avait compris que j'avais compris qu'il avait fait allusion à moi et vice-versa.

Désormais, je n'avais plus qu'une hâte : rentrer chez moi pour écrire la suite de notre histoire !

CHAPITRE 23 : TIRELL

La semaine qui suivit le samedi où j'envoyai ma première partie à Megan, un jeu subtil prit naissance entre nous. Nous nous servîmes de nos personnages pour nous poser des questions que nous n'aurions jamais osé nous demander dans la réalité. C'était plus facile. À travers nos personnages, nous commençâmes à nous répondre.

Dans le chapitre que j'écrivis samedi soir, Preston se fit la réflexion suivante :

« Quand je la surprends avec ce regard triste, je ne souhaite alors qu'une chose, lui redonner le sourire et lui faire aimer la vie. Je ne sais pas ce qui lui est arrivé, mais j'espère de tout cœur qu'un jour elle me fera assez confiance pour me révéler les tourments qui l'assaillent et lui font craindre ainsi le monde. »

Dans le passage que je reçus dimanche soir, Ayana se fit, elle, la réflexion suivante :

« *Je n'ai jamais eu envie de raconter ce qui m'était arrivé à qui que ce soit. Aucune des personnes qui sont au courant (même mes parents) n'est le résultat d'une volonté quelconque de ma part. Pourtant, plus je passe de temps avec lui et apprends à le connaître, plus j'ai envie de me confier à lui. Je me dis qu'il est capable de comprendre, que s'il connaissait mon terrible fardeau, il saurait alors comment m'en guérir. Je sais bien que c'est faux, mais il n'est pas interdit de rêver !*

Cependant, même si je suis tentée de tout lui raconter, l'idée-même de devoir évoquer à voix haute cette histoire, me donne des sueurs froides. Alors, comme beaucoup de choses le concernant, ce souhait va rester dans ma boîte à rêves. »

En lisant ce passage, j'eus une boule dans la gorge. Qu'avait-il bien pu lui arriver de si terrible pour qu'elle ne veuille pas en parler ?

Sa réponse, en tout cas, me toucha profondément. Rien qu'à l'idée de savoir qu'elle avait envisagé la possibilité de partager avec moi sa terrible histoire, mon cœur débordait de joie et de fierté.

Contrairement à ce que certains pensaient, je n'étais pas idiot. Je savais additionner un et un. Je l'avais vue à la cantine en compagnie de cette fille, celle qui était presque aussi mal habillée qu'elle. Elles riaient ensemble. Je les avais même vues se donner des coups d'épaule. Megan n'était donc pas terrorisée par tous les contacts humains, mais bien par ceux de mes congénères, car j'étais désormais convaincu que ce n'était pas uniquement moi. À partir de là, il n'était pas difficile de deviner que l'un d'entre eux lui avait fait du mal.

Rien qu'à cette idée, une rage froide s'emparait de moi. Je connaissais cette fille depuis à peine un mois et je voulais déjà être le chevalier qui combattrait ses démons.

Je ne savais pas qui était ce type, ni ce qu'il lui avait fait exactement, mais il avait fait de sacrés dégâts. Si, un jour, j'avais l'occasion de me retrouver en face de lui, je crois que je pourrais être arrêté pour meurtre.

Le lundi soir, je lui envoyai un nouveau chapitre, dans lequel Preston se disait :

« Parfois, je suis dévoré par le besoin d'être avec elle, mais j'ai peur qu'elle ne soit effrayée. Or, c'est bien la dernière chose que je souhaite.

Je ne suis même pas certain qu'elle apprécie les brefs moments que nous passons ensemble. »

En rentrant chez moi le mardi soir, je découvris un courriel de Megan, me transmettant un nouveau passage contenant les lignes suivantes :

« S'il savait à quel point j'apprécie les moments que nous avons tous les deux. Je sais bien que je

ne dois pas ressentir cela, d'autant plus qu'il est en couple, mais c'est plus fort que moi. Je suis une horrible personne, folle par-dessus le marché ! »

Impossible que je la laisse penser cela. Pour une fois, je ne respectai pas notre rythme d'écriture habituel. Je me mis aussitôt devant le clavier. Dans mon texte, Preston expliquait qu'il avait rompu avec sa copine depuis maintenant plus d'une semaine, car une certaine fille était omniprésente dans ses pensées et qu'il ne voulait pas passer du temps avec sa copine, mais avec la fille en question.

Le lendemain, en me réveillant, je n'avais aucun courriel dans ma boîte de réception. En rentrant de cours, non plus. J'en fus déçu à un point inimaginable. Avais-je fait une erreur ? Avais-je mal interprété les choses ? Peut-être que je me fourvoyais depuis le début.

Soudain, je me traitai d'idiot en me rappelant qu'elle m'avait dit qu'elle travaillait le mercredi. Elle n'avait sûrement pas eu le temps d'écrire, voilà tout. Ou bien, elle avait peut-être un devoir à rendre. Après tout, la vie en dehors de notre roman continuait.

Personnellement, je commençais d'ailleurs à manquer furieusement de sommeil. L'enchaînement des cours, des entraînements et des séances d'écriture – qui me tenaient éveillé une partie de la nuit – était en train d'user mes réserves. Mais comment faire autrement ? Je n'arrivais pas à être proche d'elle dans la vraie vie. Alors si ces lignes étaient le seul moyen pour moi d'échanger avec elle, cela valait bien quelques sacrifices.

Le jeudi matin, je n'avais toujours rien dans ma boîte électronique. J'hésitai un moment à évoquer le sujet avec elle lors de notre cours de l'après-midi, mais j'avais peur de commettre un impair. Mardi dernier, nous n'avions pas du tout évoqué notre roman, c'était comme s'il n'existait pas. J'avais peur qu'en abordant le sujet avec elle, elle m'en veuille ou panique, se mettre à me fuir et arrête de m'écrire. D'un autre côté, à part ces courriels envoyés, nous n'avions plus aucun échange. Pas de texto, pas de petit bout de papier, juste un timide « bonjour » de sa part lors de notre cours. Tout cela me manquait.

Quand je reçus un courriel jeudi soir, j'étais euphorique. Je me mis à dévorer ses lignes, cherchant une explication à ce silence radio qui m'avait semblé durer une éternité.

« Hier, je me suis renseignée, il paraît que Preston est désormais célibataire. Cela devrait me faire plaisir, mais ce n'est pas le cas. De toute façon, cela ne change rien. Depuis des jours, nous n'avons eu aucun contact. Peut-être qu'il a changé d'avis en fin de compte et qu'il me trouve trop compliquée. Peut-être que je me suis fait des idées.

Cela devrait m'être indifférent, mais ce n'est pas le cas, car je dois avouer que j'aime beaucoup les moments que nous avions ensemble. Je me sens bien en sa compagnie. Je me sens vivante. Il me donne envie de profiter à nouveau de la vie. »

En lisant cela, je m'arrachai les cheveux. Qu'est-ce que les femmes pouvaient être compliquées !

D'ailleurs, est-ce que cela reflétait les pensées de Megan ou uniquement celles qu'elle prêtait à Ayana ?

Cette histoire allait me rendre fou. Il fallait que j'en aie le cœur net.

J'écrivis donc un passage dans lequel Preston prit une décision :

« *Si elle m'appelle par mon surnom, je prends cela comme un signe et je l'invite à prendre un verre avec moi, en tout bien tout honneur.* »

La balle était désormais dans le camp de Megan. Jusqu'à présent, je n'avais eu le droit qu'à du « Mister Connard » ou, à de rares occasions, « Tirell ». Si elle m'appelait « Ty », il n'y aurait pas de doute possible. Elle me donnait le feu vert.

Vendredi, je m'arrangeai pour me trouver sur sa route. L'air de rien, j'avais réussi à reconstituer une partie de son emploi du temps (non je n'étais pas un pervers psychopathe, juste un gars qui n'arrivait pas à se sortir une fille de la tête).

Quand elle me vit, elle se contenta d'un signe de tête.

Tentant ma chance, je lui dis :

— Bonjour, Megan.

Elle me répondit :

— Bonjour.

Et continua son chemin.

OK, le message était on ne peut plus clair. Je m'étais mis le doigt dans l'œil jusqu'au coude. J'avais imaginé des choses qui n'existaient pas. J'étais vraiment trop con.

Je croyais que ma situation ne pouvait pas empirer, mais je me trompais.

Quand je reçus une notification en fin de journée m'indiquant que j'avais un courriel, j'étais tout content en découvrant l'identité de l'expéditeur. Mais lorsque je ne vis pas la petite icône indiquant la présence d'une pièce jointe, je sus que c'était mauvais signe.

From : megan.adman@gmail.com
To : tirell.mcfinay@gmail.com
Objet : Devoir d'essai littéraire

Tirell,
J'ai un devoir important à rendre, je suis obligée de laisser le nôtre en stand-by durant quelques jours.
Désolée,
Megan

À votre avis, était-ce la vérité ? Personnellement, j'avais de sérieux doutes. J'étais persuadé qu'elle utilisait cette excuse bidon pour me fuir. En même temps, je ne pouvais pas y faire grand-chose. Je ne pouvais pas la forcer à passer du temps avec moi si elle ne le souhaitait pas. Je comprenais qu'elle ne veuille plus écrire pour le moment. Après tout, nous avions donné un tour un peu trop personnel à ce devoir. La connaissant, elle devait se sentir mal à l'aise. Et mes allusions n'avaient pas dû arranger les choses.

Je me forçai donc à lui faire une réponse polie :

From : tirell.mcfinay@gmail.com
To : megan.adman@gmail.com
Objet : Re : Devoir d'essai littéraire

Pas de soucis, je comprends. Bonne chance pour ton devoir.
Tirell

Mardi, j'hésitai longuement entre aller au cours d'essai littéraire ou le sécher. Comme tous mes potes étaient en cours et que je n'avais plus Alexa pour me tenir compagnie, je me serais retrouvé tout seul comme un con. Je décidai donc d'y aller. En plus, j'étais en manque d'elle. J'en étais rendu à un point tel que la voir, même de loin, suffisait à illuminer un peu ma journée. J'étais vraiment dans un sacré pétrin. Je ne sais pas comment elle s'était débrouillée, mais en quelques petites semaines, Megan avait fait de moi cette chose pitoyable. Je n'aimais pas ça, mais c'était plus fort que moi.

J'avais hésité à changer de place, mais je trouvais que cela faisait trop puéril et surtout je crevais d'envie d'être près d'elle. J'étais en train de m'asseoir, lorsque j'entendis derrière moi :

— Bonjour, Ty.

Au début, je crus que j'avais mal entendu. Je me retournai donc et lui demandai :

— Pardon ?

Avec un sourire timide, Megan me dit :

— J'ai dit : Bonjour Ty.

Je fus tellement pris de cours que je ne trouvai rien à dire. Celle-là, je ne l'avais pas vue venir. J'étais comme figé. En revanche, son sourire disparut complètement. Elle ajouta alors du bout des lèvres :

— Désolée, je ne voulais pas te déranger.

Elle mit immédiatement le nez dans son cahier, comme si elle cherchait à disparaître. J'étais certain qu'elle pensait qu'elle réagissait trop tard, qu'elle était trop compliquée ou folle ou je ne sais quelle autre connerie du même genre. Ce qu'elle ne savait pas, c'était que j'étais prêt à attendre une éternité, si c'était pour avoir au final le droit de passer du temps avec elle.

Vous me trouvez pathétique? C'est que vous n'avez pas encore trouvé LA fille ou LE garçon.

Je m'accoudai à son bureau et lui dis dans un murmure afin que personne ne nous entende:

— Hé, Meg?

C'était la première fois que je l'appelais ainsi, mais elle ne s'en formalisa pas. Elle me répondit par un petit bruit de bouche me signifiant qu'elle m'avait entendu et qu'elle m'écoutait, mais elle ne quitta pas son fichu cahier des yeux.

Cela ne me suffisait pas. Pour ce que j'avais à lui dire, je voulais voir son magnifique regard. J'en avais besoin.

— Regarde-moi, Meg. S'il te plaît.

Très lentement, elle releva la tête. Dieu, ses yeux. J'avais oublié le pouvoir qu'ils avaient sur moi.

Je déglutis et lui dis, toujours sur le même ton:

— Sache que si j'étais persuadé que mon geste te ferait plus de bien que de mal, je t'embrasserais immédiatement, comme il se doit, et comme je meurs d'envie de le faire depuis des jours.

Ses joues prirent une délicieuse teinte rosée, ses pupilles se dilatèrent, signe évident d'excitation et mon corps réagit en réponse.

Malheureusement, monsieur Trandeson choisit ce moment pour faire son entrée. Je n'eus donc pas d'autre choix que de me retourner pour m'installer à ma place.

Je sortis aussitôt mon portable de ma poche et tapai fébrilement, le cœur battant à cent à l'heure :

Meg, veux-tu bien sortir
boire un verre avec moi ?

CHAPITRE 24 : MEGAN

Les derniers jours que je venais de vivre avaient été horribles. Quand j'avais lu la proposition de Preston dans notre histoire – et que je savais être une proposition de Tirell – j'avais paniquée.

Deux jours plus tôt, déjà, j'avais failli tout arrêter quand l'échange entre nos personnages était devenu plus intime. Je n'avais aucune idée de la raison pour laquelle j'avais fait cette remarque sur la copine de Preston/Tirell. Enfin, ce n'est pas tout à fait exact. Je me doutais bien de la réponse, mais je n'allais certainement pas admettre – même par la pensée – que j'étais jalouse. La réponse que m'avait faite Tirell, me disant en gros qu'il avait quitté sa copine pour moi, m'avait fait paniquer. Je ne lui avais pas répondu du tac au tac, comme c'était devenu notre habitude. À la place, j'avais demandé à Ether si elle avait eu des échos sur le couple phare du campus. Quand elle m'avait confirmé que Tirell n'était plus avec cette fameuse Alexa, je m'étais à la fois sentie soulagée et horrible de ressentir cela. Comment pouvais-je me réjouir du malheur d'une autre ? L'idée que je redevienne la fille que j'étais il y a cinq ans me dégoûtait.

J'avais besoin de faire le point avant d'écrire la suite de notre roman qui se transformait chaque jour un peu plus en un journal intime partagé.

Apprendre le lendemain, de la bouche d'Ether – qui s'était arrangée pour obtenir plus d'infos – que c'était ladite Alexa qui avait rompu et que ce n'était pas la première fois, avait quelque peu apaisé mon sentiment de culpabilité. J'avais donc repris mon travail d'écriture, lui confiant mes sentiments à son égard. Lorsque la réponse de Tirell m'était parvenue, celle dans laquelle il avouait vouloir m'inviter à prendre un verre si je lui donnais le feu vert, la panique s'était à nouveau emparée de moi.

D'un côté, je mourrai d'envie d'accepter. De l'autre, j'étais terrifiée. Je savais que j'allais tout foutre en l'air, alors à quoi bon m'acharner ? En plus, je n'étais même pas certaine de pouvoir le faire. J'étais complètement perdue. Je ne savais pas quoi faire et ne savais pas à qui demander conseil.

Mes parents ? Ils connaissaient mon problème, mais je ne pense pas que cela y change quoi que ce soit. Sans parler qu'ils n'étaient pas objectifs. J'étais leur petite fille chérie.

Ether ? Il faudrait pour cela que je lui raconte mon histoire et je ne m'en sentais pas du tout capable de le faire. Ce que j'avais écrit au sujet d'Ayana – et donc de moi – était vrai. Je n'avais jamais ressenti le besoin de me confier. Jusqu'à Tirell.

Le lendemain matin, j'avais la boule au ventre en allant sur le campus. Je me disais qu'avec un peu de chance, je n'allais pas le croiser.

J'aurais dû me douter qu'avec la poisse que j'avais, mon vœu ne risquait pas d'être exaucé. Devinez sur qui je tombai dès la première heure ? Tirell bien sûr.

En le voyant venir vers moi, les yeux pleins d'attente, je me mis à paniquer puissance mille. J'étais tellement mal que j'étais à deux doigts de faire une crise de panique.

Quand il me dit bonjour, ses yeux me criant de lui dire les mots qu'il attendait, je fis ma faible et ma trouillarde. En m'entendant lui répondre un simple « bonjour », je vis la déception dans ses yeux. Je sentis alors mon cœur se briser. J'aurais voulu lui dire ce qu'il espérait, mais j'avais trop peur. Je me disais qu'il valait mieux que je tue dans l'œuf dès maintenant ce qui était en train de naître entre nous. De toute façon, j'étais persuadée qu'il se lasserait à un moment ou à un autre de mes bizarreries.

Avant de faire une chose stupide – comme me jeter à ses pieds pour lui demander pardon de ne pas l'avoir appelé « Ty » – je fis demi-tour, le plantant-là.

Je savais que je faisais une grosse erreur, mais entre nous, ce n'était pas la première que je faisais et, à mon avis, j'en avais encore toute une cargaison qui attendait.

J'avais besoin de faire une pause dans notre pseudo relation, aussi, le soir même, je lui envoyai cette fausse excuse concernant un devoir – qui n'existait même pas, cela dit en passant – pour me laisser un peu de temps. J'avais peur qu'il m'envoie chier, mais sa réponse fut polie et courte. Il respectait mon choix et cela me fit encore plus craquer pour lui.

Le samedi, je fis mon travail dans un état semi-comateux. Madame Wildson insista plusieurs fois pour que je rentre chez moi, convaincue que je couvais quelque chose. Je lui répondis à chaque fois que ça allait, jusqu'à ce que je fonde en larmes

– la honte. À partir de-là, elle ne me lâcha pas et m'obligea à lui raconter mes malheurs.

Je finis par céder et lui expliquai ce qui se passait entre moi et le capitaine de l'équipe, tout en restant assez vague et en me contentant des grandes lignes, sans entrer dans les détails. Elle me dit alors :

— Si je comprends bien, il te plaît ce garçon ?

En guise de réponse, je fis un hochement de tête.

— De ce que tu m'as dit, je dirais que toi aussi tu lui plais.

Cette fois, je fis un mouvement d'épaule pour lui faire savoir que je n'étais pas certaine de ce point.

— Tsss. Si ce que tu m'as raconté est vrai, alors je t'assure qu'il est fou de toi. Pourquoi hésiter ? Fonce !

— C'est compliqué.

— La vie est compliquée, Megan. C'est comme ça. Si tu attends de n'avoir que des situations faciles, tu vas passer à côté des meilleures choses.

Nouveau haussement de ma part pour lui faire comprendre que je n'étais pas tout à fait convaincue par ses paroles. Je comprenais ce qu'elle me disait, mais comment lui expliquer ce que je ressentais sans entrer dans les détails de ma vie ? Néanmoins, je devais reconnaître que ce qu'elle venait de me dire me fit réfléchir.

Je continuai ma journée de travail – car je préférais être occupée ici qu'à ruminer chez moi – avant d'être obligée de retrouver mon appartement silencieux.

Le dimanche, mon cerveau ne me laissa pas une minute de répit. Les paroles de madame Wildson tournaient en boucle dans ma tête. J'avais tellement envie de la croire.

Afin que la journée passe plus vite, je me mis devant la télé pour m'abrutir jusqu'à étouffer toutes ces idées qui compromettaient ma tranquillité d'esprit.

Le lundi matin, je réfléchissais encore à ce que je voulais faire puis, en début d'après-midi, alors que je me rendais à mon travail, je pris ma décision.

Quand ma patronne me demanda comment j'allais, je lui répondis :

— Ça va.

— Alors, as-tu décidé de ce que tu allais faire ?

— Oui.

— Et ?

— Je vais lui dire oui.

Avec un énorme sourire, elle se mit à frapper dans ses mains, en me disant :

— C'est bien, ma grande. Je suis fière de toi.

Moi, en revanche, je ne faisais pas la fière ce mardi en début d'après-midi. J'avais tellement les chocottes que j'en vins à prier pour que Tirell ne vienne pas en cours, pour aussitôt me traiter de poule mouillée, me faisant la réflexion que ce serait pire si j'attendais encore.

Quand je le vis entrer, j'étais à la fois contente et tétanisée. S'il me disait qu'il s'en moquait? Si son offre ne tenait plus? Après tout, la semaine dernière, il m'avait tendu une perche et, en réponse, je l'avais superbement ignoré. J'étais prête à parier que Tirell était du genre à avoir un ego surdimensionné. Dans ces conditions, pas sûr qu'il me pardonne. Peut-être en avait-il marre de mes terreurs stupides. Pire, marre de moi tout court!

Alors qu'il allait s'asseoir, je me lançai. Fini de fuir! Je lui dis alors ce qu'il attendait de ma part en guise de feu vert:

— Bonjour, Ty.

Il se retourna et me demanda, perplexe:

— Pardon?

Mon cœur battait furieusement. Je n'arrivais pas à me souvenir à quand remontait un tel moment de stress pour moi. Timidement, je me répétai:

— J'ai dit: Bonjour Ty.

Comme il ne réagissait pas, je me sentis mortifiée. J'avais raison, j'arrivais trop tard. Je fis aussitôt machine arrière en lui disant:

— Désolée, je ne voulais pas te déranger.

Je me plongeai dans mes notes comme si elles contenaient tous les mystères de l'Univers. En moi-même, je ne pouvais m'empêcher de me répéter en boucle : « mais, quelle conne ! ». Je savais bien que Tirell n'était pas le style de garçon que l'on pouvait faire attendre ainsi. Pour ce que j'en savais, après le courriel que je lui avais envoyé, il avait repris contact avec sa pouffe !

J'étais à deux doigts de prendre mon sac, d'aller me cacher dans les toilettes pour oublier ma honte et pleurer toutes les larmes de mon corps. J'avais l'impression d'être rouge comme une tomate. Ma gorge me sembla soudainement obstruée. Je n'avais jamais pris de râteau de ma vie, mais je comprenais mieux l'expression mêlant le désespoir et la honte que j'avais vue sur le visage de certains garçons que j'avais éconduits quand j'étais plus jeune. C'était la même que j'avais lue sur celui de Tirell la semaine dernière. C'était une sensation horrible.

Malgré ma tête baissée, je vis dans mon champ de vision que Tirell venait de s'accouder à mon bureau. Quand il m'interpella, je me contentai d'une mimique pas très gracieuse – mais je n'étais plus à ça près – pour lui faire savoir que je l'écoutais. Pas question que je voie la pitié dans son regard. Je crois que je n'y survivrais pas.

Bien sûr, j'aurais dû me douter qu'il n'en resterait pas là. J'avais depuis longtemps remarqué que Tirell ne respectait que rarement ce que je voulais – sauf quand cela concernait mes problèmes. Je ne pus donc pas dire que je fus surprise lorsque je l'entendis me dire – ou plutôt m'ordonner :

— Regarde-moi, Meg.

Certes, dans l'absolu, rien ne m'obligeait à lui obéir. Mais je crois que vous aviez déjà compris que j'avais quelques difficultés à résister à ce beau géant. Je fis donc ce qu'il me demandait et le fixai.

Contrairement à ce que j'avais craint, il n'y avait pas une once de pitié dans son regard. En fait, j'avais l'impression qu'il était… hypnotisé. Il ouvrit alors la bouche et me dit :

— Sache que si j'étais persuadé que mon geste te ferait plus de bien que de mal, je t'embrasserais immédiatement, comme il se doit, et comme je meurs d'envie de le faire depuis des jours.

Alerte rouge, je répète, alerte rouge, mon corps était en train de perdre le contrôle. Mes joues me chauffaient, ma bouche était sèche, mon cœur s'emballait, perdant la cadence, mais le pire du pire, c'était qu'il se passait des choses étranges entre mes jambes. Aucun doute possible, je ne pouvais pas me mentir plus longtemps, j'étais excitée par Tirell McFinay, c'était un fait irréfutable.

Le professeur Trandeson me sauva d'une auto-combustion spontanée en faisant à ce moment-là son apparition.

Lorsque mon téléphone sonna moins d'une minute plus tard, je me ruai dessus comme une affamée sur un bon pain chaud.

Meg, veux-tu bien sortir boire un verre avec moi ?

À votre avis, je lui répondis quoi ?

Ouiiiii !!!

Bien entendu !!!

CHAPITRE 25 : MEGAN

Après cela, nous échangeâmes quelques textos pour régler les détails pratico-pratiques. Il fut décidé que nous allions prendre ce verre demain dans la soirée. Il avait entraînement l'après-midi et, de mon côté, je travaillais. Je lui avais proposé de décaler à un autre jour, sa réponse m'avait fait rire :

Pas question, tu vas en profiter pour te débiner. Je compte bien exploiter ta faiblesse passagère.

Sur son insistance, je lui avais alors donné l'adresse de la boutique de madame Wildson pour qu'il vienne me chercher. Je lui avais suggéré que l'on se donne directement rendez-vous à un bar, mais il n'avait pas voulu. Un peu trop facilement à mon goût, j'avais alors cédé.

Le soir, alors que j'étais au téléphone avec ma mère, j'avais senti mon téléphone vibrer, m'indiquant que j'avais un message. Durant tout le temps que dura mon appel, je ne pus m'empêcher de me poser des questions. Peu de personnes avaient mon numéro. En fait, à part mes parents – que j'avais actuellement en ligne et qui ne pouvaient donc pas en être à l'origine – et l'administration, je ne l'avais donné qu'à Ether et Tirell.

C'était tout à fait possible que ce soit mon amie. Cela faisait maintenant deux semaines qu'elle me harcelait pour que je l'accompagne à cette fichue fête. Je n'avais toujours pas cédé, mais elle non plus. Je pense que nous étions aussi têtues l'une que l'autre. C'était d'ailleurs peut-être pour cette raison que l'on s'entendait si bien.

Cela pouvait aussi être Tirell. Il m'écrivait peut-être pour me dire qu'il avait changé d'avis et ne voulait plus que l'on se voie demain. Il avait peut-être tout simplement un imprévu.

Vous commencez à me connaître, lorsque mon esprit commençait à s'emballer, il était impossible de l'arrêter. Je mis donc fin rapidement à mon appel sous un prétexte bidon pour me ruer immédiatement sur mon écran afin de le déverrouiller.

C'était bien un message de Tirell. Fébrile, je l'ouvris et fondis littéralement devant son contenu :

Trop hâte d'être demain soir☺ !

Avec un sourire niais aux lèvres – que fort heureusement il ne pouvait pas voir – je lui répondis :

Moi aussi☺ !

Bonne nuit ma belle.

J'essayai de ne pas trop prêter d'attention à l'usage de ce surnom, mais ce ne fut pas aisé. Étant donné que je commençais à admettre qu'il m'était impossible d'être maîtresse de moi-même dès qu'il était question de Tirell McFinay, j'abandonnai ce combat perdu d'avance. Je laissai mon cœur n'en faire qu'à sa tête et me contentai de répondre :

Merci, toi aussi.

Inutile de vous préciser que ce matin, j'avais mis plus de temps que d'habitude pour choisir mes vêtements. Je n'étais pas encore prête à laisser tomber mes tenues amples, mais j'avais pris un soin particulier sur le choix de mon tee-shirt. J'hésitai entre plusieurs, avant de me décider pour celui où il était inscrit : « Vous avez de la chance, aujourd'hui, je suis de bonne humeur ». En fond de plan, un personnage faisant la gueule venait contredire ces mots.

Bon OK, ce n'était peut-être pas le must du must, mais je pense qu'il faisait partie de mon lot le plus gai.

Je pris aussi un soin plus appliqué au moment de me coiffer, sans pour autant tomber dans l'excès. Après tout, j'avais beau avoir fait un grand pas en avant, mes problèmes n'étaient pas réglés. Loin de là.

En arrivant sur le campus, Ether m'attendait. Quand elle me vit, elle me fit un grand sourire et me dit :

— Oh toi, tu as un rancard.

Sans me laisser le temps de répondre, elle enchaîna :

— Je ne sais pas pourquoi, mais je suis prête à parier que cela a un lien avec un certain quarterback de l'équipe de foot.

Je me sentis devenir rouge du cou à la racine des cheveux.

La bouche d'Ether fit un O de surprise puis elle hurla :

— Oh mon Dieu, j'y crois pas !! J'ai raison pas vrai ? J'ai vu juste ?

Elle jeta un coup d'œil derrière moi. Avant que je ne puisse me retourner pour voir ce qui avait retenu son attention, une voix grave que je connaissais maintenant bien demanda :

— Vu juste à propos de quoi ?

Alors que je lançais à Ether mon pire regard de tueuse, celui signifiant clairement « Tu parles, t'es morte ! », cette traîtresse répondit à Tirell :

— Vous avez rendez-vous ce soir.

Ce n'était même plus une question, mais une affirmation.

Je jetai un coup d'œil à Tirell pour voir sa réaction. De son côté, son attention était entièrement focalisée sur moi.

J'espérais qu'il ne m'en voulait pas d'avoir vendu la mèche – involontairement en plus. En même temps, nous n'avions jamais dit que c'était un secret. Sans parler que ce n'était qu'un verre entre copains, pas un rendez-vous. Me donnant tort sur ce dernier point, Tirell répondit à mon amie traîtresse avec un grand sourire :

— Tu as vu juste. Miss Grognon a accepté un rancard avec moi ce soir.

Alors qu'Ether s'écriait :

— Yesss. Je le savais, je le savais !

Un groupe de garçons, des footballeurs eux-aussi si je me fiais à leurs tenues, interpellèrent Tirell.

— Mesdames, je dois vous laisser.

Il s'approcha de moi très lentement. Je crus durant un bref instant qu'il allait m'embrasser ici, devant tout le monde, mais il savait très bien que ce serait trop pour moi. J'étais persuadée qu'il ne tenterait rien de stupide et cela m'aida à garder mon calme – enfin à ne pas m'évanouir – alors qu'il continuait sa progression. Il agissait avec une lenteur délibérée, me permettant ainsi de garder le contrôle sur moi et cela me toucha profondément. Il aurait eu ce geste il y a quelques semaines, cela aurait été le drame assuré, mais aujourd'hui, ce n'était plus le cas.

Il vint alors coller sa bouche près de mon oreille et me murmura :

— À ce soir, Megan. Je vais compter les minutes qui me séparent de ce moment.

J'étais sur des charbons ardents. C'était la première fois que je ressentais ce mélange de sensations intenses. J'adorais cela, mais j'étais terrifiée en même temps. Puis, il s'en alla retrouver ses potes, tout sourire, pendant qu'Ether, à mes côtés, murmurait :

— Putain, c'était la scène non-sexuelle la plus hot que j'ai jamais vue !

Sa remarque me ramena sur Terre. J'étais bien de son avis, mais je me contentai à la place de lui dire d'une voix sifflante et en lui donnant une petite tape sur le bras pour la faire taire :

— Traîtresse, je m'en souviendrai.

— Au fait, Meg ? !

Entendant Tirell m'interpeler – laissant du temps supplémentaire à mon amie pour préparer sa défense –, je me tournai immédiatement dans sa direction. Moi accro ? Je ne vois pas de quoi vous voulez parler !

— Oui ?

— J'adore ton tee-shirt.

Il me fit un clin d'œil charmeur avant de s'éloigner définitivement.

— Oh là là, commenta Ether.

— Toi, je ne veux plus entendre aucun commentaire de ta part ! sifflai-je.

— Pfff, t'es pas drôle.

— Bon, je te laisse, il faut que j'aille en cours.

— Je te préviens, je veux tout savoir !!

— Et moi, je peux te dire que tu ne sauras rien !

— C'est ce que l'on verra !

On se défia toutes les deux du regard avant de pouffer de rire face à l'absurdité de la situation.

CHAPITRE 26 : MEGAN

Cette journée me sembla interminable. Madame Wildson fut au moins aussi heureuse qu'Ether quand elle apprit que je devais sortir boire un verre avec Tirell ce soir.

— Tu as bien fait de suivre mes conseils, me dit-elle.

Mais, lorsqu'elle apprit qu'il devait en plus venir me chercher ici, elle devint carrément euphorique. Le pauvre ne savait pas dans quel traquenard il allait tomber ! Toutefois, je ne pourrais pas être tenue pour responsable, j'avais fait mon possible pour lui éviter ça. Il n'aurait donc à s'en prendre qu'à lui-même.

À partir de dix-huit heures, je ris en surprenant plusieurs fois ma patronne en train de guetter la rue à travers sa vitrine.

Soudain, elle me dit :

— Oh, oh, si ton petit ami est un très beau jeune homme, grand et musclé avec un charme de Casanova, alors je crois qu'il arrive.

Je ne pus retenir un rire à cette description qui, je devais bien l'avouer, collait tout à fait à Tirell. Je me retins en revanche de la reprendre en lui précisant qu'il n'était pas *mon* petit ami. J'aurais usé ma salive pour rien.

Alors que j'allais attraper ma veste pour rejoindre la porte, ma patronne me dit en me faisant un clin d'œil complice :

— Non, reste un peu cachée dans l'arrière-boutique, que je voie ce qu'il a dans le ventre, ce Don Juan.

Je sais, c'était mal de me jouer ainsi de Tirell, mais bon, qui étais-je pour m'opposer au bon vouloir de ma chef ?

Je restai donc hors de vue, gardant l'oreille à l'affût pour entendre leur échange. Quoi ? Ne me dites pas que vous n'avez jamais écouté aux portes de votre vie ?! Et que, dans ce cas bien particulier, vous ne l'auriez pas fait ? De toute façon, j'étais certaine que madame Wildson savait pertinemment que j'allais me comporter de la sorte. Son clin d'œil complice avait en quelque sorte été son autorisation pour que j'agisse ainsi. J'en étais persuadée.

Lorsque la clochette de la porte tinta, mon cœur eut un raté en écho. Ma respiration devint laborieuse. Dire que je ne le voyais même pas ! J'étais sérieusement atteinte. Si j'arrivais à passer cette soirée sans finir aux urgences, ce serait un miracle !

— Bonsoir, jeune homme. Que puis-je pour vous ?

— Heu… Bonsoir, je suis venu chercher Megan.

— Êtes-vous sûr d'être au bon endroit ?

Oh la diablesse ! Elle faisait exprès de le mettre mal à l'aise. Je sais, ce n'était pas bien, mais je ne pus m'empêcher de jubiler de la situation. Il était assez jouissif de voir le très sûr de lui Tirell McFinay si peu confiant devant une dame ayant l'âge d'être sa grand-mère.

Je devais avouer que j'étais également curieuse de voir comment il allait s'en sortir face à ce petit test.

— Vous êtes bien madame Wildson ?

— Oui.

— Alors oui, je suis certain d'être au bon endroit.

— Mmm… et où comptez-vous l'emmener, Megan ?

Oh là là, elle était pire que mon père !

— Dans un endroit calme pas très loin d'ici. Il s'appelle « La fleur bleue ». Je ne sais pas si vous connaissez ?

Moi pas.

— Si et je dois dire que c'est un très bon choix, jeune homme.

— Merci. J'espère qu'elle pensera la même chose.

— Une dernière question avant de l'appeler.

— Oui ? Je vous écoute.

— Quelles sont vos intentions vis-à-vis de Megan ?

Oh, oh, alors là, il fallait que j'intervienne fissa avant que la situation ne dégénère.

Sans plus attendre, je fis un boucan d'enfer en me déplaçant, histoire de les prévenir de mon arrivée et que Tirell sache qu'il n'avait pas à répondre à cette question gênante au possible. Avec un ton que j'espérais convainquant, je m'exclamai :

— Tirell ! Je ne t'avais pas entendu arriver.

Menteuse ! Le pire étant que je me sentis rougir, me dénonçant moi-même. D'un autre côté, ma rougeur était également à mettre sur le compte qu'il était à tomber. Il s'était changé depuis ce matin. Sa chemise longue dont les manches étaient pliées à mi-hauteur, révélant ses bras musclés, me mit en transe. Il était à croquer.

Tirell me lança un sourire éblouissant. J'étais convaincue qu'il n'était pas dupe sur la situation. Pourtant, il joua le jeu et me répondit :

— Pas de problème Meg, je viens juste d'arriver. Je faisais la connaissance de ta charmante patronne. Tu ne m'avais pas menti, elle est très sympathique.

Le malin ! Il venait de s'arranger pour se mettre madame Wildson dans la poche avec sa flatterie. Jamais cette dernière n'avait eu meilleur teint !

Il fallait que je mette fin à cette scène immédiatement.

— On y va ?

— Bien sûr.

Se tournant vers la propriétaire de la boutique, il lui dit :

— Madame Wildson, j'ai été ravi de faire votre connaissance. À bientôt, je l'espère.

— Moi aussi jeune homme. À bientôt. Je compte sur toi pour prendre soin de mon employée.

— Ne vous inquiétez pas, j'en prendrai soin comme de la prunelle de mes yeux.

Ok, maintenant, c'était à mon tour de prendre des couleurs sous le coup de ses flatteries. Ce type était vraiment une calamité pour le self-control de la gente féminine.

Alors que nous allions franchir la porte, Tirell se retourna et m'asséna le coup de grâce :

— Au fait, madame Wildson, pour répondre à votre question, elles sont très sérieuses.

Au début, je ne compris pas le sens de sa phrase, puis je me souvins qu'elle lui avait demandé quelles étaient ses intentions me concernant. En réaction à ses paroles, mon pouls se mit à battre furieusement contre mes tempes.

— Tu m'en vois ravie, répondit ma patronne. Passez une bonne soirée tous les deux.

Nous répondîmes « merci » en cœur. Je pus alors enfin respirer l'air frais de dehors, en essayant de reprendre mes esprits.

Lorsque nous arrivâmes près de son véhicule, tout naturellement, Tirell vint m'ouvrir la porte arrière côté passager.

— Si madame veut bien se donner la peine ?

J'aurais dû me sentir gênée par cette situation, mais la façon dont il présenta la chose me laissa penser qu'il ne se formalisait pas de ma bizarrerie. Avec un grand sourire, je pris donc place dans son véhicule qui était, je dois le reconnaître, confortable à souhait. Je ne me tournai pas en direction de la boutique, mais j'étais certaine que madame Wildson avait l'œil rivé sur nous.

À mon avis, Ether n'allait pas être la seule à exiger un compte-rendu détaillé de la soirée !

CHAPITRE 27 : MEGAN

Il n'avait pas menti, l'endroit était calme, pas loin – nous avions à peine fait cinq minutes de route – et romantique. Il avait mis le paquet ! Je dois dire que j'étais épatée.

Sauf que ce n'était pas un bar, comme je m'y étais attendue, mais un restaurant !

— Je croyais que l'on devait boire un verre ?

— C'est le cas. C'est juste que l'on va manger en même temps. C'est plus agréable, tu ne crois pas ?

Je crois surtout qu'il m'avait un peu manipulée. Le pire étant que je n'arrivais même pas à lui en vouloir. Je préférais de loin me retrouver dans un restaurant que dans un bar. Tirell interpréta mal mon silence et ajouta :

— Mais nous pouvons tout à fait nous contenter d'un verre, Megan. Il n'y a pas de souci. Nous pouvons même changer d'endroit. C'est toi qui décides.

— Maintenant que tu m'as mis l'eau à la bouche avec toutes ces bonnes odeurs qui s'échappent de ce lieu de perdition, tu ne crois tout de même pas pouvoir revenir en arrière !?

Comprenant que je lui donnais mon accord pour un repas, son regard s'illumina et le sourire qu'il eut me fit chaud au cœur – et pas que…

— Je m'en voudrais de te décevoir. Allons dîner alors.

Il eut ensuite un grand geste du bras pour me faire signe de passer. J'adorais la façon dont il se comportait avec moi. Il se faisait charmeur, mais s'arrangeait toujours pour ne pas empiéter sur mon espace vital. Je ne me sentais pas du tout menacée et profitais pleinement de nos moments ensemble. À l'instant, par exemple, il se tenait un bon mètre derrière moi et légèrement en décalé. De cette façon, je pouvais l'apercevoir dans mon champ de vision et ne me sentais pas oppressée, car une distance suffisante nous séparait.

Un serveur vint nous accueillir. Tirell donna son nom et l'homme nous emmena dans un endroit un peu à l'écart des autres tables. C'était un peu comme si nous étions seuls dans ce restaurant.

— J'ai demandé une table isolée, car je n'étais pas certain que tu te sentes à l'aise en public. Mais si le fait d'être en tête-à-tête avec moi est pire, dis-le-moi, je demanderai une autre table. Je ne me vexerai pas. Promis !

Comment ne pas devenir folle de ce garçon ? Impossible !

— Non, non, c'est très bien. Concernant le monde, c'est vrai que je n'ai pas l'habitude de sortir, mais cela n'aurait pas été un problème. Même si je préfère cette table, m'empressai-je de préciser.

Il sourit en entendant mes mots et répondit :

— Je suis content de l'entendre, Megan.

Notre repas se passa sans heurt. Les plats étaient très bons. Il n'y eut aucun silence gênant entre nous. Nous parlâmes de tout et de rien, de nos familles respectives, de nos études, bref nous apprîmes à mieux nous connaître.

J'aimais bien l'intimité que nous offrait notre table. Tirell était vraiment charmant. Il était attentionné – remplissant mon verre quand il était vide – et à l'écoute. En résumé, c'était le rencard parfait avec le garçon parfait.

Je dois dire que cela faisait longtemps que je n'avais pas passé un moment aussi agréable. Sans compter que c'était une nouveauté pour moi. Je n'avais jamais été dans un restaurant avec un garçon avant aujourd'hui. À l'époque où je m'intéressais à eux, je n'étais pas assez vieille pour aller au resto et puis après… c'était après quoi. Mais hors de question que je laisse mon esprit prendre cette voie et me gâcher la soirée.

Tirell n'eut aucun geste déplacé. Il gardait ses distances. J'aurais dû en être soulagée, cependant, ce n'était pas le cas. Oui, je sais, je suis légèrement compliquée comme fille.

En fait, depuis quelques temps, j'avais commencé à le voir différemment. Plusieurs fois, le soir, dans mon lit – et pas que – je m'étais imaginé les sensations que je pourrais ressentir à son contact.

J'étais quasiment certaine que je serais capable de supporter plus de proximité avec lui, mais il n'y avait pas trente-six mille façons de le savoir. Je savais que lui ne tenterait rien, du moins, pas tant que je ne lui en donnerais pas l'autorisation. Cependant, pour cette première fois, je voulais garder le contrôle de la situation. C'était important pour moi d'être celle qui menait, savoir que j'avais le pouvoir et pouvais tout arrêter à n'importe quel moment, sans avoir besoin de l'exprimer à voix haute.

Mais bon, aussi bien, je me faisais des illusions. J'étais peut-être trop déglinguée pour supporter cela. En fin de compte, ce n'était peut-être pas plus mal que l'on n'aille pas plus loin tous les deux.

— Hou, hou, Megan ?

La voix de Tirell me tira de mes pensées qui devenaient de plus en plus sombres.

— Désolée, tu disais ?

— Rien, mais j'avais l'impression qu'il était temps que je te sorte de tes songes.

Je pouvais faire comme si de rien n'était ou bien prendre mon courage à deux mains. Or, avec Tirell, je me découvrais un courage insoupçonné, je lui répondis donc :

— En fait, je me disais que j'aimerais bien essayer quelque chose.

— Ah oui, quoi ? Je dois dire que tu m'intrigues.

— Tu me promets de ne pas bouger ?

Je le vis immédiatement changer dans sa posture. Il abandonna son style décontracté et me répondit le plus sérieusement du monde :

— Je te le jure sur ma vie.

— Ok.

Incapable de continuer à le regarder dans les yeux, je fixai les miens sur mon objectif : sa main posée tout près de son verre.

De son côté, il était complètement immobile. Il ne disait rien, il se contentait juste d'être là et d'attendre. Je puisai mon courage dans sa force tranquille, comme chaque fois que j'avais repoussé mes limites en sa présence. J'avais l'intuition qu'il ne m'en voudrait pas ou qu'il ne se moquerait pas de moi si je n'arrivais pas au bout de ma démarche.

Prenant une inspiration, je levai ma main gauche. Je l'approchai doucement de sa main droite en me concentrant sur ma respiration. Je sentais la terreur naître légèrement en moi, mais elle était faible par rapport à l'excitation et l'impatience qui s'emparaient de moi. J'avais envie de toucher Tirell. C'était devenu un besoin quasi-vital depuis que cette idée avait pris naissance dans mon esprit abîmé. Plus que de me protéger des hommes. Je ne sais pas comment ce miracle s'était produit, mais c'était la vérité.

Quand ma main fut à moins d'un centimètre de la sienne, je pris une dernière inspiration, comptai jusqu'à trois dans ma tête et enfin nous entrâmes en contact.

Nos respirations se stoppèrent de manière synchrone. Notre table devint silencieuse au possible. Sans que j'aie besoin de le regarder, j'étais persuadée que son regard était, comme le mien, rivé sur nos mains jointes. Ou peut-être qu'il était rivé sur moi, s'assurant que je ne perdais pas pied.

Sa main était posée sur le côté, les doigts repliés vers sa paume. La mienne recouvrait une toute petite partie de la sienne, à plat. Ce contact n'avait rien de particulier pour la majorité des gens, il semblait anodin pour eux, mais je n'étais pas la majorité des gens. Je le savais et Tirell le savait également.

Maintenant que j'avais initié ce premier contact, il m'en fallait plus. M'enhardissant, je bougeai ma main pour que mes doigts viennent se glisser dans l'espace créé par les siens avec le creux de sa paume.

Nous restâmes ainsi durant je ne sais combien de temps.

Je l'entendis alors prendre une respiration et sus qu'il allait parler. En revanche, sa voix fut à peine plus forte qu'un murmure :

— M'autorises-tu à bouger, Megan ?

L'émotion était tellement forte en moi que j'étais bien incapable de prononcer le moindre mot, je me contentai donc d'un léger mouvement de tête pour lui signifier mon accord. Mes yeux étaient toujours rivés sur nos mains, guettant le moindre geste de sa part.

Le plus délicatement possible, comme si j'étais un fragile papillon, ses doigts virent se refermer sur les miens, les emprisonnant, mais ne leur ôtant pas leur liberté. Je sentais qu'au moindre mouvement de ma part, il stopperait aussitôt son étreinte.

Je lâchai alors un énorme souffle. J'avais les larmes aux yeux, tant les émotions étaient violentes en moi. Je touchais un garçon, mieux, je le touchais et j'aimais ça !

La terreur et la frayeur étaient bien présentes, mais elles me semblaient tellement loin et, surtout, tellement faibles en comparaison des autres sensations qui m'assaillaient.

Il bougea alors de nouveau ses mains, initiant un mouvement de recul. J'eus envie de hurler à l'idée qu'il me prive de ce contact béni et salvateur. Pourtant, il n'en fit rien. Il ouvrit juste sa main, m'invitant à venir poser la mienne dedans.

Quand je l'eus fait, il entremêla nos doigts. Soudain, il se passa quelque chose de magique en moi. Pour la première fois depuis cinq ans, je me sentis vraiment bien au contact d'une personne du sexe opposé.

J'avais conscience des larmes qui coulaient le long de mes joues, mais elles me faisaient un bien fou. Elles semblaient évacuer avec elles une partie de mes tourments.

Aussi incroyable que cela puisse paraître, Tirell McFinay venait de commencer à me guérir. Enfin, ce n'était pas tout à fait exact. Je crois qu'il avait déjà commencé depuis pas mal de temps déjà. Mais aujourd'hui était un énorme pas en avant.

Sachant que je ne risquais plus de m'effondrer, je relevai les yeux pour croiser les siens. Il me fixait avec une telle intensité ! Il me dévorait du regard. En réponse, je lui souris.

C'est alors qu'il se racla la gorge et m'avoua :

— Megan, je crois que je suis en train de tomber fou amoureux de toi.

CHAPITRE 28 : TIRELL

Il y avait des moments décisifs dans votre vie. Ces instants où vous saviez que votre vie ne serait plus la même après. Je crois que je venais de vivre un de ces moments. En fait, vous savez quoi ? J'en étais certain.

J'avoue que je ne savais pas trop à quoi m'attendre quand elle m'avait demandé de faire cette promesse, mais pas un instant je n'avais imaginé qu'elle allait me toucher.

Certes, la main me direz-vous. Mais nous parlions de Megan, là. La fille qui flippait dès qu'un garçon était à moins d'un mètre d'elle.

Son geste, de sa propre initiative, avait une valeur inestimable à mes yeux. J'avais bien vu le courage dont elle avait dû faire preuve pour le réaliser.

Mais savoir que son envie était plus forte que sa peur était le plus beau des cadeaux qu'elle aurait pu me faire.

Quand j'avais vu sa main s'approcher de la mienne, tout mon corps s'était figé. Pas besoin de m'arracher cette promesse, j'aurais de toute façon été incapable de faire le moindre mouvement.

Je ne saurais vous dire lequel de nous deux était le plus dans l'attente de ce premier contact. Lorsque sa main toucha enfin la mienne, j'eus l'impression d'avoir mis les doigts dans une prise électrique.

Cette fille me retournait vraiment la tête. Le moindre geste anodin prenait tout de suite des proportions énormes et, surtout, avait un érotisme fou. Pas une fois, même au début de mon adolescence, j'avais eu une telle érection en touchant seulement la main d'une fille !

Le pire étant que nos mains n'étaient même pas jointes. La sienne était simplement posée sur la mienne. Mu par un instinct me soufflant que je pouvais me permettre cette audace, je bougeai ma main – non sans lui avoir demandé la permission au préalable – et fis en sorte que nos paumes se retrouvent l'une contre l'autre, nos doigts enlacés, de la même manière que j'aurais aimé emmêler mon corps au sien. J'aurais souhaité figer cet instant et rester ainsi pour l'éternité, uni à elle.

Jamais je ne m'étais senti aussi proche et intime avec une fille.

Je voyais bien l'émotion qu'elle ressentait – comment ignorer les larmes qui coulaient sur ses joues et que je rêvais d'essuyer ? – mais, instinctivement, je savais que c'était une bonne chose pour elle. La tension qui avait habité ses épaules semblait s'être en partie volatilisée.

C'est alors qu'elle releva les yeux pour venir les planter dans les miens. C'est à cet instant précis que j'eus LA révélation. Ma bouche se trouva, pour le coup, branchée directement à mon cerveau, lui avouant en même temps que je me l'avouais à moi-même.

— Megan, je crois que je suis en train de tomber fou amoureux de toi.

J'aurais peut-être dû flipper à l'idée de ce que je venais de lui dire – des mots que je n'avais encore jamais prononcés –, ou bien essayer de minimiser mes paroles, ou bien encore les regretter. Mais pour tout vous dire, la seule chose qui me vint à l'esprit à cet instant, c'était qu'elle était la plus belle fille que je n'avais jamais vue. En la contemplant ainsi, son sourire lumineux et ses yeux débordant d'émotion et de larmes, mon cœur, lui, débordait d'amour pour elle.

Je ne pensais pas que son sourire puisse se faire plus lumineux, pourtant, en réaction à mes mots, ce fut le cas.

De la même manière, je n'imaginais pas que ce moment puisse être plus parfait, jusqu'à ce qu'elle me dise :

— Je crois que moi aussi.

J'avais eu plus d'une relation, mais c'était la première fois que je tombais amoureux d'une fille et les films à l'eau de rose avaient raison, vous savez, cela change tout.

J'avais bien conscience que nos problèmes étaient loin d'être réglés et qu'il me faudrait faire preuve de beaucoup de patience avec Megan. Mais, pour cette fille, j'étais prêt à tout. Le fait de savoir que mes sentiments étaient partagés renforçait ma détermination.

Jusqu'à la fin du repas – qui malheureusement arriva trop vite –, nos mains ne se quittèrent pas une seule fois. Je pense qu'elle était tellement heureuse d'avoir franchi ce pas, qu'elle voulait le faire durer le plus longtemps possible. De mon côté, j'étais tellement avide de son contact que pour rien au monde je ne l'aurais rompu. Je me débrouillai pour manger à une main. Certes, ce n'était pas toujours facile ni élégant, mais je n'en avais rien à faire. Tout ce qui importait, c'était de garder nos doigts enlacés.

J'insistai pour l'inviter. Après un âpre combat, j'eus finalement gain de cause. Je payai donc l'addition, puis nous quittâmes le restaurant. Je n'avais pas du tout envie de la ramener. Et j'étais certain qu'elle ressentait la même chose.

Aussi, quand nous fûmes dehors, je lui tendis la main en lui proposant :

— Il y a un parc juste à côté, cela te dit de marcher un peu ou bien souhaites-tu rentrer tout de suite ?

Je me doutais que la soirée avait dû être riche en émotions et qu'elle devait donc être épuisée. Si elle me répondait non, je comprendrais, je ne me sentirais pas vexé, juste déçu de ne pas pouvoir passer un peu plus de temps en sa présence.

Pour ma plus grande joie, elle attrapa ma main et me dit :

— Cela me ferait plaisir d'aller dans ce parc.

La nuit était déjà tombée, mais les allées étaient éclairées. Nous marchâmes donc en silence, main dans la main. J'évitai toutefois de me rapprocher trop près d'elle, ne voulant pas réveiller ses vieilles peurs. Je savais qu'il faudrait qu'on aborde ce sujet. Il fallait que je sache ce que je pouvais ou ne pouvais pas faire, mais il n'était pas question que je gâche ce moment avec mes questions qui allaient forcément la mettre dans une position inconfortable.

Elle étouffa un bâillement et je me traitai d'idiot, elle venait d'enchaîner une matinée de cours et un après-midi de travail, sans parler de la soirée. Elle devait être épuisée. De mon côté, je devais avouer que l'entraînement m'avait laissé sur les rotules. Et puis le fond de l'air était assez frais. Enfin, nous avions cours demain.

Bref, il fallait que l'on retourne à la voiture, même si je n'en avais pas la moindre envie. Quand je lui fis part de mes réflexions, elle se mit à rire et me répondit :

— Moi non plus je n'ai pas envie de rentrer, mais je dois reconnaître que je suis crevée. D'autant plus qu'habituellement, à cette heure, je suis déjà dans mon lit.

Immédiatement, mon esprit de pervers l'imagina nue, allongée dans ses draps. Je forçai mes pensées à ne pas poursuivre sur cette voie. Il n'était pas question que mon mini-moi se joigne à nous. Je continuai à lui tenir simplement la main, même si je ne souhaitais qu'une chose : l'embrasser à en perdre haleine.

Quand nous arrivâmes à la voiture, elle alla du côté droit de la voiture. Alors que j'allais lui ouvrir la porte arrière – comme j'en avais pris l'habitude – elle me prit de court en ouvrant la portière avant.

Je la fixai et lui demandai doucement :

— Tu es sûre de vouloir monter là ? Je te jure que cela ne me gêne pas du tout que tu montes derrière.

— Je sais, mais j'ai envie de m'asseoir ici, même si on dit que c'est la place du mort.

— T'inquiète, comme je l'ai dit à madame Wildson, je vais prendre soin de toi comme si tu étais la prunelle de mes yeux.

Et je le pensais. Tout comme lorsque j'avais assuré à sa patronne surprotectrice que mes intentions étaient on ne peut plus sérieuses la concernant.

Je fis le tour de la voiture et m'installai à côté d'elle. Elle essayait de paraître détendue, mais je savais qu'elle ne l'était pas du tout. Elle jouait sans s'en rendre compte avec le cordon de son pull, trahissant ainsi sa nervosité. Cependant, il n'était pas question que je le lui fasse remarquer.

Comme la première fois que je l'avais ramenée chez elle, je ne parlai pas durant le trajet, la laissant à ses pensées. Je mis simplement un fond sonore pour que l'ambiance ne semble pas bizarre.

Je n'en revenais pas de cette nouvelle étape qu'elle venait de franchir. Je ne sais pas si elle était fière d'elle. En tout cas, moi, je l'étais. J'étais aussi heureux, très heureux même.

Une fois devant son immeuble, je garai ma voiture de manière à ne pas gêner la circulation, mais ne détachai pas ma ceinture. Il y avait des limites à ce qu'un homme pouvait endurer et je n'étais pas certain de pouvoir me retenir de l'embrasser si je descendais. Sans parler que je ne voulais pas qu'elle croie que j'essayais de me faire inviter.

Elle détacha sa ceinture et ouvrit sa portière. J'avais envie de la supplier de rester encore un peu avec moi, mais je savais que je devais la laisser partir.

— Merci Tirell. J'ai passé une très bonne soirée.

— Pas autant que moi, je pense.

— Oh, tu te trompes, je pense.

— Non c'est toi qui te trompes, Miss Grognon. Mais comme je suis un garçon galant et bien élevé, je vais te laisser le dernier mot.

— Très bien, Mister Connard. Ce qui compte, c'est que tu admettes que j'aie raison.

Nous rigolâmes tous les deux de notre échange et elle quitta finalement ma voiture. Cela me fit plaisir de voir que nous étions toujours capables de nous taquiner.

Avant qu'elle ne claque la portière, ce fut plus fort que moi, je la rappelai. Elle se pencha dans l'habitacle en me demandant :

— Oui ?

Elle était toute souriante, détendue. Elle était à des année-lumière de celle que j'avais rencontrée ce premier jour de cours. Elle était superbe. Et le fait de savoir que j'y étais un peu pour quelque chose me rendait euphorique. Je lui avouai donc :

— Je t'ai menti tout à l'heure.

Un instant, son sourire perdit un peu de sa superbe, mais comme, de mon côté, je gardai le mien, elle sembla reprendre confiance en elle. Elle me demanda alors :

— À quel sujet ?

Je me contentai de lui dire :

— Je ne crois pas, j'en suis certain.

À son regard, je sus qu'elle avait compris de quoi je parlais.

— Moi aussi je t'ai menti. J'en suis également certaine.

Durant deux secondes, on se contenta de sourire comme les deux idiots amoureux que nous étions. Et vous savez quoi ? Je n'en avais rien à foutre. Mieux, j'étais même heureux de vivre ce moment.

Elle tourna alors le dos et se dirigea vers son immeuble.

Comme la fois précédente, j'attendis qu'elle soit entrée pour démarrer ma voiture.

Avant de reprendre la route, j'hésitai un instant puis décidai de jouer la carte de l'audace. J'attrapai mon téléphone et lui envoyai un texto :

Je rêve de t'embrasser.

Ce n'était que la stricte vérité d'ailleurs.

Aussitôt, il bipa et je lus sa réponse :

Et il se pourrait bien que je rêve que tu le fasses.

Ok, il était temps que je parte avant d'aller frapper à sa porte pour faire une bêtise, comme l'embrasser à perdre haleine. J'espérais simplement que ce n'était que partie remise.

CHAPITRE 29 : MEGAN

Ce jeudi matin, j'étais sur mon petit nuage. Je n'arrêtai pas de revivre dans ma tête la soirée d'hier. Je savais que j'avais un sourire idiot aux lèvres. Et devinez quoi ? Je m'en moquais complètement.

Quand j'arrivai sur le campus, Ether était là, fidèle au poste, à m'attendre. Quand elle me vit, elle me sauta littéralement dessus en me disant :

— Raconte, raconte, raconte !

— De quoi parles-tu ?

— Ne fais pas ta maligne. Je parle de ta soirée avec Tirell McFinay. Quand je vois ton air extasié, je sais que cela s'est très bien passé, mais je veux des détails !

Je fus donc contrainte de lui raconter comment s'était déroulée notre soirée. Quand je lui avouai qu'il m'avait invitée au restaurant et lui donnai le nom du resto en question, ses yeux se mirent à pétiller.

Par chance, le chemin que nous avions à parcourir était assez court pour me permettre de me cantonner aux grandes lignes. Je n'avais pas envie de lui raconter tout, dans les moindres détails. C'était uniquement entre Tirell et moi.

Au moment de nous séparer, elle me dit :

— Toi et moi – elle nous désigna chacune notre tour avec son index –, nous n'avons pas fini cette discussion. Nous la reprendrons ce midi.

— Génial, j'ai hâte, râlai-je.

Alors que je prenais place dans ma salle de classe, je ne pus retenir le petit pincement au cœur que j'avais à l'idée de ne pas avoir vu Tirell ce matin. Après la soirée que nous avions vécue la veille, je m'attendais à ce qu'il soit là ce matin. Mais bon, pour ce que j'en savais, peut-être n'avait-il pas cours. Après tout, je ne connaissais pas son emploi du temps. Ou bien, peut-être avait-il quelque chose d'important à faire.

Mon portable vibra à ce moment précis dans ma poche, stoppant momentanément mes spéculations. En voyant le nom de « Mister Connard » s'afficher sur l'écran, un sourire idiot apparut sur mes lèvres. Je m'empressai de l'ouvrir.

Coucou toi, pb de réveil ce matin,
j'ai pas pu arriver à l'heure ☺.

Pas grave.

Si c grave. Si tu n'es pas la 1ere chose que je vois en arrivant sur le campus, ma journée ne peut pas être réussie!

Comment ne pas craquer pour ce mec? Je lui répondis avec un smiley:

♥

Dis-moi que je n'ai pas rêvé la soirée d'hier, Meg.

Si c'est le cas, alors nous avons fait le même rêve☺.

Cela fait à peine 12h que je t'ai pas vue, mais tu me manques déjà☺.

Toi aussi tu me manques. Bon mon prof vient d'arriver. Je te laisse ♥.

♥

Rassurée par cet échange de textos, j'entamai cette matinée d'une manière plus sereine. Ce n'est pas qu'il ne voulait pas me voir, c'est juste son réveil qui n'avait pas sonné!

À midi, comme convenu, je retrouvai Ether à notre table attitrée. Elle venait à peine de s'installer qu'elle commença son interrogatoire:

— Alors, des détails, je veux des détails!

— On ne t'a jamais appris qu'il était malpoli de se mêler des affaires des autres, sans parler d'exiger des choses ?

— Heu, non ?! Alors, raconte !

— Heu, non ?! répondis-je en écho.

— T'es pas drôle !

— C'est bizarre, ce n'est pas la première fois que j'entends cela à mon sujet. Je me demande bien pourquoi.

— Bon, très bien, tu l'auras voulu, je vais sortir ma carte joker.

Je m'attendais au pire.

— Pour te faire pardonner de ne pas me faire vivre ta vie amoureuse par procuration, tu vas m'accompagner à la soirée.

Cela faisait longtemps qu'elle ne m'en avait pas parlé, tiens !

Avant que je n'aie pu lui répondre, j'entendis :

— Quelle soirée ?

Je me retournai et lançai un grand sourire à Tirell qui se tenait à côté de notre table, son plateau à la main. Comme chaque fois que je le voyais, mon cœur s'emballa. Il me rendit mon sourire et nous nous fixâmes du regard avec une intensité troublante, jusqu'à ce qu'Ether se racle la gorge et nous dise :

— Si vous pouviez arrêter de faire des trucs cochons avec vos yeux, ce serait sympa. Pas la peine de narguer les pauvres âmes célibataires !

Alors que je devenais rouge comme une pivoine, Tirell, lui, s'esclaffa de sa remarque.

— Désolé, Ether ? C'est bien ça ?

— C'est bien ça.

— Mesdames, m'autorisez-vous à me joindre à vous pour ce repas ?

— Si vous vous tenez bien tous les deux, je n'y vois pas d'inconvénient, lui répondit Ether.

— Meg ? me questionna Tirell.

— Bien sûr.

Il s'installa alors à côté de moi. Il posa sa main entre nos deux plateaux. Je ne sais pas s'il avait envie de me toucher, mais c'était mon cas et je savais qu'il n'en prendrait pas ombrage. Je vins donc mêler ma main à la sienne. Il serra ses doigts entre les miens et me lança un sourire éclatant. C'était confirmé, il ne m'en voulait pas pour mon geste, je pense même qu'il en était content.

En face de moi, Ether jubilait.

— OK, donc si je n'ai pas le droit aux détails croustillants sur la soirée d'hier, est-ce que je peux au moins, en exclusivité, avoir la confirmation que vous sortez ensemble ?

En fait, nous n'avions pas discuté de notre statut officiel. Je ne savais donc pas trop quoi répondre. Tirell n'eut pas mes scrupules, puisqu'il lui dit :

— Oui, tu peux considérer que tu as ton exclu'.

En disant cela, il exerça une petite pression de sa main pour me rassurer. Du moins, je l'interprétai ainsi.

— Parfait ! Alors Tirell, tu vas pouvoir t'allier avec moi pour convaincre madame, ici présente, de m'accompagner à la soirée costumée de la semaine prochaine.

— Celle des sororités ?

Pourquoi n'était-ce pas surprenant qu'il soit au courant ? Et pourquoi cela m'énervait prodigieusement ?

— Celle-là même. Elle refuse de céder, mais je suis sûre qu'avec toi dans mon équipe, cela va me faire gagner.

Timidement, je demandai à Tirell :

— Tu y vas ?

— Habituellement j'y vais parce que je n'ai rien de mieux à faire. Mais cette année, je ne sais pas.

— Et tes copains, ils y vont ?

— Oh, eux, je pense que même un ouragan ne pourrait les empêcher d'y assister. Surtout Micah et Berkley.

Je ne voulais pas être un boulet pour lui, j'imposais déjà suffisamment de contraintes dans notre relation. Sans compter que j'avais eu la preuve hier que j'étais plus forte que je ne le croyais. Je répondis donc à Ether :

— OK, je veux bien y aller.

— Non, sans déc' ?
— Mmm.
— Putain Tirell, tu viens de devenir mon nouveau meilleur ami !
— Hé !!! Je croyais que c'était moi, marmonnai-je.
— Non, toi t'es ma meilleure amie fille. Lui c'est mon meilleur ami garçon. Et moi j'ai trop la classe, car ma meilleure amie et mon meilleur ami sortent ensemble !
— T'es complètement barrée, ma pauvre !
Elle me répondit par un bisou lancé dans les airs.
Tirell, lui, me regardait intensément. Il finit par me demander doucement :
— Tu es certaine de vouloir y aller ?
— Tu seras là pour veiller sur moi ?
— À chaque instant.
— Alors oui.
J'espérais simplement que cela serait suffisant. J'avais beau vouloir faire ma fière, je n'étais pas certaine de pouvoir le faire. En même temps, Ether semblait tellement heureuse de pouvoir y aller. Quel genre d'amie serais-je, si je ne faisais pas un petit effort pour lui faire plaisir ? Et puis Tirell serait avec moi, alors que pourrait-il bien m'arriver ?

CHAPITRE 30 : MEGAN

Alors que nous quittions le réfectoire, Tirell me tendit sa main que je m'empressai de prendre. Oui, vous avez bien lu, moi, Megan Adman, je m'empressai de mêler mes doigts aux siens.

C'est donc main dans la main que nous nous rendîmes à notre cours.

Une fois en classe, Tirell me laissa passer la première. Je pris la direction pour m'installer à ma place habituelle. En me retournant, je vis que Tirell avait lui aussi repris la sienne devant moi. Constater qu'il ne voulait pas se mettre à côté de moi me vexa, même si je me doutais que ses intentions étaient honorables.

Mon mécontentement devait être visible puisqu'il me demanda :

— Quelque chose ne va pas, Meg ?

— Non, non, tout va bien.

Mon ton dut me trahir ou bien peut-être était-ce ma tête.

— Dis-moi ce qui ne va pas.

— Rien, c'est juste que je croyais que tu voudrais te mettre à côté de moi, mais laisse tomber, c'est pas grave.

— Si c'est grave. Il ne faut pas que tu hésites à me dire quand quelque chose te froisse ou te dérange. J'en ferai de même. C'est comme ça que fonctionne un couple (l'entendre dire ce mot tout haut me fit bizarre, dans le sens positif du terme). Quant à venir m'asseoir à côté de toi, j'en meurs d'envie depuis le premier cours. Cependant, je ne veux pas te mettre mal à l'aise. Alors cela me va aussi d'être assis juste devant toi.

Il était adorable à penser sans cesse à mon bien-être. Moi, pas une seule seconde, je n'avais pensé que je risquais de me sentir oppressée d'être assise pendant deux heures à côté de lui. Tout ce que je voyais, c'était que je voulais l'avoir près de moi. Je me représentai la scène dans ma tête. Il n'y eut pas l'ombre d'une frayeur à cette idée, juste une grosse vague d'excitation.

— Non seulement cela ne me mettra pas mal à l'aise, mais en plus, cela me fera très plaisir.

Avec un sourire, il me répondit en prenant ses affaires :

— Ce que femme veut, femme obtient.

Il prit place à côté de moi. Au bout de quelques instants, j'eus un doute. Avais-je bien fait de lui demander de venir ici ? Comment allais-je réussir l'exploit de me concentrer sur le cours en étant si proche de lui ? Nous ne nous touchions pas, mais la tension était bien présente. Je ne pouvais pas nier qu'il y avait également un peu d'appréhension. Si en cinq années je n'avais pas réussi à vaincre ma peur des hommes, ce n'était pas en quelques semaines que j'allais le faire avec Tirell. En revanche, j'étais convaincue qu'il ne me ferait jamais de mal – du moins physiquement. J'admettais aussi que j'aimais beaucoup être proche de lui. Du genre, beaucoup, beaucoup.

Comme j'étais gauchère, lui droitier et qu'il était assis à ma droite, nous pouvions être assez proches sans nous gêner dans notre prise de notes.

Je le vis prendre un bout de papier, écrire quelque chose dessus et me le tendre :

Ca va ?

Très bien et toi ?

Mieux que bien !

Je le regardai et lui lançai un petit sourire qu'il me rendit.

Il reprit son bout de papier. Il sembla hésiter, puis se mit à écrire avant de me le tendre à nouveau :

Tu me fais confiance ?

Entièrement !

Au fait, je ne te l'ai pas dit aujourd'hui.

Quoi donc ?

Il se pencha alors en direction de mon visage. Comme toujours, son geste fut lent, me permettant de ne pas paniquer. Et sa méthode fonctionnait !

Quand sa bouche fut au niveau de mon oreille, il me murmura :

— Je suis amoureux de toi.

OK, comment voulez-vous que je garde mon calme avec non seulement sa position, mais en plus ses paroles ? Ce n'était tout simplement pas possible. Mon corps se mit à frissonner.

L'air de rien, il reprit alors sa place. Cette fois, ce fut moi qui me penchai à mon tour vers son oreille. Je l'entendis respirer plus fort. Nous pouvions être deux à jouer à ce petit jeu monsieur McFinay !

Je lui murmurai à mon tour :

— Et moi, je suis folle amoureuse de toi. Et je te fais confiance.

J'ignorai la raison de sa question, mais jusqu'à présent, à chaque fois qu'il l'avait posée, je ne l'avais pas regretté.

Il eut son petit sourire en coin, pourtant il ne fit rien. Il reporta juste son attention sur le prof. J'étais perplexe. Je ne voyais pas où il voulait en venir.

Peut-être me l'avait-il posée uniquement pour se rassurer à mon sujet. Peut-être qu'elle était en lien avec la manière dont il venait de se pencher à mon oreille pour me glisser sa déclaration.

Mon coude droit était posé sur la table. Mon bras relevé me servait à soutenir ma tête. Cette position ne faisait pas très sérieuse dans une classe de cours, mais elle m'évitait ainsi de me concentrer trop sur mon voisin de droite et pas assez sur mon prof et son cours.

Il me sembla alors sentir comme un frôlement sur mon bras. Je crus pendant une seconde que c'était le fruit de mon imagination, puis je sentis à nouveau ce contact aussi léger que les ailes d'un papillon.

Il fallait que j'en aie le cœur net, je tournai la tête en direction de Tirell. Il avait les yeux rivés sur le prof, mais sa bouche arborait son fameux petit sourire en coin de mauvais garçon. Il ne pouvait pas manquer de voir que je le regardais, mais il ne détourna pas son regard de monsieur Trandeson. Je sentis à nouveau cette sensation alors que son propre bras bougeait.

En même temps qu'il me prodiguait sa caresse, son sourire s'accentua et je sus qu'il m'était destiné. J'avais également ma réponse sur le pourquoi de sa question au sujet de la confiance.

Je savais que si je me tendais ou si je descendais mon bras, il arrêterait immédiatement son geste, comprenant que c'était trop. Cependant, je n'avais aucune envie de le bouger. Je souhaitais simplement savourer ce délicieux moment.

Je n'en revenais pas de mon comportement. Tirell était en train de me caresser, en plein cours et je n'avais pas envie de hurler de terreur. En fait, je devais surtout prendre sur moi pour ne pas gémir de plaisir.

Cela faisait peut-être de moi une fille dévergondée, mais je fis comme si de rien n'était. Je tournai à nouveau la tête en direction du prof et savourai ses frôlements qu'il reprit. Après tout, il ne touchait que mon bras, rien de bien méchant à cela.

Il passait délicatement ses doigts le long de mon bras nu, faisant un mouvement de va-et-vient. Quand il s'arrêtait, j'avais envie de lui hurler de continuer, heureusement, il ne tardait jamais à reprendre son mouvement hypnotisant.

Entre mes cuisses, je sentais une humidité de plus en plus présente. Il me frôlait à peine et pourtant il m'excitait à un point inimaginable.

Moi qui pensais ne plus pouvoir ressentir de plaisir après ce qu'on m'avait fait subir, je m'étais trompée. Toute la différence venait du fait que les gestes de Tirell étaient emplis de délicatesse, de respect et d'amour. Alors que ceux d'il y a cinq ans n'avaient été que sauvagerie, violence et malfaisance.

Évidemment, penser à cela provoqua l'inévitable. Tout mon désir retomba d'un coup, à la manière d'un soufflet raté. Je fus à nouveau parcourue de frissons, mais de terreur cette fois. Ce contact que je recherchais tant il y a quelques instants m'était désormais devenu insupportable. Il fallait que je m'y soustraie immédiatement, sous peine de péter un câble ici-même.

Juste avant que je n'enlève mon bras, le mouvement s'arrêta. Peut-être Tirell avait-il lui aussi sentit le changement. Ou peut-être pas. Honnêtement, c'était la dernière de mes préoccupations pour l'instant. Je rabattis mon bras et le mis hors de portée de ses doigts troublants.

J'étais trop mortifiée pour oser le regarder. Suivre le cours du prof semblait soudain relever d'une importance vitale. En réalité, tout était plus important que de prendre le risque de croiser son regard et y lire la déception. J'étais vraiment trop détraquée. Comment avais-je pu être assez stupide pour croire que nous avions une chance de surpasser mes difficultés ? C'était pourtant couru d'avance.

Je sentis des larmes traîtresses essayer de s'échapper de mes yeux. Je fis un effort colossal pour les empêcher de gagner ce combat.

Même si je faisais tout pour ne pas voir ce que faisait mon voisin, je ne pus m'empêcher de remarquer qu'il était en train d'écrire quelque chose.

Il glissa le bout de papier à côté de moi, mais je fis semblant de ne pas le voir. Je ne voulais pas lire ce qu'il avait écrit. En fait, je n'avais envie que d'une chose, fuir.

Pour une fois dans ma vie, j'eus un peu de chance, puisque le cours touchait à sa fin.

Le prof venait à peine de finir sa dernière phrase, que je m'éjectai de mon siège, sans un regard en arrière et surtout pas à Tirell. Je l'entendis m'appeler, mais je ne voulais pas me retourner. C'était au-dessus de mes forces. Si je le faisais, je m'écroulerais.

Je devais à tout prix m'éloigner de lui. Finalement, je m'étais trompée, Tirell n'était pas en train de me guérir, il me faisait juste espérer des choses que je ne pouvais avoir.

J'avais entendu dire un jour que l'espoir était le meilleur chemin menant vers le désespoir. Je venais d'avoir la preuve que ce dicton était véridique.

CHAPITRE 31 : MEGAN

Le temps que j'arrive chez moi, j'avais déjà reçu au moins cinq appels en absence et autant de SMS que je n'avais pas ouverts. J'avais trop peur de les lire, trop peur de ce qu'ils pouvaient contenir.

Ce soir-là, je mis plus d'ardeur que d'habitude à faire mon ménage. Je n'étais pas allée travailler. Pas le courage. Quand j'avais appelé madame Wildson pour la prévenir, elle m'avait demandé si elle devait mettre une paire de claques à un certain footballeur. Cette idée était tellement comique qu'elle m'avait mis un peu de baume au cœur. Je la rassurai du mieux que je pus d'une voix chevrotante, ce qui n'était pas très convaincant, j'en conviens.

En fin de soirée, je commençais à me sentir légèrement mieux. Autrement dit, je n'avais plus les larmes aux yeux toutes les deux minutes. Je me mis au lit et attrapai mon PC avec l'idée de regarder une série Netflix. Cependant, l'icône m'indiquant que j'avais un courriel était trop perturbante. Avant d'avoir conscience de ce que je faisais, j'ouvris le courriel, qui était bien sûr de Tirell.

From : tirell.mcfinay@gmail.com
To : megan.adman@gmail.com
Objet : Supplication

Megan,
Je t'en supplie, accepte de lire ce passage.
Tirell

Mes yeux parcoururent les premières lignes de la pièce jointe et je me rendis compte qu'il se servait de l'histoire de nos personnages pour raconter la scène de cet après-midi vue par lui.

« Je sais que je la pousse dans ses retranchements, c'est pourtant plus fort que moi, il faut que je la touche. Mon corps est avide du sien. Je suis comme un drogué ayant besoin de sa dose. L'aperçu qu'elle m'a donné la veille m'a rendu affamé. Maintenant que je connais l'effet que produit sa main sur moi, j'en redemande.

Je suis devenu accro à Ayana. Malgré cela, je n'oublie pas qui elle est et les problèmes qu'elle a. Je lui demande donc son autorisation avant de poursuivre. Quand elle me la donne – ignorant complètement ce que je compte faire – je me sens une fois de plus devenir le maître de l'Univers. Chaque fois qu'elle m'accorde ainsi sa confiance, c'est l'effet qu'elle produit sur moi. Je suis persuadé qu'elle n'en a pas la moindre idée.

Elle m'aurait dit non, je n'aurais pas été vexé. Je sais que si elle refuse mon contact, ce n'est pas par manque de confiance en moi, mais plus par manque de confiance en elle.

Avant de me lancer à mon délicieux assaut, je laisse passer quelques instants. Je sais d'expérience que l'anticipation peut amplifier l'effet ressenti.

Lorsque cela devient insoutenable pour moi de patienter une minute de plus, je passe délicatement mon doigt le long de son bras. Sa peau est – comme je l'ai imaginée maintes fois – aussi douce que la soie.

Je ne peux manquer la chair de poule qui la parcourt. En réponse, je suis moi aussi traversé par une vague de frissons. La voir réagir de façon positive à mon toucher est l'un des plus beaux des cadeaux qu'elle puisse me faire. J'ai conscience que c'est un présent fragile, ce qui le rend d'autant plus précieux à mes yeux.

Je la vois me jeter un coup d'œil, certainement pour avoir la confirmation que c'est mon doigt qu'elle sent. Je crains durant un instant qu'elle ne me dise d'arrêter, même si j'obéirais immédiatement. Ce n'est pas le cas. Le sourire qu'elle me lance est au contraire une superbe acceptation. Je reprends donc ma caresse.

Le fait de savoir qu'elle est pleinement consciente de mon geste ne fait qu'accentuer mon émoi. Si elle pouvait savoir à quel point je la trouve belle à cet instant, se laissant aller à ressentir ce que ma caresse produit en elle. Ses joues sont délicieusement rosies.

Ayana est déjà de nature une très belle femme, mais quand elle se laisse transporter par la passion, elle devient magnifique, irrésistible.

Mon cœur déborde d'amour pour elle. Je ne crois pas qu'elle se rende compte à quel point mes sentiments pour elle sont forts. Dans le cas contraire, elle s'enfuirait en courant dans l'autre direction, au lieu de m'offrir le plus beau des spectacles.

Soudain, c'est fini. Je ne sais pas quelle direction viennent de prendre ses pensées – ou plutôt je ne pense que trop bien le deviner –, mais son attitude se modifie.

Au début, c'est subtil, ses joues sont moins rouges, son souffle différent. Ensuite, c'est plus marqué, son corps se tend dans un mécanisme de défense qu'elle a développé depuis je ne sais combien de temps.

Un autre ne s'en rendrait certainement pas compte immédiatement. Mais un autre ne l'aime pas comme moi je l'aime. Il ne l'a pas observée, encore et encore, pour apprendre toutes ses mimiques. Je ne suis pas un autre.

Je stoppe immédiatement mon geste. Mon but est de lui procurer autant de plaisir que j'en ressens à lui prodiguer cette caresse. Si elle ne l'apprécie plus, mon plaisir n'est plus. C'est aussi simple que cela.

Il est hors de question que je la fasse souffrir. Je l'aime trop pour ça. Jamais je ne me pardonnerais de le faire.

Malheureusement, le mal est fait. Elle se referme sur elle-même comme une huître. Je sais à cet instant que la catastrophe est imminente. Je suis persuadé de connaître la teneur de ses pensées. Elle s'en veut de ne pas être « normale », elle se trouve indigne de moi, elle pense qu'elle n'est pas celle qui me faut.

Mais elle se trompe sur toute la ligne. Elle est LA fille, celle que j'ai attendue toute ma vie. Je suis peut-être encore jeune, il n'empêche que je sais au plus profond de moi que je n'aimerai jamais une autre comme j'aime Ayana. Je sais aussi que, à moins qu'elle ne m'éjecte de sa vie, je tiens à rester à ses côtés jusqu'à ma mort.

Oui, Ayana a tort, je suis tombé amoureux d'elle en sachant qu'elle traîne un lourd passé avec elle. J'en soupçonne vaguement la teneur et je l'aime d'autant plus. Savoir qu'elle a été assez forte pour surmonter ses malheurs me rend humble et fier de dire que c'est ma copine.

Je sais que ce terrible passé a laissé de profondes cicatrices en elle et que ces dernières ne vont pas disparaître du jour au lendemain. Je suis prêt à lui apporter toute l'aide et tout le soutien qu'elle voudra bien me laisser lui donner. Je le ferai avec plaisir et je considérerai même cela comme un honneur.

La seule chose que je souhaite, c'est de pouvoir rester à ses côtés. Rien de plus. J'essaye de faire passer tout cela dans un message qui soit le plus bref possible, sachant pertinemment qu'elle ne lira pas un tel roman. Je lui écris donc sur un papier, tout ce que je ressens, résumé en trois petits mots :

Je t'aime.

Je ne suis pas blessé par son attitude de ces dernières minutes. Je savais que cette scène risquait de se produire, en me lançant dans ces caresses. Il est même fort probable que cela se reproduira et peut-être pas qu'une fois. À certains moments, cela sera trop pour elle. Je ne lui en veux pas du tout.

En revanche, son rejet, lui, me blesse aussi sûrement que si elle piétinait mon cœur avec ses chaussures. Elle ignore complètement mon bout de papier qui contient tout ce que ce dernier a à lui offrir. Elle m'assène le coup de grâce en se levant sans un regard en arrière, sans me regarder moi, même lorsque je l'appelle d'un ton suppliant. Elle ignore également mes appels et mes messages. Je comprends alors ce que veut dire l'expression avoir le cœur brisé.

J'ai l'impression que le mien lutte pour continuer à fonctionner. Il ne bat que pour Ayana, mais Ayana ne veut plus de lui. Alors à quoi bon battre et se battre ?

Comment lui faire comprendre que je l'aime comme un fou et que la voir m'exclure de sa vie est insoutenable, horrible, effroyable ? »

Dès les premières lignes, les larmes avaient commencé à couler. Désormais, c'étaient de gros sanglots qui secouaient ma poitrine.

Ce qu'il venait de m'écrire m'anéantissait. Savoir que je le faisais souffrir m'était insupportable. J'attrapai mon téléphone. En prenant connaissance de ses messages, de nouveaux sanglots s'emparèrent de moi. Entre deux grosses larmes, je lui écrivis :

Moi aussi je t'aime,
je suis tellement désolée.

Sa réponse me parvint aussitôt.

Tu n'as pas à l'être.
Je t'aime comme tu es Meg.

Je ne te mérite pas.

Je pense la même chose, donc tu vois,
on n'arrivera pas à se mettre d'accord😉.

Je souris en lisant sa réponse. Même maintenant, il me faisait du bien.

Mon téléphone vibra à nouveau :

Je peux comprendre que tu aies besoin d'espace, Meg. Je te laisserai tout l'espace nécessaire, mais ne me fuis plus, stp.

Promis.

Alors tout va bien😃.
Je te dis à demain ?

Je ne sais pas si
je vais venir demain.

Je ne me sentais pas capable de l'affronter immédiatement, sans parler que ma crise m'avait vraiment épuisée. J'étais tentée de sécher les cours demain.

OK, tiens-moi juste au courant
que je ne m'inquiète pas.

Ce type était vraiment en or, je ne le méritais pas.

Promis. Bonne nuit, Tirell.

Bonne nuit, Meg. Je t'aime.

Je t'aime.

J'étais tellement épuisée émotionnellement que je mis moins de cinq minutes à m'endormir. Malheureusement, comme je l'avais craint, mon sommeil fut loin d'être agréable. Les souvenirs ne demandaient qu'à être libérés et ils s'en donnèrent à cœur joie pour faire de ma nuit un enfer.

Je fus obligée de prendre le traitement que l'on m'avait donné pour les grosses crises. Ainsi shootée, je finis par sombrer dans un sommeil sans rêve ni cauchemar.

CHAPITRE 32 : TIRELL

Je ne fus pas surpris outre mesure en recevant un message de Megan m'informant qu'elle ne viendrait pas ce matin. En fait, je pensais qu'elle ne viendrait pas du tout ce vendredi, mais elle avait simplement précisé :

Je ne viendrai pas ce matin.

J'avais peut-être tort, mais j'en déduisis qu'elle comptait venir cet après-midi. Je savais que je devais lui laisser de l'espace – l'épisode de la veille m'avait assez marqué pour que je retienne la leçon –, pourtant ce fut plus fort que moi, et je lui écrivis :

Veux-tu que je vienne te chercher ce midi ?
On pourrait manger en ville
avant de retourner sur le campus.

Soyons clairs, je me doutais que j'allais me prendre une rebuffade, mais il fallait que je tente ma chance.

Je n'eus pas de réponse durant les deux heures qui suivirent. Peut-être s'était-elle rendormie, ou bien réfléchissait-elle à ma proposition, ou à une façon polie de me répondre « non », ou bien encore comptait-elle tout simplement ignorer mon message.

À 11h, mon téléphone vibra. Je me jetai littéralement dessus et le déverrouillai à toute vitesse en voyant que c'était elle. Je dus relire deux fois son message pour être certain d'avoir bien compris. En même temps, comme il n'était composé que d'un seul mot, la tâche n'était pas compliquée me direz-vous. Toutefois, cela me surprenait tellement que j'avais des difficultés à y croire.

Elle venait de me répondre :

OK.

Aussitôt, je lui répondis :

Super ! Je passe à 12h15.
Trop hâte de te retrouver.
Je t'aime.

Moi aussi et moi aussi☺.

L'heure restante me sembla interminable. Heureusement, la chance fut de mon côté parce que le prof nous libéra 10 min plus tôt que prévu.

Mon sac sur l'épaule, je pris la direction de ma voiture. En chemin, je croisai Micah et Berkley. Ce dernier me demanda :

— Tu manges avec nous, Ty ?

— Non, désolé, j'ai quelque chose de prévu.

— Ce quelque chose ne serait pas une certaine fille blonde au style indéterminé ?

— Oui.

Jusqu'à présent, j'étais resté assez discret sur mon histoire avec Megan. Alors que j'avais l'habitude de discuter de beaucoup de choses avec mes copains, je n'avais pas encore abordé le sujet « Megan » avec eux. Je pense qu'ils avaient remarqué que je me comportais étrangement ces derniers temps, mais ils avaient respecté mon silence. Il n'empêche qu'ils n'étaient pas idiots, sans parler que les nouvelles allaient vite sur ce campus, surtout quand elles me concernaient.

Parfois, cela me saoulait d'être aussi populaire. Je ne pouvais nier que cela présentait des avantages, mais il y avait également pas mal d'inconvénients. J'aurais voulu que ma relation avec Meg puisse rester secrète. Non pas que j'aie honte d'elle ou d'être vu en sa compagnie. Au contraire. Cependant, je savais qu'elle avait assez de merdes à gérer sans devoir en plus subir la convoitise des uns ou la jalousie des autres.

J'allais faire mon possible pour la protéger de ces nuisances mais j'étais réaliste, je savais que je ne pourrais pas être en capacité de tout lui épargner. À mon grand regret.

En l'occurrence, je savais que je pouvais compter sur mes potes pour m'épauler dans cette tâche, je leur précisai donc :

— Hé, les gars ? Cette fille, elle est importante pour moi. Genre, vraiment très importante. Ok ?

Tous les deux me regardèrent avec un sourire idiot. Ce fut Micah qui me répondit :

— T'inquiète, mec, compte sur nous. Pas vrai Berkley ?

— Yep. Je suis content pour toi.

— Et puis, elle ne peut pas être pire que l'autre harpie grincheuse.

Ah, Micah et Alexa, cela avait été le grand amour fou entre eux dès le premier jour !

Je ris et lui répondis :

— C'est le jour et la nuit.

— Tant mieux.

— Bon, je vous laisse, je suis attendu.

— Au fait ! m'interpella Micah. Quand est-ce que tu nous la présente officiellement ? Parce que je ne sais pas ce qu'il en est pour les autres, mais perso je commence à me sentir vexé.

— J'attends un peu car vous êtes quand même un sacré handicap.

— Gros naze ! me répondit Micah.

Berkley, lui, se contenta d'un doigt tendu bien haut.

Je plaisantais bien sûr, sauf que sur le fond je n'avais pas tort. C'est juste que ma phrase n'était pas à interpréter comme ils le pensaient. Ce n'était pas leur caractère ou leur façon d'être qui jouaient en leur défaveur, simplement le fait qu'ils soient de sexe masculin.

Durant mon trajet, je repensai aux événements de la veille. J'avais pleinement pris conscience des problèmes qui pourraient survenir dans notre relation. Quand j'avais vu Megan partir sans un regard, me rejetant et refusant toute communication avec moi, mon cœur avait sombré. J'avais alors compris à quel point elle était devenue importante pour moi. Et surtout, à quel point elle avait le pouvoir de me faire souffrir.

En voyant qu'elle ne répondait à aucun de mes appels ou SMS, j'avais paniqué. Je ne savais pas comment lui faire comprendre que, peu importe ses problèmes, je l'aimais comme elle était. À l'idée qu'elle m'éjecte de sa vie, j'étais terrifié. Je n'avais aucun moyen de la forcer à rester avec moi. Si elle trouvait qu'elle était mieux sans moi, j'étais foutu. Comment plaider ma cause, si elle ne voulait pas me parler ?

J'avais alors eu l'idée de passer par nos personnages. J'avais mis mon cœur à nu dans ces lignes. Je ne savais pas si elle allait accepter de lire la suite de notre devoir, mais j'avais tenté le tout pour le tout. Je lui avais décrit la manière dont j'avais vécu la scène qui avait eu lieu plus tôt dans la journée.

Je voulais qu'elle saisisse que je comprenais l'ampleur de ses problèmes et qu'ils ne me faisaient pas peur. Je ne la trouvais pas folle. Au contraire, je trouvais que c'était tout à son honneur d'essayer de continuer à vivre malgré les épreuves qu'elle avait vécues. Je voulais qu'elle comprenne que j'avais conscience de l'importance qu'avaient pour elle – et donc pour moi – ces petits gestes qu'elle s'était autorisée ou m'avait autorisé à faire.

Enfin, je voulais qu'elle comprenne que je l'aimais plus que tout et que j'étais prêt à n'importe quoi pour elle. Je saurais être aussi patient qu'elle en aurait besoin. J'étais même prêt à faire une croix sur certains aspects d'une relation – je parle bien sûr du sexe, ce qui n'était pas rien pour moi. Le plus important était qu'elle me laisse rester à ses côtés.

Elle m'était devenue vitale, nécessaire. Je ne me voyais pas continuer sans elle. En d'autres mots, comme disaient mes potes, j'avais pris mes couilles et les avais mises sur la table.

Je n'avais eu aucun moyen de savoir si elle allait lire mon message ni même quand elle le ferait. L'attente avait été terrible. J'avais eu une boule au ventre, me sentant mal, désespéré, stressé. Jusqu'à ce qu'elle illumine ma soirée en me répondant.

J'avais alors compris que le plus gros de cette crise était passé.

Je ne me faisais pas d'illusion, je savais qu'il risquait d'y en avoir d'autres. Tant qu'elle n'aurait pas réussi à tirer un trait sur son passé – si tant est qu'elle y parvienne un jour – cela serait toujours le cas. En revanche, j'espérais qu'elle avait enfin compris que j'étais de son côté et prêt à l'épauler dans toutes les épreuves qui l'attendaient. Je pouvais entendre qu'elle avait besoin de s'isoler. La seule chose que je ne voulais pas, c'était qu'elle me laisse en dehors de sa vie.

Une fois devant chez elle, je lui envoyai un texto pour la prévenir. Elle me répondit qu'elle arrivait. Je la vis descendre moins de deux minutes plus tard. Me dire qu'elle avait attendu mon arrivée avec impatience me mit du baume au cœur. C'était peut-être un hasard de circonstances, pourtant j'en doutais.

Le message sur son tee-shirt était aujourd'hui assez simple. Il consistait en un énorme doigt d'honneur. Cela me fit sourire.

Ne sachant pas quelle place elle souhaiterait prendre dans le 4x4, je préférai donc rester sur mon siège, lui laissant ainsi le choix.

Personnellement, tout m'allait, du moment qu'elle montait dans mon véhicule. Le reste n'était que détail. Certes, je ne vais pas vous cacher que je fus très content quand je la vis ouvrir la portière avant, en me gardant néanmoins de faire la moindre remarque – je n'étais pas fou !

À la place, je lui dis simplement :

— Salut toi.

— Salut.

Elle était un peu timide et semblait gênée. Je me doutais que ce serait le cas. Je pouvais faire comme si de rien n'était ou bien je pouvais mettre les pieds dans le plat. La deuxième option me correspondait plus. Je pris donc une inspiration et lui dis :

— Écoute, on ne va pas faire comme s'il ne s'était rien passé hier. Toi comme moi savons que ce n'est pas le cas. Par contre, la seule chose importante qu'il faut retenir, c'est que tu es là avec moi, dans cette voiture. Le reste on s'en fout. Ok ?

Elle eut son adorable petit sourire timide au bord des lèvres et me répondit :

— OK.

— Parfait. Maintenant, place aux choses sérieuses ! Où voudrais-tu aller manger ?

— Je crois que j'aimerai bien un bon hamburger.

— Très bien, alors accroche-toi ma belle, ton homme va te nourrir !

Elle se mit à rire et à partir de cet instant l'ambiance fut plus légère.

Alors que je ne m'y attendais pas, elle vint poser sa main sur la mienne. Je tournai la tête dans sa direction et lui fis un clin d'œil complice alors que mes doigts venaient s'enrouler aux siens.

Une fois notre commande prise, nous allâmes nous installer à une table calme et nous commençâmes à manger en silence.

Depuis ce matin, une idée me trottait dans la tête. Je ne savais pas si je devais me lancer ou pas. Après tout, je ne voulais pas l'effrayer. J'hésitai encore une minute pour finalement me lancer :

— Meg ?

— Mmm ?

— J'aimerai te demander quelque chose, mais saches que si tu dis non, je ne t'en voudrai pas du tout.

Elle avala sa bouchée et me dit :

— OK. Ça y est, tu viens de me faire flipper.

— Il n'y a aucune raison, je t'assure.

— Vas-y, je t'écoute. Inutile de faire durer ce suspens insoutenable plus longtemps.

Sa mimique était trop drôle. Je rigolai avant de reprendre mon sérieux et de lui expliquer :

— Voilà, un dimanche par mois, je vais chez mes parents pour manger. Ça tombe ce dimanche et j'aimerais beaucoup que tu viennes avec moi.

Elle était en train de boire – sûrement pour s'occuper les mains – et ma phrase la fit avaler de travers. Alors qu'elle toussait à s'époumoner, j'en profitai pour avancer mes arguments, sachant que, dès qu'elle aurait retrouvé une respiration normale, elle allait faire pleuvoir les siens.

— Comme je te l'ai dit – et écrit d'ailleurs – tu es très importante pour moi, Meg. C'est pour ça que cela me ferait très plaisir de te présenter à mes parents. Tu verras, ils sont super cools et mon petit frère aussi. Ils ne te jugeront pas et seront très contents de t'accueillir.

À voir sa tête, je me doutai qu'elle allait m'envoyer bouler. Je la coupai donc avant qu'elle ne prenne la parole :

— Écoute, tu n'es pas obligée de me donner ta réponse maintenant. Tu as encore le temps. Je veux juste que tu saches que cela me ferait vraiment très, très plaisir.

— Tu n'as pas honte de jouer la carte des sentiments ?

— Hé, je suis un sportif, j'aime gagner et je fais tout pour.

Cela eut le mérite de la faire rire et je me dis que cela devait être un bon point pour moi.

Je décidai d'enfoncer le clou et ajoutai :

— Sans compter que cela me permettra de te voir dimanche.

— Tu es impitoyable.

— Je préfère « déterminé » !

— C'est bon, tu as gagné. Mais si cela vire à la catastrophe, tu ne pourras t'en prendre qu'à toi.

J'avais dû mal à croire que je venais d'avoir gain de cause. Aussi facilement qui plus est ! Mais bon, pas question que je le lui dise.

— Super, je passe te chercher vers 11h, cela te va ?

— OK.

Je serais bien resté là avec elle plus longtemps, mais les cours nous appelaient.

On retourna main dans la main vers ma voiture et je me sentis bien. Heureux même.

Je l'accompagnai jusqu'à sa salle de classe et pris ensuite la direction de la mienne avec un léger retard. Mais bon, mes profs étaient habitués.

Une fois assis, j'envoyai un message à ma mère :

Dimanche, je viens manger avec ma copine.

Je t'appelle ce soir !!!!!!!!!!

Le contraire m'aurait étonné !

CHAPITRE 33 : MEGAN

Seigneur Dieu, pourquoi avais-je accepté cette rencontre avec ses parents ? C'est vrai que son air tellement enjoué m'avait touchée. Comment lui refuser ça ?

Sauf que je n'avais rien à me mettre. Je ne pouvais pas leur être présentée habillée comme à mon habitude. Qu'allaient-ils penser de moi en me voyant ainsi ? Ce n'était tout simplement pas envisageable. Il me fallait quelque chose de plus convenable. N'ayant rien de tel dans ma penderie, cela voulait dire que j'allais devoir piocher dans mes économies et passer une partie de mon samedi après-midi à faire du shopping.

Lorsque je demandai l'autorisation à madame Wildson de partir un peu plus tôt en lui expliquant la raison, elle fut folle de joie et m'annonça :

— Je ne décompterai pas tes heures. Considère cela comme un modeste cadeau de ma part.

Je voulus refuser mais elle insista, alors je cédai.

C'est ainsi que je me retrouvai, en ce fin de samedi après-midi, dans les magasins de vêtements, en train de rechercher la tenue parfaite pour rencontrer les parents de mon petit ami. Vous pouvez me croire, j'aurais mille fois préféré être au boulot.

Je devais trouver une tenue digne de l'occasion, mais dans laquelle je me sentirais bien, pour ne pas me mettre dans une situation inconfortable.

Après de nombreuses recherches infructueuses, je finis par trouver ce qu'il me fallait : un jean simple et élégant – beaucoup plus moulant que mes baggies habituels – et une tunique bleu ciel incrustée de petites perles vertes. Elle aussi révélait mes formes contrairement à mes tee-shirts et mes sweets que je portais en temps normal.

Le pantalon était légèrement évasé à partir du genou, il cachait donc en grande partie mes chaussures, n'en révélant que l'extrémité. Je pouvais donc garder mes converses, pas la peine d'investir dans une nouvelle paire. Ouf !

Au moment de passer à la caisse, je vis du fard à paupières, du mascara et un eye-liner. J'hésitai un peu avant de craquer. Je voulais absolument faire bonne impression aux parents de Tirell. Je crois aussi qu'une partie de moi avait envie de le surprendre ; lui montrer un peu qui j'étais derrière mes barrières vestimentaires ; qu'il ait un aperçu de celle que j'étais il y a cinq ans. Ou celle que je pourrais devenir si j'arrivais à me défaire de mon passé.

Une fois que mon porte-monnaie fut délesté d'une bonne centaine de dollars – car en plus des vêtements et du maquillage, j'avais acheté une bouteille de vin pour ne pas arriver les mains vides – je pris enfin la direction de mon appart.

Je fis mon gros ménage de la semaine, puis appelai ma mère. Au début, je n'avais pas l'intention de me confier à elle, mais quand elle me demanda si tout allait bien et si j'avais fait des rencontres, je ne pus me retenir plus longtemps :

— En fait, à part Ether – dont je t'ai déjà parlée – j'ai rencontré quelqu'un. Un garçon.

— Quoi ??? Philipp, ta fille a rencontré un garçon !!!

Ok, merci pour la discrétion maman !

— Attends, je mets le haut-parleur, comme ça je n'aurai pas besoin de tout répéter à ton père ensuite.

Et merci pour la discussion entre filles !

— Alors ce garçon, il est dans ta classe ?

— Oui, il fait des études d'économie et nous avons une option en commun. En fait, nous devons écrire ensemble une romance (pas la peine de préciser le côté « érotique » de notre devoir).

C'est aussi un sportif. Il joue dans l'équipe de foot universitaire.

— Impressionnant, commenta mon père.

— On s'en moque, Philipp ! Ce qui importe c'est de savoir s'il est mignon, s'il est gentil avec toi, oh et puis si c'est bien ton petit ami.

— Oh, il est plus que mignon. Il me traite comme une princesse. Et c'est bien mon petit ami. D'ailleurs, demain je vais manger chez ses parents. Il veut que je les rencontre.

— C'est sérieux dis-donc ! En tout cas, c'est merveilleux mon poussin. Je suis tellement contente pour toi, ton père aussi d'ailleurs. N'est-ce pas Philipp ?

Mon père se contenta de grogner. Pas sûr qu'il apprécie de voir un garçon tourner autour de sa fille adorée, mais bon.

— Et comment s'appelle ce charmant jeune homme au fait ?

— Tirell McFinay.

J'entendis mon père s'exclamer derrière elle :

— Le fameux Tirell McFinay ?

Comme je n'avais aucune idée de quoi il parlait, j'attendis qu'il donne plus d'explication.

Il m'apprit alors que les talents de quarterback de Tirell étaient réputés et j'en fus surprise. Il avait bien évoqué, à une ou deux reprises, le foot mais juste pour me dire qu'il n'était pas dispo, car il avait entraînement. Il n'avait jamais laissé sous-entendre qu'il était à ce point connu.

Bon j'avais bien remarqué qu'il avait une certaine réputation sur le campus – comment faire autrement ? – et puis il me semblait me souvenir qu'Ether avait abordé le sujet, mais je n'avais pas compris que cette renommée allait au-delà des murs de l'université.

Quel petit cachottier !

Après avoir envoyé mon père faire une course quelconque pour elle – une excuse à n'en pas douter – ma mère me demanda :

— Et comment ça se passe avec lui ?

À son ton hésitant, je sus qu'elle parlait de la manière dont j'arrivais – ou non – à gérer ma phobie des hommes.

— En fait, mieux que je ne l'aurais cru. Je crois qu'il a compris que j'avais quelques soucis (bonjour l'euphémisme) et il se montre très prévenant et compréhensif avec moi.

— Je suis heureuse de l'apprendre mon poussin. Mais si des fois cela devient compliqué pour toi de gérer ce que tu vis ou que tu en ressens le besoin, n'hésite pas à appeler le Docteur Zichtern.

Le Docteur Zichtern était ma dernière psychothérapeute en date. Elle m'avait été d'une grande aide, mais je ne pensais pas en avoir besoin actuellement. Néanmoins, pour rassurer ma mère, je lui répondis :

— Oui, maman. Promis.

Elle me posa encore quelques questions sur Tirell, me fit promettre de lui envoyer une photo de lui très rapidement, me raconta les derniers potins de chez nous, puis raccrocha, car mon père l'emmenait au restaurant ce soir.

Je fis une tentative pour regarder un film, mais la mauvaise nuit de jeudi se faisait encore sentir. À 21h, j'avais les yeux qui se fermaient tout seuls.

J'abandonnai donc le combat et m'endormis. Après tout, il ne fallait pas que j'aie une tête de déterrée demain, sinon tous mes efforts shopping d'aujourd'hui n'auraient servi à rien ! Surtout que je n'avais pas acheté d'anticerne !

CHAPITRE 34 : MEGAN

Afin d'être à mon avantage, j'avais mis mon réveil à 8h pour avoir le temps de me préparer. Après avoir pris mon petit déjeuner, je filai sous la douche où je pris soin de me raser et de laver mes cheveux pour pouvoir ensuite les discipliner comme je le souhaitais.

Quand j'eus fini, je me passai sur tout le corps du lait parfumé/nourrissant que ma mère m'avait acheté à Noël dernier et que je n'avais jamais ouvert. Un délicat parfum de vanille m'entoura et je dois dire que j'aimais beaucoup la senteur.

Ensuite, je me brossai les dents pendant que mes cheveux, enroulés dans une serviette, finissaient de s'essorer.

Vint alors le moment fatidique d'enfiler mes nouveaux vêtements. Je dois dire que je fus surprise du résultat. Je m'étais tellement habituée à me voir dans mes tenues trop larges que j'avais oublié à quoi je ressemblais dans des vêtements à ma taille et mettant mon corps en valeur. Je ne pouvais pas dire que j'étais super à l'aise dans cette tenue, mais une part de moi – la vaniteuse – qui montrait rarement son nez depuis cinq ans, approuva au contraire tout à fait mon allure.

Pour une fois, je décidai de l'écouter.

Je m'attaquai ensuite à mes cheveux. Après avoir hésité entre un brushing ou un chignon élaboré, j'optai finalement pour la seconde option. De cette manière, s'il y avait du vent ou de la pluie, j'aurais un aspect moins misérable.

Contrairement à d'habitude, je ne me contentai donc pas de rassembler mes mèches à la va-vite. Je pris un soin particulier à les arranger pour leur donner une forme stylée. Je laissai quelques mèches encadrer mon visage, soulignant ainsi son ovale.

Quand je fus satisfaite du résultat, je passai à la phase finale : le maquillage. Je me fis un léger regard charbonneux mais discret. La couleur de ma tunique et de mon fard mettait en valeur la couleur de mes yeux et le mascara vint amplifier cet effet.

Quand j'eus fini, je contemplai mon œuvre et dus admettre que j'étais fière de mon travail. Je me sentais belle et désirable. Cela faisait tellement longtemps que je ne m'étais pas sentie ainsi.

Pour ne pas subir le regard concupiscent des garçons, j'avais fait en sorte de ne pas retenir leur attention. Pour cela, j'avais été obligée de sacrifier mon image.

Pourtant, ce matin, je n'avais pas peur d'inspirer du désir à Tirell. Au contraire, je le souhaitais de tout cœur.

Je n'étais pas prête à m'habiller de la sorte tous les jours mais, aujourd'hui, pour rencontrer ses parents, je m'en sentais non seulement la force, mais aussi l'envie.

Un coup d'œil à ma montre et je vis que j'étais pile-poil dans les temps. Je mettais justement mes chaussures, quand je reçus un message de Tirell m'annonçant qu'il m'attendait en bas. Le temps d'attraper mes clés, mon sac et la bouteille de vin et j'étais en chemin pour le rejoindre, à la fois excitée et stressée.

En même temps, qui n'est pas stressée à l'idée de rencontrer pour la première fois les parents de son copain ? Pour une fois, mon comportement correspondait à celui d'une fille normale.

CHAPITRE 35 : TIRELL

J'étais en train de parcourir mon compte Facebook, quand je vis la porte de son immeuble s'ouvrir. La vision que j'eus me fit lâcher mon téléphone.

Cette fille voulait ma peau ! Déjà en temps normal, je trouvais Megan à tomber, mais là, elle était… En fait, je n'arrivai pas à trouver de mot. Pour tout dire, j'étais trop occupé à essayer de contrôler l'érection monumentale qu'elle venait de provoquer en moi pour tenter de trouver l'expression qui lui correspondait le mieux. J'étais en mode « version animale », alors je me contenterai de vous dire qu'elle était bandante au possible !

Pas très glamour, hein ? Je vous avais prévenu. Les jolis mots, ce serait pour plus tard, lorsque j'aurais récupéré mes capacités cognitives.

Je me doutais qu'elle avait un corps de rêve, mais là, j'en avais enfin la preuve sous les yeux. Son jean mettait en valeur des cuisses minces et son haut ne cachait rien de son opulente poitrine. Il fallait absolument que je la voie de dos. Impossible que je fasse deux heures de route à essayer de m'imaginer à quoi elle ressemblait, sinon nous allions droit à la catastrophe !

Sans plus attendre, je descendis de ma voiture pour me rendre du côté passager.

Ouf, elle n'était pas encore arrivée à la portière !

— Bonjour, Tirell.

— Salut toi.

Ne me demandez pas comment j'arrivai à sortir cette phrase – certes faite de peu de mots – cependant je réussis cet exploit. Je lui ouvris la portière et elle passa devant moi pour s'installer.

Là, des années d'entraînement me permirent de mater à loisir ses fesses, pour me rendre immédiatement compte que c'était une erreur. Comment allais-je parvenir à conduire avec une telle érection ? Elle avait le plus joli fessier que j'aie eu l'occasion de voir – et j'en avais vu un certain nombre. Finalement ses baggies étaient une bénédiction. Sans eux, j'aurais passé mon temps à distribuer des coups de poing sur le campus !

Alors qu'elle prenait place, elle me dit :

— Tu sais, je pouvais ouvrir la porte toute seule.

— Oui, mais je n'aurais pas pu apprécier la vue et mâter tes fesses !

Je m'attendais à ce qu'elle me sorte une répartie de son cru pour mes mots pas très classes – j'en conviens – et me remette à ma place pour ma remarque osée, ou pire qu'elle se sente mal à l'aise, elle n'en fit rien. Elle s'esclaffa, promena son regard sur mon corps, s'attardant au niveau de la ceinture de mon pantalon et me répondit :

— En effet, il semblerait que tu apprécies le spectacle.

Euh ???? Une minute, pouvait-on rembobiner quelques instants ? Était-ce mon imagination ou bien Meg venait-elle de me faire une remarque grivoise ?

Il fallait que j'en aie le cœur net :

— Dis-moi, Meg, tu ne viendrais pas de mâter mon érection ?

Elle avait les joues rouges, ce qui en soit était déjà un aveu, et me répondit :

— Bah quoi ? T'as bien mâté mon cul. Pourquoi ne pourrais-je pas, moi aussi, regarder la marchandise ?

Sa réponse me fit exploser de rire – en même temps qu'elle m'excita bien sûr.

— Diablesse ! Comment veux-tu que j'arrive à conduire jusque chez mes parents ? D'abord ta tenue et maintenant tes mots coquins. Tu veux ma mort, en fait ?!

Pendant qu'elle rigolait, je refis le tour de la voiture pour reprendre ma place – que je n'aurais jamais dû quitter pour la tranquillité de mon esprit. Une fois que ce fut fait, j'attachai ma ceinture de sécurité.

— Qu'est-ce qu'elle a, ma tenue ? Elle ne te plaît pas ?

— Tu veux rire ? Je te trouve très belle. Magnifique même.

C'était la pure vérité. Maintenant qu'elle était près de moi – et que ma bite n'était plus aux commandes – je remarquai qu'elle s'était également maquillée, mettant en valeur son magnifique regard. Je ne sais pas si elle l'avait fait exprès, mais son haut réunissait les deux couleurs de ses yeux : bleu et vert. Sa coiffure était également plus soignée que d'habitude. Elle avait toujours un chignon, seulement cette fois, il était visible qu'elle y avait mis un soin particulier. Enfin, un doux parfum de vanille que je n'avais pas l'habitude de sentir sur elle, vint me chatouiller les narines.

Elle était très belle ainsi, néanmoins il fallait absolument que j'éclaircisse un point avec elle :

— Tu es magnifique mais tu l'es toujours, Meg. Tu sais, tu n'étais pas obligée de changer de style vestimentaire pour rencontrer mes parents.

— Je sais. En fait, cela me fait plaisir.

Elle sembla hésiter puis ajouta timidement :

— Avant, je m'habillais de manière encore plus sexy, tu sais.

Ma gorge se serra. C'était la première fois qu'elle évoquait devant moi, le fait qu'il lui était arrivé quelque chose.

Elle avait les yeux baissés sur ses genoux et triturait un fil imaginaire. Je sentais bien que soudain elle n'était pas bien.

Avec une infinie lenteur – pour qu'elle puisse me faire savoir si elle n'était pas d'accord – j'approchai ma main pour relever délicatement son menton avec mon index. C'était la troisième partie de son corps que je touchais après sa main et son bras.

Doucement, je fis pivoter son visage pour qu'elle me regarde. Elle fit plus que ça, elle me transperça de son regard azuré.

— Hé, tu es toujours sexy. À chaque fois que je te vois, c'est ce que je me dis. C'est juste qu'aujourd'hui, tu laisses un peu moins de place à mon imagination. D'ailleurs, ce n'est pas plus mal que tu ne t'habilles pas ainsi pour aller en cours, cela m'évite de devoir me battre.

Ma remarque lui redonna le sourire.

— Tu veux dire que ce n'est pas la première fois que je te donne une érection ?

Pardon ??? Avais-je bien entendu ? Elle semblait tellement peu sûre d'elle que je ne pouvais m'offusquer de sa question. Je sentais qu'elle avait besoin d'être rassurée. Le but de sa remarque n'était pas d'aller à la pêche aux compliments. De toute manière, dans un cas comme dans l'autre, je lui aurais répondu.

— Tu veux rire ? À chaque fois que je te vois et que tu es à moins d'un mètre de moi, je suis obligé de promettre d'horribles choses à ma queue si elle ne se tient pas tranquille, sous peine, sinon de me retrouver dans des situations gênantes. Le pire étant que la plupart du temps, elle n'en a rien à faire de mes menaces. Elle n'en fait qu'à sa tête. Enfin, si l'on peut considérer qu'une queue à une tête !

Elle explosa de rire. Ce son fut tellement doux à mes oreilles.

Puisqu'elle ne semblait pas s'offusquer de mes révélations, je continuai sur ma lancée :

— Tu te rappelles de notre premier échange de papiers ?

— Oui.

— Eh bien j'ai bandé comme un âne. D'ailleurs, j'ai dû… euh, oublie cette dernière phrase. Pitié.

Elle rit de nouveau et me dit :

— Pourquoi ? J'aime bien, je crois, quand tu me dis des trucs cochons comme ça.

— C'est vrai ?

— Oui. En fait, j'aime bien savoir que je te fais de l'effet.

— Oh crois-moi, ma belle, tu me fais de l'effet. Il n'empêche que ma mère m'a bien éduqué. Il est donc hors de question que je dise à ma copine que je me suis masturbé en pensant à elle, je ne sais combien de fois, certaines avant même qu'elle ne devienne ma copine. Je suis un garçon bien élevé !

Elle devint rouge comme une tomate, pourtant son sourire me prouva qu'elle n'était pas outrée par mes paroles. J'aurais plutôt dit flattée.

— Bon Aphrodite, maintenant arrête de me déconcentrer avec tes paroles à connotation érotique, sinon nous n'allons jamais quitter le parking de ton immeuble et tu devras l'expliquer à ma mère.

— Quoi ? Mais c'est toi qui me dis des choses perverses, je te signale !

— Sur ta demande ma chère, sur ta demande. Sinon, tu peux être certaine que j'aurais embarqué ce secret dans ma tombe !

Elle me donna une petite frappe dans le bras. Non seulement elle le fit de manière instinctive, mais en plus, cela ne sembla pas la troubler ni l'effrayer le moins du monde. Mais chut, pas un mot.

À la place, je fis démarrer ma voiture et pris la direction de la maison de mes parents, impatient à l'idée de leur présenter ma petite amie.

CHAPITRE 36 : MEGAN

Durant le trajet qui nous mena chez ses parents, je demandai à Tirell de m'en dire un peu plus sur sa famille. Il avait déjà abordé le sujet lors de notre soirée rencard, mais il me donna de nouveaux détails. J'appris entre autres que sa mère s'appelait Helen, son père Edward et son petit frère Matthew. Il était issu d'une famille de la classe moyenne assez aisée, sans être riche, selon ses dires. Il me raconta quelques anecdotes sur son enfance qui me firent rire. Cela eut le mérite de me faire oublier une partie de ma nervosité.

Quand il évoqua rapidement un souvenir avec le football, je m'indignai :

— Au fait, tu m'avais caché que tu étais une célébrité, Tirell McFinay !

— Qui t'a dit ça ?

— Mon père.

Il sembla un instant surpris.

— Tu as parlé de moi à tes parents ?

— Euh, oui. Pourquoi, c'est un secret ?

— Non, non, cela me surprend, mais cela me fait très plaisir.

— Tout comme cela me fait plaisir que tu aies parlé de moi aux tiens, même si je dois avouer que je suis carrément terrifiée à l'idée de les rencontrer.

— Ne t'inquiète pas, ils sont super cools. Tu vas voir, cela va très bien se passer. Ils savent que tu es importante pour moi, donc il n'y a pas de raison qu'ils ne t'aiment pas.

Comment ça, ils savaient que j'étais importante pour lui ? Leur avait-il dit qu'il était amoureux de moi ?

Je devais avoir une tête ahurie, puisqu'il précisa :

— Tu es la première fille que je leur présente officiellement et la seule à avoir été invitée à manger.

— Ouais, enfin techniquement, c'est toi qui m'as imposée.

— Non, je t'ai invitée, nuance. Je me dois d'ailleurs de préciser que ma mère était folle de joie. J'ai même eu droit à un interrogatoire en règle, ponctué de cris stridents quand elle a appris ta venue.

Je fus contente de l'entendre me dire ça.

La musique de fond était agréable et je me laissai bercer par le ronron du moteur, tout en regardant le paysage défiler. Si ce qu'il m'avait dit était juste, il nous restait environ un quart d'heure avant d'arriver à destination, selon mes calculs.

Même si j'étais stressée, l'ambiance entre nous était sereine et beaucoup moins tendue sexuellement qu'en début de trajet. En repensant aux paroles que l'on s'était échangées un peu plus tôt, je sentais des vapeurs monter.

Celui qui a dit que les mots pouvaient avoir autant de pouvoir que les gestes avait tout à fait raison. Rien que d'imaginer Tirell se donnant du plaisir en pensant à moi. Comment vous dire ? Disons que j'avais soudain très, très, très chaud.

Ce qui me surprenait le plus, c'était que j'avais pris plaisir à cette discussion. Elle ne m'avait pas un seul instant mise mal à l'aise. Bien sûr, j'étais gênée et j'avais rougi, mais dans le sens normal du terme, comme une autre l'aurait fait à ma place. Tirell avait réussi à franchir mes barrières. Résultat des courses ? J'en voulais plus. Je voulais le toucher. J'étais curieuse à l'idée de l'embrasser et de ce que je ressentirais à découvrir son corps avec mes mains.

La voix de Tirell me ramena sur Terre :

— Un sou pour tes pensées.

— Tu rigoles ? Elles valent plus que ça.

— Oh, vu l'état de tes joues, je veux bien te croire. Allez, dis-moi.

— Je croyais que tu ne voulais pas arriver chez tes parents avec une érection ?

— Trop tard, rien que le fait d'entendre le mot « érection » dans ta bouche, m'excite. Savoir, qu'en plus, tu t'imagines que tes pensées pourraient me donner la gaule, ce qui signifie qu'elles étaient forcément coquines, comment te dire ? Eh bien je te laisse deviner. Donc, le mal étant fait, autant que tu nourrisses ma curiosité. À quoi pensais-tu ?

Devais-je lui dire ou non ?

Après tout, n'était-ce pas la journée où je pouvais tout oser ?

Cela venait peut-être de ma tenue ou bien de Tirell lui-même, mais je me sentais sereine. J'avais confiance en moi pour une fois. Aussi, lui répondis-je :

— J'étais en train de me dire que j'avais envie de te caresser et de t'embrasser.

Il tourna tellement vite la tête dans ma direction que la voiture fit une embardée.

— Hé, Ty, essaie de ne pas nous tuer, veux-tu ?

— Putain ma belle, tu ne peux pas me dire un truc pareil et croire que je vais rester de marbre. En plus tu viens de m'appeler par mon surnom.

Je ne répondis rien, me contentant de ricaner, fière de mon effet.

Une minute plus tard, plus sérieux, Tirell me demanda :

— Tu le penses vraiment ? Ce que tu viens de me dire ou bien était-ce de la provocation de ta part ?

Il était tellement touchant à l'instant, si peu sûr de lui.

— Bien sûr que je le pense. Pourquoi, cela te semble-t-il étrange ? Après tout, je suis ta copine, non ?

J'étais un peu plus agressive que je ne l'aurais voulu, mais je sortais de ma zone de confort. Par conséquent, je devenais instinctivement hargneuse. Même s'il y avait du mieux, j'avais encore pas mal de progrès à faire.

Tirell rangea sa voiture sur le bas-côté et je fus paniquée à l'idée que l'on soit déjà arrivés alors que je venais juste de m'énerver après lui. Pas besoin de me brouiller avec lui, j'aurais déjà assez de tension à gérer comme ça.

Étrangement, quand je jetai un coup d'œil autour de moi, je ne vis que des entreprises.

Durant mon inspection, Tirell avait pivoté dans son siège pour me faire face.

— Juste pour que l'on règle la question une bonne fois pour toute. Je ne te faisais pas un reproche. D'ailleurs, je ne te reprocherai jamais d'être attirée ou excitée par moi. Jamais. De même que je ne remets pas en doute tes sentiments pour moi. Je sais juste que tu as des difficultés avec les hommes. Je n'étais donc pas certain qu'elles te permettent de me désirer comme une fille désire son copain. Et avant que tu interprètes mes paroles de travers, cela n'est pas non plus un reproche. Je t'aime comme tu es, Meg. N'en doute jamais.

J'étais émue par son discours, surtout qu'il venait de me dire qu'il m'aimait pour la première fois. Il me l'avait déjà écrit, il m'avait déjà dit qu'il était amoureux de moi, mais jamais qu'il m'aimait. Certes, les deux expressions étaient proches, mais tout de même.

Alors, même si ce n'était pas le moment idéal, je sentis que c'était néanmoins LE moment. Je pris une inspiration et à mon tour je lui débitai :

— Excuse-moi, je ne voulais pas t'agresser. Même si ce n'est pas une excuse, je ne suis pas très à l'aise, d'autant que je ne pensais pas me retrouver dans cette situation un jour. Celle de désirer un garçon, je veux dire. Comme tu l'as deviné, j'ai en effet des problèmes avec ceux de ton sexe. Je te le raconterai peut-être un jour ou peut-être pas. En toute honnêteté, je ne sais pas si j'en serai capable. En tout cas, une chose est certaine, je souhaiterais me confier à toi, car tu es important pour moi. Quoi qu'il en soit, la vérité est là, j'ai peur de l'intimité avec un garçon. Quelle qu'elle soit. Et ce, depuis cinq ans.

Quand il entendit cela, je le vis déglutir difficilement, toutefois j'occultai ce détail, sinon je n'allais pas pouvoir continuer mon discours.

— Mais avec toi, c'est différent. Tu me fais ressentir des choses que je n'aurai pas crues possibles. Je ne parle pas uniquement d'amour, je parle aussi d'excitation, d'envie. Je ne sais pas si je serai en capacité de rendre réelles ces envies. Pour certaines, je pense pouvoir y parvenir, pour d'autres pas du tout. Mais la vérité est là, je veux pouvoir me blottir dans tes bras, t'embrasser, être embrassée, te caresser, être caressée, avec tout ce que cela implique. N'en doute pas. En revanche, je ne peux pas te donner l'assurance que j'y parviendrai, ni quand.

Son regard était tellement tendre que je me sentis fondre. Je finis mon discours par :

— Saches que moi aussi je t'aime, que j'en ai marre que tu me voles toujours la primeur de nos déclarations et que tu es vraiment un Mister Connard pour m'obliger à avoir cette discussion moins de dix minutes avant d'arriver chez tes parents !

Ce salaud eut l'audace de rire de mes dernières paroles. Vous vous rendez-compte ?

CHAPITRE 37 : MEGAN

Tirell ne m'avait pas menti, ses parents étaient vraiment sympas. En revanche, je n'étais pas d'accord pour dire qu'ils faisaient partie de la classe moyenne. Je dirais plutôt moyenne plus, si je me fondais sur la maison qu'ils avaient. Cependant, ils ne transpiraient pas la suffisance dont souffraient nombre de leurs pairs.

Tirell et son frère formaient un sacré numéro. En réalité, ce n'était son petit frère que de trois ans à peine. Il avait dix-huit ans et entrait à l'université l'année prochaine.

Tirell commença par me présenter à ses parents. Quand ce fut au tour de son frère, il lui mit une tape derrière la tête, en lui disant :

— Arrête de mâter ma copine, sinon je vais te casser la figure.

— Ce n'est pas ma faute si elle est super belle !

— C'est ma copine, bien sûr qu'elle est super belle ! Mais toi, tu gardes tes yeux dans ta poche. Compris ?!

L'échange était tellement comique que j'explosai de rire, pas du tout effrayée par le regard de Matthew, ce qui était étonnant. Cela dit, ce n'était pas la première chose étonnante qui m'arrivait ayant un lien avec Tirell.

Quand je tendis ma bouteille de vin à son père, ce dernier me remercia en me disant que je n'aurais pas dû.

— C'est moi qui vous remercie pour votre invitation, monsieur McFinay.

— Je t'en prie, appelle-moi Edward.

— Et moi, Helen, ajouta la mère de Tirell.

J'avoue que j'eus un peu de difficultés au début, mais je parvins finalement à respecter leur souhait. Il fallait dire qu'ils me mettaient vraiment à l'aise. Ils étaient très gentils. On voyait bien qu'ils adoraient leurs deux enfants. Ils formaient tous les quatre une famille unie.

Ils demandèrent à Tirell comment s'était passée sa rentrée. Quand son père commença à parler foot avec les deux frères, sa mère s'excusa et se rendit en cuisine pour finir la préparation du repas. N'étant pas une férue de sport, je me lançai à sa suite après avoir rassuré Tirell du regard. Il avait l'air de craindre que je me sauve en courant vers la porte !

— Est-ce que je peux vous aider à faire quelque chose, Helen ?

— Non, non, ne t'inquiète pas. Tu es invitée, je te rappelle.

— Oui, mais ce n'est pas une raison. Et puis, si je ne m'abuse, je crois que Tirell vous a prévenue un peu tard de ma venue.

Après tout, il ne m'avait demandé que vendredi midi et je ne savais même pas s'il avait appelé sa mère dans la foulée ou plus tard.

— J'espère que je n'ai pas chamboulé vos plans.

— Mais non, voyons, ne dis pas de bêtise. Nous sommes très contents de faire ta connaissance. Tu sais, tu es la première fille que Tirell nous présente.

— Oui, c'est ce qu'il m'a dit en venant.

— Alors, raconte-moi tout. Comment vous êtes-vous rencontrés ? Tu sais comment sont les garçons. J'ai déjà demandé des détails à Tirell, mais il s'en est tenu au strict minimum.

Je ris de sa remarque et entrepris donc de lui raconter notre histoire, la faisant rire à de nombreux moments. Bien sûr j'occultai certains passages gênants me concernant.

Sentant une présence, je me retournai et vis que Tirell était adossé au cadre de la porte. Un sourire aux lèvres, il me regardait et je me sentis bercée par son amour.

— Tu écoutes aux portes maintenant ?

— Je ne vois pas ce que tu veux dire !

— Mais bien sûr. Au fait, ma mère m'a demandé de te prendre en photo. La vue depuis le jardin de tes parents est très jolie, je peux te prendre de là ?

— Si tu veux.

— Je peux vous prendre en photo tous les deux ensembles si vous voulez, nous proposa sa mère.

Tirell me jeta un coup d'œil et répondit à sa mère :

— La mère de Meg veut une photo de moi, pas une photo de sa fille et de moi. Surtout que si elle la montre à son père, je n'ai pas envie qu'il fasse la route pour venir me casser la figure.

Il essayait de tourner cela à la plaisanterie, cependant je savais très bien ce qu'il faisait en réalité. Il voulait m'éviter de me retrouver dans une situation gênante. Si vous saviez à quel point je l'aimais et j'avais envie de l'embrasser à cet instant !

À la place, je répondis à sa mère :

— C'est très gentil à vous de proposer, Helen, et j'accepte volontiers.

Me tournant vers Tirell – qui essayait de cacher sa surprise du mieux qu'il pouvait – j'ajoutai :

— Ne t'inquiète pas, je te promets que mon père se tiendra bien, sinon je te défendrai.

Il fouilla mon regard, très certainement pour s'assurer que je n'acceptais pas uniquement pour faire plaisir à sa mère. Il dut comprendre que je tenais vraiment à le faire, car il eut son fameux sourire éblouissant qui me laissait à chaque fois pantoise.

Il me tendit la main en disant :

— Alors, allons-y.

CHAPITRE 38 : TIRELL

Je ne pensais pas qu'elle dirait oui. En même temps, depuis que je m'étais garé devant chez elle, Meg n'arrêtait pas de me surprendre. Pour être exact, depuis que je la connaissais, elle ne cessait de le faire. Aujourd'hui, cependant, cela atteignait des sommets.

D'abord, notre jeu d'échange de mots un peu chauds – bon d'accord très chauds ! Ensuite, sa déclaration enflammée où elle m'avait carrément dit qu'elle avait envie de moi. Et enfin, l'accord qu'elle venait de donner à ma mère pour nous prendre en photo tous les deux. Rien d'exceptionnel me direz-vous.

Sauf que prendre une photo de couple impliquait que les deux protagonistes soient proches physiquement. Du genre collé-collée. Du genre le garçon qui tient la fille dans ses bras. Sinon, le résultat serait pour le moins assez étrange.

À mon avis, ses parents étaient au courant de ses problèmes, ils n'auraient donc pas été surpris de ne pas nous voir enlacés – ce serait plutôt le contraire qui les surprendrait. En revanche, ce ne serait pas le cas des miens. Megan devait donc bien se douter qu'elle allait devoir donner le change, si elle ne voulait pas susciter de questions.

Seigneur Dieu, lorsqu'elle m'avait avoué ouvertement qu'un mec lui avait fait du mal – osons dire le mot qui planait depuis des jours dans ma tête : avait abusé d'elle – alors qu'elle n'avait que quinze ans, une haine pure s'était emparée de moi. J'avais dû puiser dans des années de maîtrise acquise principalement grâce au foot, pour ne pas exploser et prendre le risque de lui faire peur.

Je ne comprenais pas que l'on puisse avoir un tel geste envers une femme, mais envers une jeune fille à peine entrée dans l'adolescence, c'était un crime encore plus abominable ! Ce salaud lui avait pris la possibilité de faire l'amour avec un homme sans en concevoir la moindre peur. Sur ce point, j'espérais de tout cœur me tromper. Malheureusement, on ne devait jamais oublier un traumatisme de cette nature. On apprenait simplement à vivre avec.

Pourvu que ce connard soit derrière les barreaux pour un long moment et qu'il n'ait jamais la malchance de croiser ma route. Dans le cas contraire, cela risquerait fort d'être ses derniers instants !

Bref, tout cela pour vous dire que je ne pensais pas que Meg allait donner son accord pour que je l'étrenne. Je lui avais pourtant fourni la porte de sortie idéale avec son père afin que cela ne paraisse pas suspect aux yeux de ma mère. Au demeurant, ce que j'avais dit n'était pas totalement faux. Je n'étais pas persuadé que monsieur Adman apprécie de voir sa fille chérie dans les bras d'un homme. Malgré cette perche tendue, elle avait dit oui.

La tenant par la main, je l'emmenai donc vers le jardin de mes parents. Ma mère nous avait dit qu'elle arrivait dans deux minutes, au prétexte qu'elle voulait sortir les assiettes pour que mon frère mette la table. À mon avis, elle voulait surtout nous laisser un moment en amoureux.

Sans le savoir, elle me laissait ainsi quelques instants pour mettre les choses au clair avec Megan. Comme nous étions seuls sur la pelouse, à l'abri des oreilles indiscrètes, je lui dis d'une toute petite voix :

— Si tu sens que cela ne va pas, tu me fais un signe. OK ? Pas la peine de dépasser tes limites. Je te promets que ma mère ne te jugera pas.

D'ailleurs aucun membre de ma famille ne le fera, tu as ma parole.

— C'est bon, Ty. Ne t'inquiète pas. Je sais que je peux le faire. Je le sens. Et puis, j'en ai très, très envie.

Moi, j'avais surtout très, très peur qu'elle ne me refasse le coup de jeudi dernier. Le choc de la voir me fuir était encore trop frais dans mon esprit. Je n'arrêtais pas de me dire que le jeu n'en valait pas la chandelle, que je devais refuser cette folie même si j'en mourais d'envie.

Je fis de mon mieux pour me convaincre qu'elle connaissait mieux que moi ses limites. Je devais lui faire confiance. Après tout, n'avais-je pas émis le souhait qu'elle apprenne à se faire confiance? De son côté, elle n'arrêtait pas de se fier à moi. C'était à mon tour de lui rendre la pareille.

— OK. Alors viens là et prends le temps qu'il te faut.

Je me plantai alors devant elle, les bras grands ouverts et attendis.

Je la vis déglutir. Je crus pendant un instant qu'elle faisait machine arrière et se rendait compte qu'elle avait présumé de ses forces. Soudain, elle fit alors un pas timide dans ma direction, puis un autre et encore un autre.

Au fur et à mesure de sa progression vers moi, elle releva la tête pour me regarder. Je ne la quittai pas un instant des yeux. J'avais l'impression qu'elle puisait sa force dans mon regard. De mon côté, je l'encourageai avec mes yeux, à défaut de pouvoir le faire avec des mots.

Enfin, tout son corps ne fut plus qu'à un millimètre du mien. Elle prit une grande inspiration et vint se lover contre moi. Soudain, j'eus l'impression que mon cœur allait exploser de joie.

Enfin, Megan était dans mes bras. Enfin, je pouvais tenir contre moi la fille qui faisait chavirer mon cœur, la fille que j'aimais comme un fou !

— Ça va ? lui murmurai-je tout doucement contre ses cheveux.

— Oui, me répondit-elle sur le même ton.

— Si tu savais comme je t'aime et suis fier de toi en cet instant, Meg !

J'avais toujours les bras levés en croix. Je devais avoir un peu l'air ridicule, mais je m'en foutais comme de ma première paire de chaussettes.

Je sentis alors ses bras m'entourer le corps. C'était elle en fin de compte qui me tenait dans ses bras. Honnêtement, j'en avais vraiment besoin. Je tremblais sous le coup de l'émotion. Je ne sais pas lequel de nous deux était le plus ému. Sûrement elle, mais je peux vous assurer que je n'étais pas loin derrière.

— Prends-moi dans tes bras, Tirell.

Comment lui refuser pareille requête? Impossible, d'autant que c'était la chose que je souhaitais le plus au monde.

Tout doucement, je bougeai lentement mes bras pour venir les enrouler délicatement le long de son dos. Mon étreinte était aussi légère que possible. J'avais l'impression de tenir entre mes bras le plus fragile des présents. C'était d'ailleurs le cas. Je tenais dans mes bras, non seulement la fille que j'aimais, mais également sa confiance aveugle en moi.

Je vins poser ma tête contre la sienne et notre étreinte fut enfin parfaite. Nous étions tous les deux tremblants d'émotion, appréciant cet instant. Il fallait toutefois que j'en aie le cœur net. Je lui demandai donc sans bouger d'un millimètre:

— Est-ce que ça va?

— Je suis au paradis.

Sa réponse me fit tellement chaud au cœur.

— Moi aussi ma belle. Le plus doux et le plus délicieux des paradis.

Je vis alors ma mère venir vers nous. Heureusement, elle avait mis plus de deux minutes. Ou peut-être nous avait-elle entre-aperçus et avait-elle deviné que nous avions besoin d'un peu plus de temps, rien que pour nous.

Je ne voulais pas que Megan soit surprise par son arrivée et panique. Je lui murmurai donc pour la prévenir :

— Ma mère approche. Si tu veux, je peux m'éloigner, si cela fait trop pour toi.

— Non ça va. Je suis bien, ne t'inquiètes pas. Par contre, je ne suis pas certaine que ce soit une pose idéale.

Bien sûr, ma mère choisit ce moment pour la contredire sans le savoir.

— Vous êtes tellement mignons tous les deux ainsi ! Ne bougez pas que je prenne une photo.

Brandissant son téléphone, elle joignit le geste à la parole. J'entendis le bruit de l'appareil plusieurs fois d'affilé, prouvant qu'elle avait pris plus d'un cliché.

— Tu veux te tourner ? demandai-je à Megan.

Je n'étais pas certain qu'elle soit capable de supporter quelqu'un dans son dos sans le voir. Elle dut arriver à la même conclusion, car je la sentis se raidir. Je savais qu'elle commençait à approcher de ses limites.

Pour faire comprendre à ma mère que la séance photo était terminée, je lui dis :

— Je suis affamé, m'man.

Je n'en fus pas certain, mais je pense que ma mère comprit que quelque chose ne tournait pas tout à fait rond. Bien évidemment, il n'était pas question que je le dise à Megan. Je savais qu'elle le vivrait mal. Cela ne m'empêcha pas d'être reconnaissant à ma mère de jouer le jeu et l'échange de regard que nous venions d'avoir par-dessus l'épaule de Meg me persuada qu'elle en était consciente.

— Tu as raison, moi aussi. En plus, je crois que j'ai oublié d'éteindre le four, tellement j'étais pressée de prendre ces photos. D'ailleurs, vous êtes adorables dessus. Toutes mes copines vont être folles de jalousie !

Je lui souris et lui fis un clin d'œil complice. Une fois qu'elle eut tourné les talons, je murmurai à l'oreille de Megan qui était toujours raide comme un bâton :

— Hé, tout va bien, ma belle. Tu te souviens de ce que je t'ai dit ? Ne te mets pas dans une situation déplaisante. Cela n'en vaut pas la peine.

— J'aimerais tellement être normale.

Mon cœur se serra en entendant son aveu empli de tristesse.

Face à son désespoir, ce fut plus fort que moi, je m'autorisai un geste que je n'avais jamais eu avec elle. Je l'embrassai, non pas sur la bouche, mais dans les cheveux. Il n'empêche que je posai tout de même ma bouche sur une partie de son corps. Je lui dis alors :

— Mais tu es normale. Et je t'aime comme tu es Megan. N'en doute pas.

Je sentis l'étreinte de ses bras se raffermir, puis elle me dit :

— Si tu savais comme je t'aime. Tu es le petit copain parfait.

Pour plaisanter, je lui dis :

— Compte sur moi pour te rappeler ces mots lors de notre prochaine dispute.

Elle se mit à rigoler et je sus que le moment délicat était passé.

Comme mon ventre se mit à gargouiller à ce moment, je lui dis :

— Ce que j'ai dit à ma mère est vrai, tu sais, je suis affamé. Allez, viens, que l'on se mette à table avant que Matt ne mange tout ! C'est un vrai glouton !

Elle s'écarta alors de moi et tout mon corps hurla de ce manque. Elle eut ensuite un geste qu'elle n'avait jamais eu jusqu'à présent, elle me tendit la main. C'était la première fois qu'elle initiait ce genre de contacts. Avec un grand sourire, je m'en emparai.

Sur le chemin menant à la maison, je ne pus m'empêcher de m'approcher d'elle et de lui murmurer à l'oreille :

— Je crois qu'en te ramenant chez toi ce soir, j'aurai très envie de t'embrasser.

Ses joues prirent cette jolie teinte rosée. Cependant, elle ne fit aucune réponse. Cela ne me surprit pas outre mesure.

On se mit enfin à table et ma mère nous montra les photos qu'elle avait prises de nous deux. Je dois dire qu'elles étaient très réussies. Je venais de trouver mes nouvelles photos de profil Facebook et Instagram, ainsi que le fond d'écran de mon ordi et de mon téléphone !

Ma mère me les transmit et je les transférai immédiatement à Megan, non sans ajouter un petit :

Je t'aime

Entre deux photos.

Vers le milieu du repas, Megan demanda les toilettes. Ma mère lui expliqua le chemin et elle se leva. J'hésitai une seconde à la suivre, ne sachant pas si elle avait réellement besoin d'aller aux toilettes ou si c'était une excuse pour s'isoler car elle ne se sentait pas bien.

Elle était assise juste à côté de moi, malgré cela, je ne pouvais pas lui demander ouvertement comment elle allait sans que cela paraisse suspect.

Lorsqu'elle se leva, elle posa sa main délicate sur mon épaule et y appliqua une légère pression. Mon regard se riva au sien et je compris le message : tout allait pour le mieux. Je lui souris, elle me sourit et mon frère ne put s'empêcher d'ouvrir sa grande gueule :

— Beurk ! Le jour où j'aurai l'air aussi idiot devant une fille, achevez-moi. Pitié.

— Ta gueule Matt ! En plus, tu as déjà l'air idiot, pas besoin d'une fille pour ça !

— Ty, ton langage ! Et toi Matt, je prie au contraire pour que tu aies un jour cet air idiot comme tu dis !

Megan, de son côté, avait profité de cet échange pour s'éclipser discrètement. La connaissant, j'étais certain qu'elle avait piqué un fard en entendant ces paroles.

Deux minutes plus tard, mon portable vibra dans ma poche. Immédiatement sur mes gardes, je l'attrapai. Quand je vis qu'il était de Megan, je commençai à paniquer. Quand je vis son contenu, je me mis juste à bander. Sympa pour un repas de famille, mais bon comment voulez-vous que je reste stoïque avec un message pareil :

Et moi, je crois que j'aurai très envie que tu m'embrasses.

CHAPITRE 39 : MEGAN

Si j'avais trouvé l'ambiance tendue dans la voiture à l'aller, ce n'était rien en comparaison du retour.

Nous n'avions pas parlé de mon texto mais il flottait dans l'air, tellement présent, qu'il prenait toute la place. Il régnait dans l'habitacle une tension sexuelle d'enfer.

Reconnaissant la rue que nous venions d'emprunter, je savais que la mienne n'était qu'à trois pâtés de maisons. Je me sentais fébrile. J'avais hâte. J'avais peur. J'étais stressée. J'étais excitée. Bref, c'était le bazar dans ma tête.

Et si je ne savais plus comment faire ? Après tout, je n'avais pas embrassé de garçon depuis plus de cinq ans. Était-ce que comme le vélo, cela ne s'oubliait pas ? Je l'espérais de tout cœur.

Enfin, nous fûmes devant mon immeuble. Tirell n'avait presque pas ouvert la bouche de tout le trajet et j'en avais fait de même, chacun perdu dans ses pensées. Comment devions-nous procéder maintenant ? Devais-je me tourner vers lui et lui vers moi dans la voiture ? Devions-nous descendre avant ?

Seigneur, je détestais être empotée de la sorte. Ce n'était pourtant pas compliqué. Tirell voulait m'embrasser, je voulais qu'il m'embrasse. Nous n'avions qu'à nous embrasser. Fin de l'histoire !

Sauf que la voiture s'arrêta et qu'il ne se passa rien. Personne ne bougea dans l'habitacle durant trente bonnes secondes. Finalement, Tirell eut un profond soupire et détacha sa ceinture. Mon cœur s'affola. Ça y est. C'était l'instant tant attendu.

Sauf qu'il ouvrit sa portière et descendit du véhicule. Euh ??? Ok, donc va pour l'option en dehors de la voiture. J'avais la main sur la portière, lorsqu'elle s'ouvrit sur mon petit ami. Il me tendit sa main pour m'aider à descendre, toujours aussi galant avec moi. J'avoue que ce n'était pas de refus. Son 4x4 était un monstre, je n'étais pas très grande et ma stabilité sur mes jambes n'était, pour l'heure, pas assurée. Son aide était donc la bienvenue.

Comme j'avais les mains moites, je m'essuyai rapidement sur mon jean, avant de poser celle de droite dans sa main gauche. Je pris appui et fus enfin hors du véhicule.

Mon cœur battait de façon erratique, mes yeux guettaient le moindre de ses mouvements pour essayer de deviner l'instant où il allait enfin se décider à passer à l'action.

Il m'attira légèrement à lui et je sus que le moment était enfin arrivé.

Sauf, qu'il se contenta de fermer la portière. Il m'avait attirée à lui uniquement parce que j'étais dans la trajectoire !

Putain, mais qu'attendait-il pour m'embrasser ? ! Je commençais à bouillir intérieurement. Cela faisait des semaines que j'attendais ce moment et monsieur prenait son temps. Il voulait me rendre folle ou quoi ?

Il leva sa main droite pour venir passer délicatement un doigt sur ma joue. Enfin, les choses devenaient intéressantes. Tout mon corps était d'accord avec moi. J'aimais beaucoup quand Tirell me touchait. J'aimais les sensations qu'il faisait naître en moi.

Ses yeux étaient brûlants, ils me détaillaient comme s'ils voulaient me dévorer. C'était grisant. J'adorais me sentir désirée par lui. Je me sentais femme, je me sentais forte et j'adorais ça.

Je savais qu'il était aussi excité que moi. Ce fut donc l'incompréhension totale lorsqu'il s'éloigna de moi – visiblement à regret en plus – en me disant :

— Bonne nuit, Meg.

Euh ??? Pardon ? ! Il me faisait quoi, là ???

Mon interrogation devait être visible, car il m'expliqua :

— Je crève d'envie de t'embrasser Meg et peut-être que toi aussi, mais tu es trop tendue. Je ne veux pas prendre le risque de te mettre mal à l'aise.

Il plaisantait !!! Tendue ? Un peu mon neveu que j'étais tendue ! J'étais sur des charbons ardents ! J'étais excitée comme jamais à l'idée qu'on s'embrasse et lui choisissait cet instant pour jouer le chevalier servant ? Pas question !

Entendons-nous bien, j'adorais qu'il soit prévenant ainsi avec moi, mais là, tout de suite, j'avais surtout envie de hurler !

Alors qu'il commençait à faire demi-tour pour retourner à sa voiture, je fus saisie d'une inspiration.

Il n'allait pas s'en tirer ainsi. Pas question de me faire miroiter des choses pour mes les retirer ensuite. J'étais irrationnelle ? Attendez, vous n'aviez encore rien vu !

Avant qu'il n'ait le temps de comprendre ce qu'il lui arrivait, je l'attrapai par les rebords de sa veste, le plaquai contre sa voiture et me jetai sur sa bouche.

Tout cela se déroula en moins de deux secondes, mais j'eus le temps d'apercevoir son air ahuri.

Et maintenant ? Heureusement pour moi, il faut croire que je venais de briser ses dernières bonnes résolutions, car il prit les choses en mains. Littéralement !

Ses doigts vinrent former un écrin autour de mon visage – toujours avec cette délicatesse qui lui était propre – et il m'embrassa enfin.

Ses lèvres se mirent à caresser les miennes avec une lenteur et une douceur presque insupportables. J'avais l'impression qu'il vénérait ma bouche, qu'il lui rendait hommage ou bien qu'il voulait en enregistrer le moindre détail.

J'étais persuadée qu'il ne savait pas jusqu'où il pouvait aller, alors, en guise de feu vert, je fis glisser le bout de ma langue le long de sa lèvre inférieure. Le message fut reçu cinq sur cinq. Je sentis en réponse la sienne venir à la rencontre de la mienne. J'ouvris alors la bouche pour le laisser entrer.

J'avais déjà été embrassée avant, mais jamais de la sorte. À chaque fois que sa langue venait frôler la mienne, j'avais des frissons dans tout le corps. Le lent mouvement qu'il produisait me rendait folle. Inutile de se voiler la face, il mimait l'acte sexuel avec sa bouche. Il me faisait l'amour avec sa langue et j'adorais ça.

Mes mains étaient toujours agrippées à son col. Je crois que, même si je l'avais voulu, je n'aurai pas pu les enlever de là. Les siennes étaient toujours sur mes joues, ses pouces me caressant délicatement pendant qu'il faisait cette chose merveilleuse avec sa bouche.

J'étais en feu, j'étais tellement bien, j'en voulais plus.

Jusqu'à présent, nos seuls points de contact étaient nos bouches et nos mains. Je m'arquai donc pour venir lover mon corps contre le sien. Il se mit à grogner en même temps que je sentis la preuve évidente de son désir pour moi.

Ce son m'électrisa mais son érection eut un effet légèrement différent. Ce fut un mélange d'excitation et de peur. Oh, la peur était très légère et je la détectai à peine. Malheureusement, Tirell était beaucoup plus à l'écoute de mon corps que moi. Il s'en rendit immédiatement compte.

Il retira sa langue de ma bouche, il emprisonna délicatement ma lèvre inférieure entre ses dents, la suçotant légèrement. Il embrassa une dernière fois mes lèvres avant de s'écarter délicatement. Bref, il mit fin en beauté à ce merveilleux baiser.

Ses yeux étaient brillants comme jamais. Je pense que les miens devaient être semblables.

Cette fois, pas question qu'il ait la primeur. Ma bouche à quelques centimètres de la sienne, mon regard planté dans le sien, je lui dis :

— Je t'aime.

Il eut un sourire lumineux comme le soleil et me répondit :

— Moi aussi je t'aime, mon cœur. Et pour que les choses soient claires entre nous, tu peux m'agresser de la sorte quand tu veux et autant de fois que tu le souhaites !

Je ne sais pas comment il faisait pour être aussi parfait. Il trouvait toujours le mot juste pour éviter qu'une situation soit gênante.

En me remémorant la manière dont je lui avais sauté dessus, je me sentir rougir comme jamais. Sauf que, pour être honnête, moi non plus je ne regrettais pas mon geste.

Je vins poser un baiser léger sur ses lèvres et lui répondis :

— Je saurai m'en souvenir !

— Allez, file diablesse, avant que je ne te laisse plus partir !

— Peut-être bien que cela me plairait !

— Ne me tente pas !

Avec un petit air que j'espérais coquin, je me résignai donc à entrer dans mon immeuble. Il se peut que ma démarche durant mon trajet fût exagérément chaloupée, mais je me sentais tellement bien. Vivante ! J'avais envie qu'il me regarde, qu'il m'admire.

Lançant un coup d'œil derrière moi, je constatai que Tirell avait effectivement les yeux rivés sur mes fesses. Je le taquinai en lui disant :

— Hé beau gosse, arrête de mâter mes fesses !

— Elles n'ont qu'à pas être aussi belles !

— Pervers !

— Allumeuse !

Après lui avoir tiré la langue, j'ajoutai avant de partir définitivement :

— Je t'aime.

— Moi aussi.

J'étais à peine couchée dans mon lit que je reçus un texto de Tirell :

Comment veux-tu que j'arrive à dormir avec la trique d'enfer que tu m'as donnée ?!

Cette journée marquait vraiment un tournant dans notre relation. J'avais l'impression que Tirell se sentait plus libre de me dire ce qu'il ressentait – la preuve – et je dois dire que j'adorais. Je n'irais pas jusqu'à dire que je me sentais capable de passer à l'acte avec lui. En revanche, une chose était certaine, j'étais prête à donner un sens un peu plus intime à notre relation. Je lui répondis donc :

J'aimerais bien m'occuper
de ce problème pour toi,
mais comme je ne suis pas là,
tu n'as qu'à t'en occuper en pensant
que c'est moi qui le fait !

J'appuyai sur la touche envoyer avant de me dégonfler.

Putain, Meg, j'ai failli me jouir dessus
rien qu'en lisant ton message. Où est donc
passée ma petite amie un peu prude ?

Je savais qu'il me taquinait, aussi entrai-je dans son jeu :

Elle a embrassé son homme et
maintenant elle est excitée !

Tais-toi, femme. Tu n'as pas honte
de me torturer de la sorte !

☺

Va te coucher, vilaine.

Et toi, tu vas faire quoi ☺ ?

Tu aimerais bien le savoir ?

Ouiiiii

Mon Dieu, j'ai créé un monstre !

☺

Alors ?

Tu n'as pas été assez sage pour ça!!!

😃

Méchant!

😉

Bonne nuit, Meg ♥.

Bonne nuit, Ty ♥.

Mon corps vibrait encore de toutes les sensations que Tirell m'avait faites ressentir. Malgré tout, je finis par m'endormir du sommeil du juste, heureuse pour la première fois depuis une éternité.

CHAPITRE 40 : MEGAN

En règle générale, je hais le lundi – d'ailleurs, j'avais mis mon tee-shirt qui le déclarait en toute lettre –, mais je haïssais moins ce lundi précis, étant donné qu'il allait me permettre de revoir Tirell. Et plus tôt que je ne le pensais d'ailleurs.

En franchissant la porte d'entrée de mon immeuble pour me rendre à mon arrêt de bus, je me figeai. Devant moi, à quelques mètres de là, une voiture que je connaissais bien maintenant était stationnée.

Adossé de manière nonchalante au capot de ladite voiture, Tirell jouait avec son téléphone portable. Quand il entendit la porte de l'immeuble claquer, il releva les yeux et sourit en voyant que c'était moi.

Avec l'air le plus sévère dont j'étais capable à cet instant – il n'aurait même pas effrayé une mouche – je lui dis :

— Tu aurais pu me prévenir que tu comptais venir me chercher.

— Pour que tu me dises non ? Certainement pas. Au moins, je suis déjà ici, tu auras donc plus de scrupules à me renvoyer.

— Petit malin !

Il se contenta de me répondre par un clin d'œil. Il n'avait pas du tout l'air de s'en vouloir de me manipuler de la sorte !

La distance qui nous séparait n'était déjà pas bien grande, mais il la réduisit en s'approchant encore plus de moi. Il fit glisser une mèche de cheveux derrière mon oreille gauche en me demandant :

— Bien dormi ?

Il me fallut une petite seconde pour rassembler le peu de neurones opérationnels qu'il me restait pour lui répondre.

— Oui. Et toi ?

— Comme un nouveau-né, même si j'ai eu un peu de mal à m'endormir.

Son doigt se promenait toujours sur ma joue en une caresse troublante. Ses yeux se fixèrent quelques secondes sur mes lèvres avant de me demander :

— Je peux ?

Je compris parfaitement le sens de sa question. Ne me sentant pas en capacité d'émettre le moindre mot pour l'instant, je me contentai de hocher la tête pour lui donner mon accord.

Il se pencha alors sur moi et posa délicatement ses lèvres sur les miennes. Il se redressa aussitôt et me fixa. Je lui dis alors :

— Si tu t'arrêtes à ça, je t'étrangle !

Il rigola et répondit :

— J'aurai presque envie d'en rester là pour voir ça ou pour me faire agresser comme hier soir. Cependant, j'avoue que tes lèvres sont trop délicieuses pour que je m'en prive une seconde de plus.

Il se pencha à nouveau. Cette fois son baiser fut différent, plus profond. Ses lèvres étaient plus fermes sur les miennes. Il joua négligemment avec ma lèvre inférieure, avant de se glisser dans ma bouche, pour venir caresser ma langue avec la sienne.

Je savais très bien que son premier baiser avait été un test, pour être certain que je ne paniquerais pas. Ce deuxième baiser n'en était clairement pas un !

Mes mains, mues par leur propre volonté, allèrent se glisser dans ses cheveux pour jouer avec ses mèches que je découvris soyeuses. Visiblement cela lui plaisait, si je me fiais au grognement qu'il poussa.

De son côté, il fit glisser ses mains le long de mes flancs jusqu'à venir s'arrêter sur mes hanches. Je lui fus reconnaissante d'en rester à ce niveau. J'ignorais si j'étais capable d'en supporter plus.

Trop tôt à mon goût, il se recula :

— Bon, mademoiselle Adman, ce n'est pas que je trouve désagréable de vous embrasser, mais si nous continuons ainsi, je crains que nous ne soyons très, très en retard.

— Je crois que je suis d'accord avec vous, monsieur McFinay. Même si la perspective de louper mon premier cours ne m'incommode pas autant que cela devrait.

— Parfait, cela veut dire que j'embrasse bien alors ?

— Je ne pense pas que tu aies besoin que je nourrisse ton ego, mais en effet je trouve que tu embrasses divinement bien.

— Mon ego et moi te remercions. Et maintenant, en voiture !

Quand nous arrivâmes sur le campus, Tirell me prit la main en me disant :

— Il nous reste un petit quart d'heure avant le début des cours ; viens, j'aimerais te présenter à mes potes. Tu vas voir, ils sont sympas, un peu lourds pour deux d'entre eux, mais sympas !

Inutile de vous dire que ce n'est pas de gaieté de cœur que je le suivis, mais Tirell semblait tellement content de me les présenter que je ne me voyais pas refuser.

En réalité, il n'avait pas menti, ils étaient sympathiques, même si ma préférence allait pour Sheldon qui semblait d'un tempérament plus taciturne qui me correspondait mieux. Micah et Berkley, en revanche, me firent bien rire. Il fallait dire qu'ils payaient tous les deux.

Tous les trois avaient deux points en commun – outre le fait qu'ils furent accueillant avec moi – ils tenaient beaucoup à Tirell – cela sautait aux yeux – et ils étaient super canons. Ah oui, j'oubliais un détail, ils étaient bien évidemment footballeurs.

C'est ainsi que commença cette semaine qui se déroula sur la même trame. Tous les matins, Tirell passait me chercher, j'avais alors le droit à mon baiser. Il m'accompagnait jusqu'à ma salle. On se retrouvait le midi où nous mangions en compagnie d'Ether qui était folle de joie à l'idée de la soirée de samedi à venir. Les après-midis variaient en fonction de l'heure à laquelle je terminais et du fait que je travaillais ou non. Le soir, j'avais le droit à mon petit message mignon tout plein – et souvent un peu coquin.

Concernant notre devoir, il avançait lui aussi. Nous nous envoyâmes différentes versions au fil de la semaine. Comme vous pouvez vous en douter, nos personnages étaient eux aussi désormais en couple et vivaient des moments pour le moins intéressants. Monsieur Trandeson n'allait pas être déçu sur le côté « érotique » de notre nouvelle.

Enfin, le samedi tant attendu par Ether et tant redouté par moi arriva. Afin de déjouer la surveillance des parents d'Ether, nous dûmes mettre en place un plan béton. Sa mère la déposa chez moi vers 18h. Elle exigea de me voir. Je descendis donc pour faire la rencontre de cette charmante personne – moi, ironique ? bien sûr que non. Ether obtint l'autorisation de rester avec moi, non sans avoir été obligée au préalable de donner mon numéro de téléphone.

Ether était la première personne à entrer dans mon appart, exceptés mes parents qui m'avaient aidée à emménager. Elle était tellement excitée à l'idée de la soirée à venir qu'elle ne fit que moyennement attention au décor qui l'entourait. En fait, la seule chose qui l'intéressait, c'était ma salle de bains, pour pouvoir se préparer.

De mon côté, je ne fis pas grand-chose. J'avais refusé net de me déguiser et je ne comptais pas changer mes vêtements. Mon tee-shirt « Ne me faites pas chier, je mords » me semblait tout à fait de circonstance. J'étais persuadée que Tirell l'apprécierait !

Justement, en parlant du loup, je reçus un SMS de sa part m'indiquant qu'il arrivait dans cinq minutes.

— Ether, magne-toi, Ty sera là dans cinq minutes !

— Tu n'as qu'à le faire monter en attendant que je finisse de me préparer !

— Heu, non tu n'as qu'à te dépêcher.

— Promis, si vous faites de trucs cochons dans ton lit, je ferai celle qui n'entend rien et ne voit rien.

— Tais-toi, sale dévergondée, sinon j'appelle ta mère.

— Ça, c'est mesquin comme menace. Et méchant.

— Mesquine et méchante, c'est tout moi !

— Pfff.

Soit elle était en réalité déjà prête et m'avait fait marcher, soit ma menace lui fit peur, quoi qu'il en soit, quatre minutes plus tard, elle sortit de ma salle de bains habillée en…, euh…, je ne sais pas, nonne nymphomane peut-être.

— C'est quoi ce costume ?

— Bah quoi ? Il n'est pas bien ?

— Je me passerai de commentaire. Je me contenterai de dire que si ta mère te voyait habillée de la sorte, elle ferait une syncope et s'arrangerait pour t'envoyer immédiatement dans un couvent. La tenue qu'ils te feraient alors porter serait à des années-lumière de celle-ci.

— Je crois bien que tu as raison. C'est d'ailleurs pour ça que je l'adore autant ce costume !

Ether avait définitivement un problème avec l'autorité de ses parents. Toutefois, comme je n'étais ni son psy ni sa mère, je n'allais pas lui faire la morale.

— C'est bon, tu es prête ?

— Oui, m'dame. Nous pouvons aller rejoindre ton Apollon.

L'Apollon en question nous attendait comme prévu en bas. Il était craquant dans son jean moulant et son blouson de l'équipe. En revanche, je fus surprise par la couleur de son polo. Je n'aurais jamais pensé rencontrer un jour un quarterback habillé en rose. Pourtant, j'étais forcé de reconnaître que cela ne l'efféminа pas d'un poil. Il était toujours un concentré de testostérone.

Il salua Ether et m'embrassa passionnément. Ai-je besoin de préciser que le voir les yeux fixés sur moi et non sur ma copine, qui était à moitié à poil, me flatta ? Rien d'étonnant du coup à ce que je l'embrasse avec ardeur ! D'ailleurs, il ne sembla pas s'en plaindre.

— Attendez d'être à la fête pour faire ça ! râla Ether.

Alors qu'elle faisait le tour de la voiture pour monter à l'arrière, Tirell me demanda discrètement :

— Tu es certaine de vouloir y aller ?

— Oui.

Pour de vrai ? Pas tout à fait. Mais bon, Ether en avait tellement envie. Et puis, Tirell était là pour moi, je n'avais donc rien à craindre.

J'avais déjà prévenu Ether que je ne resterais peut-être pas longtemps, ce à quoi elle m'avait répondu que, même si on ne restait qu'une petite heure, elle serait déjà folle de joie. Depuis le début, j'avais l'impression que participer à cette fête relevait d'une importance capitale pour elle. Ce n'était pas le caprice d'une fille frivole (ce qu'Ether n'était en aucun cas). J'étais persuadée qu'il y avait une raison sérieuse derrière tout ça, mais je n'avais rien demandé. Je comprenais très bien qu'elle veuille garder son jardin secret, puisque j'en faisais de même.

Alors que nous étions en chemin, son téléphone se mit à sonner. Comme nous l'avions prévu.

Tirell, qui avait été mis dans la confidence, savait qu'il ne devait ouvrir la bouche sous aucun prétexte. Sauf en cas de mort imminente bien évidemment.

Après plusieurs sonneries, Ether décrocha enfin son téléphone. Je la soupçonnai d'attendre exprès le dernier moment, dans le but de faire enrager sa mère.

— Maman.

— …

— Oui, tout va bien.

— …

— Oui, c'est normal que tu entendes le bruit d'une voiture, nous sommes sorties pour acheter des pizzas.

— …

— Oui, je te la passe.

Je pris l'appel et confirmai à sa mère la version de sa fille.

Je repassai le téléphone à Ether qui conclut par :

— Arrête de me mettre la honte, maman ! Maintenant, tu m'envoies uniquement des messages. Plus d'appel ! Je ne décrocherai pas de toute façon !

— …

Quand elle eut obtenu une réponse, elle raccrocha.

Sa bonne humeur s'était en partie envolée. Heureusement, elle la retrouva vite quand nous arrivâmes à destination.

Il y avait déjà une quantité impressionnante de voitures garées sur le côté. Il n'était pas difficile de deviner où se déroulait la fête, il suffisait de suivre les personnes qui se dirigeaient toutes dans la même direction. Sans parler de la musique que l'on entendait déjà fort bien, alors que nous n'étions même pas encore devant la maison de la sororité.

La main de Tirell dans la mienne, je me sentais assez bien – enfin, aussi bien que je puisse l'être en pareille circonstance. Il ne me lâcha pas d'une semelle. À mon avis, il était aussi tendu que moi, si ce n'est plus. Je savais ce qu'il redoutait : que je fasse une crise en plein milieu de cette foule. Il pouvait être rassuré. Sans être dans mon élément, je me sentais capable de gérer la situation. Il y a de cela encore un mois et demi, cela aurait été la catastrophe, mais j'avais changé. Ce changement, je le devais uniquement à l'homme qui était à côté de moi.

Pour éviter de me mettre trop mal à l'aise, nous avions trouvé un petit coin tranquille et Ether semblait s'en contenter. En fait, même si elle voulait à tout prix venir ici, elle ne connaissait personne et ne cherchait pas à s'intégrer. On aurait dit qu'elle voulait simplement être présente. Cela corroborait mon hypothèse du motif caché. Enfin, je n'allais pas m'en plaindre.

Soudain, une musique douce commença à s'écouler des baffles. Tirell me demanda alors :

— Est-ce que tu veux bien danser avec moi ?

En réalité, oui, j'en avais envie, mais je ne voulais pas laisser Ether toute seule. Comme si elle pouvait lire dans mes pensées, cette dernière me dit :

— Vas-y, ne t'inquiète pas pour moi.

— Tu es sûre ?

— Mais oui. Comme ça, je pourrai me vanter que la fille qui danse avec le mec le plus populaire du campus, de façon si romantique, est ma meilleure amie et lui mon meilleur ami !

Je rigolai de sa plaisanterie et suivis Tirell.

Il m'entraîna alors à la périphérie de la piste de danse improvisée pour que nous ne soyons pas mêlés à la masse d'étudiants plus ou moins sobres.

Quand nous fûmes face à face, j'enroulai mes bras autour de son cou, alors que ses mains à lui vinrent encadrer mes hanches. Il était beaucoup plus grand que moi, résultat, son menton était en appui sur le dessus de ma tête. Je sentais son souffle sur mon oreille et cela me fit un drôle d'effet. Mais ce n'était rien en comparaison du moment où il commença à me parler :

— Tu es la plus belle de toutes ce soir.

— Menteur, mais bien essayé.

— Non, c'est vrai.

— Tu veux me faire croire que je suis plus belle que toutes ces petites infirmières sexy ou écolières en jupette ? Encore qu'à ce stade, je ne sais même pas si on appelle ça une jupe.

— Trop vulgaire à mon goût.

— Flatteur, mais bon, j'accepte ton compliment.

— Merci pour ta grande générosité, Miss Grognon.

— De rien, Mister Connard !

Nous continuâmes à danser en silence et c'était juste merveilleux.

— Tu sais, je ne voyais pas pourquoi on faisait toute une histoire autour du slow. Maintenant que j'ai l'occasion de le faire avec la fille que j'aime, je comprends mieux.

Comment ne pas craquer pour ce type ? N'était-il pas parfait ? Eh ouais et il était à moi, alors pas touche !

Quand la musique se termina, nous retournâmes auprès d'Ether qui était toujours à la même place, pourtant elle ne semblait pas s'ennuyer. Elle fixait tout ce qui l'entourait avec des yeux émerveillés. On aurait dit qu'elle n'avait jamais mis les pieds dans une fête. Avec les parents qu'elle semblait avoir, cela ne m'aurait même pas étonnée.

Tirell nous demanda de ne pas bouger le temps qu'il aille aux toilettes.

Finalement, pensais-je, la soirée n'était pas si horrible que je l'avais craint.

C'est alors que tout dérapa et que la fête vira au cauchemar.

CHAPITRE 41 : TIRELL

Quand je revins des toilettes et que je ne vis pas Megan à l'endroit où je l'avais laissée, mon cœur se mit à battre plus fort dans ma poitrine.

Refusant de céder à la panique, je m'obligeai à garder mon calme. Elle ne devait pas être bien loin après tout. Pourquoi fallait-il que je m'imagine tout de suite le pire ?

Promenant mon regard sur la pièce, je trouvai Ether. Avec sa tenue, ce n'était pas difficile, elle était facilement repérable. Cette fille était vraiment étrange. Son déguisement était clairement aguicheur et provocateur, pourtant elle se comportait à l'exact opposé. Depuis que nous étions arrivés, je ne l'avais pas vue une seule fois brancher un mec. Pire, tous ceux qui tentaient leur chance – et ils étaient nombreux – se faisaient rembarrer aussi sec.

Cependant, pour l'heure, la seule chose qui retint mon attention à son sujet, c'était qu'elle était seule. Megan n'était pas avec elle. Je commençai alors à m'inquiéter sérieusement.

Je la rejoignis en deux temps, trois mouvements, et lui demandai :

— Tu n'as pas vu Megan ?

— Non, je croyais qu'elle était avec toi.

— Comment ça ?

— Eh bien, peu de temps après que tu sois parti, elle est allée nous chercher un verre. Quand elle est revenue, elle m'a dit qu'elle devait aller aux toilettes. Je ne l'ai pas revue depuis. Comme tu ne revenais pas, j'en ai déduit que vous vous étiez isolés pour avoir un peu de tranquillité.

En fait non, j'avais juste été retenu par au moins dix personnes différentes qui voulaient me féliciter pour le premier match que nous avions disputés ce mercredi soir et que nous avions remporté haut la main.

— Elle ne se sentait peut-être pas bien, suggéra Ether.

Si elle savait à quel point je craignais qu'elle ait raison. Merde, où Megan avait-elle bien pu aller se cacher ? Après tout, peut-être avait-elle en partie dit la vérité à son amie. Elle s'était peut-être réfugiée dans les toilettes.

Avant de partir à sa recherche, je tentai tout de même de l'appeler sur son portable. Sans succès. En même temps, avec le raffut qui régnait ici, rien d'étonnant à ce qu'elle ne l'ait pas entendu sonner. Au cas où, je lui envoyai un SMS :

Où es-tu ? Je m'inquiète,
tiens-moi au courant stp.

Si je me souvenais bien de la configuration des lieux, il y avait deux toilettes par étage. À raison de trois étages, cela faisait donc huit possibilités avec le rez-de-chaussée. Il fallait se répartir les tâches pour aller plus vite.

Justement, je vis Micah, Berkley et Sheldon arriver. Je savais qu'ils devaient venir, mais je ne les avais pas encore vus. Ils ne pouvaient pas mieux tomber. Quand ils m'aperçurent, ils se dirigèrent vers moi.

— Yo, Ty, me salua Micah. Qui est cette beauté ? Tu nous présentes ?

Ce type n'en loupait aucune. Surtout, il ne doutait de rien. Si la situation n'avait pas été aussi grave, j'aurais ri à me pisser dessus de son costume de pom-pom girl. Tous les ans, il jouait le jeu et venait déguisé à cette soirée. Il n'y avait que lui pour être assez barré pour s'habiller de la sorte.

Pressé par les circonstances, je me contentai de présentations rapides :

— Ether, voici Micah, Berkley et Sheldon. Les gars, voici Ether, la copine de Megan. Donc pas touche.

Tous se saluèrent. Quand Micah fit remarquer d'un air goguenard à Ether :

— Sympa le costume.

Elle lui rétorqua d'un ton cinglant :

— Toi aussi Miss.

Avant qu'ils ne se lancent dans une joute verbale, je les coupai en disant :

— J'ai besoin de vous. Tout de suite. Megan a disparu. Je pense qu'elle est dans un WC. Pouvez-vous m'aider ? Je suis vraiment inquiet.

En véritables bons potes, ils passèrent immédiatement en mode « toujours prêt à rendre service » sans poser la moindre question. Je leur disais que j'avais besoin d'aide, ils se contentaient simplement de me demander ce qu'ils devaient faire. C'étaient vraiment des copains en or. Ether non plus ne fut pas en reste, méritant amplement le rôle de meilleure amie qu'elle briguait auprès de Megan.

Nous nous répartîmes les étages et Ether proposa de rester ici et de nous informer si elle voyait Megan réapparaître entre temps. Après tout, peut-être me faisais-je tout un cinéma de pas grand-chose. Toutefois, la concernant, je préférais prévenir que guérir.

Je pris en charge le rez-de-chaussée et le premier étage.

Le premier WC que je vérifiai était occupé, mais par un couple.

Le deuxième était vide.

Le troisième était lui aussi occupé. Je frappai doucement à la porte. Si son occupant me répondait, je pourrais savoir si c'était Megan.

Il ne se passa rien. J'essayai à nouveau, toujours rien.

Je tentai un doux :

— Megan ? C'est moi, Ty.

Rien.

J'allais faire un nouvel essai quand une fille passa à côté de moi et me dit un brin éméchée :

— Si j'étais toi, je tenterais ma chance avec un autre chiotte. La fille qui est là-dedans y est depuis un bout de temps. Vu la tête qu'elle avait en y entrant, elle en a à mon avis pour un sacré bout de temps !

Immédiatement, l'appréhension s'empara de moi.

Je demandai à mon interlocutrice de me faire une description de la fille enfermée. Elle me confirma mes soupçons. C'était bien Megan qui était dans ces toilettes. J'en étais certain.

— Elle est seule ?

— Yep. Franchement, avec la gueule qu'elle tirait, il faudrait vraiment que le mec soit en manque pour être intéressé.

Je ne retins que le premier mot de sa réponse. Son avis m'importait peu. Je lui aurais bien dit ma façon de penser, mais Megan était ma priorité absolue. Je n'osais même pas imaginer ce qui se serait passé si la fille m'avait répondu « non ».

Pas la peine de se retourner la tête avec des choses qui n'avaient pas lieu d'être. Pour l'heure, ce qui m'inquiétait, c'était que Meg ne me répondait pas. Je tapai plus fort à la porte et dis d'une voix plus forte cette fois :

— Megan. Ouvre-moi, s'il te plaît, je commence à me faire du souci.

J'appuyai sur la poignée mais elle était verrouillée.

Avant de continuer mes tentatives pour l'atteindre, j'attrapai mon téléphone et envoyai un message groupé :

Je l'ai trouvée, elle est dans celles au fond, au 1er étage, mais je n'arrive pas à ouvrir.

Je ne fus pas surpris de voir les gars débarquer deux minutes plus tard. De mon côté, je paniquais de plus en plus. Ce n'était pas normal. Même en crise, j'étais persuadé qu'elle m'aurait ouvert – ou au moins envoyé au diable.

Il se passait quelque chose de grave. J'en étais convaincu !

À quatre, nous parvînmes à débloquer la porte, sous l'œil de plusieurs curieux, mais je m'en tapais. Je voulais rejoindre au plus vite ma petite amie. J'étais terrifié par les raisons qui pouvaient justifier son silence.

Le spectacle qui s'offrit alors à moi me mit dans une rage noire et une peur comme je n'en avais jamais ressenties.

J'entendis mes copains jurer, sans parvenir à saisir leurs paroles. Leurs voix me semblaient lointaines. La seule chose qui existait pour moi à l'instant, c'était Megan qui était devant moi, inconsciente, son portable à la main.

Je me précipitai immédiatement à ses côtés. Je la secouai délicatement pour essayer de la faire revenir à elle. Elle était molle, comme si son corps ne voulait plus répondre. J'étais terrifié. Que lui était-il arrivé ?

Soudain, elle baragouina des paroles incompréhensibles avant de sombrer à nouveau.

La vérité me sauta alors aux yeux, en même temps qu'une haine sans nom s'emparait de moi. Quelqu'un l'avait droguée ! Quelqu'un avait drogué ma copine ! Quelqu'un allait payer amèrement. Aucune chance qu'elle ait pris quoi que ce soit de sa propre initiative. Jamais elle n'accepterait de perdre le contrôle au milieu d'inconnus.

La prenant délicatement dans mes bras, je dis à mes potes :

— Trouvez qui a fait ça !

Je pris ensuite la direction de la sortie. Je n'avais qu'une idée en tête, la ramener chez moi pour prendre soin d'elle.

— Attends Ty, me héla Sheldon, je vais te conduire. Toi, monte à l'arrière avec elle.

J'acceptai son offre sans me faire prier, encore trop chamboulé pour réfléchir à autre chose que prendre soin de ma chérie, tout en me reprochant amèrement de ne pas avoir tenu ma promesse de veiller sur elle.

CHAPITRE 42 : MEGAN

Je détestais cette sensation de flotter au-dessus de mon corps et que mes membres ne répondent pas à mes sollicitations. Je voulais bouger, sans y parvenir. J'avais l'impression d'être complètement ivre, pourtant, je n'avais pas le goût de l'alcool dans la bouche. Je me sentais fatiguée, nauséeuse. J'avais l'impression que ma tête était prise dans un étau.

J'ouvris un œil doucement, pour le refermer immédiatement. Mon mal de tête venait de se multiplier par dix, en même temps qu'une terreur infinie s'emparait de moi. J'avais beau n'avoir ouvert les yeux – enfin un – que durant un très bref moment, j'étais certaine de ne pas reconnaître les lieux. J'étais sur un lit, mais ce n'était pas le mien !

Je fouillai dans mon esprit. Les souvenirs étaient trop confus pour que je puisse expliquer la raison de ma présence ici. C'était impossible que j'aie bu autant. Je ne buvais jamais d'ailleurs ! Je détestais trop perdre le contrôle de moi-même. Cela ne me rappelait que trop…

Immédiatement, je sentis tout le sang quitter mon visage. Je crois même que je sentis mon cœur s'arrêter, littéralement.

Cela ne pouvait pas recommencer ! Pitié ! Jamais Tirell n'aurait laissé une telle chose m'arriver. Pourtant, les faits étaient là. Je me sentais comme il y a cinq ans. Les symptômes étaient les mêmes, en plus forts ! J'étais dans un lieu que je ne connaissais pas, avec des souvenirs complètement erratiques et j'étais dans l'incapacité de bouger correctement.

J'essayais de remonter le fil de mes pensées, afin de retracer ce dont je me rappelais, lorsque la porte de la chambre s'ouvrit. La terreur s'empara alors de moi. Que faire ?

Mon cœur eut un raté, en voyant Tirell apparaître.

Je n'y comprenais plus rien. Pourquoi était-il là ?

Je remarquai alors que j'étais allongée sur un lit, mais complètement habillée. C'était incompréhensible. Si on m'avait fait du mal, je ne serais pas dans cette tenue et mon petit copain ne serait pas ici.

Remarquant que j'étais en train de le regarder, Tirell me sourit – d'un sourire triste – et me dit :

— Hé toi. Je me demandais combien de temps tu allais rester dans les vapes.

Je fis une tentative pour parler, mais j'avais la gorge trop sèche. Je déglutis pour tenter de dissiper cette sensation. En vain. Je fis donc de mon mieux quand je lui demandai d'une voix cassée :

— Cela fait combien de temps que je suis comme ça ?

Je sentais déjà les larmes me monter aux yeux. Pitié, Seigneur, faites que cela ne recommence pas.

Tirell me répondit :

— Cela fait une bonne demi-heure que nous sommes ici, plus le temps du trajet et, selon Ether, cela faisait une dizaine de minutes que tu avais disparu quand je t'ai trouvée. Donc un peu moins d'une heure.

La chose principale que je retins de son explication, c'était qu'il y avait un creux de dix minutes durant lesquels je n'avais aucun moyen de savoir ce qui m'était arrivé. Cela faisait peu, mais c'était suffisant pour me nuire.

Cependant, je devais garder espoir. Plus important encore, je devais garder la tête froide, sinon j'allais sombrer dans la folie. Il fallait que je me fonde sur les éléments à ma disposition et que je ne me laisse pas entraîner par mon esprit embrouillé dans des suppositions hasardeuses.

Pour cela, je devais rassembler le plus d'éléments pour essayer de reconstituer les événements de la soirée et trouver les indices me permettant de combler les zones d'ombre. Je demandai donc à Tirell :

— Comment m'as-tu trouvée ?

— Quand je suis revenu des toilettes, tu n'étais pas là. J'ai vu Ether un peu plus loin, mais comme tu n'étais pas avec elle, je me suis inquiété. Je lui ai demandé où tu étais, elle m'a répondu que tu avais été vous chercher à boire et que sitôt après, tu avais dit vouloir aller aux toilettes. Comme elle ne te voyait pas revenir et que je n'étais pas là non plus, elle a pensé que nous avions trouvé un endroit pour passer un moment rien que tous les deux. Avec les gars, nous avons fait le tour des toilettes dans le bâtiment. J'ai trouvé celui où tu étais car la porte était verrouillée et que personne ne répondait. Une nana m'a alors dit qu'elle avait vu rentrer une fille qui n'avait pas l'air bien et qu'elle était toujours à l'intérieur. Nous avons forcé la porte. C'est là que je t'ai trouvée, inconsciente, ton téléphone à la main. Si tu savais comme j'ai eu peur Megan. Quand je t'ai vue ainsi, inanimée, j'ai imaginé le pire. J'ai cru mourir. Quand tu as marmonné, j'ai remercié Dieu à un point que tu ne peux pas concevoir.

Pour ma part, je n'avais retenu qu'une chose, un détail. Toutefois, il me fallait la confirmation énoncée clairement.

— J'étais donc seule dans ces toilettes ?

— Oui. La fille t'a vue y entrer et la porte n'a pas bougé jusqu'à ce qu'on la force avec les gars.

Ce fut plus fort que moi, je fermai les yeux et murmurai un :

— Merci, Seigneur, merci.

— Je ne sais pas ce que l'on t'a donné, ni qui a fait ça, mais je pense que nous devrions aller à l'hôpital pour vérifier que ce n'est pas grave. Ensuite, nous irons au commissariat pour porter plainte.

La terreur était toujours là, en écho à cette terrible soirée cinq ans plus tôt, mais un certain soulagement s'empara aussi de moi alors que les souvenirs me revenaient petit à petit. Aidée par les informations que venait de me fournir Tirell, je commençais à reconstituer le puzzle de cette soirée qui avait viré au cauchemar.

De son côté, mon copain semblait à deux doigts de perdre les pédales :

— D'ailleurs, je suis un idiot fini. J'aurais dû t'emmener directement à l'hôpital au lieu de t'emmener chez moi. Je ne sais pas à quoi je pensais !

Je savais que c'était une mauvaise idée d'aller à cette fête, j'aurais dû insister pour que tu n'y ailles pas.

Ok, donc j'étais chez Tirell, plus précisément dans son lit. À cette pensée, mon pouls s'emballa légèrement, pendant que lui continuait son discours :

— Allez, viens, on y va tout de suite. Si cela se trouve, il y a des risques d'effets secondaires. Dieu seul sait ce qu'on n'a pu te donner.

— T'inquiète, rien de bien grave.

— Tu n'en sais rien.

— Oh si, crois-moi.

— Comment ça ? Tu te souviens de ce qui s'est passé ?

— Très vaguement.

— Qu'est-ce que l'on t'a donné ?

J'étais dans un état second. Je dois dire que la drogue qui circulait dans mon sang m'embrouillait pas mal l'esprit. Répondre de manière simple et cohérente à ses questions me demandait un effort assez conséquent, mais il fallait que je le fasse pour le rassurer.

Je lui répondis donc :

— Du GHB.

Je vis à son regard qu'il était choqué. Comme un automate, il répéta :

— Du GHB ?

Puis, il ajouta :

— Comment sais-tu que c'était du GHB ? Comment en connais-tu les effets secondaires ?

Il posait la question, mais son regard hanté me laissa penser qu'il connaissait déjà la réponse. Même si son regard devint encore plus noir, lorsqu'il m'entendit lui avouer :

— Ce n'est pas la première fois que l'on m'administre cette drogue.

CHAPITRE 43 : TIRELL

En l'entendant me faire ce terrible aveu, mon cœur sombra. Je savais qu'il lui était arrivé quelque chose de terrible, mais l'entendre me confirmer qu'on lui avait fait du mal, même si elle ne m'avait pas donné les détails, me déchira.

Je mourais d'envie de la prendre dans mes bras pour la réconforter, lui apporter mon soutien. Comme j'avais peur de faire plus de mal que de bien, je n'en fis rien.

Pas besoin d'être psychologue pour savoir que la mésaventure de ce soir ravivait – ou allait le faire dans un futur proche – des souvenirs douloureux.

Je ne pouvais rien faire pour ce qui lui était arrivé il y a cinq ans, en revanche, je n'allais pas rester les bras croisés suite à ce qui s'était produit ce soir. D'autant que la culpabilité me rongeait de l'intérieur.

— Je suis tellement désolé Meg. J'aurais dû revenir plus vite. Je n'aurais pas dû te laisser seule. Si tu savais comme je m'en veux. Je te promets que je vais retrouver ce salaud qui t'a fait ça et lui faire payer. Je t'en fais le serment, Meg. Il ne s'en sortira pas ainsi.

— Pas la peine.

— QUOIII ?

Je ne voulais pas hausser ainsi le ton, ce fut juste plus fort que moi. Hors de question que cette pourriture s'en sorte indemne !

— J'ai dit pas la peine. De toute façon, tu ne trouveras pas le « salaud » comme tu dis.

— Pourquoi en es-tu si convaincue ?

— Parce que le « salaud » est en fait une « salope » et je peux te dire que quand je vais la recroiser, elle va m'entendre quelque chose de bien !!!

Il me fallut quelques instants pour comprendre les implications de ce que Megan venait de dire. Elle connaissait l'identité de la personne qui lui avait fait ça puisqu'elle venait de sous-entendre que c'était une fille. La fille en question avait vraiment de la chance que je ne frappe pas le sexe opposé – quoique, j'étais prêt à faire une exception. Sauf que je ne savais toujours pas qui c'était. Je lui demandai donc :

— Dis-moi qui t'a fait ça, Megan.

— Ta poupée Barbie.

— Ma quoi ?

— Ton ex.

— Alexa ?

— Je crois en effet que c'est son nom. Bon, en même temps, nous n'avons pas eu le plaisir d'être présentées officiellement l'une à l'autre. À moins que tu n'aies une autre ex récente !

J'étais assez déconcerté par son humour noir. Je m'attendais à ce qu'elle s'effondre à tout moment et, pour l'instant, je devais reconnaître qu'elle gérait mieux que moi la situation.

— Raconte-moi tout, s'il te plaît.

— C'est encore un peu flou dans ma tête. Je me souviens d'être allée dans la cuisine pour nous chercher à boire, à Ether et moi. Un type m'a demandé ce que je voulais, je lui ai répondu une bière pour ma copine et un jus de fruits pour moi. J'ai bien fait attention à ses gestes. Au moment où je faisais demi-tour, quelqu'un m'est rentrée dedans et a fait tomber mon verre. C'était cette pouffe, Alexa. Pendant que je ramassais mon verre tombé et nettoyais le plus gros des dégâts, elle est revenue vers moi, m'a tendu un autre verre en s'excusant et en me souhaitant une bonne soirée. J'aurais dû me douter que c'était louche, tu n'offres pas un verre à la nouvelle copine de ton ex. Tu lui souhaites encore moins de passer une bonne soirée !

— Tu n'as rien à te reprocher, c'est uniquement la faute d'Alexa !

Je ne comprenais pas que l'on puisse faire une chose pareille. J'avais eu quelques échos sur le campus. Une nouvelle mode circulait. Les filles ingéraient en très petites quantités cette drogue pour se sentir euphoriques et désinhibées.

En repensant aux dernières soirées que j'avais faites en compagnie d'Alexa, je dus admettre que je l'avais trouvée encore plus délurée qu'à son habitude. Après, étant un mec, je ne m'en étais pas plaint. Je n'avais pas non plus cherché la raison du pourquoi, j'avais juste profité de l'instant présent. Maintenant que j'avais certainement l'explication à son comportement, je trouvais ça glauque au possible et la nausée s'emparait de moi.

Il fallait vraiment avoir une faible estime de soi pour s'infliger cela. En revanche, faire subir cela à une autre, contre son gré, était horrible et inadmissible. Cela me mit hors de moi.

— Putain la salope ! La garce ! Elle va me le payer !

Megan m'observa me lâcher sur mon ex, sans faire la moindre remarque.

D'un autre côté, à choisir entre la peste et le choléra, je préférais que ce soit Alexa qui ait mis la drogue dans son verre plutôt qu'un mec malintentionné. Ceci dit, si Megan n'avait pas eu le réflexe d'aller s'enfermer dans les toilettes, un mec peu regardant aurait pu en profiter.

À cette idée, un froid glacial se mit à couler dans mes veines. Pourtant, je devais prendre sur moi et ne pas perdre mon calme. Le plus important, c'était la fille qui était devant moi et qui semblait partie loin dans ses pensées. À moins que ce ne soit un des effets de cette substance, je ne m'y connaissais pas assez sur le sujet pour avoir la réponse.

Me rappelant la mission que j'avais confiée aux gars, je pris mon téléphone et écrivis à Micah et Berkley :

Meg va mieux, c Alexa qui a fait le coup.

Inutile de vous donner le contenu de leurs réponses, je me contenterai de vous dire qu'Alexa venait de se refaire baptiser. J'appris également qu'elle avait pris la poudre d'escampette depuis au moins une bonne demi-heure – ce qui n'avait rien étonnant – et que Micah avait ramené Ether chez Megan. Elle avait apparemment inventé un mensonge pour sa mère en expliquant que la pizza avait rendu Megan malade comme un chien et qu'elle était clouée au lit.

Il n'y avait pas à dire, cette fille avait de la suite dans les idées. Si je me fiais à l'aperçu que j'avais eu dans la voiture, sa mère était invivable. Pas étonnant qu'Ether soit obligée d'utiliser de pareils subterfuges. Nécessité fait loi, comme on dit.

Pour l'heure, ma priorité c'était Megan. Mon rôle était de la rassurer. D'ailleurs, je lui dis pour qu'elle ne s'inquiète pas inutilement :

— Hé, Meg. Micah a ramené Ether chez toi.

— La pauvre, elle qui se faisait une joie de venir à cette fête. J'ai tout gâché !

– Tu n'as rien gâché du tout. Ce n'est pas ta faute. Je te signale que j'avais promis de prendre soin de toi, alors si l'un de nous deux est responsable, c'est moi !

— Pfff, ne dis pas de bêtise.

Quoi qu'elle dise, elle n'arriverait pas à me faire oublier mon sentiment de culpabilité. Comme je ne voulais pas me disputer avec elle à ce sujet, je me gardai cependant de lui répondre. À la place je lui demandai :

— Est-ce que tu veux que je te ramène chez toi ou bien préfères-tu rester ici cette nuit ?

Elle sembla peser le pour et le contre. Finalement, elle me répondit d'une petite voix :

— Je veux bien rester ici, si cela ne te dérange pas.

— Bien sûr que non.

Pour alléger l'atmosphère, j'ajoutai :

— Si tu savais le nombre de fois où j'ai rêvé de te voir allongée dans mon lit, je ne vais certainement pas me plaindre.

Inutile de lui préciser que les conditions n'étaient pas celles que j'avais imaginées. Elle devait s'en douter de toute façon. Pour éviter tout malentendu entre nous, je lui dis :

— Si tu veux te mettre plus à l'aise pour dormir, tu n'as qu'à fouiller dans mes tiroirs pour trouver quelque chose qui te tente. Si tu as besoin de quoi que ce soit, tu n'auras qu'à m'appeler, je ne serai pas loin, je vais aller dormir sur le canapé dans le salon.

Alors que j'allais franchir la porte, je l'entendis m'appeler. Je me retournai donc pour voir ce qu'elle voulait. Elle avait les yeux rivés sur la couette et jouait avec la couverture. Elle était donc nerveuse.

— Qu'y-a-t-il Meg ?

— C'est juste que je m'en veux de te virer ainsi de ta chambre.

— Ne t'inquiète pas pour ça, ma belle. Moi, je ne t'en veux pas du tout. Si c'est le prix à payer pour pouvoir dire que tu as dormi dans mon lit, alors je le paie volontiers.

Je lui fis mon fameux clin d'œil et pris à nouveau la direction de la porte. Elle me stoppa dans mon mouvement en me disant :

— Non, ce que je voulais dire, c'est que j'aimerais bien que tu dormes là. Avec moi. Ta présence me rassure.

Avais-je bien entendu ou bien était-ce le fruit de mon imagination débordante ? Meg voulait que je passe la nuit avec elle, genre dans le même lit ?

Comme je ne répondais rien, trop abasourdi par sa demande, elle fit machine arrière, comme toujours lorsqu'elle faisait une proposition qui la sortait de sa zone de confort et que je n'étais pas assez prompt à répondre. Elle me dit donc :

— Oublie ce que je viens de dire. C'était une idée stupide. Bonne nuit, Tirell.

Oh non, je n'allais certainement pas oublier ses mots. Je m'approchai du lit et lui dis :

— Regarde-moi, Meg.

Quand elle eut obéi, je repris :

— Pour que les choses soient claires, je ne désire rien d'autre en ce moment que de venir m'allonger à côté de toi et même, soyons fous, te prendre dans mes bras. Si j'hésite, ce n'est pas parce que l'envie me manque. C'est juste que ta demande m'a surpris et que je ne sais pas si c'est une bonne idée, surtout après ce qui vient de t'arriver. Toutefois, si tu me dis que tu le souhaites, c'est avec plaisir que j'accepte. Sache aussi que si tu changes d'avis, à n'importe quel moment, tu me le dis, il n'y aura aucun problème. Je ne t'en voudrai jamais pour ça, Megan. Jamais.

— Alors, je te confirme que j'aimerais beaucoup que tu viennes passer la nuit dans ce lit avec moi.

— Et c'est avec plaisir que j'accepte.

J'allai fouiller dans mon armoire, y trouvai un tee-shirt et un short qui seraient trois fois trop grands pour elle, mais qui étaient faits d'une matière douce. De toute façon, dans tous mes vêtements, on pouvait en mettre deux comme elle. Au moins, cette nouvelle tenue allait être plus confortable pour elle que celle qu'elle portait actuellement. Je pris également un tee-shirt et un short pour moi. J'avais l'habitude de dormir en boxer ou même nu. Pour cette nuit, en revanche, ce n'était pas du tout une bonne idée.

Je lui indiquai la salle de bains pour qu'elle puisse aller se changer tranquillement. J'en profitai alors pour en faire de même dans ma chambre.

J'étais en train de ranger le linge qui traînait un peu de-ci de-là dans ma chambre – il faut dire que je ne pensais pas y accueillir Meg ce soir – quand elle revint. La voir ainsi, dans mes vêtements, réveilla en moi un côté mâle dominant. Ce n'était pas la première fille à enfiler un de mes vêtements, cependant on parlait de Meg, et l'effet n'était pas le même. J'avais admis depuis longtemps que je ne réagissais pas de la même façon avec elle qu'avec n'importe quelle autre fille sur cette planète.

Elle semblait minuscule dans mes habits. On avait l'impression qu'ils étaient en train de la dévorer.

Pour éviter de me retrouver dans une situation pour le moins gênante et inconfortable, je me forçai à ne pas trop m'attarder sur elle. Il était d'ailleurs un peu tard pour m'en inquiéter puisque mon mini-moi était déjà en train d'amorcer son garde-à-vous. Faisant comme si de rien n'était, je me contentai de lui dire :

— Allez, hop, au lit !

— À vos ordres, Mister Connard, me répondit-elle.

— Tu préfères le côté gauche ou le côté droit du lit ?

— Euh ? Je ne sais pas. Je dors toute seule, je te signale.

— Moi aussi.

En voyant ses sourcils se lever, je précisai :

— La plupart du temps. Surtout depuis la rentrée scolaire. Il n'empêche que je ne dors pas au milieu de mon lit, quand je suis seul. J'ai plutôt tendance à être de ce côté.

Je lui désignai le gauche.

— Alors ça tombe bien, nous n'aurons pas besoin de nous battre. J'ai pour ma part tendance à dormir à droite.

— Parfait, alors c'est acté.

Nous prîmes chacun notre place. C'est alors que la torture commença pour moi. Je la sentais juste à côté de moi, même si je me forçais à garder mes distances. L'exercice était loin d'être aisé. Chaque parcelle de mon corps me hurlait de me coller à elle. Ce fut pire une fois la lumière éteinte.

Nous étions tous les deux silencieux, jusqu'à ce que Megan me dise :

— Ty ?

— Mmm ?

— Tout à l'heure, tu as dit que tu avais envie de me prendre dans tes bras. Tu t'en souviens ?

Comment l'oublier ? Cette idée tournait en boucle dans ma tête depuis que nous étions dans ce lit. Je lui répondis donc :

— Oui, je m'en souviens.

— Je crois que j'aimerais bien que tu le fasses.

— Tu crois ?

— Non, en fait, j'en suis certaine.

— Alors viens.

Je préférais que ce soit elle qui initie le mouvement. De la sorte, elle pouvait y aller à son rythme et s'arrêter quand elle le souhaitait. Je sentis le matelas bouger, puis elle fut contre moi.

J'étais allongé sur le dos. Elle commença par poser une de ses mains sur mon pectoral gauche. Puis, sa tête fut sur le droit. Enfin le reste de son corps vint se lover contre moi.

Délicatement, j'abaissai mon bras droit pour venir recouvrir son corps.

Je ne vous explique même pas l'état dans lequel j'étais. J'avais l'impression d'être une grenade prête à exploser. C'est à peine si j'osais respirer. Chaque fois que je prenais une bouffée d'air, c'était le parfum de Meg qui envahissait mes poumons, me marquant au fer rouge.

De son côté, elle laissa échapper une grande expiration. Je lui demandai immédiatement :

— Tu vas bien ?

— Très bien. Je crois que je me suis rarement sentie aussi bien.

Avec ma main gauche, je vins délicatement caresser son visage.

— Tant mieux. Essaye de te reposer. Je pense que tu en as grandement besoin.

Moi aussi du reste. Cette soirée avait été trop riche en émotions pour ne pas m'épuiser. Elle fut la première à s'endormir. Je le sentis à sa respiration qui se fit plus lente et régulière, à ses muscles qui se relâchèrent. Je n'osais même pas imaginer à quel point ce qu'elle avait vécu ce soir avait été éprouvant pour elle.

Et que dire de sa confession : « Ce n'est pas la première fois que l'on m'administre cette drogue » ? Elle n'arrêtait pas de tourner en boucle dans ma tête et me rongeait de l'intérieur. J'avais des envies de violence. Le pire étant que je ne pouvais même pas me défouler, puisque j'ignorais tout de l'identité de son agresseur. Je ne savais même pas si elle me l'avouerait un jour ou même si elle me raconterait ce qui lui était arrivé exactement.

Je ne vais pas vous mentir. Je ressentais un besoin puissant de savoir. Je crois que c'est la nature humaine qui veut ça. Savoir que l'on vous cache quelque chose la rend irrésistible à vos yeux. Cependant, la sérénité d'esprit de Megan était un prix trop élevé à mes yeux. Je n'étais pas certain qu'elle soit capable de me raconter son histoire un jour et je ferai avec. Megan était la plus importante pour moi. Le reste n'était que détails.

Finalement, moi aussi je fus emporté par un sommeil paisible. Avoir ma chérie lovée contre moi y contribua fortement. Je me sentais bien, entier, heureux.

Je dormis du sommeil du juste, jusqu'à ce qu'un cri à vous glacer le sang me réveille en sursaut.

CHAPITRE 44 : MEGAN

Parfois, dans vos songes, vous vivez des moments particuliers. Vous avez conscience de rêver, pourtant votre imagination prend le pas sur votre raison et vous vous laissez embarquer, comme si ce que vous voyez et ressentez était la réalité.

Une part de moi savait que ce n'était qu'un cauchemar. Malgré cela, lorsque je sentis des mains partout sur mon corps, que j'entendis les rires gras, les plaisanteries, plus rien ne compta que d'échapper à cet enfer. Sauf que j'avais beau essayer, je n'y parvenais pas. J'étais prisonnière de mon propre corps.

Plus j'essayais de me débattre, plus les rires devenaient forts. J'avais envie de hurler, de griffer, de mordre, de faire n'importe quoi plutôt que de subir passivement ce que l'on me faisait. En vain.

C'était comme si mon corps était une machine complexe que l'on m'aurait livrée avec le manuel écrit en chinois – langue que je maîtrise pas du tout. Malgré tout, je n'abandonnai pas. Si je baissais les bras, je perdais, eux gagnaient. Pas question !

Je réussis enfin à ouvrir un peu la bouche. Je mis alors toute l'énergie de mon désespoir pour pousser un cri, espérant que quelqu'un vienne à mon secours, me sorte de cette sordide situation.

Je sentis que l'on me secouait – pour me faire taire à n'en pas douter – cela me donna un regain d'énergie. Je hurlai encore plus fort. Tant que ma bouche n'était pas bâillonnée, je continuerais encore et encore.

Jusqu'à présent, je n'avais entendu aucun mot, aucune phrase n'avait été prononcée. Cela changea. J'entendis distinctement mon nom répété en boucle.

La voix me semblait familière, mais n'était-ce pas normal après tout ? pensais-je amèrement.

Soudain, mon cerveau sembla changer de branchement. Il m'envoya une information différente. À chaque fois que j'entendais mon prénom, un mot ou plutôt un autre prénom, m'était envoyé en écho : Tirell.

Ce fut comme un électrochoc, j'ouvris grand les yeux, pour me noyer dans un regard marron-vert débordant d'inquiétude.

— Megan. C'est moi, c'est Tirell. Tout va bien, tu es dans mon lit. Ce n'était qu'un mauvais rêve.

Si seulement, pensais-je.

Les sentiments qui m'assaillaient étaient trop violents pour que je puisse les endiguer. J'étais en train de perdre pied. Je cherchai de l'air, mais mes poumons ne voulaient pas en prendre. Ils étaient en grève. C'était comme s'ils avaient oublié comment faire. J'étais en pleine crise de panique. Comme à chaque fois, plus je paniquais, pire c'était et plus cela me faisait paniquer. C'était un cercle vicieux qui semblait sans fin.

Tirell me secoua une nouvelle fois de manière douce mais ferme.

— Megan, respire. Concentre-toi sur ma voix.

Je me forçai à reporter mon attention sur lui, obligeant mes yeux à ne pas quitter ce visage que j'aimais tant. Cela me faisait mal de le voir aussi tourmenté. Rien que pour lui et si cela pouvait lui permettre de retrouver son adorable sourire, je m'obligeai à faire ce qu'il me demandait. Je focalisai entièrement mon attention sur lui et sur ses douces paroles de réconfort.

— C'est bien, ma belle. Respire. Fait comme moi.

Il commença à respirer de façon exagérée et cela fonctionna. Je me surpris à reproduire en miroir ses gestes. Petit à petit, je me sentis rependre un peu le dessus.

— C'est ça, mon cœur, continue.

En même temps qu'il me parlait, ses mains traçaient des cercles sur les miennes, en des gestes apaisants.

Après ce qui me sembla une éternité, je retrouvai une respiration à peu près normale. Maintenant que la panique refluait, elle était remplacée par la honte. J'avais vraiment l'air d'une folle. Quelle opinion devait-il avoir de moi ?

Enfin, ce fut la douleur qui prit le dessus. Je me rappelai pourquoi j'avais fait ce cauchemar, ce qui m'était arrivé ce soir, mais surtout il y a cinq ans. Les larmes commencèrent à vouloir couler. J'essayai de toutes mes forces de les retenir, jusqu'à ce que Tirell me dise :

— Laisse-toi aller, Megan. Tu verras, cela ira mieux après.

Ses paroles, ajoutées au fait qu'il était toujours là pour moi, toujours prévenant, toujours aimant, furent la goutte d'eau de trop.

Je me jetai littéralement dans ses bras et laissai les larmes couler comme elles le souhaitaient. Je pleurai, non pas d'une manière discrète et mignonne, non, ce furent d'énormes sanglots, charriant avec eux un magma de chagrin, de peine et de regret. J'en avais tellement marre de ce passé merdique qui me collait à la peau de la plus désagréable et douloureuse des façons.

Pourquoi n'avais-je pas droit au bonheur moi aussi ? J'avais trouvé le garçon idéal. Il était parfait, il m'aimait, je l'aimais et pourtant, alors que nous étions dans son lit, au lieu de batifoler comme tout couple normal l'aurait fait, je pleurais à chaudes larmes sur lui, le mouillant de mes sanglots.

Penser à tout cela ne fit qu'amplifier mes pleurs. J'eus même du mal à respirer à nouveau, m'étouffant avec mes propres larmes.

Tirell me tenait toujours dans ses bras. Il avait la tête contre la mienne, une de ses mains me caressait la nuque, l'autre le dos. En parallèle, il ne cessait de ne répéter une litanie de mots réconfortants, tels que :

— Ne t'inquiète pas, Meg.

Ou bien :

— Vas-y pleure, il faut que cela sorte.

Ou encore :

— Je suis là pour toi, Meg. Tu vas voir, ça va aller.

Ses mots autant que sa voix me firent un bien fou. Me retrouver ainsi bercée d'amour était libérateur.

Petit à petit, mes pleurs diminuèrent en intensité jusqu'à disparaître. Je me mouchai dans un mouchoir en papier qui avait atterri là je ne sais comment, comme la dizaine d'autres avant lui et qui formaient une montagne blanche dégoûtante au sol, de mon côté du lit.

Ma tête me semblait sur le point d'exploser. J'avais une barre sur le front, le nez et le dessous des yeux d'avoir trop pleuré. Je devais être hideuse au possible, pourtant Tirell était là, encore et toujours. Prévenant. D'ailleurs, quand il me vit porter machinalement ma main à ma tête en grimaçant, il me demanda :

— Tu veux un médicament pour la migraine ?

— Oui, s'il te plaît.

— Ok, ne bouge pas. Je reviens.

De toute façon, où voulait-il que j'aille ?

Il revint quasiment aussitôt avec une capsule blanche et un verre d'eau. Il était tellement craquant ainsi. Le moment était mal choisi pour m'en rendre compte. Tout comme le fait de penser aux sensations qu'il pourrait me procurer s'il me caressait avec ses grandes mains. Mais bon, cela se saurait si je faisais tout comme il fallait.

Aussi, avant de trop y réfléchir, lui dis-je :

— Tirell ?

— Oui, ma belle ?

— Caresse-moi.

Il me regarda avec des yeux ronds et bredouilla :

— Par… pardon ?

— Caresse-moi. Je sais que je ne suis pas belle, surtout en ce moment, mais…

Il me coupa pour me dire :

— Ce n'est pas vrai. Tu es toujours belle. Ce n'est pas une question de désir pour toi. Jamais. Même à quatre-vingt ans, j'aurai encore envie de toi.

— Alors, montre-le-moi, caresse-moi.

— Non, Megan.

Les larmes revinrent en même temps que je murmurai un pathétique :

— Pourquoi ?

— Parce que ce serait mal, mon cœur. Tu es bouleversée. Et c'est tout à fait normal après la soirée que tu as vécue, mais je ne pense pas que te toucher soit une bonne idée.

— Et moi, je crois au contraire que c'est une très bonne idée. Quand je suis près de toi, je me sens tout de suite mieux. J'ai besoin de savoir que je ne suis pas cassée.

— Tu n'es pas cassée, Meg. Tu es juste blessée. Je pense que si je te touchais, cela reviendrait à verser du sel sur cette plaie.

— Ne m'oblige pas à te supplier, Tirell. Si c'est trop, je te le dirai immédiatement. J'ai vraiment besoin de ton contact pour éloigner mes démons.

C'était la stricte vérité. À cet instant, être touchée par Tirell me semblait la seule solution pour repousser ces horribles images. J'avais besoin que ses mains effacent le souvenir d'autres. J'avais besoin de me sentir aimée, choyée. J'avais besoin de lui rendre son amour avec des gestes tendres.

Le regard qu'il me lança était tourmenté. Je voyais bien qu'il était tiraillé. Une partie de lui ne voulait pas céder, voulait rester un noble chevalier servant. L'autre désirait me toucher, accéder à mes moindres désirs. Je voulais que ce soit cette dernière qui gagne.

Je me fis alors la réflexion que c'était cruel de ma part de jouer ainsi avec les sentiments qu'il me portait dans le but d'obtenir ce que je voulais. Ce n'était pas bien de le forcer à faire quelque chose qu'il pensait être mal. Je lui dis alors :

— Laisse tomb…

Je n'eus pas l'occasion de finir ma phrase que sa bouche était déjà sur la mienne.

CHAPITRE 45 : TIRELL

Mon Dieu pardonnez-moi. J'avais bien conscience que ce que je faisais était mal, mais comment lui résister ? Comment lutter à la fois contre mes envies et les siennes ?

Peut-être dans un autre contexte, en aurais-je été capable – ou pas –, mais j'étais tellement bouleversé par ce qu'il venait de se produire qu'il m'était impossible de garder une telle maîtrise.

La crise de larmes qu'elle venait d'avoir m'avait brisé le cœur, déchiré l'âme et m'avait fait ressentir un terrible sentiment d'impuissance. Je ne savais pas quoi faire pour l'aider. Les malheureux gestes que j'avais eus m'avaient semblés tellement futiles et dérisoires.

Alors tant pis si ce que je faisais était mal, je ne pouvais pas faire autrement. La fille que j'aimais de tout mon cœur me demandait de lui procurer du plaisir et je dois avouer que j'en avais également besoin.

Mon baiser était désespéré, allant à merveille avec le contexte. Il était un mélange d'amour, de chagrin – pour ce qui lui était arrivé –, d'amertume – pour ce connard qui lui avait fait tant de mal – et de désir – nous parlions de Meg après tout.

Nous nous embrassâmes ainsi durant de longues minutes, ne faisant rien d'autre. Soudain, ses mains vinrent tâter mon corps. Elles commencèrent par mes bras, mon buste, avant de dériver vers mes flancs. Elles remontèrent ensuite sous mon tee-shirt pour venir frôler à nouveau mon buste, non sans s'être avant promenées sur mon ventre. Sentir ses mains parcourir ainsi mon corps, peau contre peau, m'électrisa.

Pour lui faciliter le travail, je m'écartai légèrement et retirai mon haut. Je guettai en même temps ses réactions, prêt à faire machine arrière si le moindre soupçon de peur ou de panique envahissait son magnifique regard.

Pour l'heure, il était juste rempli de convoitise et de désir alors qu'elle le promenait sur moi. J'avais l'impression que ses yeux étaient munis de lasers me brûlant la peau partout où ils s'attardaient. Peut-être avait-elle raison après tout. Peut-être que nos moments d'intimité, au lieu de la perturber comme je le craignais, ne lui faisaient en réalité que du bien.

Nos émotions étaient toujours à fleur de peau, amplifiant ce que nous ressentions. Jamais cela ne m'avait autant fait d'effet d'être caressé par une fille. Ce n'était pas nouveau, je commençais à être habitué à ce que tout soit puissance mille lorsqu'il s'agissait de Megan.

Ne voulant pas être en reste, je promenai à mon tour mes mains sur ses bras et ses flancs. Je frôlai une première fois ses seins pour voir sa réaction. En la voyant se cambrer sous ma caresse, je me fis plus hardi et osai une caresse plus prononcée de ses deux merveilles. En réponse, elle se mit à gémir de plaisir.

Je me mis donc à masser plus intensément sa poitrine qui était visiblement un point hautement érogène pour elle.

Bientôt, cela ne fut plus suffisant. Il m'en fallait plus. Je voulais sentir sa peau. Voir la chair de poule raidir la pointe de ses seins, preuve du plaisir qu'elle ressentait. Je fis parcourir mes mains sur ses côtes en remontant le tee-shirt qu'elle avait sur elle, tout en ne quittant pas un instant ses yeux. Je devais être certain qu'elle était d'accord.

D'ailleurs, je lui demandai ouvertement :

— Je peux t'enlever ton haut ?

Elle se contenta de hocher la tête, tout en relevant son buste pour faciliter ma manœuvre. Grâce aux caresses que je venais de lui prodiguer, je supposais fortement qu'elle n'avait rien en dessous. J'en eus alors la confirmation visuelle. Mon cerveau disjoncta quand je me retrouvai devant la plus belle paire de seins qu'il soit. Ils étaient ronds, lourds et fermes. En un mot, magnifiques, admirables, désirables – oui, je sais cela en fait trois, mais croyez-moi, en cet instant, mon cerveau était aux abonnés absents.

Comme le plus précieux des trésors qu'ils étaient, je m'en emparai avec une délicatesse infinie. J'avais tellement peur de me réveiller d'un moment à l'autre, pour me rendre compte que tout cela n'était qu'un rêve. Pourtant, certains détails ne trompaient pas, comme le tas de mouchoirs par terre ou bien ses yeux rougis, autant de preuves irréfutables de ce qui s'était produit précédemment.

Quand mes mains furent enfin sur ses deux globes parfaits – je l'avais oublié celui-là dans la liste des qualificatifs –, je vis Megan arquer le buste pour venir se blottir un peu plus dans l'écrin formé par le creux de mes paumes. Mon intuition était bonne. Megan en proie au plaisir était d'un érotisme sans nom. Elle était tellement belle ainsi. En la voyant se tordre de cette manière sous mes caresses, je n'eus plus aucun doute, ses démons étaient – pour le moment – bien loin.

Soudain, le besoin de voir mes mains sur son corps pour me convaincre que je ne rêvais pas, devint une obsession. Je mis donc provisoirement fin à notre baiser et me redressai légèrement. Je fus alors séduit par le spectacle que j'avais sous les yeux. Je vis mes grandes mains halées par le soleil se promener sur son buste couleur porcelaine, à l'exception de deux boutons rose bonbon qui m'attiraient comme le plus puissant des aimants. Ils étaient comme une cible à atteindre marquée sur son corps de déesse.

Ne voulant pas résister à cette tentation, je me retrouvai donc à titiller ses deux merveilles qui devinrent encore plus dures qu'elles ne l'étaient auparavant.

Ses yeux ne quittaient pas mes mains. J'ignorais si c'était parce qu'elle était hypnotisée par ce que je lui faisais ou si elle voulait être certaine que c'était moi qui la touchait. C'était peut-être un peu des deux. Ou bien, peut-être était-ce pour une autre raison qui m'était inconnue. Une chose était certaine en tout cas, le fait de la voir me regarder la caresser augmentait l'érotisme de cet instant qui n'en manquait déjà pas.

Je lui pinçai délicatement une pointe pour voir sa réaction. Je ne fus pas déçu, Megan fit quasiment un bond sur le lit. Ok, donc elle aimait qu'on la stimule à cet endroit. Maintenant que j'en avais la confirmation, je pouvais m'en donner à cœur joie.

Je l'embrassai à nouveau tout en continuant à taquiner ses tétons. Je la voyais se tordre sous mes caresses et j'avoue que j'adorais cela. Elle n'en était certainement pas consciente, mais elle frottait ses jambes l'une contre l'autre, preuve supplémentaire qu'elle était sacrément excitée. Son corps exigeait plus et j'étais tout disposé à lui rendre ce service.

J'avais entendu dire que certaines filles étaient capables de jouir rien qu'en leur touchant les seins. Je croyais que c'était une légende. Jusqu'à maintenant. Car j'étais persuadé que je pouvais mener Megan au sommet uniquement avec mes mains – et peut-être aussi ma bouche – sur sa poitrine.

En tout cas, il fallait que j'en sois sûr. Et quoi qu'il en soit, je savais que ce que je m'apprêtais à faire lui procurerait du plaisir.

Je fis dévier ma bouche d'abord sur son menton. Je fis un petit détour par son oreille gauche et le grand frisson qui la parcourut ne m'échappa aucunement. Je saurais exploiter ce point. Cependant, ce serait pour une autre fois. Pour l'heure, ma priorité se situait légèrement plus bas.

Je revins vers son menton, l'embrassai à nouveau sur la bouche – car ses lèvres étaient toujours une aussi grande tentation pour moi –, puis je passai à son cou, pour finalement arriver à son sein droit.

Ma main était toujours occupée à taquiner la pointe du gauche quand je pris la pointe du droit entre mes lèvres.

Seigneur Dieu, le cri de plaisir qu'elle poussa alors. Comment vous dire? C'était la plus belle mélodie au monde. J'avais l'impression d'être tout puissant. Savoir que j'étais capable de lui faire ressentir des sensations aussi fortes me comblait.

Alternant entre mes dents et ma langue, je taquinai la pointe de son sein qui devait être de plus en plus sensible, si je me fiais aux gémissements de plus en plus forts qu'elle poussait. Ma main était sur son autre sein, le caressant.

Je mourais d'envie de la faire glisser entre ses cuisses, mais je n'étais pas persuadé que ce soit une bonne idée pour cette nuit. Sans parler que mes caresses sur sa poitrine semblaient déjà répondre à l'objectif que je m'étais fixé: lui donner du plaisir.

Son souffle s'emballa. Je n'en fus pas certain à 100 %, mais j'avais de fortes suspicions sur le fait qu'elle était sur le point d'avoir un orgasme.

Sans stopper ma bouche ni ma main, je relevai les yeux pour l'observer. Elle avait toujours les yeux rivés sur moi, mais ils étaient vitreux. Elle était clairement sous l'emprise du désir. Elle était sublime, magnifique, superbe.

Nos yeux se rivèrent et je mordis un peu plus fort sa pointe. Elle bascula alors dans le plaisir suprême. Sa bouche s'ouvrit en grand, ses yeux se fermèrent et elle poussa le plus doux des cris.

Pour ma plus grande honte, ce spectacle fut de trop pour moi. Je me sentis venir moi aussi dans mon short, alors que je ne touchais même pas mon sexe ! Je crois que c'était une première me concernant. C'était l'effet qu'avait Megan sur moi, elle me faisait perdre tout contrôle.

J'accompagnai sa descente du plaisir avec des caresses de plus en plus légères sur sa poitrine, alors que les frissons de jouissance se faisaient de moins en moins nombreux. Je me redressai alors pour la regarder. Elle était tellement belle à cet instant, les cheveux débraillés et s'emmêlant autour de sa tête, les joues rosies, la bouche gonflée par mes baisers, les seins lourds, leurs pointes érigées et luisant de ma salive. Elle était la volupté personnifiée. Pourtant, ce qui me frappa le plus, ce furent ses yeux. Ils étaient brillants, mais surtout débordant d'amour et de sérénité.

Je ne l'avais pas crue jusque-là, mais elle avait raison, mes caresses lui faisaient vraiment du bien. À cet instant, personne n'aurait été capable de deviner la terrible crise qu'elle avait traversée une heure plus tôt.

Avez-vous la moindre idée du soulagement qui s'empara de moi en me rendant compte de cela ? Non, je ne pense pas que vous le puissiez, à moins que vous n'ayez, vous aussi, été dans la même situation que moi. Cet instant était capital pour moi et inestimable, car il était synonyme d'espoir.

Avec un sourire tendre, elle me dit :

— Je t'aime.

— Moi aussi, mon cœur, je t'aime.

Une soudaine moiteur entre mes jambes me ramena malheureusement à des choses plus terre-à-terre et surtout me rappela que je venais d'éjaculer dans mon short, ce qui était tout sauf confortable. Je me dirigeai donc vers mon armoire et pris un nouveau short. J'allais sortir de la chambre – priant pour que Sheldon n'ait pas la brillante idée de sortir au même moment de la sienne – quand Meg me demanda :

— Où vas-tu ?

— Il faut que je change de short.

— Pourquoi ?

Elle promena alors ses yeux sur celui que je portais. Impossible de manquer la tâche qui commençait à se voir.

— Oh, fit-elle.

En rigolant, je lui répondis :

— Oui, oh.

— Mais que… enfin… je veux dire… c'est que je ne t'ai pas touché et toi non plus.

Elle était tellement adorable ainsi, les joues d'un rouge vermillon. Je lui répondis :

— Il faut croire que ma partenaire est tellement excitante qu'elle n'a pas besoin de me toucher pour me faire jouir.

Je lui fis un clin d'œil avant de quitter ma chambre, un grand sourire aux lèvres. Je n'aurais jamais pensé que la soirée se terminerait ainsi !

CHAPITRE 46 : MEGAN

Je planais encore de mon expérience orgasmique. Tirell était un faiseur de miracles – en plus d'être le petit ami parfait. Je savais – ou du moins, j'espérais – que je pourrais supporter ses caresses, mais je ne pensais pas qu'il allait me donner mon premier orgasme. Juste en me touchant les seins qui plus est!

Il n'y avait pas de mot assez fort pour décrire ce que j'avais ressenti. Certaines parties de mon corps vibraient encore de la jouissance qui venait de m'assaillir.

Enfin je suppose que ce flash de sensations qui vous donnait l'impression, durant une nanoseconde, de quitter votre corps, tout en vous donnant l'impression d'être branchée sur une prise, était ce que l'on appelle un orgasme. Après tout, je n'avais pas d'élément de comparaison. Quoi qu'il en soit, peu importe le nom, ce qui comptait, c'était que j'avais aimé cela. Vraiment beaucoup, beaucoup aimé !

J'entendis un bruit et relevai la tête. C'était Tirell qui était de retour. J'étais tellement partie dans mes songes, occupée à me remettre de mes émotions, que je n'avais pas vu le temps passer. Je n'avais pas bougé d'un poil. J'étais toujours torse nu. Je ressentis une légère gêne, mais pas autant que je l'aurais cru. En même temps, la manière dont Tirell me dévora du regard était tellement agréable. Il n'empêche que j'attrapai un coussin pour me couvrir la poitrine.

De mon côté, je ne me privai pas non plus pour le reluquer. Il fallait avouer qu'il y avait un certain avantage à être en couple avec un sportif. Il était vraiment superbe à moitié nu. Son torse était puissant, musclé. Pas un seul pli disgracieux ne venait gâcher ce tableau. Ses bras me semblaient énormes. De ce que je voyais de ses cuisses, elles faisaient pas loin de deux fois la largeur des miennes.

Je pourrais passer des heures à le regarder sans me lasser. Si je me fiais à son petit sourire en coin, il savait très bien l'effet qu'il me faisait. Mais cela m'était égal.

Je n'avais pas oublié ce qui s'était passé en début de soirée. D'ailleurs, je pense que je devais appeler le Dr Zichtern, car je me sentais dépassée par tout ce qui m'arrivait. J'avais besoin de quelqu'un pour m'aider à y voir plus clair. C'était décidé, je l'appellerais lundi, à l'ouverture de son cabinet, pour prendre un rendez-vous. Il faudrait ensuite que je voies comment faire pour m'y rendre. Ce n'était pas la porte à côté, mais je trouverais bien une solution. J'étais certaine que Tirell accepterait de m'y conduire. Cependant, je n'allais pas amener le sujet dans la discussion maintenant, cela n'aurait pas manqué de casser l'ambiance. Je me sentais tellement bien, je voulais faire durer ce moment au maximum. Je me sentais audacieuse. À tel point que, lorsque Tirell se pencha pour ramasser son tee-shirt, je lui dis, taquine :

— Tu crois faire quoi, là, beau gosse ?

— Euh, remettre mon tee-shirt. Pourquoi ?

Je voyais bien qu'il ne savait pas trop où je voulais en venir. Peut-être pensait-il que je voulais me débarrasser de lui pour finir ma nuit seule. S'il savait !

— Je n'ai pas eu autant de mal à te le faire retirer, pour te laisser le remettre.

Je vis à la lueur dans son regard qu'il avait compris que j'étais d'humeur coquine. Entrant dans mon jeu, il répliqua :

— Oh, voyez-vous ça. Et j'y gagne quoi, moi, à dormir uniquement vêtu de mon short ?

— Tu ne vas pas me faire croire qu'habituellement tu dors en pyjama !

— Peut-être. Tu n'en sais rien. En tout cas, tu n'as pas répondu à ma question.

À mon avis, il voulait simplement me taquiner, se disant que de toute façon, je ne ferais rien en échange. Eh bien, c'est ce que nous allions voir.

— Tourne-toi deux minutes.

— Hé, je rigolais, Meg. Tu n'as...

— Tourne-toi, le coupai-je.

Il leva les mains en reddition. En s'exécutant, il me dit :

— Ok, ok. Ne t'énerve pas, mon cœur. Je ferai tout ce que tu voudras.

Il devait se demander quelle idée j'avais derrière la tête. Il entendait mes mouvements, mais n'avait aucune indication supplémentaire.

De mon côté, je me dépêchai de récupérer tout ce qu'il me fallait. Une chance que je sois du bon côté du lit. J'aimais beaucoup la tenue qu'il m'avait prêtée, mais elle n'était pas sexy pour deux sous. Certes, je ne me voyais pas dormir nue à côté de lui – du moins pas encore – ni même torse nu, mais j'avais envie d'être à mon avantage.

Vérifiant qu'il avait toujours le dos tourné. Je quittai son short pour enfiler ma culotte et passai mon débardeur pour couvrir mes seins.

— C'est bon, tu peux te retourner.

Je ne sais pas à quoi il s'était attendu, mais visiblement pas à ça. Durant une bonne minute, il ne dit rien, se contenant de me regarder de haut en bas, puis de bas en haut. Enfin, il jura :

— Bordel de merde, Meg, tu veux ma mort ou quoi ? Comment veux-tu que je me rendorme, avec toi habillée comme ça, à côté de moi ? Pire, comment veux-tu que j'ôte de ma tête l'idée que tu t'es mise nue pour pouvoir enfiler cette tenue ?!

Je me mis à sourire face à sa réaction. Il était tellement mignon.

— Cela te fait rire ? Attends un peu pour voir. Je ne vois pas pourquoi il n'y aurait que toi qui aurais le droit de dormir dans des tenues affriolantes. Je te conseille de te tourner si tu ne veux pas voir des choses que tu n'es pas prête à voir, ma belle.

Durant un bref instant, je faillis ne pas le faire. Mais bon, je ne me sentais pas encore capable de le voir nu. Je lui tournai donc le dos et lui fis à nouveau face deux minutes plus tard, lorsqu'il me prévint qu'il avait fini.

Il avait troqué son short large qui lui arrivait à mi-cuisse contre un boxer qui ne cachait vraiment pas grand-chose de son intimité. En fait, il ne faisait que mettre en valeur ses formes. Et laissez-moi vous dire qu'il y avait de quoi faire.

— Euh Meg, si tu ne veux pas me mettre dans une situation encore un peu plus gênante, ce serait sympa que tu détournes le regard de mon entrejambe.

Oups, prise en flagrant délit de reluquage. *Pas bien Megan.*

En même temps, pas facile de faire autrement. Il était tellement bien bâti – de partout – que mes yeux avaient beaucoup de mal à se détacher de lui. Quand je réussissais, par je ne sais quel miracle, cet exploit, ils ne restaient pas longtemps détournés.

— Bon, allez. On a une nuit à finir. Or, si on continue comme ça, je pense que l'on ne va pas beaucoup dormir.

Comme pour lui donner raison, j'eus un énorme bâillement qui le fit rire. Une fois installés tous les deux, Tirell éteignit la lumière. Je vins d'emblée me blottir contre lui. Nous étions dans la même configuration qu'à notre premier coucher, sauf que cette fois, il y avait beaucoup plus de peau nue.

Tirell m'embrassa délicatement le crâne en me murmurant :

— Bonne nuit, Meg. Je t'aime.

— Moi aussi, Ty.

Je pensais avoir du mal à m'endormir. En réalité, je sombrai comme une masse aussitôt. Cette fois, j'eus un sommeil paisible.

Pas de doute, Tirell était vraiment la meilleure thérapie que je pouvais espérer. Il fallait juste que je fasse en sorte d'avoir une ordonnance à vie !

CHAPITRE 47 : MEGAN

La sensation de doigts caressant délicatement mon corps me tira petit à petit de mon sommeil. Même endormie, je reconnus le toucher si tendre de Tirell.

Tournant la tête sur le côté, je vis mon bel Apollon me regardant avec un sourire tendre.

— Bonjour, belle endormie.

— Bonjour, toi.

— Bien dormi ?

— Très, j'avais un oreiller très confortable, il faut dire.

— Voyez-vous ça. Eh bien, sache que l'oreiller se tient à ta disposition pour d'autres nuits, si le cœur t'en dit.

— Je tâcherai de m'en souvenir et n'hésiterai pas à te prendre au mot.

Je peux vous assurer que je le pensais. J'avais beaucoup aimé dormir aux côtés de Tirell. Je me sentais bien, en sécurité, aimée. Comme à chaque fois que j'étais en sa compagnie, en fait.

— Quelle heure est-il ?

— Dix heure trente.

— Déjà ?!

Après une seconde de retard, je dis :

— Merde ! Ether ! Je devais lui servir de couverture, je suis vraiment nulle comme copine.

— Elle m'a envoyé un texto pour prendre de tes nouvelles. Je lui ai demandé comment ça allait de son côté. Sa mère est venue la chercher comme prévu. Par contre, quand elle a demandé à te voir, Ether lui a dit que tu étais trop mal, à cause de ton indigestion de la nuit dernière. Elle n'a donc pas insisté.

— Bien.

Je ne voulais surtout pas qu'Ether ait des soucis à cause de moi. Déjà que je l'avais laissée en plan la veille. Il faudrait que je trouve un moyen de me faire pardonner.

Mon ventre se mit à gargouiller, ce qui fit rire Tirell qui me dit :

— Je crois que quelqu'un a faim. Ça tombe bien, il y a du café et des croissants tout chauds.

— Tu t'es déjà levé ?

Je ne sais pas pourquoi, mais j'étais un peu déçue de savoir qu'il m'avait laissée seule, ne serait-ce que quelques instants. J'étais vraiment une fille horrible. Mon mec s'arrangeait pour me faire un petit déjeuner d'enfer et moi, tout ce que je retenais, c'était qu'il m'avait abandonnée, alors que je dormais à poing fermé.

— En fait non, je n'avais pas le courage de quitter mon lit, il y avait une petite chose bien trop tentante dedans. Mais j'ai soudoyé Sheldon par texto pour qu'il y aille à ma place.

— Oh, c'est très gentil de sa part.

— Pas tant que ça, il a mis ça sur mon ardoise. Crois-moi, il saura me le rappeler.

Il se pencha alors vers moi et m'embrassa du bout des lèvres. J'hésitai entre lui rendre son baiser et m'abstenir de peur de l'haleine du matin.

Finalement, l'envie fut plus forte et je lui rendis son baiser. Je lui étais tellement reconnaissante de la manière dont il m'avait soutenue la nuit dernière. D'ailleurs, je décidai de lui dire :

— Merci, Tirell.

— De quoi ?

— D'avoir été présent pour moi cette nuit. Tu as été parfait.

— C'est normal, mon cœur. Je t'aime, je suis donc là pour les bons comme les mauvais moments.

— Oui, mais quand tu es là, même les mauvais moments le sont un peu moins.

— Cela me fait très plaisir ça.

— Ce n'est que la vérité.

Je repensai alors à la résolution que j'avais prise cette nuit. Le moment était, je pense, assez bien choisi pour aborder le sujet.

— Tirell, est-ce que tu voudrais bien me rendre un service ?

— Bien sûr. Que puis-je faire pour toi ?

— Voilà, je crois que je vais voir pour prendre rendez-vous avec mon médecin, mais son cabinet est à côté de chez mes parents, donc un peu loin d'ici. Je me demandais si tu accepterais de m'y accompagner.

— Bien sûr, quelle question. Tu es malade? s'inquiéta-t-il en tâtant mon front.

— Oh non, je ne parlais pas d'un généraliste, je parlais de mon psychiatre.

— Ok. Eh bien, pas de soucis. Tu n'auras qu'à me dire quand c'est et je me libérerai.

Une idée me vint à l'esprit, sans être certaine qu'elle soit bonne. J'hésitai, puis finalement, je lui dis d'une petite voix :

— Je me disais que l'on pourrait ensuite passer chez mes parents pour manger. Enfin, bien sûr, si tu préfères rentrer directement, cela me va aussi. C'est déjà gentil de ta part de me conduire, alors…

— Hé Meg, me coupa-t-il. Calme-toi. No stress. Je serais très content de rencontrer tes parents. Il faudra simplement que tu me préviennes si je dois venir avec mes protections, dans le cas où ton père voudrait me rouer de coups.

Ça, il n'y avait aucun risque. Je leur avais envoyé les photos que la mère de Tirell avait prises de nous. Ma mère avait poussé des cris hystériques, ne cessant de répéter que nous étions trop mignons tous les deux et qu'il fallait absolument que je leur présente Tirell en vrai. Mon père, plus laconique, avait avoué que nous semblions très heureux sur ces photos et que mon petit ami avait l'air de tenir à moi. Bien sûr, je ne doutais pas qu'il allait essayer de jouer un peu les papas poules, mais ce serait simplement pour faire bonne figure.

— Ne t'inquiète pas. Ils vont t'adorer.

— Bon. Tant que l'on est dans les confidences/demandes. J'ai un match ce mercredi soir à domicile. Si tu n'as rien de prévu et que le cœur t'en dit, cela me ferait plaisir que tu viennes m'encourager.

Je n'y connaissais vraiment rien au football. Je ne peux pas dire que ce sport me passionnait. Cependant, le regarder suer durant je ne sais combien de temps, donnant le meilleur de lui-même, me tentait carrément.

— Je n'ai rien de prévu et c'est avec plaisir que je viendrai soutenir mon homme.

Il eut un sourire éblouissant. Il n'y avait aucun doute sur le fait que ma réponse le ravissait. Décidément, je n'avais pas à fournir de grands efforts pour le rendre heureux.

Après cela, nous quittâmes à regret sa chambre pour aller prendre notre petit déjeuner. Même si la nuit avait été courte, je débordais d'énergie. Je n'étais pas pressée de quitter Tirell, mais je ne voyais pas trop quelle excuse inventer pour prolonger le temps que je passais avec lui.

Un journal local était posé à côté de moi sur la table. Distraitement, j'y jetai un coup d'œil. Soudain, une publicité attira mon attention. Ce week-end, dans la ville voisine, il y avait une fête foraine. Cela faisait une éternité que je n'avais pas mis les pieds dans un tel endroit – étonnant, hein ? Mais en compagnie de Tirell, je me dis que cela pourrait vraiment être sympa.

Mais bon, peut-être avait-il quelque chose de prévu, ou des devoirs à faire. Comme toujours, attentif au moindre détail me concernant, il surprit mon regard. Aussi, me demanda-t-il :

— Tu veux y aller ?

— Je sais pas. Tu veux y aller, toi ?

— Pourquoi tu réponds à ma question par une autre ? Tu veux y aller ou pas ?

Je me mordillai la lèvre et avouai dans un murmure :

— Oui, j'aimerais bien, mais je comprendrais si tu avais quelque...

— Alors c'est acté, va te préparer, nous partons dans quinze minutes.

— Vous allez où ? demanda Micah en débarquant de je ne sais où, en tee-shirt et caleçon.

— À la fête foraine. Et va t'habiller, mec, avant que je ne te casse la figure, pour oser te balader ainsi devant ma copine.

Alors que je devenais rouge brique, Micah lui répondit :

— Oh ça va, elle en a vu d'autres. À moins que tu n'aies peur qu'elle se rende compte que tu en as une petite et qu'il y a mieux ailleurs !

Bah justement, non, mais pas question que je lui fasse une réponse.

— Dégage, répondit hargneusement Tirell.

Je le sentais tendu. Je pense qu'il avait peur que Micah me mette mal à l'aise. Bon, je ne peux pas dire que c'était l'extase, mais ça allait.

Je posai donc une main sur son bras et lui dis :

— Ne t'inquiète pas, c'est pas grave.

— Tu vois, mec, tu devrais écouter ta copine, elle est plus cool que toi !

— Dégage !

— Ok, ok, mais attendez-moi, je viens avec vous, ça fait tellement longtemps que je ne suis pas allé à une foire.

Avant que Tirell n'ait pu répondre, Berkley, son compère, arriva à son tour et demanda :

— Où est-ce qu'on va ?

— À la fête foraine, répondit Micah.

— Trop cool ! Je file m'habiller.

— Putain, non ! hurla Tirell, aucun de vous deux n'ira nulle part. J'y vais seul avec Megan. Un point c'est tout !

— Pfff, le relou, ronchonna Micah.

— C'est clair, répliqua Berkley.

Sheldon sortit à ce moment-là de la salle de bains et demanda à la volée :

— Que se passe-t-il ?

— Il ne veut pas nous emmener à la fête foraine avec lui, expliqua Micah.

On aurait dit un gamin de cinq ans. Ce fut plus fort que moi, je me mis à exploser de rire, tant la scène était comique.

Tirell semblait au bord de la crise de nerf. À mon avis, il se demandait s'il devait cogner Micah ou Berkley en premier. Dans le fond, je pense surtout qu'il flippait à l'idée que je ne panique avec la présence de tous ces hommes dans la même pièce que moi.

Bizarrement, ce n'était pas le cas. Il faut dire qu'ils ne se comportaient pas du tout comme un gars le fait avec une fille. Je pense que cela venait du fait que j'étais la petite amie de leur copain. Je devais avoir un « Pas touche » d'écrit en gros sur le front pour eux. Résultat des courses, ils me donnaient envie de rire et non de fuir. Sans parler qu'ils gardaient leurs distances, n'empiétant pas mon espace vital. Enfin, j'étais contente qu'ils ne fassent aucune allusion à ce qui m'était arrivé la veille. Cela m'aurait mise très mal à l'aise.

Après tout, l'idée de Micah n'était peut-être pas si mauvaise, surtout que cela avait l'air de leur faire plaisir. Je suggérai donc à Tirell :

— Laisse-les venir avec nous, Ty.

— Quoi ??? me répondit mon copain.

C'est tout juste si les yeux ne lui sortaient pas de la tête. Je pense qu'il n'avait pas pensé une seule seconde que j'allais me ranger du côté de ses potes.

— Tu vois, Ty. Écoute ta copine, dit Micah. Au fait, je t'adore Megan, t'es trop cool.

— De toute façon, on sait bien que c'est toujours les filles qui portent la culotte dans un couple, ajouta Berkley. Bon, je file m'habiller. Ah, et moi aussi, je t'adore Megan.

Tirell semblait à deux doigts de faire un carnage. Moi, j'avais la banane. J'étais presque certaine que la raison de sa colère s'appelait Jalousie. Il était tellement craquant !

— Je te suis, répondit Micah.

— Alors, on vient ? demanda Sheldon.

Ils étaient tellement chou tous les trois.

— Vous venez, confirmai-je.

— Et moi, alors ? Je n'ai pas mon mot à dire ? grogna Tirell.

— Tu as entendu ce qu'a dit Berkley ? C'est moi qui commande, alors obéis, homme.

— Tu me paieras cet affront, femme.

— Des paroles, des paroles.

J'aimais quand on se taquinait de la sorte.

Alors que Sheldon retournait dans sa chambre, Tirell vint se coller à moi et me demanda à voix basse :

— Tu es certaine que cela ne te dérange pas ?

— Pas du tout. Promis.

— Parce que je t'assure que je n'aurais aucun scrupule à les envoyer chier.

— Ne t'inquiète pas. Bon, je file finir de me préparer, je ne veux pas être la dernière qu'on attend.

Je filai alors en direction de la salle de bains, sous l'œil ébahi de mon copain.

Pour des raisons d'organisation, nous prîmes deux voitures. Pour le coup, je dois dire que j'approuvai cette initiative de Tirell. Je ne me sentais clairement pas prête à me retrouver dans une voiture, avec quatre garçons, même si l'un d'entre eux était mon copain.

Quand Micah fit remarquer en rigolant :

— Tout ça pour faire des trucs cochons dans la voiture !

Tirell le fixa d'un regard noir et lui dit :

— C'était la dernière remarque salace que tu faisais de la journée en présence de Megan. Compris ? Sinon je te refais le portrait !

Micah mit les mains devant lui en signe de défense et lui répondit :

— Ok, ok, j'ai compris, pas la peine de faire ta teigne.

Une fois cette petite mise au point faite, il n'y eut pas d'autres menaces au sein de leur joyeuse bande. Nous passâmes un super après-midi. Je ris tellement que j'eus mal au ventre. Je m'éclatai comme une folle dans les manèges. J'avais l'impression d'être normale et c'était merveilleux. Et tout ça, je le devais à mon homme merveilleux, qui ne me quitta pas d'une semelle.

Mon moment préféré fut quand nous fîmes un tour de grande roue. C'était d'un romantique. Cliché, certes, mais surtout romantique. Nous retrouver isolés du reste du monde, contemplant l'horizon au soleil couchant, blottis l'un contre l'autre, comment vous dire ? C'était le rêve de toute fille, non ? Et grâce à Tirell, le mien était devenu réalité.

CHAPITRE 48 : MEGAN

L'après-midi fila à une vitesse folle. Trop tôt à mon goût, il fut l'heure que Tirell me ramène chez moi. Je ne lui proposai pas de monter ; en revanche, nos adieux dans sa voiture prirent un certain temps.

J'étais crevée, mais j'avais envie de me remettre à l'écriture de notre romance. D'après ce que nous avions pu glaner auprès des autres élèves, nous étions beaucoup plus en avance qu'eux. En même temps, je doutais que leur essai les passionne autant que nous.

Après la soirée que nous avions vécue la veille – j'entends après ma crise de larmes que je ne voulais que trop oublier –, je débordais d'inspiration pour la suite de notre histoire. Je voulais écrire à Tirell tout ce que j'aimerais lui faire, mais dont je ne me sentais pas encore capable. Inutile de vous préciser que j'avais l'esprit en ébullition.

J'écrivis donc une scène où Ayana invitait Preston chez elle pour qu'il l'aide sur un devoir pour lequel elle rencontrait des difficultés. Enfin, c'était la version officielle qu'elle lui fournit car, dans les faits, sa motivation était toute autre :

« *Alors que Preston prend place sur la table du salon qui fait également office de bureau, je lui demande :*

— Tu veux quelque chose à boire ?

— Je veux bien un verre d'eau, s'il te plaît.

Je prends un verre et une bouteille d'eau, ne sachant pas encore comment lui faire comprendre que je souhaite franchir le pas avec lui. Certes, nous nous sommes déjà embrassés et légèrement caressés, mais je veux plus. Je veux le rendre fou de moi. Je veux qu'il soit le premier.

Je lui sers un verre d'eau et il commence à m'expliquer le cours – que j'ai parfaitement compris lorsque le professeur me l'a exposé. Je fais semblant de m'y intéresser. L'avantage, c'est que je n'ai pas besoin de me concentrer sur ce qu'il me dit.

Je suis stressée mais déterminée. Soudain, avisant que son verre est vide, une idée me vient à l'esprit. Pour mettre mon plan diabolique à exécution, il faut d'abord que je protège mes cours. Je veux ce qui va arriver, mais ce n'est pas une raison pour détruire mes notes !

J'attrape donc mon cahier, le mets de côté et lui tends à la place une feuille blanche et un stylo, en lui demandant :

— Est-ce que tu peux me faire un schéma ? Je pense que ce sera plus clair pour moi.

— Bien sûr.

Alors qu'il commence à écrire, je mets mon plan diabolique en branle.

L'air de rien, je lui dis :

— Je vais te resservir.

Avant qu'il ne puisse me répondre, je prends la bouteille et fais en sorte de renverser l'eau, non pas dans son verre, mais sur lui.

Alors qu'il se recule sous le coup de la surprise, je lui dis de ma voix la plus repentante possible :

— Oh, désolée, je suis tellement maladroite.

Je vais à toute vitesse chercher un torchon et commence à essuyer ses vêtements, action complètement inutile pour ce but, mais très utile pour tâter tout son buste. Mes caresses sont un peu plus insistantes que nécessaires. Je crois que je commence à le troubler, puisqu'il me dit, gêné :

— Euh, laisse, Aya, ce n'est pas grave.

J'aime quand il utilise ce petit surnom qu'il est le seul à employer.

Insistant, je lui réponds :

— Mais si. Je ne vais pas te laisser dans des vêtements trempés. Tu sais quoi ? Tu n'as qu'à te déshabiller, je vais mettre tes vêtements à sécher.

— Tu sais que je n'ai pas de vêtements de rechange et que je ne loge certainement pas dans tes tee-shirts ?

— Je sais oui.

Je vois l'instant où il comprend que mon geste n'a peut-être pas été aussi accidentel qu'il n'y paraît de premier abord. Je vois les rouages qui commencent à se mettre en marche dans son esprit.

Il me regarde avec son sourire en coin et me dit :

— Tu ne chercherais pas à me voir nu, par hasard, Aya ?

— Peut-être, lui répondis-je mutine.

— Pourquoi ne pas me le demander directement alors ?

— Cela aurait été moins drôle.

— Cela m'aurait surtout évité d'être mouillé inutilement.

Pendant notre échange, il a déjà quitté son pull. Il attrape alors son tee-shirt derrière son cou et le fait passer par-dessus sa tête. À cet instant, il est à tomber. On dirait un mannequin.

Il est désormais torse nu et j'en ai l'eau à la bouche.

La main sur le bouton de son pantalon, il me demande :

— Alors, veux-tu que je me déshabille ici, ou bien préfères-tu que je le fasse dans ta chambre ?

Je sais que si nous allons dans ma chambre, les choses vont sacrément déraper. Pourtant, c'est exactement la direction que je prends, traînant Preston par la main dans mon sillage.

Une fois dans ma chambre, je vais me poser en reine sur mon lit, le laissant à son pied, lui donnant ainsi implicitement l'ordre de reprendre là où il s'est arrêté dans mon salon.

Il est visiblement sur la même longueur d'ondes que moi. Il déboutonne son pantalon et fait glisser la fermeture éclair. D'un mouvement souple, il fait descendre son jean. Il est désormais en boxer et loin d'être gêné par la situation, si je me fie à l'impressionnante érection qui se cache derrière le dernier bout de tissu qui couvre son corps.

Il hausse son sourcil gauche, comme il sait si bien le faire, en me demandant :

— Tout ?

— Tout, lui dis-je d'une petite voix.

Pas le temps de revenir sur mes paroles – ce que je ne souhaite de toute façon pas – qu'il fait tomber son boxer à ses pieds. Il se présente alors à moi dans le plus simple appareil. Le spectacle est mémorable. Il est vraiment très beau.

Le voir ainsi ne me laisse pas indifférente, je sens une moiteur envahir mes cuisses, en réponse à sa nudité.

— Et toi, Aya ? Aurai-je besoin de te verser un verre d'eau sur le corps pour te voir en tenue d'Eve ?

— Non, mais il faudra que tu travailles un peu.

— Pour ce style de job, n'hésite surtout pas à m'appeler à chaque fois que tu en ressens le besoin. Je le ferai avec plaisir.

Je suis installée sur mon lit, allongée comme un pacha version féminine. Il s'approche du pied du lit, puis commence à ramper dessus, venant me recouvrir petit à petit de son corps, en débutant par mes jambes.

Je voudrais admirer son corps se collant au mien, mais ses yeux me tiennent prisonnière de son regard. Impossible de détourner le mien !

Enfin, il est à mon niveau. Il se met alors à dévorer ma bouche. Jusqu'à présent, il a toujours fait preuve de retenue avec moi. Visiblement, il vient enfin de rendre les armes. Il ne m'a jamais embrassée avec autant d'intensité et j'adore ça.

J'aime la manière dont il m'embrasse habituellement, mais cette fois, je sens que c'est un prélude à quelque chose de plus grand.

Le savoir nu sur moi, alors que je suis encore complètement habillée, a un petit côté choquant qui m'excite un peu plus encore. J'ai l'impression d'être en feu. C'est pire quand il commence à promener ses mains sur mon corps, relevant centimètre après centimètre mon haut.

Bientôt, je suis en soutien-gorge. Il se met alors à embrasser mes seins à travers le tissu. À chaque fois qu'il frôle la pointe durcie de mon mamelon, c'est comme si on me donnait un coup d'électricité, mais qui est en fait très, très agréable.

Tout en continuant à me prodiguer sa caresse, je sens ses mains passer dans mon dos. Aussi, ne suis-je pas surprise, quand je me retrouve soudain les seins à l'air. Sa bouche sur moi passe alors de délicieuse à divine.

Les sensations qu'il me fait ressentir en jouant ainsi avec ma poitrine sont incroyables ; intenses ; absolument irrésistibles.

L'orgasme pointe le bout de son nez, mais il s'arrête soudain. J'ai envie de grogner de frustration et de coller de force sa bouche sur mes seins.

Avant que je ne lui demande pourquoi il s'arrête, il répond à ma question non-formulée en embrassant le dessous de ma poitrine, puis mon nombril et, enfin, il est juste à la limite de ma culotte.

Ce qu'il me fait est tellement intense que je découvre avec stupeur que mon pantalon est déjà ouvert. Quand l'a-t-il déboutonné ? Lorsqu'il s'occupait de mes tétons ou lorsqu'il descendait lentement, mais sûrement, vers ce qui semble être sa destination finale ?

Je n'ai aucune raison et envie de lutter. Aussi, quand je le sens attraper les bords de mon pantalon, je soulève les hanches. Je m'attends à ce qu'il me retire uniquement ce vêtement, mais il attrape à la fois mon jean et le rebord de ma culotte.

Je me retrouve alors complètement nue, comme lui.

Je n'ai pas le temps de me sentir gênée que sa bouche est sur un point sensible entre mes cuisses, avide de ses caresses.

Je pousse un gémissement incontrôlable, mais c'est tellement bon.

Dire qu'à l'origine, c'est exactement ce genre de caresses que je comptais lui prodiguer quand j'ai ourdi mon plan. Comme on dit, tel est pris qui croyait prendre. Mais bon, il peut me prendre à mon jeu autant de fois qu'il le veut !

Il est vraiment doué avec sa bouche. Les caresses qu'il vient de me donner m'ont tellement excitée, que je me retrouve quelques minutes plus tard à agripper ses cheveux, tout en me frottant sans honte contre sa bouche, alors qu'il m'arrache un orgasme fulgurant.

Il m'accompagne jusqu'au bout puis remonte au niveau de mon visage. Il me regarde intensément dans les yeux, en me demandant :

— Tu es certaine que c'est ce que tu veux ?

Je lui réponds d'un hochement de tête.

— Aucun regret ?

Je secoue la tête.

Il attrape alors une capote et se retrouve à nouveau entre mes cuisses. Son regard plongé dans le mien, il commence à s'enfoncer en moi en douceur. Il ne peut empêcher la vive douleur, mais le bonheur qu'il me procure ensuite compense cette première intrusion qui vient de me voler ma virginité.

Enfin ce n'est pas exact. Il ne me l'a pas volée. Je la lui ai offerte.

Ses coups, au début prudents et maîtrisés, deviennent de plus en plus erratiques et puissants au fur et à mesure qu'il perd le contrôle.

Enfin, il ne se retient plus et se laisse aller à sa jouissance, en me disant comme une prière d'adoration :

— Je t'aime Ayana.

Lui caressant les cheveux, je lui réponds :

— Je t'aime aussi Preston. »

En écrivant ces lignes, je sentis mes cuisses devenir moites. Je ne pouvais pas nier que lorsque je les écrivais, c'était moi et Tirell que j'imaginais, et non Ayana et Preston. Savoir que Tirell les lirait en sachant cela, me mit dans un état d'excitation à la limite du soutenable.

Je l'imaginai lire ces lignes et, pourquoi pas, se caresser en le faisant. Visualiser cette scène était presque aussi érotique que celle que je venais d'écrire en pensant à la première fois que j'aimerais avoir avec lui.

Bien sûr, pour certaines scènes – presque toutes en fait – j'étais obligée de me fier à ce que j'avais lu dans mes nombreux livres. En revanche, je n'avais aucune difficulté à m'imaginer les sensations qu'Ayana pouvait ressentir lorsque Preston vénérait sa poitrine. Je n'avais qu'à me remémorer les caresses que Tirell avait prodiguées à mes seins.

C'est toute émoustillée que je finis mon passage. Je l'envoyai dans la foulée à Tirell. Je lui envoyai ensuite un texto pour le prévenir d'aller voir ses courriels.

Regardant ma montre, je vis avec stupeur qu'il était vingt-et-une heures. Toute à mon histoire, je n'avais pas vu le temps passer.

Comme j'avais mangé très tard ce midi – en milieu d'après-midi pour tout dire –, je n'avais pas faim. Je me préparai donc pour aller au lit. Je n'avais toujours pas eu de retour de la part de Tirell. J'étais un peu déçue, car j'étais persuadée qu'il allait réagir à ce que je lui avais envoyé. Mais bon, peut-être était-il occupé avec ses potes.

Je venais de m'allonger dans mon lit quand mon téléphone sonna. Persuadée que c'était ma mère, je répondis :

— Coucou, maman.

Un ricanement me répondit, suivi d'une voix rauque qui me dit :

— Je dois dire que je t'ai imaginée m'appeler par plein de petits noms, mais « maman » n'a jamais fait partie de la liste.

— Tirell !

— Oui ma belle, c'est moi.

Sa réponse me fit rire.

— Que puis-je faire pour toi ?

— Oh, plein de choses.

Sa voix sensuelle me mit immédiatement sur des charbons ardents. Il n'avait pas tout à fait la même voix que d'habitude. Timidement, je lui demandai :

— As-tu reçu mon message ?

— Oh oui, je l'ai reçu. J'ai lu ton passage aussi.

Comme il n'ajoutait rien, j'insistai :

— Et ?

— Et tu mériterais une bonne fessée pour m'avoir provoqué une telle érection, alors que je regardais la télé tranquille avec mes copains.

Je me mis à pouffer de rire. En m'entendant, il continua :

— J'avais à peine lu une demi-page que j'ai dû donner à mes potes un prétexte bidon au sujet d'un devoir oublié, pour aller m'isoler dans ma chambre.

— Je suis désolée.

— Menteuse. Je suis certaine que tu savais pertinemment que j'allais être excité en lisant ce que tu avais écrit.

Il avait raison, mais pas question que je l'avoue à voix haute. Je laissai donc le silence lui répondre ce qui, je suis d'accord, était un aveu en soi.

— Dis-moi, Meg ?

— Oui ?

— Ce passage, au moment où tu l'écrivais…

— Oui ?

— Est-ce que tu m'imaginais te faire ces choses ?

Ma respiration se fit de plus en plus haletante. J'avais la sensation que, de son côté, c'était la même chose.

Avec un mince filet de voix, je répondis :

— Oui.

— Et en m'envoyant ton passage, est-ce que tu t'es dit que j'allais être excité au point de vouloir me caresser ?

Comme précédemment, je laissai le silence lui répondre. Cette fois, en revanche, il insista :

— Réponds-moi, s'il te plaît.

— Oui, avouai-je alors.

— Est-ce que cela t'exciterait, toi, de savoir que j'ai vraiment, vraiment envie de le faire en ce moment ? Ou bien est-ce que cela te choquerait ?

Quelle question !

— Cela m'exciterait.

— Et si je te disais qu'en réalité je fais plus que penser à le faire ?

Oh merde. Était-il en train de me dire qu'il se masturbait en me parlant ? À cette idée, je me sentis toute bizarre. Soudain, la couverture qui recouvrait mes jambes me sembla insupportable, de même que le tee-shirt qui me faisait office de chemise de nuit. Il venait frotter mes seins qui semblaient tout d'un coup beaucoup plus sensibles.

— Alors ? insista-t-il.

Était-ce l'excitation ? Ou bien le fait de savoir que je n'avais pas besoin de me confronter à son regard ? Ou bien tout simplement parce que c'était Tirell et, qu'avec lui, je n'avais pas peur d'avouer mes désirs ? En tout cas, je lui répondis :

— Je te dirais que cela m'excite.

Il produit un petit son de gorge tout à fait charmant.

— Et est-ce que cela te donne envie, à toi aussi, de te caresser ?

— Peut-être.

— Dis-moi, Meg, est-ce que tu t'es déjà caressée avant ce soir ?

— Non.

Jusqu'il y a peu, le désir physique était une chose qui m'était inconnue. Cela avait changé depuis que j'étais avec Tirell, mais je n'avais pas voulu laisser mes pensées prendre ce chemin. Ce soir, c'était différent. Pourquoi ? Parce que, en quelque sorte, Tirell était là.

Aussi, quand il me demanda :

— Et là, tu aimerais le faire ?

Je lui répondis dans un murmure :

— Oui.

Nouveau gémissement de sa part.

— As-tu idée de l'effet que tes paroles ont sur moi, Megan ? Elles me rendent fou de désir pour toi. Elles me donnent envie de te faire plein de choses cochonnes. Tu sais ce qui est terrible ?

— Non.

— C'est que je ne peux pas le faire. En revanche, toi, tu le peux. Veux-tu bien être mes mains, ce soir, Megan ?

Dans un murmure étouffé, je lui répondis :

— Oui.

— Tu as des écouteurs ?

— Oui.

— Alors mets-les. Tu vas avoir besoin de tes deux mains.

En entendant cette menace qui était en réalité une promesse voilée, je m'empressai de faire ce qu'il me demandait.

— C'est bon, je les ai mis.

— Alors voilà ce que je meure d'envie de te faire avec mes mains. Je veux que tu fasses exactement ce que je te raconte. D'accord ?

— D'accord.

— D'abord, je promène le bout de mes doigts dans ton cou, en caressant le bas de ta joue.

Je joignis le geste à ses paroles.

— Mes doigts sont tellement légers que c'est à peine si tu les sens. Pourtant tu es parcourue de frissons. Pas vrai ?

— Oui.

— Parfait, car figure-toi que j'aime te voir frissonner ainsi pour moi. Mes doigts descendent ensuite délicatement jusqu'à la naissance de tes seins. Ils se promènent de droite à gauche, puis de gauche à droite. Ce ne sont toujours que des effleurements. Je dévie légèrement et me retrouve sur ton bras. J'en parcours la longueur. Puis, je reviens à ces deux magnifiques globes. Je m'offre un petit plaisir et en malaxe un, en finissant par la pointe qui s'est durcie. Je la taquine en la pinçant légèrement.

— Mmm, répondis-je en réponse.

— Parfaitement, cette caresse t'arrache un soupir. Encouragé par ce son, je continue à faire glisser le bout de mes doigts sur tes seins gorgés de désir. Je pince ton téton un peu plus fort que tout à l'heure, tout en effectuant une légère torsion, avant de le lâcher. L'autre main malaxe ton deuxième sein de manière plus insistante. Je te prodigue cette double caresse durant plusieurs minutes, alternant les gestes des deux mains. Si tu savais l'effet que cela me fait de te voir, te tordant sous mes caresses ! Tu es tellement désirable ainsi. Je continue ensuite mon voyage en faisant glisser mes doigts le long de tes côtes. Cette nouvelle caresse t'arrache un frisson, d'une autre nature encore. J'effectue le mouvement plusieurs fois d'affilé. Puis, je reviens vers le centre de ton ventre. Les extrémités de mes doigts jouent légèrement avec le début de ta toison pubienne. Car, bien sûr, tu as une petite touffe à cet endroit. Pas vrai, Megan ?

Comment pouvait-il le savoir ?

— Oui.

— Oh mon Dieu, Meg ! Je suis en feu. Je suis à deux doigts d'exploser.

De mon côté, j'étais également dans un état proche de l'hystérie.

— Où en étais-je déjà ? Ah oui, mes doigts commençaient à se perdre dans ta douce toison. Je sais que tu meures d'envie de sentir mes doigts à cet endroit, mais je décide de pousser un peu plus loin ton supplice. Je quitte le haut de ton entrejambe pour venir sculpter de mes doigts le galbe parfait de tes cuisses. J'apprécie la douceur de ta peau à l'intérieur, tout en remontant, jusqu'à ce que mes doigts frôlent – par accident bien sûr – tes lèvres. Je parle de celles du bas, tu l'auras deviné. Je te taquine ainsi plusieurs fois de suite, jusqu'à ce que de mon côté, l'attente devienne trop difficile. Mes doigts viennent alors se perdre complètement dans ta toison dorée. Je peux toucher du doigt l'effet que je te fais. Sentir cette humidité me comble à un point inimaginable, car tu es trempée, n'est-ce pas, Megan ?

Mes doigts entrèrent, en effet, pour la première fois en contact avec le produit de mon excitation. Ce constat, ajouté aux paroles érotiques de Tirell, produisirent un effet boule de neige et je sentis cette humidité s'amplifier.

— Oui, je suis toute mouillée, avouai-je d'une toute petite voix.

Cette fois, ce fut Tirell qui poussa un gémissement vraiment fort. Savoir que j'arrivais à le mettre dans cet état, à distance qui plus est, était euphorisant et excitant.

— Mes doigts viennent alors se nicher au milieu de tes boucles pour trouver cette petite perle gorgée de désir.

Je n'avais encore jamais cherché mon clitoris, mais quand mon index entra en contact avec, je sus que j'avais trouvé le bouton magique. Je vis quelques étoiles et poussai un gémissement.

— Oh oui, si je me fie au bruit que tu fais, je sais que j'ai atteint mon objectif. Je commence alors un savant massage, alternant entre des pressions très légères et d'autres plus prononcées. Je te prodigue cette caresse jusqu'à sentir les premiers spasmes de ta jouissance. Je t'admire alors dans toute ta splendeur de femme, en même temps que je me répands sur les draps.

Ok, là, il avait gagné. Il avait à peine fini sa phrase que je fus terrassée par l'orgasme fulgurant qu'il venait de me promettre. C'était un peu comme lorsqu'il m'avait caressé les seins, mais en beaucoup plus fort. Mon gémissement, lui aussi, fut plus fort que tous les bruits que j'avais pu produire jusqu'à présent.

En écho, j'entendis un cri rauque à l'autre bout du téléphone qui me laissa à penser que Tirell avait également suivi à la lettre son scénario.

Durant une bonne minute, il ne se passa rien. Je crois que nous reprenions chacun nos esprits.

Enfin, Tirell s'inquiéta :

— Megan ? Tu es toujours là ?

— Mmm ?

— Même à travers un téléphone, je trouve ta voix plus sensuelle après la jouissance.

Sa remarque me fit rire.

— Si tu savais à quel point je t'aime, ma belle.

— Moi aussi.

— Tu es fatiguée ?

— Mmm…

Je me sentais littéralement lessivée.

Tirell rigola et me dit :

— Bon, je vais te laisser dormir, alors. À demain ma belle.

— À demain.

J'allais raccrocher quand il me dit :

— Au fait Meg ?

— Mmm ?

— Tu sais que ma vengeance sera terrible !

Je me souvins alors de notre début de discussion sur le fait que je l'avais mis dans une situation délicate devant ses potes. Sa remarque aurait pu me faire rire ou flipper, si je n'avais pas été aussi épuisée. À la place, je me contentai de lui dire que je l'aimais.

Je crois que deux minutes à peine après qu'il ait raccroché, je dormais.

CHAPITRE 49 : MEGAN

Tirell ne m'avait pas menti, sa vengeance fut terrible. Terriblement érotique. Le lundi soir, il me fit une réponse qui me donna presque aussi chaud que notre séance de la veille. Toute la semaine, nous nous fîmes des échanges sur le même ton. Je pense que le professeur Trandeson n'allait pas s'ennuyer en lisant notre devoir ! Nous nous étions surpassés pour respecter le thème.

Comme je me l'étais promis, dès la première heure, lundi, j'appelai mon psychiatre pour lui demander ses disponibilités, afin d'obtenir un rendez-vous dans les meilleurs délais. La chance fut de mon côté puisqu'elle avait justement une place de libre ce samedi après-midi, suite à un désistement. Quand je demandai à Tirell s'il était toujours d'accord pour m'y conduire, il me le confirma.

Étant donné que j'avais un loyer à payer, je ne pouvais pas me permettre de passer mon temps à annuler mes journées de travail. Il fut donc décidé que j'irais travailler le samedi matin et que Tirell viendrait me chercher à midi. Nous comptions grignoter un petit truc, puis prendre la route pour aller chez mon médecin. Il fallait compter deux bonnes heures de route, voire trois, en fonction de la circulation.

Je téléphonai à ma mère pour lui annoncer que je comptais venir manger à la maison avec Tirell. Inutile de vous dire qu'elle fut plus que ravie par cette nouvelle. Je fus même obligée d'éloigner quelques instants le combiné de mon oreille, sous peine de devenir sourde. Aucun doute, elle allait mettre les petits plats dans les grands pour mon petit ami.

Le mercredi arriva vite et avec lui ma promesse faite à Tirell d'assister à son match. Je proposai à Ether de m'accompagner, histoire que je me sente moins seule et surtout parce que j'aimais beaucoup passer du temps avec elle. Elle en sauta presque de joie. Au moins une de nous deux allait apprécier cette soirée.

La seule chose qui me plaisait, c'était d'avoir l'occasion de passer un peu plus de temps avec Tirell. Il m'avait prévenu qu'il y aurait certainement un after après le match, mais que nous n'étions pas obligés d'y aller.

Soyons francs, je préférais mille fois me faire arracher une dent que d'aller à cette soirée – bon j'exagérais peut-être un peu, mais vraiment à peine –, pourtant, je lui donnai mon accord.

Un couple, c'était une histoire de compromis. Je crois que je pouvais dire sans me tromper que Tirell avait déjà fait de gros efforts me concernant depuis le début de notre relation. C'était à mon tour de faire quelque chose pour lui faire plaisir. Je comptais d'ailleurs en faire deux. Mais la seconde était une surprise dont il ne se doutait pas.

Je n'avais jamais assisté à un match avant aujourd'hui. Oui, je sais, j'étais la honte de l'Amérique, mais bon, la foule et moi, ce n'était pas une grande histoire d'amour. Et puis le sport – quel qu'il soit – et moi, nous étions légèrement fâchés. Donc, avant aujourd'hui, cela ne m'avait jamais traversé l'esprit de vivre cette expérience.

Sauf que maintenant que mon petit ami faisait partie du lot des joueurs, j'étais beaucoup plus motivée et intéressée par le jeu. Enfin, j'étais surtout occupée à regarder un certain joueur se démarquer sur le terrain. Tirell était très bon et avait souvent le ballon entre les mains, résultat, la caméra zoomait souvent sur lui, pour mon plus grand plaisir. Enfin, c'est ainsi que j'interprétai ces nombreux focus sur mon petit ami, car j'avoue que je ne comprenais pas grand-chose au football. Tout ce que je savais, c'était que l'équipe devait aller mettre le ballon de l'autre côté du terrain, derrière les deux poteaux blancs. Les autres subtilités – telles que end zone[4], touchdown[5] ou field goal[6] – m'échappaient.

En revanche, je compris très vite pourquoi les joueurs portaient un tel équipement. Les coups qu'ils se donnaient étaient d'une violence inouïe. Je me demandai comment ils faisaient pour ne pas tous finir sur une civière, les os broyés, ou ne serait-ce couverts de bleus.

Quand son équipe gagnait grâce à une passe faite par Tirell, je fis comme les autres, je me mis à hurler de joie. Au bout d'une demi-heure, je le faisais même quand il n'était pas impliqué, ce qui était assez rare. Mon père m'avait dit qu'il était bon, Ether aussi, mais j'en pris pleinement

4. La end zone (ou zone de but) désigne sur un terrain la zone comprise entre la ligne des buts, la fin du terrain et sur ses côtés, la ligne de touche (*source Wikipédia).*

5. Un touchdown est inscrit lorsque l'une des équipes parvient à franchir la ligne d'en-but adverse avec le ballon ou à le récupérer dans la zone délimitée au-delà de cette ligne (end zone) (*source Wikipédia).*

6. Le field goal désigne une manière d'inscrire des points.

conscience durant ce match. C'était également le cas de Berkley qui suscitait aussi l'euphorie du public et des commentateurs. Comme je vous l'ai dit, je n'y connaissais pas grand-chose, mais si je devais donner mon avis, j'aurais dit qu'ils étaient les deux meilleurs joueurs du terrain, et de loin.

Il était hallucinant de voir la popularité que Tirell et Berkley avaient. Je me demandais quel effet cela produisait d'entendre ainsi son nom scandé par une foule en délire. Pas étonnant que Tirell ait parfois un égo surdimensionné !

Quand c'était l'équipe adverse qui franchissait leur ligne, je huai les joueurs comme mes voisins de stade, les insultants de tous les noms d'oiseaux. À chaque fois que Tirell se faisait plaquer – ce qui Dieu merci n'arriva pas trop souvent – j'avais des envies de meurtre envers son ou ses adversaires qui avaient osé lui infliger cela.

Il y eut une mi-temps durant laquelle Ether alla nous acheter des cochonneries à grignoter. Puis le match reprit de plus belle. En fin de compte, je ne vis pas le temps passer et je dus admettre que j'avais apprécié cette expérience. J'irais même jusqu'à dire que je n'étais pas contre l'idée de remettre ça.

L'équipe de Tirell mena haut la main tout au long du match. C'est donc sans surprise qu'ils remportèrent la victoire. Les joueurs des deux équipes se saluèrent ensuite mutuellement et chacun regagna son vestiaire. Ce fut alors le signal de départ pour les spectateurs.

À l'idée de me retrouver dans cette foule, mon cœur se mit à battre plus fort, mais je voulais être certaine de ne pas louper Tirell. Je me fis donc violence et me levai pour suivre le mouvement.

Ether m'attrapa par le bras et me dit :

— Tu vas où ?

— Bah, à la sortie, pour attendre Tirell.

— Mais non, pour les proches, il y a un accès aux vestiaires.

Euh, d'une je n'avais pas tellement envie de me retrouver dans un vestiaire rempli d'hommes, et de deux je ne sais pas si on pouvait dire que j'étais une « proche » de Tirell.

Ether n'attendit pas de réponse de ma part, elle m'attrapa la main et me traîna vers l'énorme trou dans lequel étaient entrés les joueurs, un peu plus tôt.

Comme je m'en doutais, des vigiles montaient la garde. L'un d'eux nous demanda notre nom. J'allais faire demi-tour pour m'éviter une humiliation inutile, quand Ether lui dit en me désignant du doigt :

— C'est Megan Adman, la copine de Tirell McFinay.

Le gars regarda un calepin qu'il avait dans les mains et nous répondit en se décalant, pour nous laisser passer :

— C'est bon, vous pouvez y aller.

Incroyable, Tirell avait pensé à donner mon nom ! J'étais tellement touchée par son geste que lorsqu'il passa la porte du vestiaire, un quart d'heure plus tard, je me jetai immédiatement dans ses bras.

Il n'eut même pas un mouvement de recul face à mon assaut surprise, il se contenta juste de m'étreindre. Je me décollai de quelques centimètres de son corps d'athlète, pour pouvoir l'embrasser comme je rêvais de le faire depuis que je l'avais vu transpirer sur ce terrain.

Jusqu'à présent, j'avais été plutôt timide dans mes démonstrations d'affection en public. En fait, j'avais du mal à me reconnaître dans ce geste. Mais avoir entendu toutes ces filles hurler le nom de mon mec avait réveillé la tigresse en moi. Je voulais montrer qu'il était à moi.

En l'occurrence, mon geste était un peu futile, puisque dans le couloir attenant aux vestiaires, il n'y avait que les proches des joueurs. Les représentantes du sexe faible – ou fort selon le point de vue que l'on prend – étaient donc soit des mères, soit des petites amies, soit des sœurs. Cette dernière catégorie pouvait toutefois représenter une « menace ».

De toute manière, ce n'était pas si inutile que cela, car il me permettait à la fois d'embrasser mon petit ami et à la fois de me retrouver dans ses bras. Rien que pour cela, il en valait la peine.

Tout sourire, Tirell me dit :

— Waouh, si j'avais su que me voir jouer te mettrait dans cet état, je t'aurais invitée il y a longtemps.

— Tais-toi, idiot.

Je vis ensuite Micah, Berkley et Sheldon nous saluer, Ether et moi. Tirell nous proposa d'être notre chauffeur à toutes les deux pour nous emmener au bar où avait lieu les réjouissances.

— Désolée, mais je ne peux pas venir, nous dit Ether. Je ne peux pas prendre le risque de me faire prendre. Je n'ai pas eu assez de temps pour préparer un alibi tangible.

Nous raccompagnâmes donc Ether à sa voiture, puis nous nous dirigeâmes vers celle de Tirell.

Le bar n'était pas très éloigné du campus et nous fûmes à destination en à peine dix minutes.

Quand Ty ouvrit la porte du bar pour me laisser entrer la première, je fus saisie par une vague de chaleur et de brouhaha.

C'était la folie là-dedans !

Toujours prêt à jouer mon chevalier servant, Tirell se colla à mon dos, passa son bras gauche sur mon ventre et me dit à l'oreille :

— Ne t'inquiète pas, je ne te lâche pas d'une semelle, ce soir.

Finalement, cet after n'allait peut-être pas être si terrible que je l'avais craint !

Cela faisait maintenant une petite heure que nous étions arrivés et ma vessie commençait à se faire remarquer. Je me penchai vers l'oreille de Ty, ce qui n'était pas trop compliqué étant donné que j'étais sur ses genoux – oui, oui, vous avez bien lu – et lui dis :

— Je vais aux toilettes.

— Je viens avec toi.

— Pas la peine, c'est à même pas dix mètres.

— Tu as ton téléphone avec toi ?

Je levai les yeux au ciel pour lui signifier ce que je pensais de sa question. Je lui montrai tout de même mon portable qui était dans ma main droite. J'avais beau faire la maligne, le souvenir du week-end dernier était toujours assez vivace dans mon esprit.

Je me rendis ensuite aux toilettes pour faire ma petite affaire. Néanmoins, il y avait la queue et je dus patienter pas loin de cinq minutes, avant d'avoir accès à une cabine dont l'hygiène, sans être catastrophique, était douteuse.

Je sortis ensuite des toilettes et pris l'angle du couloir me permettant de rejoindre la salle, avant de me stopper net et de faire machine arrière pour me cacher.

Dans un petit angle, certainement pour ne pas gêner les allées et venues de ceux qui souhaitaient soulager leurs vessies, se tenait Tirell en compagnie d'Alexa. Ils étaient vraiment très, très près l'un de l'autre.

Immédiatement, mon sentiment d'insécurité prit le dessus. J'avais confiance en Tirell. Il n'empêche qu'il n'en restait pas moins un homme. Même si je faisais des efforts – enfin le terme n'était pas très bien choisi, mais bon, passons – je savais très bien que sa vie intime devait être plus palpitante quand il était avec Alexa. De son côté, j'étais persuadée que la garce n'était pas contre l'idée de remettre le couvert avec lui. Quelque part, je la comprenais. D'après les aperçus que j'avais eus, Tirell était vraiment très doué pour prendre soin du corps d'une femme. Il était à son écoute, lui donnant exactement ce qu'il voulait.

En y regardant de plus près, je me rendis compte que si la position d'Alexa montrait clairement son « ouverture d'esprit » – pour rester polie – Tirell, quant à lui, avait une position beaucoup plus rigide.

Je savais que ce n'était pas bien d'écouter aux portes, mais la tentation était trop forte. Surtout quand j'entendis Alexa dire d'une voix insupportable mais claire :

— Allez Ty, arrête de faire ton vexé. Je ne t'en veux plus. Je trouve que c'est assez mesquin de ta part de t'afficher avec cette fille (à la manière dont elle le dit, on aurait dit qu'elle parlait d'une merde de chien) pour me faire comprendre que j'ai eu tort de prendre ainsi la mouche, lors de notre dernière dispute.

— Tais-toi, Alexa ! Je t'interdis de parler de Megan en ces termes ! Elle vaut mille fois mieux que toi !

Et toc, prends-toi ça dans les dents, sale pouffiasse !

Elle se mit à rire, mais ce fut un son des plus désagréables. Il sonna faux au possible. La remarque de Tirell l'avait blessée dans son ego.

— Tu ne vas pas me faire croire que tu t'intéresses à une fille comme elle ! Tu vaux beaucoup mieux.

Ouille, ça, ça faisait mal à entendre.

— Je ne perdrai même pas mon temps à t'expliquer en quoi Meg est géniale et parfaite pour moi. D'abord parce que tu serais incapable de comprendre et ensuite parce que tu ne mérites même pas que je fasse cet effort.

Et vlan ! Dieu que je l'aimais !

— Et tant qu'on y est, si jamais je te vois t'approcher à moins de dix mètres d'elle, ou si j'ai des échos que toi, ou une de tes marionnettes, lui causez à nouveau du tort, tu auras affaire à moi. Megan n'a pas voulu porter plainte contre ce que tu lui as fait samedi dernier et tu peux remercier le ciel qu'elle ait été aussi gentille. À sa place, je ne t'aurais pas fait ce cadeau. Par contre, si tu retentes n'importe quoi de mesquin à son égard, je me déchaînerai. J'irai immédiatement trouver le doyen et j'exigerai ton renvoi, si ce n'est de l'université, au moins de l'équipe de cheerleaders. Tu sais que j'en ai le pouvoir et je peux t'assurer que je n'hésiterai pas une seconde. Je serai impitoyable avec quiconque emmerde ma copine. Je me suis bien fait comprendre ?

Ok, je pense que la demoiselle venait de prendre assez cher. Il était temps que j'aille retrouver mon cher et tendre avant qu'il ne perde son sang-froid et ne lui saute à la gorge.

Mais comme je suis une fille, je ne pus m'empêcher d'asséner le coup de grâce à cette bimbo décolorée. Je vins rejoindre Tirell – faisant comme si Alexa n'était pas à dix centimètres de moi – et lui dis d'une voix que j'espérai sensuelle, en venant me blottir dans ses bras :

— Tu viens Ty, on va se coucher ? J'en ai marre de cette soirée, j'ai envie d'être seule avec toi.

Avec un énorme sourire, Tirell me répondit :

— Avec plaisir, ma belle. On repasse juste à notre table pour dire au revoir aux gars et on file.

M'embrassant dans le cou, il ajouta :

— Moi aussi, j'ai très envie de me retrouver seul avec toi.

Lovés l'un contre l'autre, nous prîmes alors la direction de notre table, snobant complètement Alexa.

Nous quittâmes ensuite le bar pour monter dans la voiture de Ty qui me dit :

— Tu sais que je t'aime, mais je crois que je te trouve encore plus irrésistible quand tu es jalouse et que tu marques ainsi ton territoire, même si je peux t'assurer que tu n'as rien à craindre.

— Je ne vois pas de quoi tu veux parler, mentis-je.

— Mais oui, bien sûr.

Quand nous fûmes arrivés devant mon immeuble, je pris une inspiration et lui demandai timidement :

— Ty ?

— Oui, Meg.

— Est-ce que tu serais d'accord pour venir dormir chez moi ce soir ?

— Euh… ?

— Je sais que je te prends un peu de court. J'aurais peut-être dû t'en parler avant, histoire que tu t'organises. Je voulais te faire une surprise. Je me rends compte maintenant que c'était nul et stupide de ma part. Tu n'as même pas de change pour demain. Oublie.

Ce qui était surtout stupide, c'était que lorsque j'étais stressée de la sorte, je n'arrêtais pas de parler, pour raconter n'importe quoi qui plus est.

— Hé, du calme Meg. D'abord, j'ai toujours une tenue de rechange dans mon sac de sport. Et quand bien même, cela ne m'aurait pas empêché d'accepter. Cela me ferait très plaisir de passer la nuit avec toi. C'est juste que l'on peut dire que ta surprise est réussie, car je ne m'y attendais pas.

— OK.

— Bon, il faut juste que je gare un peu mieux mon 4x4 pour ne pas gêner.

Aussitôt dit, aussitôt fait. Il redémarra son véhicule et se gara non loin de l'entrée. Avec un énorme sourire aux lèvres, il descendit et vint m'ouvrir la portière pour m'aider à descendre, comme il avait pris l'habitude de le faire.

Il attrapa son sac, qui devait contenir ses vêtements de secours, et nous prîmes la direction de mon immeuble.

Comment vous expliquer ? J'étais à la fois morte de trouille à l'idée de le faire entrer chez moi et de passer à nouveau une nuit en sa présence ; et en même temps excitée comme une puce.

CHAPITRE 50 : TIRELL

Devinez qui était le plus heureux des hommes ce soir ? Bingo ! C'est bibi !

Alors que je suivais Meg dans la cage d'escaliers, je n'en revenais toujours pas de sa proposition. J'étais tellement content qu'elle m'invite à monter chez elle. Mais qu'en plus, elle me propose de passer la nuit avec elle ? C'était le nirvana.

Attention, entendons-nous bien, je savais très bien que son offre n'impliquait pas que l'on fasse l'amour, mais pouvoir la tenir dans mes bras durant son sommeil, comme la nuit de samedi à dimanche, était déjà un présent précieux pour moi.

Nous montâmes jusqu'au troisième étage, puis Megan se dirigea vers la porte à gauche du palier.

Elle attrapa ses clés et ouvrit la porte. Elle s'écarta pour me laisser passer en me disant :

— Honneur aux invités.

— Non, honneur aux dames.

Notre échange nous fit rire tous les deux. Finalement, elle céda la première et entra avant moi. Elle appuya sur un bouton et son appartement s'illumina. Je promenai mon regard tout autour de moi. Ce n'était pas grand, mais c'était aménagé avec goût et tout était parfaitement rangé.

— Bon, je te fais visiter mon immense palace ?

— Volontiers.

— Alors, sur ta gauche – elle pivota en même temps dans cette direction – tu as ma magnifique cuisine/bar/salle à manger.

— Sympa.

— Au milieu – elle pivota à nouveau – derrière cette porte, tu as la salle de bains et les toilettes.

— Ça peut être utile, en effet.

— Et pour finir, à ta droite – dernier pivotement – tu as ma géante chambre/salon.

— J'aime beaucoup la façon dont tu l'as aménagée.

En disant cela, mes yeux restèrent rivés à une photo qui était accrochée à côté de son lit. C'était une de celles que ma mère avait prises de nous deux. Voir qu'elle l'avait imprimée et l'avait exposée à la tête de son lit, me toucha.

Ayant suivi la direction de mon regard, elle devint rouge pivoine. De mon côté, je me contentai de lui dire :

— J'adore. Comment as-tu fait pour l'avoir en aussi bonne qualité ?

— Il y a des bornes où tu peux récupérer les photos qui sont sur ton téléphone et les tirer en plusieurs formats.

— Génial, il faudra que je me renseigne. Je trouve ça trop cool.

— Tu n'es pas obligé de dire cela. Je sais que cela fait un peu niais.

— Tu veux rire ? Je trouve ça super touchant. Et si tu trouves que cela fait niais, alors dis-toi que tu n'es pas la seule dans cette situation.

— Comment ça ?

Je déverrouillai mon téléphone et lui montrai mon fond d'écran qui était une photo de nous. Je passai ensuite à la photo de mon profil sur les réseaux sociaux qui était également une autre photo de nous.

Au sourire qu'elle me lança, je devinai qu'elle était flattée. Je pouvais tout à fait comprendre sa réaction puisque je ressentais la même chose vis-à-vis de sa photo en tête de lit.

Un bâillement lui échappa qu'elle essaya de cacher derrière sa main.

— Moi aussi je suis crevé, lui avouai-je. L'air de rien, c'est légèrement fatiguant de courir après un ballon, plaisantai-je.

C'était la stricte vérité, je me sentais à plat. Il fallait avouer que je laissais pas mal d'énergie sur le terrain lors d'un match et ce soir je n'avais pas ménagé ma peine. Attention, je ne dis pas que d'habitude je ne donne pas le meilleur de moi-même, mais savoir que Megan était dans les gradins, à me regarder, m'avait donné envie de me surpasser. Je voulais qu'elle soit fière de moi, même si je savais qu'elle n'y connaissait rien au foot et qu'elle n'avait – me semble-t-il – jamais regardé un match de sa vie.

— Au fait, tu as aimé ?

— Oui. J'avoue que je n'ai pas tout compris, mais Ether m'a expliqué les bases. Et puis voir un certain quarterback se défouler sur le terrain, avait quelque chose de très émoustillant.

— Émoustillant ? Voyez-vous ça, mademoiselle Adman.

En disant cela, je m'approchai d'elle pour la prendre dans mes bras, dans une étreinte câline.

Soudain, la tension monta d'un cran dans sa chambre. Je sentais toujours la fatigue pointer le bout de son nez, mais ce n'était plus le sentiment qui prédominait chez moi. Toutefois, je devais me montrer raisonnable. D'une part, nous avions cours demain et d'autre part, Megan avait eu assez confiance en moi pour me faire venir chez elle. J'allais me montrer digne de cette confiance.

Je me reculai donc légèrement et lui dis :

— On va se coucher ?

— Très bonne idée.

— Tu vas en première à la salle de bains, j'irai après ?

— Non, vas-y en premier, il faut que je déplie le canapé-lit et que je réarrange les draps.

— T'inquiète, je vais le faire. Il faut bien que tu trouves des avantages à avoir un homme fort à la maison, non ?

Ma remarque la fit rire et elle accepta d'aller se changer.

Alors que la douche commençait à couler, je dépliai son canapé qui semblait très confortable et fis le lit. Je sortis ensuite mes vêtements de mon sac pour ne pas avoir à les chercher demain matin et surtout pour m'occuper les mains. Je fis ensuite quelques étirements pour assouplir un peu mes muscles qui avaient été bien sollicités ce soir et qui étaient tendus du fait de ma présence dans l'appartement de Meg.

Je venais à peine de m'asseoir sur le lit pour regarder mes notifications sur les réseaux sociaux, que la porte s'ouvrit. Une légère vapeur précéda ma copine qui était divine dans sa petite culotte et son mini-débardeur.

Elle avait vraiment des formes à se damner. Et laissez-moi vous dire que chaque particule de mon corps était prête à signer n'importe quel pacte pour avoir le droit de dormir à côté d'elle.

— La place est libre, me dit-elle.

— Ok, j'y vais.

Pour ma part, je n'en n'avais pas pour longtemps. J'avais déjà pris une douche dans le vestiaire. Il fallait simplement que j'utilise ses toilettes. J'aurais bien aimé me brosser les dents, mais pour le coup je n'avais pas de brosse de secours dans mon sac. Note à moi-même : se faire une mini-trousse de toilette pour être prêt en cas d'invitation surprise.

— Meg, à tout hasard, tu n'aurais pas une brosse à dent à me prêter ? lui demandai-je.

— Si, regarde dans le meuble, sous le lavabo.

Je fis ce qu'elle m'avait indiqué. Je me retrouvai alors dans un univers féminin. J'essayai de faire abstraction de la présence de ses produits hygiéniques et focalisai toute mon attention pour trouver la fameuse brosse. Je sais que la situation n'aurait pas dû me gêner, pourtant je crois que je rougis légèrement. D'un autre côté, c'était la première fois que je partageais une telle intimité avec une de mes copines.

Bien sûr j'avais déjà passé la nuit avec la plupart d'entre elles, mais c'était différent. Le fait de l'aimer changeait beaucoup de choses et tant pis si cela faisait fleur bleue de dire ça !

Une fois mes dents brossées, je retournai dans la chambre. Toutes les lumières étaient éteintes, sauf une petite lampe de chevet qui donnait un côté très intime et cosy à la pièce.

Putain, j'avais vraiment pensé le mot « cosy » ? Passons.

Megan était déjà au lit. Elle avait pris le même côté que lors de notre première nuit ensemble. Elle avait la couette jusqu'au menton. Elle était trop mignonne ainsi.

Pour ma part, j'étais encore complètement habillé. J'avais hésité à me déshabiller dans la salle de bains. Finalement, j'avais décidé de la provoquer un peu. Si elle se sentait mal à l'aise, elle pourrait toujours se retourner comme samedi soir. J'enlevai donc mon pull et mon jean pour rester en tee-shirt et boxer. Pas un instant, elle ne me quitta des yeux. La température monta en flèche dans mon corps sous son regard qui était de plus en plus ardent. Bien évidemment, cela fit naître une érection chez moi, mais je fis comme si de rien n'était. Alors que j'allais venir me coucher, elle m'ordonna :

— Enlève le tee-shirt.

Okayyy, comment lui refuser ?

— À vos ordres, m'dame.

J'enlevai donc mon tee-shirt et me dirigeai vers le lit. Je soulevai mon côté de la couette. Se faisant, et étant un homme, je ne pus m'empêcher de jeter un coup d'œil sous les draps, de son côté.

Erreur !!! Je ne fus pas déçu de mon initiative. Sauf si j'avais la berlue, elle ne portait plus que sa petite culotte. Envolé le débardeur !

Inutile de vous dire que mini-Ty prit immédiatement en compte cette nouvelle donnée et se sentit tout de suite plus en forme. Comme s'il avait besoin de ça ! Heureusement, la couette vint cacher sa réaction à Megan.

Je ne savais pas quoi faire. Devais-je faire comme si de rien n'était ? Si sa tenue était un appel à des jeux un peu coquins, elle risquait d'être vexée et de penser qu'elle m'était indifférente, ce qui était on ne peut plus faux. Devais-je prendre les devants ? Sauf que si elle s'était mise dans cette tenue uniquement pour être plus à l'aise pour dormir, j'allais passer pour un pervers queutard. Après tout, elle ne m'avait pas attendue allongée sur les draps, elle avait remonté la couette jusqu'à son menton. Oui, mais peut-être avait-elle froid ou bien se sentait-elle timide. Après tout, il ne fallait pas que j'oublie que ce genre d'intimité avec un homme était nouveau pour elle.

Punaise, je devenais pire qu'une fille à me faire ainsi des nœuds au cerveau.

Heureusement pour moi, j'étais à peine allongé que Megan résolut mon problème en venant se blottir contre moi. Immédiatement, mes bras vinrent entourer son buste nu. Par automatisme, je fis bouger mon pouce en un lent mouvement d'avant en arrière. J'étais bien ainsi. Très bien même.

Mais je me sentis encore mieux – quoi que plus à l'étroit dans mon boxer – quand elle commença, de son côté, à faire glisser sa main droite sur mon buste. Je restai immobile. Je la laissai aller à son rythme, je pense qu'elle en avait besoin, et je dois avouer que c'était vraiment agréable et excitant de me tenir ainsi à sa merci.

Durant de nombreuses minutes, elle cantonna sa caresse à mon buste, elle passait de mes pectoraux à mes abdos. Je crois pouvoir dire sans me tromper qu'elle n'y était pas indifférente. Elle joua aussi avec mes mamelons, ce qui était loin d'être désagréable – à ma grande surprise.

De mon côté, je me contentai de caresser son dos et le haut de son bras. Je mourais d'envie de faire glisser mes mains vers son fessier, mais j'étais déterminé à lui laisser la main.

Soudain, ses caresses changèrent légèrement, elle s'attarda un peu plus sur le creux de mes abdos et joua avec la ligne de poils qui commençait au niveau de mon nombril et finissait sous mon boxer.

Puis, un de ses doigts glissa à la lisière de mon élastique. L'air de rien.

La sentir progresser ainsi, avec une telle lenteur, était la plus douce des tortures que l'on m'ait infligées. J'étais au bord de l'implosion. D'ailleurs, il fallait impérativement que j'oblige mes pensées à prendre un chemin un peu moins coquin, sinon j'allais très vite me retrouver dans une situation gênante. Il ne s'agissait pas que la fête soit finie à peine commencée, si elle venait à toucher mon sexe – ce dont j'avais bon espoir.

Justement, je sentis ses doigts inquisiteurs glisser non pas dans mon boxer, mais dessus. Elle se mit à passer sa main lascivement, sculptant les contours de mon érection à travers le tissu tendu. Je ne sais pas si j'avais déjà été aussi dur de toute ma vie. C'était à la limite de la douleur et pourtant j'en voulais encore.

Meg exhaussa ma prière en revenant vers mon élastique et en se faufilant enfin dans mon boxer. Mon sexe se retrouva alors à l'abri dans l'écrin de ses doigts. Au début, elle ne fit rien d'autre, si ce n'est respirer plus fort. Et ce n'était pas plus mal, car cela me donna l'occasion de reprendre un peu le contrôle sur moi-même.

De son côté, il était clair que la caresse qu'elle était en train de me prodiguer ne la laissait pas de marbre. Son souffle était saccadé, son corps était parcouru de frissons et ses joues étaient d'une jolie teinte rosée.

Un besoin vital de parcourir son corps s'empara de moi. Pour autant, je n'oubliais pas à qui j'avais affaire. Je demandai donc :

— Meg, est-ce que je peux te toucher, moi aussi ?

Je sentis sa tête faire un mouvement de haut en bas sur mon torse. Elle me donnait l'autorisation de lui faire du bien et je peux vous dire que je n'allais pas me faire prier.

Je pivotai légèrement mon corps pour inverser petit à petit nos positions. Je me retrouvai maintenant au-dessus de son corps. Cependant, je fis en sorte de rester sur le côté, afin de ne pas être menaçant et de ne pas l'écraser avec mon poids. Comme je vous disais, j'étais très excité, mais je n'en oubliais pas pour autant l'essentiel, c'est-à-dire, la sécurité et le bien-être de Megan.

Même si elle venait de me donner l'autorisation de la toucher intimement, et que je crevais d'envie de le faire, je commençai d'abord par embrasser ses lèvres tentatrices. Jusqu'à présent, nous étions en mode « câlins et mine de rien il se passe des trucs coquins en bas ». Nous étions en train de passer en mode « coquin, sans faux-semblant ».

Je vins poser mes lèvres sur les siennes et durant quelques secondes, je me cantonnai à cela. Je mordillai ensuite sa lèvre inférieure, la suçotai, la taquinai. J'envahis ensuite sa bouche, mimant avec ma langue ce que je voulais faire avec mon sexe dans son délicieux écrin accueillant, niché en haut de ses cuisses.

Au fur et à mesure que mon baiser devenait intense, mes mains se firent de plus en plus osées. Elles commencèrent par son cou, puis ses seins. Comme la fois précédente, je constatai qu'elle était très sensible de la poitrine. Je mis à nouveau à profit cette faille. Je voulais la rendre folle avant d'aventurer ma main plus bas. Je ne voulais pas prendre le risque de la perdre en cours de route à cause de mauvais souvenirs. Tant que je ne savais pas exactement ce qui lui était arrivé, je marchais sur des œufs. Je ne savais pas quels étaient les gestes à proscrire et ceux à faire avec beaucoup de précaution.

De son côté, elle avait toujours la main sur mon sexe, mais se contenait de passer son pouce le long de ma veine turgescente.

Je quittai momentanément sa bouche pour venir titiller son cou, avant de m'attarder au niveau de son oreille. Samedi, j'avais remarqué qu'elle était sensible à cet endroit. Je ne m'étais pas trompé, car mon geste lui arracha un soupir.

— Ty ?

— Oui, mon cœur ?

— Montre-moi comment te caresser.

Avec une phrase, elle venait d'anéantir tout l'exercice de self-control que je venais de mettre en œuvre. Toutefois, il n'était pas question de lui refuser sa demande. Ma main quitta donc son magnifique corps pour venir recouvrir la sienne. J'intimai alors à nos deux mains un lent mouvement de va-et-vient sur mon sexe gorgé, exerçant la juste pression qu'il fallait pour me rendre fou. Moi, maso ? Un peu oui. Mais c'était tellement bon !

Voyant qu'elle se débrouillait très bien, je retirai ma main et la posai sur son ventre. Le fait de me savoir si proche du Graal, ajouté à sa caresse diabolique, me rendaient fébrile. Comme elle l'avait fait avec moi, je glissai mes doigts le long de l'élastique de sa culotte, tout en guettant la moindre de ses réactions. Je voulais être certain qu'elle n'allait pas perdre les pédales – du moins dans le mauvais sens du terme. C'était aussi pour cela que je trouvais que ce soit une bonne chose qu'il y ait la lumière. À tout instant, elle pouvait voir qu'elle était avec moi. De mon côté, je pouvais plus facilement détecter un changement dans son comportement.

Enfin, j'osai m'aventurer dans sa culotte. Je dois avouer que mon sang-froid était bien entamé et que je n'étais pas loin de jouir dans sa main. Mes doigts fouillèrent dans sa douce toison et trouvèrent la perle de son désir. Dire qu'elle était mouillée pour moi était un euphémisme. Elle était trempée entre les jambes et cela me rendit fou. L'odeur de son excitation vint chatouiller mes narines ; savoir que j'étais responsable de cette réaction de son corps réveillait la part primitive en moi, celle qui crevait d'envie de hurler « À MOI !!! ».

Je pense que de son côté aussi, elle avait atteint sa limite. En effet, moins de deux minutes après, elle se laissa aller à un orgasme qui lui arracha un tel cri qu'il provoqua immédiatement le mien.

Pendant cinq bonnes minutes, il ne se passa rien. Nous étions trop occupés à nous remettre de nos émotions. Je crois que je venais de vivre la jouissance la plus intense de ma vie. Et pourtant, je n'avais pas encore été en elle. Qu'est-ce que cela allait être le moment venu ?

Malheureusement, nous devions revenir à des choses beaucoup plus pratico-pratiques. Meg se leva la première pour faire une toilette. Pendant ce temps, j'essuyai le plus gros des dégâts avec mon boxer qui était de toute façon mort pour la cause. Heureusement que j'en avais un de rechange. Aller en cours sans sous-vêtement ne me posait aucun problème. En revanche, dormir nu à côté de Megan était une très mauvaise idée. Elle m'excitait tellement que je ne me faisais pas assez confiance pour me tenir correctement à mon réveil, lorsque je serais alors à moitié conscient.

Quand Megan sortit de la salle de bains, j'y allai à mon tour. Je retournai ensuite me coucher à ses côtés. Elle vint comme la première fois se blottir sur mon torse, sauf que ses mains restèrent sagement immobiles au niveau de mon cœur. Dieu merci d'ailleurs, je crois qu'il n'aurait pas fallu grand-chose à mon sexe – et à moi – pour remettre le couvert. Mais bon, il fallait bien se montrer raisonnable.

— Bonne nuit, Ty. Je t'aime.

— Moi aussi mon cœur. Fais de beaux rêves.

En même temps que je lui fis ma réponse, je l'embrassai sur la tête.

— Avec toi à mes côtés, je ne me fais pas de souci à ce sujet.

— Je l'espère. En tout cas, je dois te dire que j'aime beaucoup m'endormir à tes côtés, lui soufflai-je.

— J'avoue que moi aussi. Je pourrais y prendre goût.

Je tentais peut-être le diable, mais je lui demandai :

— Tu aimerais que l'on fasse cela plus souvent ? Passer la nuit ensemble, je veux dire. Quoique la question vaut aussi pour le moment coquin, plaisantai-je (à moitié).

Elle réfléchit quelques instants avant de me dire :

— Oui, j'aimerais beaucoup. Pour les deux.

Je n'étais pas vexé qu'elle ait pris ce temps de réflexion. Au contraire. La connaissant, elle avait pensé à tous les aspects que cela impliquait, s'était demandé si elle pouvait le supporter ou non. Sa réponse positive me faisait d'autant plus plaisir que je la savais mûrement réfléchie et non jetée à la va-vite.

— Alors c'est noté.

J'avais soumis mon corps à trop d'exercice – physique et mental – ce soir. Résultat, je tombai comme une masse en moins d'une minute, ma chérie lovée contre moi.

CHAPITRE 51 : MEGAN

Le reste de la semaine passa à une vitesse folle. Le jeudi soir, Tirell vint me chercher chez madame Wildson, puis nous allâmes manger un hamburger. Quand il me déposa devant mon immeuble, je lui demandai tout naturellement s'il voulait rester. Son sourire fut en soit une réponse, avant même qu'il n'ouvre la bouche.

Cette nuit-là, nous fûmes un peu plus sages que la veille. Bon, je ne vais pas vous mentir, il se pourrait bien qu'il y ait eu quelques attouchements. En même temps, mon petit ami était tellement sexy, surtout en boxer, qu'il était impossible de rester de marbre en étant couchée à ses côtés. Je crois bien qu'il pensait la même chose à mon égard, donc forcément, nous deux dans un lit, ça dérapait systématiquement.

Ce mec était un magicien. En quelques semaines, il avait fait de moi une fille dévergondée, alors que j'étais limite frigide à notre rencontre. Il me faisait ressentir des choses tellement fortes.

Il n'empêche que je savais bien qu'il était sur ses gardes, qu'il avait peur de faire le geste qu'il ne fallait pas. De mon côté, je flippais à l'idée qu'il déclenche, malgré lui, une crise en reproduisant un geste ou une mimique qui me renverrait cinq ans en arrière. Je savais qu'il n'y avait pas cinquante solutions pour passer outre cet obstacle. D'autant que je me sentais désormais prête à aller plus loin avec lui. Il fallait que je lui raconte ce qui m'était arrivé dans le détail.

Ce fut notre principal sujet de discussion avec ma psy lors de ma séance de samedi. Nous parlâmes de ma relation avec Tirell, comment elle avait débuté, comment elle avait évolué et à quel point je me sentais bien avec lui. Comme toujours, elle m'aida à y voir plus clair et me guida pour prendre les choix qui seraient les plus judicieux pour moi.

À chaque fois que je faisais une séance, l'expérience était très éprouvante pour moi, mais je sortais allégée de son cabinet. Le jeu en valait donc la chandelle. Cette fois-là ne fit pas exception. Maintenant que ma décision était prise, je ne reviendrais pas dessus. Il fallait juste que je m'en tienne au « plan d'attaque » que nous avions mis au point avec le Dr Zichtern.

J'avais dit à Tirell que je le préviendrais une fois sortie, pour éviter qu'il ne fasse le pied de grue inutilement. Néanmoins, lorsque j'arrivai sur le trottoir, il était déjà là, à m'attendre. C'était une bonne métaphore pour notre histoire. Je savais que, quelle que soit la situation, je pouvais toujours compter sur lui. Je ne sais pas ce que j'avais fait pour mériter de l'avoir dans ma vie, mais je savais reconnaître la chance que j'avais.

Quand je fus à son niveau, il m'ouvrit grand les bras, en me disant :

— Salut, toi.

— Salut, lui répondis-je en me lovant contre lui.

— Ça va ? Cela s'est bien passé ?

— Oui, elle m'a aidée à y voir plus clair.

— Tant mieux. Allez, en voiture, direction chez tes parents.

C'était aussi quelque chose que j'aimais chez Tirell, il ne me poussait jamais à me livrer si je ne le voulais pas. Il était juste présent si j'en ressentais le besoin.

Une fois dans la voiture, j'attrapai sa main qui ne tenait pas le volant et conservai notre étreinte durant tout notre trajet. À mesure que l'on approchait, je sentais Tirell devenir de plus en plus fébrile.

Me souvenant de la discussion que nous avions eue en nous rendant chez ses parents, je lui dis un brin taquine :

— Ne t'inquiète pas, ils sont super cools. Et puis, ils savent que tu es important pour moi, donc il n'y a pas de raison qu'ils ne t'aiment pas. Et puis, tu es le premier garçon que je leur présente. Et en plus, ils t'ont invité à manger.

— Ouais, enfin c'est toi qui m'as imposé.

— Non je t'ai invité, nuance.

Il dut reconnaître que c'était peu ou prou les mots que nous avions eus en allant chez les siens, car il rigola en avouant :

— Ok, je comprends maintenant à quel point tu étais flippée. Sauf que toi, tu ne risquais pas de prendre une droite de la part de ma mère pour avoir osé toucher à son fils chéri.

Je rigolai à mon tour et lui répondis :

— Ne t'inquiète pas, mon père est un partisan de la non-violence. Quoique je pense qu'il pourrait en effet laisser ce principe de côté pour sa fille.

— Ce n'est pas gentil de te moquer de moi, Megan.

— Tu es tellement chou comme ça. Le « si sûr de lui » Tirell McFinay qui tremble de peur à l'idée de rencontrer mes parents !

— Je ne trouve pas ça drôle, bougonna-t-il.

— Ne t'en fais pas. Tu n'auras qu'à te mettre à parler foot et tu seras adopté d'office par mon père.

De fait, c'est exactement ce qui se produisit.

Quand nous arrivâmes devant l'allée de mes parents, je n'eus pas le temps d'attraper la poignée que la porte s'ouvrit d'elle-même. Ma mère nous sauta alors dessus – littéralement – en babillant :

— Oh les enfants, je suis contente que vous soyez arrivés. Vous avez fait bonne route ? Ce n'était pas trop fatiguant ?

— Ça va maman. Laisse le pauvre Tirell poser au moins un pied dans la maison avant de commencer l'inquisition.

En riant, ma mère s'écarta du pas de la porte pour que nous puissions entrer. Elle me dit alors discrètement – enfin je pense qu'elle voulait l'être, même si elle parla beaucoup trop fort pour que Tirell n'ait pas pu l'entendre :

— Mazette, Megan, il est encore plus beau en vrai qu'en photo.

— Maman !!!

— Bah quoi, j'ai beau être mariée à ton père depuis vingt-cinq ans, je sais encore reconnaître un beau jeune homme quand j'en vois un.

Seigneur, achevez-moi !

Heureusement, mon père vint à la rescousse et interrogea – comme je l'avais prédit – Tirell sur la rentrée de foot. Ce dernier se fit une joie de lui répondre.

La soirée s'écoula ainsi dans la bonne humeur.

Nous en étions au début du plat principal, quand je regardai machinalement ma montre. Nous avions pas loin de trois heures de route pour rentrer, il ne fallait donc pas que nous partions trop tard. Ayant surpris mon geste, ma mère me demanda :

— Vous avez quelque chose de prévu ensuite ?

— Non, c'est juste que je ne veux pas imposer à Tirell de conduire tard.

— Ne t'inquiète pas, me répondit Tirell, cela ne me dérange pas de rouler de nuit.

— Et si vous restiez dormir ? me suggéra ma mère.

Je fus tellement surprise que je ne trouvai rien à répondre. Tirell vint à ma rescousse et lui dit :

— Ne vous donnez pas cette peine, madame Adman.

— Je t'en prie, appelle-moi Margaret et je t'assure que cela ne nous dérange pas. Pas vrai, Philipp ?

Mon père se contenta de hocher la tête pour faire savoir qu'il était du même avis que ma mère. Elle continua alors son plaidoyer :

— Sans compter que cela nous ferait plaisir de vous avoir pour le petit déjeuner. Cela nous manque de ne plus avoir Megan avec nous.

Je fus touchée par sa remarque, sauf qu'il y avait un détail de taille. La maison de mes parents n'avait que deux chambres, la leur et la mienne. Il y avait bien un bureau mais, à ma connaissance, il n'était pas équipé pour recevoir un lit. Cela voulait-il dire que mes parents donnaient implicitement leur accord pour que je dorme avec Tirell ?

Ce dernier se contenta de me regarder. Je savais qu'il se plierait à ma décision quelle qu'elle soit et que nous présenterions un front uni dans notre réponse. J'avais peut-être l'air bête, mais il fallait que je lève tout malentendu avant de donner ma réponse :

— Tu nous proposes bien de dormir dans ma chambre ?

— Bah oui, où voudrais-tu dormir ? Dans notre lit ?

Elle eut un petit rire gêné.

J'avais la réponse à ma question. Il était temps de mettre fin à cette situation embarrassante, alors je lui dis :

— C'est avec plaisir que nous restons.

Je savais que Tirell avait dans sa voiture un sac de change. De mon côté, j'avais encore des vêtements à moi dans ma chambre.

— Très bien, alors c'est décidé !

Le repas continua sur la même lignée. Souvent, Tirell venait caresser doucement ma main sous la table ou ma cuisse, en un geste réconfortant. Une fois, cependant, il le fit directement sur la table.

Son geste était instinctif, je crois qu'il le faisait sans même y penser. Il lui arrivait souvent d'avoir des gestes tendres envers moi. C'était comme s'il ne pouvait rester éloigné de moi physiquement bien longtemps et cela me convenait tout à fait, car je ressentais la même chose à son égard.

Ma mère surprit sa caresse et riva les yeux sur nos mains jointes. Je le vis et Tirell s'en rendit également compte. Il enleva immédiatement sa main, de peur d'avoir commis un impair, mais ma mère lui dit aussitôt :

— Ne t'inquiète pas, cela ne nous choque pas. Enfin si, mais pas comme tu le crois. Le père de Meg et moi commencions à désespérer qu'elle trouve quelqu'un qui soit digne d'elle. Nous sommes heureux de voir qu'elle a désormais cette chance.

— C'est moi qui ait eu de la chance de rencontrer votre fille, Margaret.

Ok. Là, la situation devenait carrément gênante. Je fis donc dévier la discussion en demandant à ma mère de me raconter les derniers potins du coin. Mon plan fonctionna à merveille. Ou du moins, chacun joua le jeu.

Quand le repas fut fini, nous allâmes nous coucher. D'un commun accord, nous décidâmes de garder nos tee-shirts respectifs pour dormir. Mes parents avaient beau faire preuve d'un esprit ouvert, je ne tenais pas à prendre le risque qu'ils entendent leur fille pousser des bruits étranges. Sans parler que je ne pense pas me tromper en disant que Tirell ne tenait pas non plus à se faire remarquer de la sorte.

Cela ne nous empêcha pas de passer une nuit agréable.

Contrairement à ce qui était prévu, nous restâmes également pour le repas du midi. Ma mère insista légèrement et, comme nous n'avions rien de prévu ce dimanche, nous acceptâmes.

Au final, il était seize heures quand nous laissâmes derrière nous la maison de mes parents.

— Tu avais raison, ils sont vraiment cool, me dit Tirell.

— Je crois que tu les as séduits comme tu as séduit leur fille.

— Moi je crois surtout qu'ils sont heureux de voir leur fille heureuse.

Il y avait peut-être un peu de cela aussi.

Tirell et moi avions tous les deux des devoirs à faire, donc nous décidâmes de dormir chacun chez soi, sinon nous aurions du mal à nous concentrer.

Il passa en revanche me chercher lundi matin.

Le lundi soir, je travaillais assez tard pour rattraper mes heures et Tirell avait un entraînement de prévu. Nous fîmes donc aussi chambre à part ce soir-là. Je dois dire que sa présence à mes côtés me manquait. Je m'étais habituée à ce qu'il soit là en me levant ou quand je me réveillais en pleine nuit.

Mardi, nous avions prévu de passer la soirée ensemble, mais arrivés à notre cours d'essai littéraire, Tirell me dit piteux :

— Je suis désolé, j'avais complètement zappé que j'avais une soirée jeux-vidéo de prévue avec les gars ce soir. Mais si tu veux, je peux annuler. Ils peuvent la faire sans moi.

Mon égoïsme me poussait à lui dire d'annuler, mais je savais bien qu'il ne voyait plus beaucoup ses copains et que cette soirée lui faisait plaisir.

Cela m'offrait également la possibilité de faire ce dont nous avions parlé avec le Dr Zichtern. Je lui répondis donc :

— Mais non, il n'y a pas de souci. Va jouer avec tes potes.

— Tu es la meilleure des petites amies.

— Ça tombe bien alors, puisque tu es le meilleur des petits amis.

Une fois le cours terminé, il me déposa tout de même chez moi, pour que je n'aie pas à prendre le bus. Depuis que nous étions ensemble, je ne prenais quasiment plus les transports en commun.

Une fois dans mon appart et mes tâches quotidiennes faites, je m'assis sur mon lit et me préparai à écrire le courriel le plus difficile que je n'aie jamais eu à écrire. J'espérais simplement que Tirell ne le lirait pas tout de suite, histoire que j'aie le temps de me remettre de mes émotions avant de faire face à sa réaction. Comme il avait une soirée de prévue avec ses potes, il y avait très peu de chance qu'il consulte sa boîte électronique. J'avais donc quelques heures de répit devant moi pour me préparer.

CHAPITRE 52 : TIRELL

J'étais en train de mettre la pâtée à Micah à NBA2K[7] quand mon téléphone émit un bip m'avertissant de l'arrivée d'un nouveau courriel. Ne voulant pas perdre l'avantage que j'avais sur lui, je ne m'en occupai pas. J'aurais tout le temps pour le lire après le match que nous disputions.

Cinq minutes plus tard, après avoir infligé une défaite écrasante à l'équipe dans laquelle était Micah, je filai la manette à Sheldon, qui, à son tour, entama un match contre Berkley.

Voyant une lumière clignoter sur mon téléphone, je me rappelai que j'avais reçu un courriel. Je déverrouillai mon portable et allai sur ma messagerie. Quand je vis que le message était de Megan,

7. Jeu vidéo de basketball.

je crus pendant un bref instant que c'était la suite de notre romance – qui touchait d'ailleurs à sa fin – mais l'objet du courriel m'alerta.

Il y a des moments dans votre vie où vous saviez que rien ne serait plus jamais pareil. C'est la sensation que j'eus en voyant la longueur du message et en commençant à parcourir les premières lignes de son courriel. Je sus d'instinct qu'il fallait que je m'isole, car je risquais de péter un câble très vite.

Je me levai donc du canapé, le cœur battant à tout va et les mains tremblantes d'appréhension.

— Hé, mec, tu vas où ? me demanda Micah. J'attends ma revanche !

— Continuez sans moi.

— Quoi ?! Mais tu avais promis que c'était notre soirée à nous quatre !

Quelque chose dans mon regard hanté dut l'alerter car il jura :

— Merde Ty, qu'est-ce qu'il se passe ?

— Je ne sais pas exactement, mais j'ai un truc important à lire. Ok ?

Sans que nous en ayons parlé franchement, mes potes savaient que Megan avait des soucis. Or, tous les trois savaient qu'elle était importante pour moi. Je pense que mon ami avait compris que cela la concernait.

D'ailleurs, mes deux autres potes avaient mis leur partie sur pause et me regardaient eux aussi avec des yeux compatissants, me signifiant qu'ils étaient là pour moi, en cas de besoin. Je leur signifiai ma reconnaissance d'un signe de tête, avant d'aller me réfugier dans ma chambre, pour lire un message qui, je le savais à l'avance, allait me mettre la tête à l'envers. J'espérais simplement que je serais assez fort pour ce qui allait suivre. Cela avait dû être très difficile pour Meg de l'écrire et de me l'envoyer. Je devais me montrer digne de sa confiance.

From : megan.adman@gmail.com
To : tirell.mcfinay@gmail.com
Objet : Confessions

Tirell,

Je pense qu'en lisant l'objet de mon courriel, tu dois te douter de son contenu. J'ai pensé mille fois à te raconter ce qui m'était arrivé il y a cinq ans. J'ai imaginé le faire sous différentes formes : en direct (trop dur pour moi), à travers l'histoire de Ayana et Preston (je ne voulais pas salir leur belle histoire avec cet événement ; certes, j'aurais pu supprimer les chapitres ensuite, mais cela serait resté pour moi) ou bien te l'écrire. J'ai donc choisi cette troisième option. J'espère que tu ne m'en voudras pas trop. Si je n'ai pas choisi la première option, ce n'est pas parce que je ne t'aime pas assez ou que je n'ai pas confiance en toi. C'est juste trop difficile pour moi.

Comme tu dois certainement t'en douter, samedi j'ai longuement discuté avec ma psy de ma démarche. Nous avons beaucoup parlé de toi aussi et du bien que tu me fais. Nous sommes toutes les deux persuadées que me confier à toi m'aidera à guérir, car c'est un des effets que tu me fais Ty. Tu me guéris. Rien que pour cela, je t'en serai à jamais reconnaissante.

Mais bon, j'essaie de gagner du temps et je suis pathétique. D'autant que, rien ne t'empêche de sauter ces lignes pour passer au vif du sujet, même si je sais que tu ne le feras pas. Tu es bien trop attentionné envers moi pour le faire.

Alors, voici ma sombre histoire.

Il y a cinq ans, j'étais à des années-lumière de celle que tu connais aujourd'hui. J'étais la coqueluche de mon lycée. J'avais un physique avantageux et je savais en jouer pour obtenir ce que je voulais des mecs et des profs. Bref, j'étais un peu une peste. Je dois dire que je ne suis pas fière, aujourd'hui, en repensant à quel point j'étais superficielle.

En fait, ce qui m'est arrivé est peut-être un bienfait. Cela m'a permis de voir les choses autrement et de ne pas devenir une Alexa-bis.

Même si la leçon fut rude et que je m'en serais bien passé.

Je ne sais pas comment tu étais à quinze ans. Pour ma part, j'étais affreuse avec mes parents. Pourtant, comme tu as pu t'en rendre compte par toi-même, ce sont des crèmes. Ils m'adorent et je dois dire que je leur en ai fait baver. Je voulais faire ce que faisaient les élèves plus vieux : sortir, boire, autrement dit m'amuser ! Les sorties étaient bien le seul point sur lequel mes parents étaient assez stricts. Sur plein d'autres choses, ils laissaient couler, mais pas sur celui-ci. Finalement j'aurais préféré qu'ils le soient encore plus.

J'avais un cousin, de deux ans plus âgé que moi, qui traînait avec une bande de gars branchés. C'étaient des fils à papa, exhibant à qui mieux-mieux leur aisance. Inutile de te dire qu'ils avaient la côte auprès de tous les élèves et encore plus auprès des filles. Cet effet était amplifié pour ceux qui venaient de familles plus modestes. C'était notre cas pour moi et mon cousin.

Je ne sais pas exactement comment Marvin – c'est le nom de mon cousin – avait réussi à intégrer leur cercle restreint. D'ailleurs, je pense avec le recul qu'il ne l'avait pas vraiment fait. Ces connards se servaient juste de lui pour obtenir des choses qui les auraient mis dans des situations délicates.

Toujours est-il que, ce samedi soir-là, l'un d'entre eux organisait une petite soirée chez lui et que non seulement Marvin était invité mais moi aussi.

Tu n'imagines même pas à quel point j'étais folle de joie en entendant cela. J'avais du mal à croire à ma chance. Toutes mes copines allaient être vertes de jalousie.

J'ai fait des pieds et des mains auprès de mes parents pour qu'ils acceptent que j'y aille. Le fait que Marvin m'accompagne les rassura. S'ils avaient su… Je crois d'ailleurs qu'ils s'en veulent toujours énormément, alors que ce n'est en rien leur faute. Ils n'avaient aucun moyen de deviner ce qui allait m'arriver. D'ailleurs, je n'en avais moi-même pas du tout la moindre idée. Et si Marvin en avait une, je ne crois pas qu'il pensait que cela prendrait de telles proportions. Mais bon, cela ne change rien.

Quand nous sommes arrivés à la petite fête, nous devions être en avance ou les autres en retard, car il y avait peu de voitures – deux autres en tout et pour tout.

La baraque devant laquelle nous étions garés était vraiment gigantesque. Pas besoin d'être devin pour savoir que ses habitants ne manquaient de rien. Nous sommes descendus de la voiture et je dois avouer que j'étais excitée comme une puce.

Nous étions à peine arrivés sur le seuil, que la porte s'ouvrit comme par magie sur le chef de leur bande. J'avais déjà vu le type au lycée, mais je n'avais jamais eu l'occasion de m'approcher aussi près de lui. Je savais qu'il était l'organisateur de la soirée. Nous étions donc chez ses parents. Il m'accueillit avec un sourire carnassier. Sur le moment je n'y ai pas songé, mais maintenant que je me rappelle de la scène, je me dis que j'aurais dû faire le lien avec le loup du chaperon rouge.

— Meg, ma belle Meg. Tu as pu venir. Génial !

C'était assez étrange, il me parlait comme si nous étions potes, ce qui n'était pas du tout le cas. C'était la première fois que j'avais l'occasion de lui parler. Je me souviens de m'être sentie flattée de cette attention.

Alors que la porte se fermait dernière nous sans un bruit, un deuxième garçon fit son entrée et vint nous rejoindre. Je le reconnus également, c'était un autre membre de leur petit groupe select. Avec un grand sourire, il dit à mon cousin :

— Salut, Marv, c'est cool que tu aies pu venir avec ta cousine. Je sens que l'on va bien s'amuser.

Peut-être, mais pour le moment, c'était assez limité en termes d'ambiance. À part deux autres garçons qu'il me semblait apercevoir dans la pièce attenante au couloir, je ne voyais personne d'autre.

— Venez, entrez, nous invita notre hôte. Ne restez pas plantés là.

Une musique de fond plutôt agréable sortait des baffles très design. Sur un des pans du mur, il y avait le plus grand écran télé que j'aie jamais vu. Visiblement, avant que nous arrivions, le groupe était en train de jouer.

— Tiens, Meg, me dit mon hôte, en me tendant un gobelet rouge.

Machinalement, je le sentis. J'avais beau faire la brave au lycée, je n'avais que très rarement bu de l'alcool. Je ne voulais pas prendre le risque de rentrer ivre chez moi. Bonjour la fête que m'auraient réservée mes parents.

— Ne t'inquiète pas, c'est du jus multi-fruits dans lequel j'ai à peine mis une larme de rhum pour lui donner meilleur goût, me précisa-t-il avec un clin d'œil complice.

Voulant faire la dure, je lui répondis :

— Super, c'est cool.

Je commençai à siroter mon verre en me faisant la réflexion qu'il était assez étrange que l'on soit si peu nombreux, mais comme

Marvin ne semblait pas choqué, je n'avais aucune raison de m'en faire. Peut-être que le petit groupe avait prévu de passer un peu de temps ensemble avant que ce soit à proprement parler la fête. Étant donné que mon cousin devait m'emmener, je participais de facto à la première partie de la soirée. Mes copines allaient être encore plus vertes de jalousie.

À ma grande surprise, mon verre me monta plus rapidement et violemment à la tête que je ne l'aurais cru. Je me sentais euphorique. Je me sentais désinhibée. Oubliée ma peur de ne pas être à la hauteur. Je me disais que j'allais tout déchirer.

Mon hôte me lança un regard perçant et me demanda :

— Ça va, Meg ?

— Nickel, je ne me suis jamais aussi bien sentie de toute ma vie.

Certes, j'avais un peu la tête qui tournait, mais je ne voulais pas passer pour un bébé qui ne peut pas supporter une larme de rhum. Malheureusement, je me trahis en trébuchant légèrement lorsque je voulus rejoindre le canapé. Je me mis à glousser pour cacher ma gêne, mais les mecs ne semblèrent pas s'en formaliser. Ils se lancèrent juste un regard de connivence.

Marvin me semblait un brin nerveux, mais je n'en étais pas certaine. Sans parler que pour l'heure, c'était le cadet de mes soucis.

Sauf que, plus ça allait, plus ma tête tournait. *Seigneur, pitié, faites que je ne sois pas malade*, pensai-je alors. Ce serait vraiment la honte suprême.

Soudain, notre hôte, qui était le meneur du groupe, se leva. Il me tendit une main et me dit :

— Viens, je sens que tu as besoin de t'allonger un peu.

Je faillis refuser, mais son air était si avenant que j'attrapai sa main et le suivis docilement.

En repensant à tout cela, je ne sais pas ce qui me rend le plus en colère contre moi. Que j'aie accepté cette maudite invitation un peu bizarre ? Que je sois entrée alors que je sentais qu'il y avait un truc pas net ? Que je ne sois pas partie dès l'instant où j'avais constaté que nous étions en petit comité ? Que j'aie accepté ce verre ? Que j'aie accepté cette main ? J'ai fait tellement de mauvais choix ce soir-là. Et tous me conduisirent à ce moment décisif. Celui où je me retrouvai allongée sur un lit, mais pas seule.

Dans la chambre où m'avait si poliment conduite mon hôte, je vis en ouvrant les yeux – que je n'avais pas eu conscience de fermer d'ailleurs – que tous les gars étaient là autour de moi, sauf mon cousin. J'avais envie de les remercier pour leur sollicitude inutile, mais je me rendis compte que j'avais des difficultés à former des mots cohérents.

— Chut, pas besoin de parler ma belle, me dit chuchota mon hôte avant de m'embrasser.

J'étais tellement sidérée par son geste que je ne fis rien en retour. Il faut dire que mon état semi-comateux n'aida pas. Ce manque de réaction commença à m'affoler. Je voulus me lever pour partir de cet endroit qui ne me semblait plus aussi joli qu'à mon arrivée, mais aucun de mes muscles ne sembla répondre correctement.

C'est alors que l'enfer s'abattit sur moi. Je compris qu'ils m'avaient droguée. Je me suis renseignée après coup sur les effets du GHB. Je croyais naïvement que l'on s'évanouissait et que l'on ne se souvenait de rien. Malheureusement, tout dépend de la dose prise. En quantité suffisamment faible, tu te souviens de tout. Ces salauds ne voulaient pas une fille inconsciente, ils voulaient une fille à leur merci. Ils avaient donc mis une dose qui, même si elle me rendait incapable de me défendre, me laissait en partie consciente. Je crois que je leur en veux encore plus pour ça. Ces sales types ne pouvaient pas se contenter de briser ma vie, il fallait en plus qu'ils fassent en sorte que je me souvienne de chacune de leurs caresses, de tout ce qu'ils m'obligèrent à subir. Parfois, je me dis qu'il aurait mieux valu qu'ils fassent en sorte que je ne me souvienne de rien. À d'autres moments, je me dis que, finalement, ce n'est pas plus mal. De toute façon, mon imagination aurait essayé de boucher les trous.

Les lignes qui vont suivre sont dures à écrire pour moi et je pense qu'elles seront aussi dures à lire pour toi, mais il faut que ce soit dit une bonne fois pour toute.

Tous les quatre en même temps, ces gosses de riches, ces nantis se croyant tout permis, ces étudiants que tout le monde – moi comprise – adulait, me déshabillèrent entièrement. Ils en profitèrent pour s'attarder sur certaines parties de mon corps : mes seins, mes cuisses, mon sexe. J'avais déjà eu des petits amis, mais aucun n'avait encore autant parcouru de peau nue. Ces enfoirés me volaient la découverte de mon corps par un partenaire.

Je sentais leurs mains partout à la fois. C'était comme si j'étais envahie de fourmis rampant sur mon corps. C'était une sensation horrible. Je voulais hurler, mais seul un mince filet de voix sortait de ma bouche. J'étais impuissante, obligée de subir cet acte infâme sur ma personne.

Ils commencèrent à sortir leurs sexes et à les poser sur moi. J'étais prise de nausées. Je n'arrivais pas à croire que ce qui m'arrivait était la réalité. C'était un cauchemar, j'allais me réveiller, c'était obligé. Je n'arrêtais pas de me répéter ces mots en boucle pendant que la seule réaction qu'il m'était possible d'avoir, c'était de laisser couler mes larmes d'impuissance, de peur et de haine.

J'essayai de me soustraire à leurs actes immondes, pourtant, ils continuèrent. J'étais tellement faible qu'ils arrivaient à m'immobiliser en n'utilisant que deux mains, ce qui laissait beaucoup trop de mains disponibles pour me torturer.

Rapidement, un premier perdit les pédales et lâcha son abjecte substance sur ma poitrine, la massant ensuite avec ses doigts, comme pour admirer son œuvre. Un autre suivit, dans mon cou cette fois. Puis un autre sur ma cuisse et le dernier sur mon visage.

Je me sentais suffoquer. J'étais choquée au-delà du possible. Je ne comprenais pas que l'on puisse faire subir cela à un autre être humain. J'aurais dû me sentir en quelque sorte soulagée que cela soit fini. Mais la lueur que je percevais dans leurs yeux me laissait penser que mon calvaire ne faisait au contraire que commencer.

Mon cousin ne participa pas à l'orgie – heureusement ! Je ne savais pas où il était. Peut-être n'était-il pas au courant de ce qui m'arrivait, me disais-je. Il allait bien finir par s'inquiéter de ne pas nous voir revenir.

Quand mes tortionnaires commencèrent à se dire qu'il était temps de passer aux choses sérieuses et que j'entendis le bruit d'un emballage de capote se déchirer, une terreur sans nom s'empara de moi.

La voix de mon cousin retentit alors :

— Hé, vous aviez dit que vous vouliez vous amuser un peu. Cela va trop loin les gars !

Cela me soulagea, un instant. J'étais enfin sauvée de cette horreur. Puis l'implication de ses paroles arriva enfin à mon cerveau embrumé. Je compris alors sa terrible trahison. Non seulement il était au courant, mais en plus il m'avait livrée à eux. Comment avait-il pu me faire ça ?

Pire, la seule hypothèse plausible expliquant qu'il intervienne pile au « bon » moment, était que ce porc était dans la même pièce que nous ! Il avait assisté à mon humiliation et jusque-là n'avait rien dit !

Était-il excité par la scène qui venait de se dérouler sous ses yeux ?

Je n'eus pas l'occasion de pousser plus loin mes réflexions sordides, car des cris ramenèrent mon esprit à l'instant présent.

S'en suivit une dispute assez violente, mais je ne comprenais pas tout à cause de mon cerveau embrumé. Ce qui focalisait mon attention, c'étaient tous ces fluides répugnants qui séchaient sur mon corps, le souillant à tout jamais.

Je pense que Marv était réellement outré par ce qui se passait dans cette chambre. Dans sa tête, cela ne devait pas aller aussi loin. Peut-être avait-il pensé que ses « potes » voulaient juste me draguer. Cependant, il n'osait pas faire face à mes tortionnaires. Il voulait tellement faire partie de leur groupe. Il était tiraillé entre ce qu'il savait juste de faire et ce besoin de trouver grâce à leurs yeux.

Même si je lui en veux énormément de m'avoir mise dans cette situation, quelque part, je lui suis reconnaissante. Sans son intervention, j'aurais été violée. Enfin, disons plutôt qu'il m'évita de perdre ma virginité.

Soudain, je me sentis recouverte d'un drap puis soulevée. J'avais envie de leur hurler de me laisser tranquille, de ne plus me toucher, mais je ne pouvais pas. Je ne pouvais que subir. Encore.

Dans un état semi-inconscient, je vis le ciel au-dessus de moi, signe que j'étais dehors. Sentir l'air frais sur mon visage me fit un bien fou. Je reconnus ensuite l'habitacle de la voiture de Marvin. Ce dernier ne cessait de répéter en boucle qu'il était désolé.

Je crois que malgré tout, le plus traumatisant pour moi fut de savoir que mes parents me virent dans cet état. Je n'ose imaginer ce qu'ils ont pu ressentir en voyant leur fille chérie leur être remise ainsi, nue et pleine de sperme.

Les jours qui suivirent furent les pires que je vécus. À plus d'un titre. D'abord, je dus bien évidemment raconter dans le détail ce qui m'était arrivé. J'avais alors l'impression de revivre mon calvaire et ne pouvais m'empêcher de m'en vouloir pour toutes les erreurs que j'avais commises ce soir-là. Ensuite, ce fut la contre-attaque de mes agresseurs. On m'expliqua, en gros, que je n'avais eu que ce que je méritais. Je m'habillais toujours de manière provocante, allumant les garçons. Il ne serait d'ailleurs pas difficile de trouver des étudiants prêts à abonder dans ce sens. Il n'était donc pas étonnant que, finalement, il me soit arrivé pareille aventure. Cela me pendait au nez depuis longtemps.

Mes parents subirent une pression phénoménale de la part des géniteurs de ces petits gosses de riches pour que ces derniers ne soient pas traînés dans la boue. Sans compter qu'il ne fallait surtout pas faire de l'ombre à leurs chers parents.

Je découvris alors le véritable visage de notre très chère Justice, soi-disant impartiale et juste. Au final, leurs avocats hors de prix étaient tellement bons qu'ils réussirent à monter un dossier bêton et horrible sur moi. Ils insinuèrent que j'avais été consentante et que j'avais vu là un bon moyen d'extorquer des fonds à leurs clients.

Tu ne peux même pas imaginer la rage qui s'est emparée de moi en entendant cette version. Malheureusement, leurs avocats étaient meilleurs que le nôtre, qui nous fit comprendre que nous n'avions aucune chance de gagner.

Va-t'en prouver un viol quand il n'y a ni marque de coup, ni marque de pénétration forcée, ni de test de dépistage de drogue – ce n'était pas la priorité de mes parents quand ils m'avaient récupérée et ensuite le GHB n'était plus détectable.

La partie adverse nous proposa donc un accord. Leurs clients nous versaient une somme conséquente, en échange de quoi, l'histoire n'était pas ébruitée sur la place publique.

Nous avons discuté longuement avec mes parents de ce qu'il fallait faire et de ce qu'il convenait de faire. C'était insupportable, mais il y avait en effet de fortes chances que je sois au final la grande perdante de l'histoire, si on allait jusqu'au bout. Mes parents craignaient également qu'ensuite d'autres mésaventures similaires m'arrivent, les autres se pensant dans leurs bons droits. Après tout, je l'avais fait une fois, pourquoi pas deux ?

Nous avons donc décidé d'accepter ce honteux marché qui était notre meilleure solution. Malheureusement, les pauvres sont toujours les baisés face aux riches.

Une fois l'affaire réglée, nous avons déménagé loin de cette ville maudite. Je pense qu'il est inutile de dire que nous avons coupé les ponts avec mon cousin – qui avait eu le droit à un sacré coup de poing de la part de mon père et une sérieuse remise à niveau de ses parents.

L'injustice dont j'avais été victime me donna la vocation de devenir avocate. Je voulais faire en sorte de contrer ces grands qui se croyaient tout permis.

Il me fallut de longs mois de thérapie pour reprendre un minimum confiance en moi.

J'avais réussi à trouver un certain équilibre, restant loin des hommes. Je ne leur faisais plus confiance. Et puis tu as débarqué dans ma vie.

La suite, je crois qu'on la connaît tous les deux.

Voilà, tu sais maintenant dans le détail ce qui m'est arrivé. J'espère que cela ne changera pas la vision que tu as de moi et que tu me pardonneras de te l'avoir dit ainsi, par message et non en face.

Sache, en tout cas, que je t'aime de tout mon cœur.

Megan

Lorsque je finis ma lecture, j'étais bouillonnant de rage. Jamais, de toute ma vie, je ne m'étais senti aussi ivre de colère. J'avais les mains qui tremblaient. Sur mes joues, je sentais couler des larmes que je n'essayai même pas d'essuyer. Je souffrais pour celle que j'aimais de tout mon cœur et qui avait vécu une telle horreur.

Impossible de rester loin d'elle ce soir. J'avais besoin d'être à ses côtés, sûrement mille fois plus qu'elle en avait besoin. J'avais tellement mal que j'avais l'impression que mon cœur allait exploser.

J'attrapai une veste, sortis de ma chambre en trombe et me dirigeai vers la porte. J'étais tellement bouleversé que j'avais oublié que mes copains étaient dans le salon. Quand ils me virent, ils furent aussitôt debout, prêts à me suivre.

— Ty ? demanda Sheldon inquiet.

D'un signe de la main, je fis comprendre que j'étais incapable de parler.

— Elle va bien ? demanda aussitôt Micah.

Je n'avais pas envie d'en parler avec eux. Je voulais simplement aller la rejoindre au plus vite.

Alors que j'allais attraper mes clés dans le pot situé à l'entrée, une main me devança. Honnêtement, je pouvais en venir aux mains s'ils essayaient de me retenir.

Relevant la tête, je vis que c'était Sheldon qui les tenait. Il me dit :

— Je te conduis. Pas question que je te laisse prendre le volant dans cet état. Si tu as un accident, tu ne rendras service ni à toi, ni à elle.

Il n'avait pas tort, je devais le reconnaître. Sheldon était le plus discret de notre groupe. Je savais qu'il serait capable de garder le silence, car j'étais dans l'impossibilité de dire quoi que ce soit. J'étais encore trop sonné par ce que je venais de lire. Je me contentai donc de hocher la tête pour lui donner mon accord. Puis, nous allâmes à ma voiture. L'adresse de Megan était enregistrée dans mon GPS. Je mis donc celui-ci en route. Même donner les indications était au-dessus de mes forces.

J'avais envie de hurler, d'insulter à voix hautes ces putains de fils de pute qui ne méritaient qu'une chose : crever dans d'atroces souffrances. Ce qu'ils avaient fait était immonde, abject, sans nom. Et la manière dont tout cela s'était terminé était encore plus écœurante. Je n'arrivais même pas à comprendre comment Megan faisait pour ne pas être plus aigrie. À sa place, j'aurais eu la haine. Et ses parents. Ils étaient si gentils, eux non plus n'avaient pas mérité ce qui leur était tombé dessus.

De toute façon, aucun être humain ne méritait de subir un tel sort. Savoir qu'un membre de sa famille était en partie responsable de ce qui lui était arrivé était encore plus dégueulasse.

J'avais beau essayer de faire abstraction de cette dernière demi-heure, rien n'y faisait. Les mots ne cessaient de flotter devant mes yeux, me torturant toujours un peu plus. Je n'arrivais même pas à savoir comment Meg avait réussi à m'écrire ce courriel. Je ne pouvais qu'imaginer à quel point cela avait dû être difficile pour elle de me l'envoyer. C'était la plus belle preuve d'amour et de confiance qu'elle pouvait me faire. Cela faisait saigner encore un peu plus mon cœur.

Avant que je ne m'en rende compte, nous étions déjà devant chez elle. Je n'en suis pas certain, mais je pense que Sheldon n'avait pas tout à fait respecté les limitations de vitesse. Qu'il ait fait en sorte de m'amener aussi vite que possible aux côtés de Megan me donnait envie de lui sauter au cou.

Une fois devant l'immeuble, Sheldon se contenta juste de me dire :

— Nous somme de tout cœur avec toi, Ty. Si jamais tu as besoin de quoi que ce soit, n'hésite pas à nous appeler.

J'avais vraiment de la chance de les avoir tous les trois.

Savoir Meg si près de moi me rendait encore plus instable, j'étais en train de perdre le peu de sang-froid qu'il me restait. Je me contentai de hocher la tête pour lui faire comprendre que j'avais compris son message et profitai que quelqu'un sorte de l'immeuble pour me faufiler entre les portes.

Je montai l'escalier jusqu'au palier du 3e étage et me mis à frapper à sa porte. Mon cœur battait à cent à l'heure. Ça y est, je perdais pied. Je souffrais tellement. C'était insupportable. Je voulais que cela s'arrête. Je voulais Meg, ma courageuse Meg.

Quand la porte s'ouvrit et qu'elle me lança, surprise, un petit :

— Tirell ?

Ce fut la dernière goutte d'eau. Je m'effondrai littéralement à ses pieds, en larmes, ma tête contre son ventre et mes bras noués autour de sa taille. Je me mis alors à pleurer sur ce qui lui était arrivé et qui était tellement injuste. Je me mis à pleurer sur sa jeunesse détruite d'une manière immonde. Je me mis à pleurer, car je ne pouvais qu'entreapercevoir à quel point la femme que j'aimais comme un fou avait pu souffrir. Et enfin je me mis à pleurer en pensant à tous ces gestes qu'elle avait eus envers moi depuis le début et qui avaient encore plus de valeur que ce que j'avais pu imaginer.

CHAPITRE 53 : MEGAN

Je ne vais pas vous mentir, mes larmes avaient coulé sans interruption et mes mains avaient tremblé durant tout le temps où j'avais tapé mon message. Mais le pire avait été au moment d'appuyer sur le bouton « Envoyer ». Je savais que j'allais donner un tournant à notre relation. J'espérais de tout cœur que je faisais le bon choix.

Ce fut une épreuve et pourtant, je me sentis en quelque sorte libérée d'un énorme poids. Mettre Tirell dans la confidence m'avait fait un bien fou. Savoir qu'il connaissait mon histoire dans toute sa noirceur me réconfortait. Vous pouviez trouver cela tordu, mais c'était la vérité.

Je n'avais aucun moyen de connaître le moment exact où il allait prendre connaissance de mon message, ni la réaction qu'il allait avoir.

Toute la soirée, je restai à côté de mon téléphone pour guetter mes messages. Je consultai également ma boîte électronique environ toutes les dix minutes. Il n'y eut rien. Mais bon, il était avec ses copains. À tous les coups, son portable était dans sa chambre, loin de lui.

Soudain, j'entendis quelqu'un frapper à ma porte. Cela me surprit tellement que je sursautai. Je n'avais fait aucune commande de nourriture et personne – je dis bien personne – n'avait de raison d'être derrière ma porte.

Je n'avais pas la moindre idée de qui cela pouvait être. Je m'approchai de ma porte et regardai donc dans le judas pour découvrir l'identité de mon visiteur. Quand je le vis, mon cœur s'affola. Pas besoin d'être devin pour savoir qu'il était bouleversé.

J'ouvris immédiatement la porte, en lui lançant un :

— Tirell ?

J'avais à peine ouvert la bouche que l'impensable se produisit. Ty s'écroula à mes pieds. Littéralement. Il vint s'enrouler autour de mon buste et fut secoué de sanglots.

J'étais tellement médusée par la scène qui se déroulait sous mes yeux que je mis quelques instants pour la comprendre.

Ma première réaction fut de refermer mes bras sur sa tête pour essayer d'apaiser son chagrin.

La deuxième fut de réfléchir à ce qui pouvait avoir provoqué une telle réaction. Était-il arrivé quelque chose de grave à ses parents ? À son frère ? Et puis je me dis : « Et si c'était mon message, la raison de son désarroi ? ».

La troisième fut de me dire que mon couloir n'était peut-être pas le meilleur endroit pour une telle scène.

Je lui relevai délicatement la tête – la vue de ses yeux noyés de larmes me brisa le cœur – et lui dis :

— Viens mon cœur, ne reste pas dans le couloir.

Je n'étais tellement pas habituée à ce que nos rôles soient inversés que j'étais perdue. Jusqu'à présent, c'était toujours moi qui m'écroulais et lui qui était le pilier infaillible de notre couple, lui qui avait les mots et les gestes qu'il fallait quand il le fallait. Cette fois, j'allais devoir endosser le rôle. Et si je n'étais pas à la hauteur ?

Quand il fut debout, je l'attrapai par la main et le fis entrer dans mon appart. Je fermai ensuite la porte derrière nous. Je me retrouvai à nouveau prisonnière de ses bras. Il pleurait toujours à gros sanglots. Je n'en n'étais pas certaine, mais il me semblait l'entendre répéter en boucle :

— Je suis tellement désolé, Meg.

Je lui laissai quelques instants pour se rependre. Lorsque je sentis que le plus gros de la crise était passé, je me reculai légèrement et lui dis :

— Tu n'y es pour rien, Tirell. Tu n'as pas à être désolé de quoique ce soit.

— Si tu savais comme ça me fait mal, Meg. Je savais qu'il t'était arrivé quelque chose de terrible, mais cela me fait tellement mal. Et savoir que tu as été trahie par un des tiens me ronge.

Il est vrai que l'implication de mon cousin donnait une tournure encore plus glauque à cette histoire. Pourtant, je devais admettre une chose :

— Et moi, au contraire, je trouve que j'ai eu de la chance dans mon malheur.

— Comment peux-tu dire une chose pareille ?

— Ils ne m'ont pas pris la seule chose que je tiens à tout prix à t'offrir, en dehors de ma confiance et mon amour, bien sûr.

— Et c'est quoi ?

— Ma virginité.

Durant quelques secondes, il ne se passa rien. Je savais que le moment n'était pas idéalement choisi mais, personnellement, je ne m'étais jamais sentie aussi libérée de mon passé qu'en cet instant. Sans parler que voir Tirell aussi bouleversé réveillait en moi mes instincts protecteurs. Je voulais lui faire oublier les horreurs qu'il avait apprises ce soir. Je ne voulais pas qu'il me regarde comme une victime, mais comme la fille sexy qu'il passait son temps à évoquer.

Il semblait complètement abasourdi, aussi pris-je les devants :

— Écoute Tirell, je ne t'ai pas raconté cela pour obtenir ta pitié ou ta compassion – même si elles me touchent. Je l'ai fait car j'en avais besoin pour me libérer. Je pense aussi que tu avais besoin de connaître mon passé. Ce que tu as lu ce soir, n'est que cela, mon passé. Moi ce qui m'intéresse maintenant, c'est mon avenir, notre avenir. Alors si tu n'as pas envie que l'on aille plus loin ce soir, je ne serai pas vexée, mais je veux que tu saches que de mon côté, je n'ai aucun doute sur le fait que je suis prête à franchir le pas. Je suis prête à faire l'amour avec…

Je n'eus même pas le temps de finir ma phrase qu'il fondit sur ma bouche. Son baiser avait quelque chose de désespéré. Je crois qu'il était en train d'essayer de reprendre le dessus sur ses sentiments. Il avait été tellement bouleversé que cela lui prit un peu de temps.

Je sentis le goût salé de ses larmes sur ses lèvres.

Petit à petit, son baiser changea, il retrouva sa douceur habituelle et je sus qu'il avait enfin repris le contrôle.

De mon côté, je me sentais fébrile. Un peu stressée aussi, je l'avoue. Je savais cependant au plus profond de moi que c'était ce que je voulais et que c'était le bon moment. Je n'avais jamais été aussi certaine d'une chose.

Je me pendis à son cou et il vint envelopper mes fesses de ses grandes mains. Me sentir caressée ainsi de manière sensuelle me plut. Jusqu'à présent, il n'avait jamais osé ce type de gestes. Peut-être avait-il eu peur de déclencher de mauvais souvenirs. Maintenant qu'il connaissait tous les détails, il devait savoir qu'il n'avait aucune chance de provoquer une crise en reproduisant un de leurs gestes obscènes. Je ne voyais pas Tirell faire ce que ces porcs m'avaient fait. C'était tellement avilissant – du moins si la partenaire n'était pas consentante – que j'avais la certitude qu'il ne ferait jamais cela.

Il me porta ensuite dans ses bras. Me sentir ainsi transportée à travers mon appartement, me mit dans tous mes émois. Il se comportait comme tant de héros que j'avais lus dans mes livres. C'était excitant de me dire que j'avais mon fantasme vivant, rien que pour moi.

Il me posa délicatement au milieu de mon lit et entreprit de me retirer mon pyjama que j'avais enfilé pour la nuit. À chaque fois qu'il dévoilait un centimètre carré de ma peau, il l'embrassait comme si c'était quelque chose de précieux.

Comme toujours, il apporta un soin particulier à ma poitrine, mais quand je fus nue et que je vis sa tête s'installer entre mes cuisses, mon cœur s'emballa. Dans ma tête, la scène que j'avais sous les yeux se télescopa avec celle que j'avais écrite, quelques jours plus tôt, entre nos deux héros. Au regard qu'il me lança au moment où il vint à l'assaut de mon intimité, j'eus la conviction que Tirell y pensait également.

Oubliez les phrases que j'avais tapées pour décrire cette sensation. C'était à des années-lumière de ce que je vivais en ce moment. Dès que je sentis la pointe de sa langue titiller mon clitoris, je me mis à geindre. Sa caresse était tellement osée mais, surtout, tellement délicieuse !

Je sentis ensuite sa langue descendre un peu plus bas et s'introduire dans le cœur de mon intimité. La sensation était exquise.

Mais je crois que le summum fut quand il s'occupa de ma perle de désir avec sa langue tandis que son index joua avec l'entrée de mon sexe. Parce que cela, c'était… En fait, je n'avais pas de mot pour le décrire. Tout ce que je savais, c'était que j'aurais pu passer ma vie ainsi, au risque de me consumer de désir.

Son doigt s'aventura alors un peu plus loin dans mon corps et je le sentis tout du long. C'était troublant et loin d'être désagréable.

Soudain, il releva la tête et me dit d'une voix rauque et avec un regard de braise :

— Surtout, Meg, si à un moment, tu sens que c'est trop, tu me le dis et j'arrête immédiatement.

— Tu veux rire ? Bien sûr que c'est trop. C'est trop bon !!!

En m'entendant lui dire cela, il eut un sourire carnassier. Je sentis son souffle sur mon entrée humide et cela m'arracha un frisson de plaisir. Il mit alors encore plus d'ardeur à ses caresses.

Soudain, je sentis une pression plus prononcée à l'entrée de mon sexe. Je devinai alors qu'il venait de mettre un deuxième doigt.

Au bout de quelques instants, ce fut trop pour moi et je sentis un orgasme fulgurant m'emporter. Il n'avait rien de comparable avec ceux qu'il m'avait fait vivre précédemment. C'était plus intense. Sentir ses doigts à l'intérieur de moi alors que j'étais parcourue de spasmes était tout simplement divin.

— Oh, Meg, si tu savais à quel point tu es sensuelle et irrésistible à cet instant.

— Et si tu me le montrais plutôt ?

— Avec joie mon cœur. Mais avant toute chose, il faut que tu saches que je t'aime, comme jamais je n'aurais cru pouvoir aimer quelqu'un et que, sauf à ce que tu te décides de me jeter, tu vas m'entendre te dire ces paroles pendant encore au moins soixante-dix ans.

— Alors prépare-toi à me les dire durant les soixante-dix ans à venir, car je n'ai pas le moins du monde le projet de me débarrasser de toi. Et maintenant, fini de me faire languir, je te veux en moi.

— Comment refuser une telle proposition, Miss Grognon ?

— Taisez-vous, Mister Connard et mettez-vous plutôt dans votre plus simple appareil.

— À vos ordres.

Cette petite touche d'humour eut au moins le mérite de détourner, durant quelques instants, mes inquiétudes. Après tout, j'allais perdre ma virginité. Quelle fille n'était pas, au moins un peu, stressée le moment venu. Allais-je avoir un peu mal ? Beaucoup ? Serais-je obligée de lui demander d'arrêter en cours de route car cela serait insupportable ?

Bizarrement, voir Tirell se mettre nu devant moi fit envoler toutes ces pensées. C'était la première fois que je le voyais entièrement nu.

Il était vraiment superbe. Il avait un corps de rêve et j'avais envie de le dévorer tout cru. Quand mon regard se posa sur son entrejambe – que j'avais eu en main, mais que je n'avais jamais observé – je perdis un peu de ma superbe. La bête était assez impressionnante.

Suivant mon regard qui devait être un peu affolé, Tirell me dit avec son sourire craquant :

— Ne t'inquiète pas, la nature est bien faite.

— Espérons-le.

Il revint vers moi et commença à s'installer entre mes jambes. Son portefeuille était posé à côté de moi – je ne l'avais même pas vu faire – mais j'avais envie que notre première fois soit notre première fois en tout.

Le regardant dans les yeux, je lui dis :

— Je prends la pilule.

Il ferma les yeux, comme s'il était la proie d'une terrible émotion, puis les réouvrit.

— Tu veux ma mort, toi.

Je me contentai de lui lancer un grand sourire. Si ce que j'avais lu dans mes livres était exact, les garçons préféraient quand ils n'étaient pas obligés de mettre une capote. Or je voulais que cette fois soit aussi mémorable pour Tirell que pour moi. Toutefois, je n'oubliais pas que la capote n'avait pas comme unique but d'éviter de tomber enceinte.

Comme s'il avait pu lire dans mes pensées, Tirell me dit :

— À la rentrée, le coach nous a soumis à un bilan sanguin, comme à chaque trimestre. Je suis clean et je n'ai pas couché avec une fille depuis ces tests et nos premières rencontres.

L'entendre me confesser cela me remplit le cœur d'allégresse.

— Donc, pas besoin de capote ? lui demandai-je.

— Seulement, si tu le souhaites.

— Alors pas besoin.

— Sache que pour moi aussi ce sera une première.

— Tu veux dire que tu ne l'as jamais fait sans ?

— Nan, j'attendais la fille spéciale. Il semblerait que j'aie eu la chance de la rencontrer.

Ce type était vraiment parfait – vous l'ai-je déjà dit ? – il avait toujours les mots qu'il fallait au bon moment.

Contrairement à ce que j'avais pensé, il ne me pénétra pas directement. Il se mit à m'embrasser pendant que ses doigts se faufilaient à nouveau en moi. J'avais la sensation qu'il m'étirait, mais comme son pouce venait taquiner de temps en temps mon clitoris, la sensation était loin d'être désagréable.

Enfin, il modifia légèrement sa position et vint se placer en face de moi. Pour autant, il ne s'enfonça pas immédiatement en moi. Il attrapa le bout de son sexe et vint le frotter le long de ma fente, frôlant mon mont de Vénus. Cette caresse complètement osée me rendit folle. J'étais persuadée que c'était exactement ce qu'il cherchait à faire. N'en pouvant plus de cette attente insoutenable, je lui dis :

— Tirell !!!

— Oui ???

— Arrête de jouer.

— Tu trouves que je joue ? Mais quand on joue, on s'amuse, or là, je ne crois pas que l'on s'amuse. Moi, je dirais plutôt que l'on s'excite mutuellement.

Ok, lui parler était une très mauvaise idée. L'entendre me dire des trucs cochons me mit encore plus au supplice.

— Toutefois, tu as raison sur un point mon cœur. Je pense qu'il est temps de passer aux choses sérieuses.

Avant que je n'assimile ses paroles, il s'enfonça d'une poussée franche et forte en moi et y resta, figé, immobile.

Je ne vais pas vous mentir, cela me fit un mal de chien. Tirell devait le savoir, car il n'effectua aucun mouvement.

Sa bouche vint se coller à mon oreille et il me dit :

— Si tu savais à quel point c'est bon d'être en toi, Meg. Je sens ton sexe serrer le mien dans une poignée de velours mais ferme et l'effet est génial. Je n'ai jamais ressenti quelque chose d'aussi fort et d'aussi bon. Je suis au paradis. Je ne sais pas si je te l'ai dit, mais tu es aussi la première fille vierge avec qui je fais l'amour. Savoir que je suis le premier et, avec un peu de chance, le dernier me donne envie de hurler de joie. D'ailleurs, tu es la première avec qui je fais réellement l'amour.

Ses paroles, associées au fait qu'il taquinait la pointe de mon sein gauche avec sa main droite, me rendirent folle. Cela relança la boule de chaleur entre mes jambes. La douleur était toujours là, mais elle me semblait bien loin. Plutôt comme une légère gêne, un faible écho à ce que j'avais ressenti un peu plus tôt. Désormais, c'était une excitation merveilleuse qui avait pris naissance entre mes cuisses.

Peut-être que Tirell le sentit lui aussi – après tout, je n'avais aucune idée des sensations qui l'assaillaient, mais il se mit à bouger doucement. Il m'arracha un cri – qui n'était pas de douleur – qui dut le rassurer, car ses mouvements se firent de plus en plus prononcés.

Finalement, nous perdîmes pieds tous les deux et cela se finit dans un feu d'artifice grandiose.

Durant quelques minutes, nous restâmes ainsi blottis l'un sur l'autre. Tirell faisait toutefois attention à ne pas m'écraser avec son corps de géant.

Il finit par se retirer en douceur de moi – bien que je le sente tout de même – et s'éloigna en direction de la salle de bains pour revenir moins d'une minute plus tard avec une serviette humide. J'aurais dû me sentir gênée de le voir me prodiguer une toilette si intime, mais honnêtement j'étais tellement occupée à reprendre pied avec la réalité que je m'en fichais complètement.

Quand il nous eut nettoyés tous les deux, il revint se coucher dans le lit. Pour une fois, ce ne fut pas moi qui vins me blottir contre lui, mais lui qui vint se mettre en cuillère derrière moi.

Il embrassa délicatement mes cheveux et me dit :

— Je t'aime de tout mon cœur, Meg. Ce soir, tu m'as fait le plus beau des cadeaux. Je ne l'oublierai jamais.

— Moi aussi je t'aime, Tirell.

Je crois que moins de deux minutes plus tard, je dormais à poings fermés.

CHAPITRE 54 : MEGAN

Les jours qui suivirent notre première fois furent chauds ou plutôt torrides. Maintenant que nous avions fait l'amour, nous cherchions tous les prétextes valables pour nous retrouver seuls tous les deux.

Tout d'abord, nous passions le maximum de nuits ensemble. C'était bien simple, à moins qu'il n'ait un entraînement ou un match qui finissait tard ou que nous ayons des obligations avec nos devoirs, nous dormions ensemble. Enfin, ce fut la règle que l'on s'imposa les deux premières semaines, parce qu'ensuite, ce fut toutes nos nuits que nous passions ensemble, à une ou deux exceptions près par semaine.

Je dois avouer que Tirell découchait plus souvent que moi. En même temps, je ne me sentais pas super à l'aise avec l'idée que le colocataire de Tirell puisse nous entendre dans nos ébats. Je ne parle même pas de ces deux voisins de palier qui n'avaient pas la même éducation que Sheldon et qui ne se privaient pas de lâcher quelques allusions par-ci, par-là, récoltant à chaque fois un coup de la part de Tirell, même si cela ne les décourageait pas.

Nous étions plus tranquilles chez moi. Sauf que, je ne sais pas si vous vous souvenez, mais mon studio n'était pas aménagé pour y vivre à plus d'une personne. Un soir, alors que je n'attendais pas Tirell, il vint frapper à ma porte. Quand je lui ouvris, je vis qu'il avait avec lui un gros carton. Quand je lui demandai ce qu'il y avait dedans, il me répondit :

— Ouvre et tu verras.

L'écoutant, je découvris une chaise.

Il est vrai que dès le premier matin, il m'avait taquiné en remarquant que je n'en avais qu'une dans mon appartement. Depuis, j'étais donc obligée de m'installer sur ses genoux. Jouant la fausse vexée, je lui dis :

— Est-ce un message, pas très subtil, pour me faire savoir que je suis trop lourde pour tes cuisses de quarterback?

— Non, mais je trouve que c'est plus pratique de manger sans avoir sans cesse la gaule !

— Tu n'es qu'un pervers, Mister Connard !

— Et toi, tu aimes ça, Miss Grognon !

Pas faux.

Malgré cette deuxième chaise, cela ne l'empêcha pas de continuer à me prendre souvent sur ses genoux.

Un matin, alors que nous avions passé la nuit chez Ty et qu'il était dans la salle de bains en train de se préparer et que je finissais mon petit déjeuner, Sheldon me dit :

— Après les vacances de Thanksgiving, c'est l'anniversaire de Ty. Nous pensions faire une petite fête ici. Bien sûr, il n'est pas au courant. Avec les gars, nous nous sommes dit que tu voulais peut-être nous aider dans l'organisation. Nous avons notamment besoin que tu le tiennes éloigné de l'appart suffisamment longtemps pour que nous puissions faire les préparatifs.

J'étais contente qu'ils aient pensé à m'inclure dans leur plan. Ce fut avec plaisir que j'acceptai d'apporter ma contribution. Je me creusai ensuite la cervelle à la recherche d'un cadeau qui marquerait le coup. Vingt-et-un ans, ce n'est pas rien. J'eus alors une idée de génie.

Finalement, ce n'était pas plus mal que nous ne soyons pas tous les soirs ensemble. Ce que j'avais à l'esprit allait me demander pas mal de temps de préparation, mais j'étais certaine que cela lui ferait très plaisir. Et surtout, j'avais la certitude que personne ne me volerait mon idée !

Deux semaines avant les vacances, ce fut le dimanche où Tirell allait normalement manger chez ses parents. Dire que cela faisait déjà presque deux mois que nous sortions ensemble ! Le temps passait à une vitesse folle. Je fus donc invitée par ses parents à venir passer le week-end chez eux. J'étais heureuse qu'ils aient pensé à m'inviter – Tirell avait bien insisté pour dire que l'invitation ne venait pas de lui – même si j'étais un peu stressée à l'idée de la soirée à venir.

Comme c'était le week-end d'Halloween, ses parents voulaient organiser un repas à thème le samedi soir. Nous devions tous être déguisés. Pour jouer le jeu, nous avions fait les magasins un peu plus tôt dans la semaine pour nous trouver des costumes. Ty porta son choix sur un habit de pirate, moi sur celui d'un fantôme. Je suis d'accord, être vêtue d'un drap n'était pas ce qu'il y avait de plus sexy, mais cela m'allait très bien. Je me sentirais ainsi plus à l'aise.

Lorsque j'avais fait cette remarque, Tirell m'avait répondu avec un sourire coquin :

— Tout dépend comment tu portes le drap !

Nous prîmes la route samedi dans l'après-midi et arrivâmes un peu avant la nuit. Pendant que

Tirell allait déposer nos sacs dans sa chambre, je me rendis à la cuisine où j'aidai sa mère à préparer le repas. Elle s'était surpassée. D'ailleurs, quand je lui en fis la remarque, elle me répondit :

— Merci Megan, c'est gentil.

— J'adore le gâteau en forme de citrouille que vous avez fait, Helen. Il est trop rigolo. En plus, il a l'air super bon.

— C'est un des préférés de Tirell.

— J'ai en effet remarqué qu'il avait un faible pour les sucreries.

— Quand il était plus petit, j'étais obligée de négocier avec des gâteaux pour qu'il accepte de manger des légumes.

— Maman ! se vexa l'intéressé que je n'avais pas entendu entrer dans la pièce. On a dit pas d'histoires gênantes sur mon enfance.

— Ah bon ? J'ai dit ça moi ? En es-tu certain ?

— Oui. Pas la peine d'embêter Meg avec ce genre de détails.

— Moi, je crois au contraire qu'elle est intéressée par ce genre de détails comme tu dis. Pas vrai Megan ?

— Oh oui Helen, confirmai-je.

Avec un sourire aux lèvres, Tirell m'accusa :

— Traitresse, je saurai m'en souvenir lorsque l'occasion se présentera.

— Tirell, pas de menace ! le gronda sa mère, avec elle aussi un sourire aux lèvres. D'ailleurs, sors de cette cuisine et va mettre la table avec ton frère !

Avant de partir, Tirell me pointa avec son index et son majeur de tendus, puis il les dirigea vers ses yeux, puis à nouveau vers moi. Son geste me fit pouffer de rire. Alors qu'il allait tourner les talons en bon fils obéissant, il revint au dernier moment sur ses pas, me vola un baiser et repartit dans l'autre sens.

Ça y est, il venait de l'avoir sa vengeance ! Je sentis mes joues me brûler, en réponse à ma gêne. Sa mère se contenta de dire avec un petit sourire en coin :

— Quel chenapan ! Cela me fait plaisir de le voir aussi heureux.

Décidemment, les McFinay s'étaient donné pour objectif de me faire rougir ! Ma première impression sur ses parents était confirmée, ils étaient vraiment très gentils. Ils m'accueillaient à bras ouverts et je me sentis réellement acceptée.

Le repas se déroula à merveille. La mère de Tirell était vraiment une très bonne cuisinière. Elle n'avait pas lésiné sur les plats et j'eus du mal à finir mon assiette. Nous étions tous déguisés pour l'occasion. Sa mère était une très jolie sorcière, son père un vampire classe et son frère un zombie franchement peu ragoutant. Mais les plats d'Helen étaient trop bons pour que cela me coupe l'appétit.

Quand nous eûmes le ventre plein, il fut décidé de faire un peu de « sport » pour évacuer toutes les calories engrangées. Matt, Tirell et moi arpentâmes donc les rues comme des gamins, pour récolter des bonbons. Je pensais qu'on allait se faire envoyer balader par les gens vu notre âge, pourtant ce ne fut pas le cas. Nous fîmes même une excellente récolte. Au final nous allions gagner des calories et non en perdre !

— Ils sont habitués, me dit Tirell lorsque je lui fis part de mes réflexions. Nous faisons ça tous les ans avec Matt.

— Cela fait une éternité que je n'avais pas été à la chasse aux bonbons. Je me suis éclatée.

Je vis à son regard qu'il avait compris que ce que je voulais dire par-là, c'était que je n'avais pas arpenté les rues depuis ce qui m'était arrivé il y a cinq ans. Je ne voulais pas que cette histoire vienne gâcher ce merveilleux moment. Alors pour lui faire perdre son regard triste, je me pendis à son cou et lui dis :

— Un bisou ou un sort.

Il retrouva immédiatement son sourire canaille et me dit :

— Tu m'as déjà lancé un sort, sorcière, mais je serai heureux de t'embrasser tout de même.

Joignant le geste à la parole, il me donna alors un baiser digne des meilleurs films romantiques.

— Beurk. Allez dans une chambre vous deux, au lieu de vous exhiber de la sorte, nous dit Matt.

— Tu as raison frérot. C'est exactement ce que nous allons faire.

Sans me laisser le temps de dire quoi que ce soit, il me ramena donc chez lui et nous dûmes faire preuve de beaucoup d'ingéniosité pour que ses parents ne nous entendent pas faire l'amour. Je pensais que cela allait me gêner, mais je me rendis compte que l'adrénaline qui coulait dans mes veines de peur de me faire remarquer ne fit qu'amplifier mes sensations.

Le lendemain midi, alors que nous étions au dessert, sa mère annonça à Tirell :

— Au fait, mon chéri, Mike m'a appelé avant-hier. Il voulait savoir s'il pouvait venir passer quelques jours en ta compagnie.

— Pas de souci.

Se tournant vers moi, Tirell m'expliqua :

— Mike est mon cousin.

Revenant à sa mère, il lui demanda :

— Il t'a dit quand il comptait venir exactement ?

— Je crois qu'il m'a dit qu'il n'avait pas cours le vendredi avant les vacances de Thanksgiving et qu'il pensait arriver dans la soirée.

— Ok. Je vais prendre contact avec lui. Nous avons prévu de faire une petite soirée pour fêter la fin des cours, je vais voir s'il veut se joindre à nous.

Notre petit groupe de vendredi soir venait donc de s'étoffer. Jusqu'à présent, il était composé des potes de Ty, de moi et d'Ether qui avait réussi, par je ne sais quel miracle, à négocier avec ses géniteurs pour venir.

Cela faisait une éternité que je n'avais pas participé à quelque chose de ce style – si on oubliait l'expérience désastreuse de ce début d'année – et je dois dire que j'avais hâte.

CHAPITRE 55 : MEGAN

Le soir venu, nous nous chargeâmes, avec Ether, de la partie bouffe. Micah et Berkley s'occupèrent de la boisson. Pour le repas, nous avions décidé de faire un apéritif dînatoire. Nous avions donc préparé plein de petits amuse-gueules. Bien sûr, il y avait des chips et autres cochonneries en tout genre, mais nous avions réussi à négocier pour faire un plateau de légumes crus avec une sauce à base de fromage et de crème pour les assaisonner à volonté.

Je dois dire que j'étais plutôt fière du résultat de notre labeur.

Pour plaisanter je dis à Ether :

— Au moins, si je rate mes études de droit, je pourrais toujours me reconvertir dans la restauration.

— C'est une idée en effet.

— Dis-moi, Ether. Tu me promets que tu n'auras pas de problème avec tes parents pour ce soir? Tu sais, s'il faut, je peux te fournir un alibi.

— C'est gentil à toi, Meg, mais ne t'inquiète pas. Mes parents sont partis pour tout le week-end. Je ne vais donc pas les avoir sur le dos.

J'étais dubitative. Vu comme sa mère passait son temps à la harceler, j'avais des difficultés à croire que le fait d'être loin de sa fille l'empêche d'être invivable.

— En fait, précisa Ether, ils m'ont confiée à quelqu'un, mais disons que nous avons un accord gagnant-gagnant tous les deux. Donc, je suis tranquille pour le week-end.

À chaque fois qu'elle me dévoilait une partie de ce qu'il se déroulait chez elle, je me rendais compte que mon amie évoluait dans un univers très glauque. Qui, à vingt ans passé, a besoin d'être « confiée » à quelqu'un quand ses parents s'absentent pour le week-end?

Toutefois, je voyais bien qu'Ether était très gênée par sa situation. Il n'était donc pas question que j'en rajoute avec des questions indiscrètes. Le plus important, c'était qu'elle s'amuse.

Dire qu'il y a de cela quelques mois, j'étais sans attache – sauf mes parents – et que cela me convenait tout à fait. Aujourd'hui, j'avais un petit ami – qui était livré avec toute une bande de potes super sympas – et une amie – pour qui, je me rendais compte, je serais prête à faire pas mal de choses.

Finalement, je ne regrettais pas mon choix d'avoir changé d'université et de m'être un peu éloignée de mes parents.

J'entendis du brouhaha dans le salon. La voix de Tirell hurlant :

— Putain, Berkley t'as fait quoi à mon fauteuil ? !

M'informa qu'il était de retour. Il revenait de l'aéroport où il avait récupéré son cousin venu lui rendre visite.

Alors que Tirell était toujours en train de pester dans le salon, un homme fit son apparition dans la cuisine où j'étais avec Ether. Soudain, la Terre s'arrêta de tourner.

Je crois que tout le sang se retira de mon visage. Je ne savais pas quoi dire. J'étais horrifiée, terrorisée, épouvantée.

De son côté, l'homme qui me fit face sembla surpris. Il ne s'attendait visiblement pas à me voir. Puis un sourire cynique prit naissance sur son visage – qui hantait tous mes cauchemars – et me dit :

— Tiens, tiens, mais ne serait-ce pas cette petite salope de Meg ?

Après ça, tout s'enchaîna très vite – trop vite même – et je me contentai d'assister à la scène, incapable de faire autre chose.

Le dénommé Mike se retourna dans le salon avec certainement l'attention de dire une chose déplaisante, mais Ether le devança et lui dit :

— Hé, connard ?

Surpris, il se retourna. Je crois qu'il était choqué qu'une fille ait osé s'adresser à lui de la sorte. Il le fut encore plus quand ladite fille lui décrocha un magistral crochet du droit en pleine joue.

Alors qu'il levait la main pour répliquer en crachant :

— Tu vas regretter ton geste sale pute !

Micah arriva dans la cuisine à ce moment précis. Surprenant le geste de l'autre, il lui dit d'une voix glaciale que je ne lui avais jamais entendue :

— Tu lèves la main sur elle, t'es un homme mort.

Alertés par la scène dramatique qui était en cours, Tirell et Berkley arrivèrent à leur tour.

— Putain, mais il se passe quoi là ? demanda un Tirell passablement énervé.

— Il se passe que ton connard de cousin allait frapper Ether, répliqua Micah qui était à deux doigts de péter les plombs.

— C'est cette pute qui a commencé, rétorqua l'accusé.

— C'est lui qui a insulté Megan, l'accusa à son tour mon amie.

Tirell, pour sa part, avait les yeux fixés sur moi depuis maintenant cinq bonnes secondes. Je devais avoir une tête à faire peur. J'étais à deux doigts de tourner de l'œil. Je n'arrivais pas à croire ce qui m'arrivait.

La vie était vraiment une chienne avec moi.

J'avais devant moi celui qui, il y a cinq ans, m'avait droguée puis avait abusé de moi avant de me tourner en dérision devant la loi.

Quelles étaient les probabilités pour que le cousin de Tirell soit le maudit organisateur de cette sordide orgie dont j'avais été la victime ?

Ce fut trop pour moi, je me sentis engloutie dans un trou noir.

La dernière chose que j'entendis fut Tirell hurler :

— Putain de fils de pute, je vais te tuer !!!

CHAPITRE 56 : TIRELL

Je n'étais pas un grand fan de mon cousin, mais je savais que la relation entre son père et mon père était importante. C'était en partie pour cela que j'avais accepté qu'il passe la soirée avec nous. Je savais que cela ferait plaisir à ma mère. Il n'était pas désagréable. C'est juste que nos visions de la vie différaient.

Lui comme moi venions d'un milieu plutôt privilégié. Seulement, là où mes parents avaient tenu à ce que j'aie la notion de la valeur de l'argent et que j'apprenne à respecter les gens quelles que soient leurs origines sociales, je dirais que les siens n'avaient pas eu les mêmes scrupules.

Dans la voiture, nous discutâmes de tout et de rien. Mike me posa des questions sur la manière dont débutait la saison de foot. Je lui répondis que nous étions bien partis pour le moment. Il y avait une bonne ambiance au sein de l'équipe et, jusqu'à présent, nous avions un classement honorable. Si nous continuions sur cette lancée, nous avions de grandes chances d'accéder aux bowls.

Son université misait plus sur le basket-ball. Elle avait d'ailleurs une équipe réputée à laquelle Mike appartenait.

— Et sinon, côté meufs, me demanda Mike, il y a de quoi faire ici ?

— Oh, il y a pas mal de jolies filles mais, pour ma part, je me suis rangé.

— Tu veux rire ?

— Non, j'ai une copine depuis quelques semaines et je suis plutôt mordu.

Il me taquina gentiment. En même temps, je ne m'attendais pas vraiment à ce qu'il comprenne. Mike avait un rapport plutôt macho avec la gente féminine. Toutefois, je n'avais pas honte de ma relation avec Megan et je ne comptais pas m'en cacher.

Je n'appartenais pas à la catégorie des mecs qui trouvent que c'est se diminuer que d'avouer avoir des sentiments pour une fille. Pour ma part, j'étais fou amoureux de Megan et j'étais fier de le revendiquer haut et fort. Si quelqu'un se foutait de ma gueule, eh bien, il pouvait aller se faire voir !

Je garai ma voiture sur le parking et Mike me suivit jusqu'à mon appartement. Il devait dormir dans mon lit ce soir. De de toute façon j'avais déjà prévu initialement de raccompagner Meg chez elle et de squatter comme je le faisais trois à quatre soirs par semaine.

Depuis qu'elle m'avait complètement ouvert son cœur, elle allait tellement mieux que cela faisait plaisir à voir. Même mes potes avaient vu la différence – sans savoir bien évidemment à quoi elle était due – et pourtant ils n'étaient pas les rois de l'observation – excepté Sheldon.

Elle était plus sereine, plus heureuse aussi. Elle avait même commencé une nouvelle série de tee-shirts que j'aimais beaucoup. On pouvait y lire des phrases comme :

« Regarde mon mec et t'es morte ».

« Ce type sexy à mes côtés est à moi ».

« Pas touche ».

Elle en avait même un qu'elle avait spécialement pour assister à mes entraînements ou mes matchs, elle n'en loupait aucun désormais, sauf si elle travaillait. Dessus, on pouvait y lire :

« Le numéro 8 est le plus fort, normal, c'est mon mec ».

En le voyant, tous les gars de l'équipe avaient été verts de jalousie et moi fier comme un paon.

Côté sexe, comment vous dire ? Eh bien, c'était plus que génial. Là aussi, on avait l'impression que sa confession l'avait libérée. Meg était plus à l'aise avec son corps et avec le mien aussi. Du coup, de mon côté, je me laissais aller à mes envies. Je faisais toujours attention aux gestes que j'avais pour ne pas l'effrayer, mais moins. D'un autre côté, je n'étais pas du genre brutal au lit, ce n'était pas du tout mon délire, donc on peut dire que nous nous étions bien trouvés tous les deux.

J'avais aussi découvert une chose concernant Meg. Si elle était toujours vierge jusqu'à ce qu'elle s'offre à moi, on pouvait dire, en quelque sorte, qu'elle s'était documentée. Par conséquent, elle débordait d'imagination. En repensant à ce qu'elle avait voulu me faire dimanche dernier en rentrant de chez mes parents pendant que je conduisais… Autant vous dire que la soirée avait ensuite été riche en sensations.

Comme elle était heureuse, eh bien j'étais également heureux comme jamais, même si je n'arrivais pas oblitérer tout à fait ce qui lui était arrivé. Attention, entendons-nous bien, ce qu'elle m'avait avoué n'avait en rien changé la vision que j'avais d'elle. En revanche, une certaine haine ne me quittait pas. L'injustice dont elle avait été victime me laissait un goût amer dans la bouche.

Je ne cessais de me demander qui pouvaient être ces ordures.

Et son cousin, comment pouvait-il se regarder dans une glace après ce qu'il lui avait fait ? Cela me dépassait. Il n'avait peut-être pas participé mais, à mes yeux, il était aussi coupable que les quatre autres. C'était même pire. S'il n'avait pas jeté sa cousine dans les bras de ces tarées, elle n'aurait jamais vécu cet enfer.

En arrivant dans mon appart, je laissai Mike dire bonjour aux gars qu'il avait déjà eu l'occasion de rencontrer. Il prit ensuite la direction de la cuisine. Alors que j'allais le suivre, je remarquai Berkley qui avait mis ses chaussures pleines de boue sur mon fauteuil beige.

— Putain, Berkley t'as fait quoi à mon fauteuil ? !

— Oh ça va, tu ne vas pas faire ta mégère.

— Est-ce que je salope tes affaires, moi !

— C'est bon, je vais nettoyer. Ce n'est pas la peine de t'énerver de la sorte. Franchement, t'es une vraie tatasse.

Je n'eus pas l'occasion de répondre, car des éclats de voix nous parvinrent de la cuisine. Je m'y dirigeai à toute allure, saisi d'un terrible pressentiment.

Je découvris Micah qui semblait à deux doigts d'étrangler Mike. Ce dernier regardait hargneusement Ether qui lui lançait en retour un regard meurtrier.

Énervé, je demandai ce qu'il se passait et écoutai, d'une oreille distraite, l'explication que chacun me donnait. Une chose venait d'attirer mon attention. Ou plutôt une personne. La plus importante pour moi dans cette pièce. Elle était livide. Je l'avais déjà vue en crise, mais jamais à ce point.

Elle fixait mon cousin d'une manière qui me fit froid dans le dos. Elle avait les yeux écarquillés d'horreur ou de terreur ou peut-être un mélange des deux. On aurait dit qu'elle avait vu un fantôme. Et pas du genre Casper.

Je crois qu'une partie de moi savait très bien ce que voulait dire ce regard – même si je priai pour avoir tort. Mais quand j'entendis les propos qu'avait tenus mon cousin envers ma copine rapportés par Ether, je vis rouge.

Avant que quiconque n'ait pu anticiper mon geste, je me jetai sur mon cousin en hurlant :

— Putain de fils de pute, je vais te tuer !!!

Je me mis à le rouer de coups tout en l'insultant. J'avais conscience que mes potes essayaient de me séparer de lui. Qu'ils essaient, tient ! J'avais la chance d'avoir un des tortionnaires de la femme que j'aimais devant moi, pas question qu'il s'en sorte vivant ! Cette raclure allait payer, pour lui et ses dégénérés de potes, pour ce qu'ils avaient fait il y a cinq ans.

Mike essayait tant bien que mal de se protéger de mes coups, mais j'étais déchaîné. Je crois que Berkley essayait de me tenir par le cou, mais je m'en moquais. Je hurlais en boucle :

— Tu vas payer pour ce que tu lui as fait connard. J'aurai ta peau.

Je n'étais que rage, haine et folie meurtrière. Cela faisait des jours que je ruminais les mots du message de Megan. Des jours que je m'imaginais cette scène. Pas question de passer à côté de la chance de pouvoir rendre justice à Megan.

Malheureusement, mes potes étaient aussi baraqués que moi. Et à trois contre un, je ne fis bientôt plus le poids, même si j'avais la rage du désespoir avec moi.

Ils réussirent à me séparer de mon cousin qui gisait à moitié inconscient et en sang – maigre satisfaction, très largement insuffisante.

Berkley me bloqua au sol pendant que j'essayais par tous les moyens de me débarrasser de lui pour finir ma macabre tâche. Je donnai des coups dans tous les sens, mais ce bougre tenait bon.

J'entendis au loin Micah dire à mon cousin d'une voix d'outre-tombe :

— Tu as une minute pour te barrer d'ici. Sinon, c'est moi qui te démolis. Tu as bien compris ?

Sheldon vint en même temps me dire d'une voix monotone :

— Ty, il faut que tu te calmes, mon pote. Pense à Megan. Elle n'a pas besoin de cela. Pense à elle. Pense à Megan.

Entendre son nom sembla appuyer sur un interrupteur dans mon cerveau. J'arrêtai immédiatement de me débattre et tournai la tête dans sa direction. Je la vis alors effondrée au sol. À côté d'elle, Ether nous engueulait :

— Bande de connards, cela fait cinq minutes que je vous dis qu'elle est dans les pommes !

Se tournant vers moi, elle me dit :

— Occupe-toi de ta copine au lieu de jouer les chevaliers vengeurs à deux balles ! Tu crois que ce dont elle a besoin, c'est que tu te retrouves enfermé en prison pour agression – ou pire pour meurtre – à cause d'elle ?

— Ce n'est en rien sa faute, m'insurgeai-je.

— Moi, je le sais idiot mais elle, tu crois qu'elle sera du même avis ?

Je devais admettre qu'elle avait raison.

— C'est bon, Berkley, tu peux me lâcher.

Alors que je retrouvais progressivement ma liberté de mouvement, Megan revint à elle, tout doucement.

Quand elle ouvrit les yeux, j'étais à ses côtés, prêt à la soutenir dans les durs moments à venir. Comme je l'avais toujours fait au demeurant.

Son regard croisa alors le mien et la douleur que j'y lus me tua autant qu'une lame enfoncée dans ma poitrine. Elle détourna les yeux de moi – ce qui me fit encore plus mal – et dit à Ether :

— Ramène-moi chez moi, s'il te plaît.

— Je vais te conduire, proposai-je aussitôt.

— Non !!! Reste loin de moi !

Le dégoût dans sa voix me mit sur le cul, en même temps que son rejet violent.

Que me reprochait-elle au juste ? D'avoir démoli la gueule de cet enculé ? D'avoir pris sa défense ? Et si elle me reprochait tout simplement mon lien de parenté avec un de ses agresseurs ?

J'allais lui poser la question, mais Sheldon posa une main sur mon épaule et me dit :

— Laisse-la pour ce soir, Ty. Elle a été pas mal chamboulée. Je pense que vous avez tous les deux besoin de recouvrer vos esprits, chacun dans votre coin.

— Mais…

— Il a raison, ajouta Micah qui précisa : je vais les ramener toutes les deux chez Megan.

J'étais impuissant. Je ne savais pas comment réagir. De son côté, Megan ne me lança même pas un regard. Elle quitta mon appartement sans un coup d'œil dans ma direction. C'était comme si je n'existais plus à ses yeux.

Je crois que mon cœur s'arrêta de battre à l'instant où je la vis franchir la porte.

CHAPITRE 57 : TIRELL

Je tins jusqu'au lendemain matin, dix heures. À partir de là, je lui envoyai une tonne de SMS. Tous plus débiles les uns que les autres :

Comment ça va ?

Est-ce que tu es bien rentrée ?

Je suis désolé.

Je t'aime.

Réponds-moi, stp.

Même une insulte.

Stp.

Tu avais promis Meg.

Sentant que je risquais de m'énerver, je stoppai là mes envois. Je regrettais de ne pas lui avoir fait installer Messenger. Au moins, j'aurais pu avoir la confirmation qu'elle avait bien lu mes messages.

Pour ce que j'en savais, peut-être avait-elle éteint son téléphone. Peut-être n'avait-elle plus de batterie. Peut-être l'avait-elle cassé dans une crise de colère.

Je lui envoyai également des courriels, me disant qu'il y avait peut-être une chance qu'elle les lise. Elle le fit peut-être – ou pas. Une chose est sûre, elle ne me répondit pas.

Cela faisait trop de « peut-être » et pas assez de certitudes.

En fin de journée, je n'y tins plus. Je lui passai un coup de fil, pour tomber directement sur sa boîte vocale. Le message était clair. Elle ne voulait pas me parler, pour l'instant. Enfin je priais que ce soit uniquement passager. Il le fallait, sinon c'était la fin du monde pour moi.

Ce soir-là, je me mis minable. Je finis complètement ivre au point de ne me souvenir que vaguement de la soirée – et encore, en pointillé. La seule chose dont j'étais certain, c'était que Micah, Berkley et Sheldon étaient restés à mes côtés pour me soutenir.

Je savais bien que boire ne résoudrait rien, mais cela me permit d'anesthésier, durant quelques heures, ma douleur et de noyer mes pensées. Malheureusement, le retour de bâton fut violent. Quand l'alcool quitta mon corps, il prit avec lui cette pseudo paix. Je sombrai alors à nouveau dans le désespoir.

Normalement, nous avions prévu de passer la première partie de la semaine ici, Megan souhaitant travailler à la boutique de madame Wildson puis, mercredi soir, nous devions prendre la route pour nous rendre chez ses parents pour fêter Thanksgiving.

Le lundi matin, je me rendis donc à la boutique où sa patronne me dit :

— Elle m'a appelée à la première heure samedi matin pour me dire qu'elle ne se sentait pas bien et qu'elle ne pourrait pas venir de la semaine. Tout va bien ? Je m'inquiète.

Et moi donc, madame Wildson, avais-je envie de lui répondre. Mais je n'en fis rien. Je me contentai de lui dire d'un air pitoyable :

— C'est compliqué.

— Comme souvent en amour, me répondit-elle.

Ouais, sauf qu'il y avait compliqué et compliqué.

— Je crois dur comme fer que le temps réunit les gens qui s'aiment.

Puisse-t-elle avoir raison. Parce que pour l'heure, j'avais des doutes à ce sujet.

Néanmoins, je devais avouer que la voir louper le travail m'inquiétait vraiment. J'avais peur qu'elle n'aille pas bien du tout. Alors, même si les gars essayèrent de m'en dissuader, je me rendis à son appartement.

Je frappai à sa porte, il ne se passa rien. J'insistai. Toujours rien, pas le moindre mouvement derrière le panneau de bois. J'attrapai la poignée pour la faire tourner, mais la porte était fermée à clé.

Elle était partie.

À mon avis, elle s'était rendue directement chez ses parents. Au moins, elle n'était pas seule pour traverser cette épreuve. Le besoin de la rejoindre était insoutenable, mais je dus prendre sur moi. Je ne me voyais pas débarquer dans la maison familiale. Après tout, si elle ne voulait pas me voir, je ne pouvais pas la forcer.

Sans parler que je risquais de ne pas être le bienvenu.

Savoir que je serais désormais à jamais associé à sa tragédie me donnait envie de vomir. Mon enfoiré de cousin méritait vraiment de payer pour ce qu'il avait fait. D'ailleurs, je ne l'avais pas revu depuis vendredi soir. Ce rat devait se terrer quelque part pour soigner ses blessures.

Il avait brisé une chose précieuse qui n'avait pas de prix à mes yeux. Jusqu'à présent, j'avais été le remède de Megan contre le mal qui la rongeait. À partir de maintenant j'allais aggraver son mal-être, je serais le rappel constant de son passé. Quand elle me verrait, elle verrait mon cousin, elle verrait son agression.

La seule chose qui avait le pouvoir de me tenir éloigné de Megan, c'était de savoir que d'être avec moi lui ferait plus de mal que de bien. Aujourd'hui, ce cauchemar venait de devenir réalité. Je l'aimais trop pour prendre le risque de la faire souffrir par ma simple présence. Même si cela me tuait à petit feu, j'allais donc rester loin d'elle.

À partir du moment où je me fis cette réflexion/ résolution, je perdis goût pour tout. Megan était devenue en quelques semaines mon univers. Sans elle, plus rien n'avait d'intérêt. Une seule chose comptait pour moi dorénavant, la vengeance. Quand bien même, Meg ne le saurait jamais, je voulais que Mike paie pour ce qu'il avait fait. Et ses parents par la même occasion. Je revoyais encore les lignes qu'elle m'avait écrites où elle m'expliquait comment les géniteurs de ces petits cons avaient sorti leurs gros carnets de chèques pour sauver leurs enfants chéris et les apparences.

Je réfléchis de longues heures à la manière dont je devais m'y prendre pour faire le plus de dégâts, sans pour autant mettre Megan dans une situation délicate. J'exclus d'emblée les réseaux sociaux. Certes, ils m'auraient permis de détruire la réputation de mon cousin, mais cela risquait de jaillir sur elle.

Je lui aurais bien rendu une petite visite mais, d'une part, je ne savais pas où le trouver ; et d'autre part, je ne me faisais pas assez confiance. Si j'avais à nouveau Mike en face de moi, j'aurais bien été capable de faire une très grosse bêtise.

Enfin, je trouvai un moyen me permettant d'étancher ma soif de vengeance – enfin une partie –, mais pour cela, j'allais avoir besoin d'aide. Mercredi soir, au lieu de prendre la route pour me rendre chez les parents de Megan, comme c'était prévu initialement, je pris donc le chemin pour me rendre chez les miens.

Quand elle me vit arriver, ma mère se douta immédiatement que quelque chose n'allait pas. Elle savait très bien que je devais normalement passer Thanksgiving avec Megan. J'essayai d'être fort, mais c'était au-dessus de mes forces et quelques larmes s'échappèrent de mes yeux.

— Qu'est-ce qui t'arrive mon chéri ? me demanda -t-elle.

Comme lorsque j'étais un gamin, je me jetai dans les bras de ma mère pour pleurer à gros sanglots. J'avais terriblement mal. Megan me manquait horriblement. Savoir que je ne pourrais plus jamais l'étreindre était abominable.

Ma mère me réconforta avec des mots et des gestes tendres pendant que le plus gros de la crise passait.

Quand je m'en sentis enfin capable, je m'éloignai d'elle. Je m'essuyai les yeux et leur dis :

— Papa, maman, il faut que je vous dise quelque chose.

— Nous t'écoutons mon chéri, me rassura ma mère.

— C'est au sujet de Meg. Il y a quelques années, elle a été agressée et Mike était impliqué. Je l'ai appris vendredi. De son côté, elle a découvert mon lien de parenté avec un de ses agresseurs.

Je ne voulais pas rentrer dans les détails de ce qui lui était arrivé. C'était son histoire, ce n'était pas à moi de la raconter. Je n'en avais pas le droit. De toute façon, c'était au-dessus de mes forces. Cependant, je voulais que mes parents comprennent à quel point la situation était grave.

Ma mère avait une main sur sa bouche, horrifiée. Mon père semblait outré et au bord de l'explosion. Il faut dire qu'ils appréciaient vraiment tous les deux Megan et s'étaient immédiatement pris d'affection pour elle.

— Elle a voulu porter plainte mais les familles impliquées étant riches, elles ont joué de leur influence pour que ses agresseurs ne soient pas punis et, par la même occasion, pour la tourner en dérision.

— Quelle abomination ! se révolta ma mère.

— Je sais que je n'ai pas le droit de vous demander cela, mais…

— Tu n'as rien à demander, mon fils, me coupa mon père. Nous ferons ce qui doit être fait.

Le père de Mike comptait beaucoup sur le soutien de mon père dans son projet d'évolution de carrière. Je crois qu'il pouvait désormais dire adieu à ce soutien. Je savais aussi que Mike comptait sur mon père pour son stage de fin d'études. Il avait d'ailleurs évoqué ce sujet dans la voiture avec moi vendredi. Il n'allait pas être déçu !

Mon père m'expliqua qu'il allait non seulement faire tomber l'offre de stage, mais qu'il allait également faire en sorte que mon cousin ait beaucoup de difficultés à en trouver un nouveau. Mon paternel avait un sacré carnet d'adresses – beaucoup plus important que celui de Mike – ce dernier allait en chier pour valider son diplôme !

Une fois qu'il m'eut annoncé ses intentions, j'ajoutai penaud :

— Euh, il faut que vous sachiez que je n'ai pas bien pris la nouvelle et que j'ai frappé violemment Mike.

Le connaissant, ce chien serait bien capable de porter plainte. Je préférais donc que mes parents l'apprennent de ma bouche plutôt que de celle de notre avocat.

— Qu'il fasse des siennes, répondit mon père, et il verra à qui il a affaire !

C'était une maigre satisfaction, mais j'avais vengé en partie Meg, même si je savais pertinemment que cela ne réparerait jamais les torts qui lui avaient été faits.

— Et Megan, me demanda ma mère, comment va-t-elle ?

— Je ne sais pas, maman. Elle ne veut plus me parler.

Cela me faisait mal de le dire à voix haute, mais c'était la réalité. Cela faisait maintenant plusieurs jours que je n'avais pas eu de nouvelles de sa part. Et je n'en espérais plus.

Ma mère tenta bien de me remonter le moral en me disant qu'il fallait lui laisser du temps, mais je n'y croyais pas. De toute façon, n'avais-je pas décidé de garder mes distances pour son bien à elle ?

Les vacances passèrent. Ce fut le pire Thanksgiving de ma vie. Durant cette semaine, ce fut le silence radio. Je mourais d'envie de reprendre contact avec elle, mais j'étais persuadé au fond de moi qu'il valait mieux que je la laisse tranquille.

J'espérais simplement qu'elle allait bien et qu'elle avait trouvé tout le soutien nécessaire auprès de sa famille.

Je pensais que cette dizaine de jours que je venais de vivre était l'enfer, mais je me rendis vite compte que je m'étais trompé. Ils ne constituaient que le purgatoire. L'enfer débuta à la reprise des cours, quand je la croisai sur le campus.

Elle n'avait pas l'air en forme, mais je ne voulais pas empirer les choses, alors je restai éloigné d'elle le plus possible. Je ne me rendis plus au cours d'essai littéraire, de peur de croiser son regard.

Moi, lâche ? Oui, tout à fait.

J'étais une véritable loque humaine, j'avais l'impression de me noyer sans savoir quoi faire. Le pire étant que mon statut de capitaine ne me permettait pas une telle attitude. Mes coéquipiers comptaient sur moi. D'ailleurs le coach me le fit savoir avec ses propres mots et laissez-moi vous dire qu'il ne fut pas tendre.

Ce soir, les gars voulaient qu'on fête mon anniversaire. Autant vous dire que même une douche à l'acide sulfurique me semblait plus tentante. Cependant, je leur devais bien ça. Ils avaient été là pour moi dans ces moments durs, à me fournir un soutien sans faille. C'était grâce à eux que je n'avais pas sombré et envoyé tout balader.

Pourtant, je ne méritais pas leur amitié. J'étais tellement exécrable à vivre au quotidien que je ne comprenais même pas que Sheldon ne m'ait pas encore trucidé ou au moins expulsé de l'appart.

Bref, voilà comment je me retrouvai dans ce bar, le nez dans ma bière, à broyer du noir. Sympa l'anniversaire.

C'est alors que j'entendis la plus douce des voix me dire :

— Bon anniversaire, Ty.

CHAPITRE 58 : MEGAN

Lorsque j'avais repris connaissance dans la cuisine de Tirell, j'avais commencé à entre-apercevoir les implications de ce qui venait de se produire. J'avais l'impression d'être dans un film de série B. Cela semblait surréaliste.

Je me savais émotionnellement instable à cet instant. Je risquais de dire ou faire quelque chose que je regretterais par la suite. C'était pour cette raison que j'avais voulu tenir Tirell éloigné de moi. Seigneur, je crois que je n'oublierais jamais son regard torturé quand je l'avais repoussé. Cependant, j'étais convaincue que c'était la meilleure chose à faire dans l'immédiat. D'autant qu'il était autant remué que moi par la découverte que nous venions de faire. Et encore, il n'était pas au courant que son cousin était l'organisateur de la petite fête d'il y a cinq ans, le chef de cette bande de tarés !

Durant le trajet de retour, un silence de mort avait plané dans la voiture de Micah. Je crois que tout le monde était sur le point d'exploser et que la moindre étincelle aurait pu mettre le feu aux poudres.

Devant mon immeuble, le copain de Tirell s'était contenté d'attendre que nous ayons franchi le seuil de l'entrée pour faire demi-tour. Combien de fois Tirell avait-il agi de la même manière ?

C'était sur cette pensée, somme toute assez anodine, que je m'étais effondrée. Ether était restée à mes côtés durant toute la crise et je me surpris à lui raconter mon histoire. En échange, elle me raconta la sienne et laissez-moi vous dire qu'elle non plus n'avait pas été épargnée par la vie.

Les jours qui suivirent cette terrible soirée ne furent pas un long fleuve tranquille.

Tirell et moi avions prévu de passer la semaine ensemble, mais j'avais besoin de temps pour réfléchir et digérer tout ça. Aussi, le samedi matin, à la première heure, avant de changer d'avis, avais-je appelé madame Wildson pour la prévenir de mon absence. J'avais ensuite pris le premier bus me permettant de rejoindre la ville de mes parents.

Tirell m'inonda de SMS, courriels et appels, mais j'étais déterminée à me laisser un temps de réflexion avant de reprendre contact avec lui. Mes défenses venaient d'être réduites en miettes, j'avais besoin d'effectuer un repli stratégique pour me protéger. Non pas de Tirell, mais de toute cette sordide histoire.

Durant mon trajet en bus, j'en profitai pour prendre rendez-vous de toute urgence avec ma psychiatre qui avait heureusement une disponibilité dès lundi. J'appelai également mon père pour lui demander de venir me chercher à la gare routière. Il comprit immédiatement que quelque chose n'allait pas, mais connaissant mon mode de fonctionnement, il se garda bien de me demander des explications par téléphone.

Quand je montai dans sa voiture, je vis que ma mère était avec lui. Il lui avait certainement confié qu'il pensait que quelque chose n'allait pas. Comme toujours, mes deux parents étaient là pour me soutenir. Cela provoqua une nouvelle crise de larmes et je m'effondrai à nouveau dans leur voiture, leur expliquant tant bien que mal ce qui s'était produit.

Mon père serra tellement fort ses mains sur le volant que je fus surprise de ne pas y voir des marques et ma mère était blême. Je savais qu'ils avaient eux aussi très mal vécu ce qui m'était arrivé et le semblant de justice auquel j'avais eu le droit. Néanmoins, ils ne firent aucun commentaire, ils me laissèrent vider mon sac et furent tout simplement là. C'était tout ce dont j'avais besoin pour l'instant.

À partir de ce samedi, je ne reçus plus aucune nouvelle de Tirell. Au début, je m'en réjouis presque – cela me faisait tellement mal de devoir l'ignorer ainsi. Finalement, cela m'inquiéta. Et s'il ne voulait plus de moi ? Si son cousin lui avait raconté sa version de l'histoire et qu'il décidait de le croire, lui, plutôt que moi ? Aussitôt cette idée née de mon esprit blessé, je voulus me mettre des baffes pour ne serait-ce que l'avoir pensée. Au plus profond de moi, je savais que cette hypothèse ne pourrait jamais s'avérer exacte.

Il n'empêche que je n'arrêtais pas de me demander pourquoi il avait stoppé d'un coup ses messages. Peut-être attendait-il de ma part un signe. Peut-être venait-il enfin de se rendre compte à quel point c'était compliqué de vivre avec moi et mon passé tordu. Peut-être m'en voulait-il de mettre le bazar au sein de sa famille, car après la façon dont il avait éclaté la tête de son cousin, il n'y avait clairement pas de retour en arrière possible.

Ensuite, vint la pensée que j'étais vraiment égoïste à l'engluer de la sorte dans une relation si compliqué, alors qu'il n'avait que vingt ans. À cet âge, les relations devraient être simples, amusantes et faciles à gérer. Bref, tout le contraire de ce qu'était la nôtre.

J'accueillis à bras ouvert mon rendez-vous avec le Dr Zichtern. Je commençais à faire des nœuds avec mon cerveau et ce n'était jamais bon signe me concernant. J'avais besoin que l'on m'aide à y voir plus clair et je savais que ma psy était très douée pour cela.

Pourtant, je fus déstabilisée quand elle me demanda :

— Est-ce que vous en voulez à Tirell ?

Sa question me surprit tellement que je lui demandai avec des yeux ronds :

— Pourquoi en voudrais-je à Tirell ?

— Parce que son cousin est à l'origine de votre agression.

— C'est son cousin qui est responsable, pas Tirell. Je ne vois pas pourquoi je lui en voudrais.

Je pensais vraiment ces paroles. Je n'allais pas tenir Tirell responsable d'un acte qu'il n'avait pas commis, sous prétexte qu'il avait un lien de parenté avec à un de mes tortionnaires. Ce serait complètement stupide de ma part.

— Pensez-vous que Tirell, lui, puisse se le reprocher ?

De manière instinctive, un « non » ferme et franc me vint à l'esprit. Puis, je me dis que c'était ma réponse à moi. Pas la sienne. Quand je pris quelques instants pour y réfléchir, je dus admettre qu'en effet, le connaissant, il pouvait s'en vouloir.

Je répondis donc :

— Peut-être.

— Bien. J'ai une dernière question.

— Je vous écoute.

— Est-ce que vous craigniez de penser à son cousin quand vous serez avec Tirell ? Avez-vous peur que Tirell soit un rappel de ce qui vous est arrivé ?

Sa question me laissa sur le cul. Je n'y avais pas pensé une seule seconde. Tirell me faisait tellement de bien que je ne pensais pas qu'il puisse en être autrement. Depuis le début de notre relation, il m'avait toujours permis d'oublier mon passé. Envisager qu'il puisse au contraire me le rappeler me semblait absurde.

J'allais lui répondre quand ma psy me dit :

— Non, je ne veux pas de réponse. Je veux juste que vous y pensiez un peu lorsque vous serez toute seule. D'accord ?

J'avais des difficultés à comprendre la raison pour laquelle que je ne pouvais pas lui fournir une réponse dès à présent, mais je lui répondis tout de même :

— D'accord.

Durant le reste des vacances, je ressassai les paroles du Dr Zichtern. J'y réfléchis de nombreuses heures pour aboutir à chaque fois à la même conclusion. J'étais mieux aux côtés de Tirell que loin de lui. De toute manière, mon passé serait toujours une ombre dans le tableau de ma vie. Avec ou sans Tirell. En revanche, j'étais certaine que sa lumière permettrait que cette ombre soit moins présente, moins marquée.

Cependant, plus les jours passaient et plus un malaise s'installa en moi. Je n'avais aucune nouvelle de Tirell. Je ne savais pas quoi faire. Devais-je revenir vers lui ? Plus d'une fois, depuis le début de notre relation, je m'étais dit qu'il serait mieux sans moi et toute ma valise d'emmerdes émotionnelles que je traînais avec moi.

Au final, si je l'aimais vraiment, ne devais-je pas lui rendre sa liberté ? Ne devais-je pas mettre à profit ce silence radio pour mettre définitivement fin à notre histoire ? Il était tellement génial et loyal que j'étais persuadée qu'il m'accueillerait à bras ouverts si je revenais vers lui. Jamais il ne me laisserait tomber. Il était trop bon pour cela.

En revanche, n'était-ce pas cruel de ma part de l'enfermer dans notre relation ? Il méritait tellement mieux. Je l'aimais de tout mon cœur, il était donc normal que je souhaite le meilleur pour lui. Non ? Or je n'étais clairement pas sa meilleure option !

Je ne savais plus quoi faire. J'avais le cerveau embrumé et j'avais peur de prendre la mauvaise décision.

Au final, il ne vint pas pour Thanksgiving. En même temps, je ne l'avais pas appelé pour relancer l'invitation, pas certaine que ce soit la meilleure chose à faire. Puis la reprise des cours arriva et je ne savais toujours pas ce que je devais faire. Peut-être pouvais-je essayer de l'éviter quelques jours. Si je voyais qu'il avait l'air d'aller mieux sans moi, je le laisserais partir, même si cela me déchirait le cœur. Je savais que ce plan était nul, mais je n'en avais pas d'autre, alors je m'y tins. Le mardi, quand je ne le vis pas venir au cours d'essai littéraire, mon cœur saigna. Ce fut pareil le jeudi suivant.

Cela faisait maintenant plus d'une semaine que nous avions repris les cours et je ne lui avais toujours pas parlé. Lui non plus d'ailleurs. Je me sentais comme un zombie. Je ne savais plus ce qui était bien ou mal. Pendant cinq ans, je n'avais eu aucune relation amoureuse, je n'étais pas équipée pour faire face à la situation. J'étais démunie.

Je marchais comme une âme en peine, regardant mes pieds, perdue dans mes pensées, quand je percutai un corps. Durant un bref instant, j'eus le fol espoir que ce soit Tirell. Vous rendez-vous compte? Un gars me rentrait dedans et ma première réaction n'était pas de prendre mes jambes à mon cou, mais de prier pour que ce soit lui. Il n'y avait pas à dire, je n'étais vraiment pas dans mon assiette. Surtout, j'étais accro à Tirell, le verdict était définitif.

Malheureusement, ce n'était pas lui, mais Micah qui me dit en guise de bonjour :

— Vous êtes vraiment deux idiots finis, ma parole.

Je n'étais pas d'humeur à me faire agresser verbalement, aussi lui répondis-je en grognant :

— De quoi parles-tu ?

— De toi et Ty. Vous avez l'air aussi misérables l'un que l'autre.

— Ta gueule !

Je n'avais pas besoin qu'il me fasse la morale et joue le psy à deux balles.

— Oh là, là, en voilà de la réplique intéressante. Bon, écoute, je ne le répéterai pas deux fois. Ty tient à toi comme un malade. Il est complètement mordu et il souffre que tu l'aies rejeté ainsi pour un truc que t'a fait son cousin.

— Ce n'est…

— Peu importe, me coupa-t-il. Il ne mérite pas ça. Alors soit tu tiens à lui et tu te sors les doigts du cul, soit tu ne veux plus de lui et dans ce cas, dis-lui clairement, mais ne le laisse pas ainsi. C'est cruel et je ne pense pas que tu sois quelqu'un de cruel.

J'avais toujours trouvé que Micah était un peu brute dans ses mots. Il venait d'ailleurs de m'en faire la parfaite démonstration. Néanmoins, ses paroles agirent sur moi comme un électrochoc.

Je crois, au fond, que j'avais besoin que quelqu'un me parle de la sorte – même si c'était loin d'être une expérience agréable. Je me rendis alors compte de ce que j'avais fait. J'étais vraiment horrible.

Micah dut sentir qu'il avait fait mouche, car il ajouta avant de partir :

— Demain soir, pour son anniversaire, on va le traîner à ce bar.

Il me tendit un bout de papier avec une adresse inscrite. Puis il tourna les talons.

Quand je rentrai chez moi le soir et que je découvris, dans ma boîte aux lettres, le cadeau d'anniversaire que j'avais commandé pour Tirell avant les vacances. J'y vis un signe du destin.

Une fois dans mon salon, j'attrapai mon téléphone et dis à mon interlocutrice :

— J'ai besoin de ton aide.

CHAPITRE 59 : MEGAN

Dire que j'étais stressée était le pire des euphémismes de l'année. J'avais une boule au ventre et pourtant je n'avais jamais été aussi déterminée. Me tournant vers ma compagne de soirée, je lui demandai pour la énième fois :

— Es-tu certaine que tu ne vas pas avoir de problème avec tes parents ?

— Oui. Je te l'ai dit, j'ai remis les pendules à l'heure avec eux et recadré certaines choses. J'ai le droit à une soirée tous les quinze jours sans harcèlement.

Je ne voulais pas savoir ce qu'elle avait dû négocier pour obtenir cela, donc je me retins de poser la question. Je ne voulais pas lui gâcher sa soirée. Je crois qu'elle l'avait encore plus méritée que moi. Ses parents étaient vraiment des ordures finies. J'espérai vraiment qu'elle arriverait à se sortir de la situation sordide dans laquelle elle était. Je regrettais de ne pas avoir connu les détails quand sa mère l'avait déposée chez moi pour la soirée des sororités. Si cela avait été le cas, cette vieille bique m'aurait entendue, même si cela n'aurait certainement rien changé pour Ether. La pauvre était coincée dans un micmac juridique et je ne voyais pas comment l'aider, même si je planchais sérieusement sur le sujet désormais.

Sa présence à mes côtés, ce soir, était importante pour moi. Je me rendais compte à quel point avoir des amis et savoir que l'on peut compter sur eux était précieux.

— Et puis, rien que pour te voir dans cette tenue et, surtout, voir la tête de Tirell quand il va la découvrir, je crois que j'aurais été prête à défier Lucifer lui-même.

— C'est sympa de ne pas me rajouter du stress supplémentaire !

— Pas de problème, les amies, ça sert à ça, répondit Ether avec humour. De toute façon, je crois qu'au point où tu en es, un peu plus ou un peu moins, cela ne fera pas de réelle différence.

— Tu es méchante de me dire ça.

— Mais non, c'est pour te redonner la niaque. T'es une battante. Alors prouve-le et bats-toi pour ton homme. D'ailleurs, cela serait bien que tu te décides rapidement à rentrer, car on a l'air de deux connes à rester plantées devant cette porte de bar.

Je pris une grande inspiration et lui répondis :

— Ok, c'est parti. Si je m'évanouis de honte, je compte sur toi pour organiser un rapatriement d'urgence.

— C'est noté.

Bien que ma robe n'ait pas le moindre pli, je glissai ma main dessus pour la lisser. Oui, oui, vous avez bien lu, moi, Megan Adman, j'étais habillée d'une robe noire cintrée qui m'arrivait juste au-dessus du genou. Mon décolleté, sans être provoquant, mettait en avant ma poitrine généreuse. Attendez la suite ! Exit mes habituelles converses, ce soir je portais de très jolis escarpins noirs également.

Ah oui, autre détail, j'étais coiffée d'un chignon fait par Ether et mes yeux étaient mis en valeur par un maquillage très réussi. Je dois avouer que je me sentais belle et séduisante. Et aussi complètement flippée.

Mais qu'importe tout ça. Le plus important, c'était que je voulais faire les choses bien pour Tirell, histoire de marquer le coup. Après tout, ce n'est pas tous les jours que l'on est majeur. Ce n'est pas, non plus, tous les jours que votre copine vient vous supplier de la reprendre et de l'excuser pour avoir été aussi stupide. Il fallait donc que je mette toutes les chances de mon côté. C'était mesquin de ma part, mais je m'étais dit que si j'avais l'air d'une vraie bombe, il aurait plus de mal à me dire non.

Ne me jugez pas, vous ne savez pas ce que cela fait d'être séparée de l'homme de votre vie à cause de votre stupidité. J'étais prête à tout pour rattraper mon erreur. Tout !

Quand nous franchîmes la porte, je parcourus immédiatement la salle des yeux pour repérer Tirell. Il était seul, à une table, le nez dans sa bière. Franchement, il faisait vraiment peine à voir. Il était tellement perdu dans ses pensées qu'il ne vit même pas que nous venions d'entrer.

Ce ne fut pas le cas de Micah et de ses deux compères qui fondirent immédiatement sur nous. À voix basse, sûrement pour ne pas éventer la surprise, Micah me dit :

— Putain Megan, je dois avouer que je suis bluffé. Je comprends mieux maintenant pourquoi il est accro.

— Tu es répugnant, lui répondit Ether à ma place.

De toute façon, j'étais trop stressée pour l'envoyer bouler. Mon courage disparaissait à vue d'œil.

— Va le voir. Tu vas illuminer sa soirée, me dit Sheldon.

— C'est clair, ajouta Berkley, nous avons essayé de faire en sorte qu'il ne passe pas un trop mauvais moment pour son anniversaire, mais je dois dire que tu as de meilleurs arguments que nous !

Il ponctua sa remarque d'un clin d'œil complice.

Avant de perdre toute bravoure, je ne pris pas le temps de réfléchir et je me dirigeai immédiatement vers sa table. J'étais attiré comme de la limaille par un aimant. J'avais besoin de le revoir, de lui parler, de le toucher. J'étais en manque de lui à en crever.

J'étais à deux pas de sa table, mais il n'avait toujours pas relevé la tête. Comment l'aborder ? Que pouvais-je lui dire pour signaler ma présence ?

J'optai pour la simplicité et lui dis :

— Bon anniversaire, Ty.

Il releva tellement vite la tête que je crus entendre ses cervicales craquer. Quand il me vit, ses yeux s'arrondirent tellement que j'eus peur qu'ils ne sortent de leur orbite – même s'il paraît que c'est physiquement impossible. Il semblait avoir des difficultés à croire ce qu'il voyait.

— Meg ?

— Bonsoir, Tirell.

Nous avions vraiment l'air de deux idiots finis à nous regarder de la sorte.

Il me fixa durant de longues secondes. Son regard me parcourut. Je pense qu'il essayait de faire la mise au point entre la vision qu'il avait devant lui et celle qu'il avait gardée de moi. À sa décharge, le changement était vraiment énorme.

Finalement, il déglutit et me dit dans un souffle :

— Tu es magnifique, Megan.

Ses yeux tenaient le même discours que ses lèvres. Il me dévorait littéralement du regard.

— Tu aimes ? demandai-je timidement.

Moi stressée ? D'où vous venait cette idée tordue ? !

— J'adore, mais tu es toujours belle, tu sais.

— Merci.

Me souvenant de ce que j'avais dans la main gauche, je lui tendis mon paquet – en priant que ma main n'ait pas trop transpirée et n'ait pas laissé une trace sur le paquet – tout en lui disant :

— Tiens, c'est ton cadeau d'anniversaire.

— Merci. Il ne fallait pas.

— Tais-toi et ouvre-le.

Il commença à se détendre et c'était également mon cas. C'était tellement simple d'être avec lui. Avec son adorable petit sourire en coin, il me répondit :

— À vos ordres, Miss Grognon.

Vous ne pouvez pas imaginer le poids qui quitta mes épaules en l'entendant m'appeler par ce surnom débile, mais qui signifiait beaucoup dans notre histoire.

Il déballa alors le cadeau rectangulaire que je lui tendais. J'entendais battre mon cœur à une vitesse folle dans mes oreilles. J'avais hâte de voir sa réaction. J'espérai tellement qu'il apprécie mon cadeau.

Je vis l'instant où il comprit ce qu'il avait dans les mains.

— C'est notre livre? demanda-t-il d'une voix émue.

— Oui, je l'ai fait imprimer et relier.

— Il est dément. Je l'adore, Megan. C'est le plus beau cadeau que l'on pouvait me faire.

Il passa rêveusement la main sur la couverture que j'avais réalisée moi-même. Je dois admettre que j'étais fière du résultat de mon travail. J'avais utilisé une des photos prises par sa mère et l'avais retouchée pour lui donner un certain style. À chaque fois que je la voyais, ma gorge se nouait, mais voir Tirell caresser – consciemment ou non, je ne saurais le dire – la partie de la couverture où était mon visage me fit presque suffoquer sous l'émotion.

Timidement, je lui dis:

— Ouvre la première page.

Immédiatement il fit ce que je lui demandais et écarquilla les yeux en découvrant la dédicace manuscrite que j'avais écrite:

Pour le meilleur des hommes, le meilleur des petits amis. Pour celui que j'aime de tout mon cœur. Pour toi, Tirell McFinay (alias Mister Connard), mon espoir, mon amour.

Megan Adman (alias Miss Grognon)

Quand il releva la tête, il avait des larmes plein les yeux et je n'étais pas dans un meilleur état que lui. Quand il se leva de son siège, je me jetai immédiatement dans ses bras. Il me serra très fort contre lui en me murmurant :

— Merci pour ce magnifique cadeau, Meg. Même si c'est toi le plus beau des cadeaux que la vie m'ait fait. Si tu savais comme je t'aime. J'ai cru mourir sans toi.

Les larmes contre lesquelles je luttais vaillamment eurent gain de cause avec ses mots. D'une voix entrecoupée par mes sanglots, je lui dis :

— Je suis tellement désolée, Tirell. Tellement désolée pour tout ce que t'ai fait subir. Je t'aime à la folie et je ne veux plus passer une minute loin de toi.

— Attention, je pourrais bien te prendre au mot.

— J'y compte bien.

Il desserra alors légèrement son étreinte, essuya mes larmes avec ses pouces et se mit à m'embrasser passionnément, sous les remarques grivoises de ses copains.

Je lui rendis son baiser avec autant de ferveur.

Au bout d'une heure, ou d'une minute, je ne saurais vous dire, nous arrivâmes à détacher nos bouches l'une de l'autre.

Bon, la vérité vraie, c'est que nous y fûmes plus ou moins contraints, quand nos amis vinrent nous rejoindre et que Micah nous lança un :

— Vous êtes dégoûtants à vous embarrasser ainsi, alors qu'il y a plein de célibataires. Pas la peine de nous balancer votre bonheur en pleine figure, c'est malpoli !

Tirell et moi éclatâmes de rire à sa remarque. Je dois admettre, en effet, que le regard que l'on échangea pouvait se résumer à ce mot : bonheur.

Je savais que nous avions besoin de discuter de ce qui s'était passé, mais pour le moment, le plus important était que nous soyons réunis. Le reste pouvait attendre.

Nous passâmes une agréable soirée, et pourtant, en moi-même, je me mis à prier pour qu'elle touche rapidement à sa fin. J'étais pressée d'offrir la suite de ses cadeaux à Tirell, ceux qui ne pouvaient être donnés aux yeux de tous.

Comme à son habitude, Tirell était branché sur mes pensées puisqu'il attrapa ma main et annonça à toute notre petite assemblée en me tirant hors de ma chaise :

— Bon, je vous aime bien les copains et je vous remercie pour cette super soirée, mais Meg et moi allons vous fausser compagnie. Nous avons des retrouvailles à fêter !

Nous quittâmes donc le bar, ses copains et ma copine nous lançant des remarques grivoises, Tirell avec un sourire tellement coquin que j'étais à deux doigts de défaillir, et moi, rouge de honte et peut-être un petit peu d'excitation !

CHAPITRE 60 : MEGAN

La tension dans la voiture était à la limite du respirable. Nous n'échangeâmes pas un mot durant le trajet, mais nos doigts qui se caressaient et nos regards brûlants étaient amplement suffisants.

Nous étions tellement à cran que nous étions déjà l'un contre l'autre à nous dévorer alors que la porte de mon appartement n'était même pas encore complètement fermée. On aurait dit un concours de celui qui embrasserait le plus l'autre.

— Si tu savais à quel point tu m'as manqué, Meg, me répéta Tirell entre deux baisers passionnés.

— Je suis désol…

Il me coupa en m'embrassant encore plus intensément et me dit :

— Chut, le plus important c'est que tu sois revenue.

— Je ne te mérite pas. Tu es tellement gentil.

Alors qu'il allait m'embrasser à nouveau, je mis une main sur sa bouche et lui dit avant de perdre tout mon courage :

— Viens, j'ai un nouveau cadeau pour toi

Sans lui laisser le temps de me répondre, j'attrapai sa main et l'emmenai en direction de mon lit. Quand il fut dos à ce dernier et les jambes contre le rebord, je poussai légèrement sur ses épaules. Il comprit mon message et se laissa tomber en arrière.

Le sourire coquin qu'il avait aux lèvres me laissa penser qu'il avait une petite idée de ce que j'avais en tête. Enfin, c'est ce qu'il croyait !

Il s'allongea et me regarda intensément. Voyant que je ne le rejoignais pas, il commença à froncer les sourcils. Il se redressa sur ses coudes. Je pense qu'il me croyait en début de crise, mais il avait tout faux. Je cherchais simplement le courage de continuer. Sa sollicitude me le donna.

Je levai alors lentement les bras et, le plus délicatement possible et de la manière la plus sensuelle dont j'étais capable, je retirai ma robe. Laissez-moi vous dire que dans son regard, il n'y avait plus la moindre trace de doute. Il était avide, ses yeux ne me quittaient pas, comme s'il avait peur d'en louper une miette. Mais quand ma robe tomba à mes pieds et qu'il découvrit mon ensemble noir, accompagné de bas et de porte-jarretelles, il perdit pied.

— Putain Megan, tu veux me rendre fou ?! As-tu idée à quel point tu es sublime ainsi et à quel point tu me donnes des idées cochonnes ?

— Et si tu me le montrais plutôt.

— Avec plaisir.

Et le plaisir fut plus que partagé ! Son corps m'avait manqué. Ses caresses m'avaient manqué. Tout chez lui m'avait manqué.

Notre câlin post câlin coquin fut lui aussi très plaisant. J'avais l'oreille sur son torse et ses doigts dessinaient des arabesques sur mon épaule nue. Nous étions tellement bien, le moment était parfait.

Au bout de dix minutes, je me relevai légèrement et Tirell grogna son mécontentement.

— Où vas-tu ?

— Chercher ton dernier cadeau.

— Encore ?

— Tu ne connais pas l'expression « jamais deux sans trois » ?!

Alors qu'il rigolait, je me levai, entièrement nue, avec dans l'idée d'aller chercher une petite boîte que j'avais préparée la veille.

— Hum, j'adore ce nouveau cadeau, me dit Tirell d'une voix sensuelle.

Il avait les yeux rivés sur mon corps. Ils brillaient de convoitise.

— Tu es vraiment un pervers, Mister Connard !

Alors que je passais du côté du lit pour récupérer son cadeau, un bras musclé m'attrapa au vol et me ramena sur le lit, illico presto !

— Tirell !

— À nous deux, Miss Grognon, je vais te montrer à quel point je suis un pervers !

Une demi-heure plus tard, je réussis enfin à attraper la fameuse boîte – bon c'est vrai que je ne me plaignais pas du tout de ce contretemps – et la tendis à Tirell.

— Qu'est-ce que c'est ?

— Ouvre et tu verras.

Il défit le papier cadeau avec un soin qui me rendit folle, jusqu'à ce qu'il se retrouve avec une boîte à bijoux dans les mains. Je voyais bien à son air perplexe qu'il n'avait aucune idée de ce qu'elle pouvait contenir. La tête qu'il fit en l'ouvrant était comique.

Il attrapa la clé entre son index et son pouce et me demanda :

— Qu'ouvre-t-elle ?

— Mon appartement.

Je vis l'émotion envahir ses magnifiques prunelles.

— Oh, Meg.

Avant qu'il n'aille plus loin, je me mis à parler à toute vitesse :

— C'est pour que tu puisses venir quand tu veux, enfin tu peux déjà venir quand tu veux, mais si tu veux venir plus souvent et même quand je ne suis pas là, enfin, c'est...

Heureusement, il mit fin à mon suicide verbal et m'embrassa à pleine bouche, avant de me dire :

— Tu me proposes de vivre avec toi ?

— Oui, enfin, peut-être pas tout de suite, tout de suite. Tu as des dispositions à prendre et puis je sais bien qu'il faut que l'on règle aussi nos problèmes, mais oui j'aimerais bien qu'à terme tu vives avec moi, enfin sauf si...

Nouveau sauvetage.

Sauf que là, il m'embrassa beaucoup plus longtemps et beaucoup plus passionnément. Quand ses mains se mirent à prendre une direction intéressante, je lui dis dans un souffle :

— Encore ?

Avec un sourire, il répéta les paroles que je lui avais sorties un peu plus tôt :

— Tu ne connais pas l'expression « jamais deux sans trois » !

Et la troisième fut aussi bonne que les deux autres.

Bien sûr, nous ne fîmes pas l'amour toute la nuit. Nous discutâmes aussi beaucoup. Il me raconta comment il avait vécu notre séparation et pourquoi il n'avait pas essayé de prendre contact avec moi. De mon côté, je lui expliquai aussi mes choix. Nous nous traitâmes alors mutuellement d'idiots.

Il me raconta également la discussion qu'il avait eue avec ses parents et les services qu'il avait demandés à son père qui n'avait été que trop heureux de lui rendre.

Quand j'entendis ça, je me mis à pleurer et lui dis :

— Tu es tellement parfait. Je ne te mérite pas.

— Oh crois-moi, tu vas vite changer d'avis quand je vais venir vivre ici.

Je me mis à rigoler, tout en reniflant – très glamour, je sais – et me jetai sur lui pour un méga gros câlin.

Il me demanda ensuite comment j'avais fait pour le livre. Je lui racontai alors la manière dont j'avais procédé. Il apprit que mon idée datait d'avant notre « rupture », mais que j'avais écrit la dédicace la veille.

Je lui demandai s'il ne m'en voulait pas d'avoir donné un titre à notre œuvre commune sans lui avoir demandé son avis.

— Pas du tout, je le trouve parfait.

J'avais choisi le titre « Nouvelle chance », car je trouvais qu'il allait bien avec l'histoire de nos personnages. Mais surtout, je trouvais qu'il allait bien avec notre propre histoire. Tirell était la nouvelle chance que me donnait la vie.

Et puis, sans le vouloir, il reflétait également ce que Tirell venait de m'offrir ce soir : une nouvelle chance de faire confiance, d'aimer, d'être aimée, d'être heureuse.

FIN

PS : au fait, nous avons eu la meilleure note de la classe pour notre devoir ☺.

REMERCIEMENTS

Un grand merci à tous ceux qui sont présents à mes côtés depuis le début et à ceux qui m'ont rejointe en cours de route. Merci pour vos messages qui me poussent à continuer cette folle aventure de l'écriture.

Merci à ceux qui viennent d'arriver.

Merci à vous tous, chers lecteurs et lectrices. Sans vous, un écrivain se sent bien seul.

Merci aux chroniqueuses pour l'accueil que vous avez fait à *Love and hope*, notamment à ce tome 1. Vous avez été nombreuses à vous manifester, cela me touche énormément.

Merci à Nisha et caetera pour le travail réalisé.

Merci à mes bêtas lectrices sur ce tome, Sylviane, Emilie, Isabelle et Camille. Il est plus qu'appréciable et utile d'avoir un regard extérieur.

Merci à mes lectrices de Wattpad. J'ai beaucoup apprécié vous voir réagir au fur et à mesure que je vous dévoilais l'histoire de Megan et Tirell.

Merci à tous ceux qui ont accepté de participer à mon petit jeu fou des propositions : Vanessa, Sandra, Emilie, Elodie, Fabien, Anne Christelle, Shie Castee, Sandrine, Awisha, Béatrice, Simon, Nelly, Catherine, Bianca-Maria, Ainégue, Lily Lana, Angel, Peggy, Clint Boschel, Mickael Marilyne, Nico, Nanou Lecture, Raphaëlle, Camille et Giraud. Encore bravo à Nanou Lecture, Camille et Anne Christelle qui ont gagné. Saurez-vous retrouver leurs propositions dans le livre ?

Enfin, et toujours, un énorme merci à mon chéri sans qui mes histoires d'amour seraient bien fades. Merci de continuer à m'épauler dans ce projet fou et de supporter mon sale caractère quand je suis exténuée mais que je dois terminer ces p***** de corrections ! Merci tout simplement d'être à mes côtés envers et contre tout.

PS : si ce livre vous a plu, n'hésitez pas à le faire savoir. ☺

Vous pouvez d'ailleurs me contacter par Facebook (Julie Dauge auteur – MacKintosh) ou par mail **(julie.dauge.mackintosh@gmail.com)**. Cela me fait toujours plaisir de vous lire à mon tour.

À bientôt pour la suite de *Love and hope.*

TABLE DES MATIÈRES

Vous avez un manuscrit de romance
à nous proposer ?
Foncez !

Envoyez-le nous à cette adresse :
manuscrit@editionsopportun.com

ISBN : 978 2 36075 626 1
Dépôt légal : mars 2019

Achevé d'imprimer en France par EPAC Technologies

N° d'édition: 4550414303819

Dépôt légal: mars 2019